国家社科基金
后期资助项目

江南女性民俗的文学展演研究

On the Literature Performance of
Female Folklore in Southern Yangtze Region

毛海莹 著

中国社会科学出版社

图书在版编目(CIP)数据

江南女性民俗的文学展演研究／毛海莹著. —北京：中国社会科学出版社，2015.11
　ISBN 978-7-5161-7080-9

　Ⅰ.①江… Ⅱ.①毛… Ⅲ.①妇女文学-文学研究-中国-当代 Ⅳ.①I206.7

中国版本图书馆 CIP 数据核字(2015)第 267629 号

出 版 人	赵剑英
责任编辑	宫京蕾
特约编辑	孙少华
责任校对	王　影
责任印制	李寡寡

出　　版	中国社会科学出版社
社　　址	北京鼓楼西大街甲 158 号
邮　　编	100720
网　　址	http：//www.csspw.cn
发 行 部	010-84083685
门 市 部	010-84029450
经　　销	新华书店及其他书店

印刷装订	北京市兴怀印刷厂
版　　次	2015 年 11 月第 1 版
印　　次	2015 年 11 月第 1 次印刷

开　　本	710×1000　1/16
印　　张	17
插　　页	2
字　　数	330 千字
定　　价	59.00 元

凡购买中国社会科学出版社图书，如有质量问题请与本社营销中心联系调换
电话：010-84083683
版权所有　侵权必究

国家社科基金后期资助项目

出版说明

　　后期资助项目是国家社科基金设立的一类重要项目，旨在鼓励广大社科研究者潜心治学，支持基础研究多出优秀成果。它是经过严格评审，从接近完成的科研成果中遴选立项的。为扩大后期资助项目的影响，更好地推动学术发展，促进成果转化，全国哲学社会科学规划办公室按照"统一设计、统一标识、统一版式、形成系列"的总体要求，组织出版国家社科基金后期资助项目成果。

全国哲学社会科学规划办公室

序

陈勤建

毛海莹博士的专著《江南女性民俗的文学展演研究》即将付梓，作为导师的我感到十分欣慰。

本书作者以敏锐的学术眼光，从民俗学、文艺学、生态学等交叉学科的角度切入，对女性、民俗、文学的相互关系进行探索和认知，提出了"江南女性民俗文学展演"这一跨度大、涉域广、透视力强的研究课题。这在学界尚不多见，具有较高的创新性。

民俗与文学的相连，并不是文学书写的猎奇，也不是出于乡恋情感的风俗画描绘，或因文学背景诉求乡土色彩的浸染，而是两者之间有更深层的天然联系。

现代民俗学认为，民俗就是人俗。它不是农民、乡下人的文化土特产，而是与人相生相随的基因型文化。民俗在文艺中的存在，与民俗学范畴中的民俗事象意义是不同的。我在 20 世纪 80 年代中后期有关文艺民俗学（英文名 Folklore in Literature）一系列研究文章中就指出，人类是生物生命 DNA，又是文化生命的共同体。历史长河中人类的进步，更多的是文化的进化及对人的发展的深刻影响。与地球其他生物相比，人类生命的优势在于人的文化存在。而"人的文化存在是以民俗文化为核心基础结构的存在"，这是一种新的文学人学观。依据这一人学观，民俗在反映人生的文艺作品中，它不是镶嵌于人生的简单饰物，而是沉淀于人物内在心理结构又显现于人物外在行为方式的文化密码。现实中形形色色的人物，虽然性格气质大相径庭，各不相同，但在构成其意识活动的兴趣嗜好及外在行为方式上，都不约而同地存在着这样的特征：人物意识活动和行为的固定指向，与其在现实展现中对某种风尚习俗的爱好是一致的。人物往往就是在这些看似平淡无奇的民俗活动中，显示自己的主体意识和人格特征。

人物的民俗行为既是现实的又是历史的，是历史古老悠久的传统覆盖在现实人生上的层层投影。透过这层层投影，我们发现人物性格之所以这样或那样，现实情境果然是重要的因素。可是，那相沿已久的某些民俗，以某种内在而普遍的精神现象，巨大的惯性力量，暗引着人物的走向。这样的人物刻画，不是现实人生平面的勾勒，也不是往昔历史的回忆，而是将历史与现实水乳交融般地融合在一起，从而显示出更为深层、更为完整、更为立体地把握人生的特色。由此而来的以民俗为题，"化俗为文"，"以俗写人"，成为重新审视、解读、研究20世纪中国现代文学的新天地。

有关女性命运的文学形象刻画，是20世纪以来中国现当代文学关注的一个热点。学界对此的研究，虽不能说汗牛充栋，可也不在少数。然而，中国女性文学研究，尤其是现当代女性文学研究，在西方女性主义理论框架的影响和束缚下，本土民族文化特色的话语系统较为欠缺。20世纪的现代文学，在中国传统文化大裂变的转型期中，较多接受西方文学理论和技巧的沾溉，而呈现出与西方文艺趋同的色彩。但是，中国传统文化浸淫中成长的文学先驱，在反映人民生活、艺术形象、思想情感以及语言写作的表达方式时，受到自身固有传统文化修养所构建的内在无意识指向，而显现出无法隐去的民族传统文化的踪影。本书作者在民俗与现代文学的深度解读中，别具一格地从常人很少关注的江南女性民俗这一文化视角展开系统探究，将西方的女性主义文学批评与中国女性民俗文学创作研究的实践结合起来，在女性、民俗、文学三维的结构中，建构女性民俗文学批评理论，显现了女性作者独特的思维和艺术匠心。

研究实际上是一种再创作。为了真实地认知作品描写的女性民俗的真谛，作者读博的三年中，克服了在职工作和家庭生活的种种困难，先后多次赴江南地区的10余个县市区，对江南作家笔下的女性民俗物象、活动以及江南作家从事民俗创作的地域文化背景进行田野考察、调研，并对

80 余位江南老中青女性进行了问卷调查及一定的民俗访谈,为本书充实了鲜活的女性民俗资料。"民俗"是人一生赖以生存和活动的基本场域,人在这个生活的民俗场中会表现得更自然、更原始、更具人性。在此基础上所刻画的女性形象是真实、原始而富有活力的。在传统社会,历史的重负形成的陋习和良俗,对我国女性文化人格的塑造影响更大。在此基础上,作者充分吸纳了域外民俗研究中的展演理论,对我国现代文学江南作家女性民俗文学展演,如文化生态语境、文学书写路径、文学鉴赏与批评等,进行了颇为系统的研析,进而为深入揭示女性人物形象和作品旨意提供了新的路径,作出了前人未发之新见识。

诚如作者所言,综观当代女性文坛,受消费主义及后现代主义思潮的影响,当代女性文学的局部出现了"欲望化""快餐式""随意性"的写作倾向,其塑造的扁平式、概念式、单一化的女性人物形象与现代文学的经典女性形象相去甚远。而现代文学江南作家以"女性民俗"为切入口进行女性形象的塑造,在民俗中挖掘女性自然的人性,在民俗中表现女性深刻的人性,这不仅符合新时期"文学是人学"的人本价值取向,也是对当代女性文学一度颓废的"身体写作"倾向的人文主义反拨与矫正。

专著以"女性民俗"为基点所创建的"女性民俗文学批评"理论则给当代女性文学批评提供了新的理论增长点,也为我国当代文学研究和批评的深化打开了新的通道。现在专著得到国家社科基金后期资助项目的扶持正式出版,我为之祝贺并以此为序。

2015 年 4 月 12 日
于华东师范大学丽娃河畔

目 录

绪论 …………………………………………………………… (1)
 第一节 女性文学"人学"建构溯源 …………………………… (1)
 第二节 女性民俗的相关研究概述 …………………………… (9)
  一 民俗学视域中的女性民俗 ……………………………… (9)
  二 女性民俗与中国现代文学 ……………………………… (13)
  三 江南女性民俗与江南作家创作 ………………………… (14)
 第三节 女性民俗文学批评的建立 …………………………… (16)
  一 女性民俗 ………………………………………………… (16)
  二 文学展演 ………………………………………………… (18)
  三 江南作家 ………………………………………………… (19)

第一章 江南女性民俗的文化生态语境 …………………… (26)
 第一节 江南自然生态场景的审美特征 ……………………… (27)
  一 刚柔相济的江南 ………………………………………… (27)
  二 形神兼美的江南 ………………………………………… (30)
 第二节 江南人文生态场景的女性构建 ……………………… (33)
  一 姜嫄与江南女性神灵 …………………………………… (33)
  二 江南女学与母仪母教 …………………………………… (37)
  三 江南民俗意象的女性指向 ……………………………… (42)
 第三节 江南民俗语言与女性俗世理想 ……………………… (46)
  一 江南歌谣里的俗世情怀 ………………………………… (47)
  二 吴语小说里的女性潜隐 ………………………………… (50)

三　民间戏文中的社群教化 …………………………………（52）

第二章　江南女性民俗的文学展演路径 ……………………………（58）
　第一节　吴越地域文化浸润下的江南作家 ……………………（58）
　　一　江南乡土作家群 ………………………………………（59）
　　二　江南海派作家群 ………………………………………（64）
　第二节　女性书写与民俗创作的融合 …………………………（68）
　　一　从"人的发现"到"女性的发现" ……………………（68）
　　二　新文学作家与民俗活动的结缘 ………………………（71）
　　三　女性书写的民俗化倾向 ………………………………（75）
　　四　作家对女性民俗的文学认知 …………………………（77）
　第三节　民俗启蒙与女性民俗的传播 …………………………（80）
　　一　"五四"民俗自觉意识的"急先锋" …………………（81）
　　二　民俗自觉意识的文学实践 ……………………………（84）
　　三　民俗启蒙创作的深层原因探析 ………………………（87）

第三章　江南女性民俗的文学文本批评 ……………………………（91）
　第一节　女性主义阅读的民俗解说 ……………………………（91）
　　一　"寡妇"——民俗身份的女性阅读 …………………（92）
　　二　颠覆性与女性诗学的建构 ……………………………（95）
　第二节　女性心理的民俗学审视 ………………………………（100）
　　一　典妻婚的女性民俗心理分析 …………………………（101）
　　二　女性民俗心理的审美本质 ……………………………（105）
　第三节　女性民俗的日常生活审美 ……………………………（109）
　　一　女性日常生活的民俗书写 ……………………………（109）
　　二　穿越"女"与"性"的悖论 …………………………（113）
　　三　女性民俗的接受美学意义 ……………………………（117）

第四章　江南女性民俗的文学展演特质 (122)

第一节　乡土女性民俗：精神家园的能指与所指 (123)
一　江南乡村女性之文学民俗群像 (123)
二　江南乡土女性民俗的文学特点 (132)

第二节　都市女性民俗：摩登舞台的日常展演 (140)
一　都市生活化的娱乐社交民俗 (141)
二　集体无意识的信仰心意民俗 (148)
三　都市女性民俗的"摩登与狂欢" (154)

第三节　江南女性民俗的文学内部探析 (160)
一　地域化的江南女性文学原型 (161)
二　文学叙述模式的人类学解构 (163)

第五章　女性民俗文学批评的理论建构 (167)

第一节　女性民俗的文化文学融合论 (168)
一　女性民俗的文化内涵阐释 (169)
二　女性民俗的文学意蕴构成 (170)

第二节　女性气质的民俗—原型批评论 (176)
一　女性主义与原型批评建构的理论渊源 (176)
二　女性气质的民俗—原型批评之文学观照 (180)
三　女性气质的民俗—原型批评之功能与实质 (186)

第三节　女性作为民俗主体的文学价值论 (189)
一　生态价值：女性民俗演进的"导航灯" (189)
二　人性价值：女性民俗变奏的"主题曲" (191)
三　学科价值：女性民俗文学批评的发展前景 (194)

第六章　江南女性民俗文学展演的当代研究 (198)

第一节　女性民俗与当代江南女性 (198)
一　女性个体生命民俗的时代印迹 (199)
二　女性生产生活民俗的现代审美 (203)

三　女性信仰禁忌民俗的当代流变 …………………………（207）
第二节　女性民俗的现当代文学发展 ………………………………（212）
　　一　民俗与启蒙的互动 ………………………………………（213）
　　二　民俗与政治的博弈 ………………………………………（216）
　　三　民俗与风情的相融 ………………………………………（218）
第三节　女性民俗：女性文学批评的本土化实践 …………………（222）
　　一　当代女性文学批评的误区与盲点 ………………………（223）
　　二　女性民俗文学批评的实践与探索 ………………………（226）
　　三　女性民俗文学批评的当代影响及展望 …………………（231）

余论　从文学到生活——女性民俗的未来之路 …………………（235）

附录一　现代文学女性民俗相关作品 ……………………………（238）

附录二　当代女性民俗问卷调查分析 ……………………………（240）

参考文献 ……………………………………………………………（247）

后记 …………………………………………………………………（258）

绪　论

第一节　女性文学"人学"建构溯源

"文学是人学"这一经久不衰的学术命题自她诞生之日起就显示出了勃勃生机，历经半个多世纪的洗涤与沉淀，在新时期依旧显现出重要的现实意义。最早提出文学是"人学"命题的是苏联作家高尔基，他以自己毕生的创作实践证实文学应该始终高扬人道主义精神，即文学须以人为中心，不但以人为表现和描写的对象，而且目的也是为了人。他指出："文学家的材料就是和文学家本人一样的人，他们具有同样的品质、打算、愿望和多变的趣味和情绪。"[1] 在中国现代文学史上，鲁迅作为现代思想的解放先驱和现代文学的"开山鼻祖"，他借助文艺作品开启民智、张扬人性，在文学中发掘人文精神，堪称现代中国的"民族魂"。1918年，周作人在《人的文学》一文中也提出了"人性""人道主义"的说法，"用这人道主义为本，对于人生诸问题，加以记录研究的文学，便谓之人的文学"[2]。作为当时新文化运动启蒙者的周作人，他和兄长鲁迅一样始终把"人"的启蒙作为新文学创作的主题和向标。

1957年，钱谷融先生因撰写《论"文学是人学"》一文而引起国内关于"文学是人学"的思想大讨论。当时，"工具论"[3] 在20世纪50年代的中国文艺理论界很有市场，钱先生对此持反对意见，因此于1957年

---

[1] 高尔基：《论文学》，人民文学出版社1978年版，第316页。1928年6月12日，高尔基被选为苏联"地方志学"中央局的成员，他在庆祝大会上致答谢词时称自己毕生所从事的工作"不是地方志学，而是人学"。

[2] 周作人：《人的文学》，吴平、邱明一编：《周作人民俗学论集》，上海文艺出版社1999年版，第272页。该文原载《新青年》第五卷第六号，1918年12月15日。

[3] 苏联的季摩菲耶夫在《文学原理》一书中这样说："人的描写是艺术家反映整体现实所使用的工具。"这种"工具论"的观点随着苏联文艺思想向中国的大量移植也流行到中国来。

2月撰写了《论"文学是人学"》的文章,他反对把描写人仅仅当作是反映现实的一种工具、一种手段。钱先生正是继承了中国"五四"以来"人的文学"的启蒙精神,并充分发挥了高尔基文学是"人学"的思想,因而得以在特定的历史语境中提出"文学是人学"这一崇高而有远见的命题。他在文中反复强调:"文学的对象,文学的题材,应该是人,应该是时时在行动中的人,应该是处在各种各样复杂的社会关系中的人。""文学要达到教育人、改善人的目的,固然必须从人出发,必须以人为注意的中心;就是要达到反映生活、揭示现实本质的目的,也还必须从人出发,必须以人为注意的中心。"①

在笔者看来,"文学是人学"实际上是一种"大美学"的观念,"人"是文学的表现对象,是文学彰显其内在活力与生命张力的"灵魂"。我们把文学看作是人的存在的一种表现方式,并追求一种文学与人的合二为一的境界。可以说,"文学是人学"的最高境界也就是一种美的境界。既然一切文学要以"人"为中心,那么,古往今来的文学家在他们的作品中又是如何描写人、对待人的呢?

钱谷融先生对"文学是人学"的深度剖析提供了我们借鉴与思考的路径。他认为古今中外大量优秀的文学作品之所以能流传下来的其中一个重要原因,就是"其中所浸润着的深厚的人道主义精神,因为它们是用一种尊重人同情人的态度来描写人、对待人的"②。正是因为作家心底所深藏的不同程度的人道主义精神左右、决定着他们描写人、对待人的态度,由此作品的历史地位与社会意义以及不同作家创作方法之间的区别也得以客观地显现出来。纯粹的自然主义者从生物本能的角度去理解人、看待人,他们排除了人的一切社会关系,只是把人当作地球上的生物之一,当作一种具有一切"原始感情"(即兽性)的动物来看待,因而在文学的表现上是用蔑视人、仇恨人的反人道主义的态度去描写人、对待人的。而现实主义者与自然主义者迥然不同,他们在文学描写上充满了尊重、同情的人道主义精神,把人当作活生生的个体,当作"社会关系的总和"去理解、阐释,体现了作家的美学理想。结构主义、符号学、超现实主义等文学流派在对待人的态度上基本上是蔑视现实、远离人生的。符号学代表人物卡西尔在其著作《人论》中将"人"定义为"符号的动物",认为

---

① 钱谷融:《论"文学是人学"》,《钱谷融论文学》,华东师范大学出版社2008年版,第43、47页。

② 同上书,第56页。

"人不再生活在一个单纯的物理宇宙之中,而是生活在一个符号宇宙之中。语言、神话、艺术和宗教则是这个符号宇宙的各部分,它们是织成符号之网的不同丝线,是人类经验的交织之网。"① 从人道主义的角度来看,卡西尔的人论无疑又把充满感情的人推向冷冰冰的"符号之网"。文学作品中的典型人物,必须是一个在一定历史条件下的具体的、活生生的人,而阶级论者似乎有意避开文学作品中的人道主义,把典型归结为社会本质、阶级本质,一谈典型就必然得是某一个特定阶级的典型。阶级论这种对"人"的机械狭隘的划分与界定无疑是把人道主义拒之门外。

其实,在上述多种考察视角中,还有一种视角值得关注,那就是从女性主义的角度谈"文学是人学"。美国著名的文学批评家、女性主义批评先驱伊莱恩·肖瓦尔特早在1978年就提出"女性批评"(gynocriticism),这是对妇女文本阅读和对妇女作家之间以及妇女与男人之间的互文本关系的分析。她在《女性主义与文学》一文中明确指出:"女性主义理论的架构既不割裂文本的形式主义方式与'非文学的'语境,又不脱离性和文化来看待解释、阅读以及性别问题。"② 可见,肖瓦尔特的"女性批评"是建立在鲜明的性别视角的基础上,而且她已经认识到性别的意义必须在历史、民族、种族等其他各种语境中加以解释。无独有偶,另一位女性主义批评家特莱萨·德·洛尔蒂斯也看到了在女性主义写作中所表现出来的性别问题,"概念的、多样的、转换的以及经常自相矛盾的特征……这一特征是由异类的和他治的性、种族、阶级的以及经常跨语言和文化的表现所构成"③。可见,以性别差异为主要文学视角去观察女性、研究女性正是西方女性主义文学的一大特点。

20世纪80年代,受西方女性主义性别理论的影响和中国"人的解放"思想大潮的冲击,中国女性文学移植了西方女性主义性别视角,在创作中表现出较强的女性自我意识,然而这一时期女性文学创作所表现的个人独立性仍隐伏于社会群体性之中。直到90年代中期,中国女性文坛上出现了"私人化写作"④潮流,女性的主体意识才得到前所未有的凸

---

① [德]卡西尔:《人论》,甘阳译,上海译文出版社2004年版,第35页。
② [美]伊莱恩·肖瓦尔特:《女性主义与文学》,戴阿宝译,柏棣主编:《西方女性主义文学理论》,广西师范大学出版社2007年版,第4页。
③ 同上书,第10页。
④ 私人化写作是20世纪90年代中期以后在中国文坛上出现的一个现象,也是一种新的写作方式,一般以陈染、林白、徐小斌等女性作家的写作为代表,又有人称为"新状态文学""晚生代文学""个人化写作"。

显。"私人化写作"以女性的性别为言说主体,彻底颠覆传统男权的神话。这种写作潮流的出现一方面回应了西方女性主义文学性别视角的观照,在一定时期的确起到过引领女性文学潮流的作用;另一方面,由于大众文化、消费主义的影响,同时由于缺少本土的关怀和历史的积淀,"私人化写作"也渐渐地暴露出它后劲不足的缺点与滑入歧途的负面影响。特别是20世纪90年代后期占据中国女性文坛一隅的"身体写作""下半身写作"的大量出现,更是毫无疑问地证实了女性主义性别视角西方化文学移植所带来的尴尬与难度。其实,在笔者看来,西方女性主义性别视角所起的作用并不仅仅在于抑男扬女,其更重要的一个功能应该是建立一种对现有的人类文学知识结构产生巨大冲击力的新型的知识话语,从而体现女性主义无可替代的价值。而中国的女性主义者或女性文学批评家未能彻底地领悟"文学是人学"的真谛,因而对"女性主义"的误读也是不可避免的。这一点,海外女性学者刘禾已经意识到,她指出:"女性主义常常被误读和误解为仅仅是为改善男权社会中女性命运和处境的一种理论诉求,但实际上,改变女性命运只是女性主义的社会实践的目标之一。当代女性主义理论的发展更为值得关注的一个重要方面,是它对已有理论和知识系统的全面质疑和挑战,这种挑战如今构成西方以及西方以外许多国家知识发展不可忽视的方面。"[①]

中国本土女性主义理论研究的后继乏力迫使一些学者将眼光转向新的话语资源,女性主义日常生活诗学的悄然崛起便是这种新的研究视角及理论增长点。有研究者指出:"从文学批评角度看,借鉴日常生活批判理论关于日常生活的价值、日常生活的内在结构和活动模式、日常生活的异化及其改造和提升等理论于女性主义批评实践,也有益于突破单一的性别视角文学阐释,获得更为深厚、有力的文学阐释空间。"[②] 女性主义日常生活诗学固然有其合理及独特之处,但由于日常生活理论最早源起于西方文艺理论,因此将它用于研究中国的现当代女性文学不免有隔靴搔痒之感。

基于钱谷融先生"文学是人学"的思想,殷国明教授进一步指出,人道主义就是一种人学,并认为:"在文学创作中,它(指人道主义)一开始就表现为一种人类自身的觉醒,呼唤在异化状态下失落的人性,对于

---

① 刘禾:《女性主义与当代学术成果》,《中华读书报》2012年2月1日。
② 陆兴忍:《走向女性主义日常生活诗学——论日常生活对女性主义批评的意义》,华中师范大学博士论文,2007年。

人学的发展起到了先导作用。"① 笔者认为,作为"人学"思想精髓的人道主义在女性主义文学创作或研究中同样值得重视。具体地说,以女性主义为视角的女性文学应是把作品中的女主人公和她的生活当作一个整体,多方面地、具体地来加以描写、表现。在作品中所出现的是具体的、个别的"人",具有活生生的、独一无二的个性的人。文学作品中的"生活"是由具体的女主人公的具体活动构成的,是以生活本身综合、整体、流动的形式,以充满着生命的活力的形式出现的。我们认为,上述所提及的中西方女性主义创作或批评视角固然有其各自的特点与优势,但倘若以"人道主义"的标准来衡量女性文学的"人学"指数,无论是西方女性主义的性别视角,还是中国当代女性文坛带有性别意义的身体写作,抑或女性主义日常生活诗学的独辟蹊径,都是与女性文学倡导"人学"的本真面目有所偏离的。

从20世纪中国女性文学的发展历程我们也不难发现,贯穿于女性文学的人道主义始终与"启蒙思想"紧紧联系在一起,而"人的解放"与"人性的唤醒"则是女性文学追求的至高境界。五四新文化运动后,伴随着西学东渐和启蒙思想的日益深入,女性文学创作迎来了第一个高峰,冰心、陈衡哲、庐隐、冯沅君等作品纷纷关注了女性的生存和命运,然而由于启蒙时代精神与传统伦理观念的矛盾,女作家们对人性的追求只停留在"精神之爱";三四十年代的中国女性文学被阶级矛盾、民族战争的烽火硝烟所笼罩,丁玲、冯铿、关露、罗淑等女作家的创作渲染上了一定的社会政治色彩,在历史的空隙间,张爱玲、苏青、梅娘等在沦陷区的独具女性性别意义的创作,使这一特定历史阶段的女性文学呈现出"社会政治"与"女性性别"并存的状态;"十七年"时期由于宏大社会主题的加入,女性文学整体上缺少个性化、女性化的创作,即使有茹志鹃、杨沫、宗璞、刘真等在创作上所使用的女性化表现手法,也难以改变当时女性文学的整体面貌;20世纪80年代,中国掀起的"人的解放"的思想大潮唤醒了女性作家主体意识的复苏,戴厚英、张洁、谌容等作家的作品标志着女性文学创作第二个高峰的到来,然而女作家们笔下的女性大多是作为群体性人格和人性的内涵出现的,而依然缺少个性化的活生生的"人"。

新时期,"文学是人学"的经典传承也使女性文学得以重新审视和反思自己。当我们把眼光聚焦在20世纪90年代以后的中国当代女性文坛时,女

---

① 殷国明:《钱谷融与"文学是人学"》,《华东师范大学学报》(哲学社会科学版)1998年第5期。

性文学的"人学"构建就更加凸显出其重要的现实意义。几年前,刊登在某报的一篇文章吸引了笔者的眼球,文中写道:"晚兴的中国女性文学在20世纪90年代,与历史的遮蔽、同化激情对抗,获得了个性化的写作维度与个体生命的鲜活弹性,在多元演绎中凸显了独立的品格。而21世纪初的文化生态使由个性化写作整合起来的中国女性文学出现了明显的分流,演绎着新的精彩与无奈。"① 接着文章分析了20世纪后半叶当代中国女性文学的文化生态,肯定了"为文学史而写作"的张洁、铁凝、王安忆等优秀女性文学作家,同时也对"为市场而写作"、成为时尚与消费另类产物的女性文学扼腕叹息。笔者认为,从20世纪90年代后期至今,一些新生代或晚生代的女性作家以"快餐式"的文字或网络日记充斥着女性文坛,从棉棉的《糖》、卫慧的《上海宝贝》到九丹的《乌鸦》、木子美的《遗情书》甚至竹影青瞳"图文并茂"的网络写作,② 中国当代女性文学版图上已经鲜明地呈现出一个欲望狂欢的市场写作景象。这些女作家们以自传、半自传或模仿自传的书写方式,占据着平面媒体或网络传媒的制高点,在描绘着感官上欢乐尖叫的同时发出精神上虚无颓废的呻吟。无独有偶,笔者近期也关注了《中国的女性文学现状》一文③,文中作者对当代女性文学中出现的"下半身写作""身体写作"持批判态度的同时更是尖锐地指出了问题的所在,认为晚生代作家的参与、网络写作的流行之所以能获得相当程度的自由表现空间,关键是得到了文学批评界的"认真对待"。言外之意,对当今女性文学批评界的这种"推波助澜"作用也表示质疑。

---

① 毛正天、冉小平:《中国女性文学当下生态的审视》,《文艺报》2006年1月25日。
② 棉棉,本名王莘,当代中国新生代作家,1970年出生于上海。代表作自传体长篇小说《糖》围绕着"自由和选择"这一既古老而又时新的话题,叙述了一个"问题女孩"红和她在青春迷途中邂逅的几个同样有"问题"的少男少女的故事。在小说中,红和赛宁们从未尝试过却天生不喜欢被任何抽象或具象话语控制的感觉,于是选择用身体欲望的本能冲动来反叛一切话语。卫慧,被称为"晚生代""新新人类"女作家,1973年出生于浙江余姚。代表作《上海宝贝》写于1999年,这部小说以第一人称讲述了上海美女作家与中国男朋友及德国情人之间的三角恋情,故事并不复杂,但整篇文章充满灰色、颓废的内容,所以备受争议,曾遭封杀。2001年,九丹的成名作《乌鸦》围绕王瑶、芬等大陆女性与一个男子直接的性爱经验的描写,因其肉体裸露而使小说滑向了欲望化书写。2003年,木子美的《遗情书》始于博客中文网,因其真实的"性体验"而迅速走红。从艺术和审美的视角来看,木子美的性爱日记文字浅俗、文笔粗糙,但因其是她与不同男人的多夜情的故事而夺人眼球。2004年,竹影青瞳在博客网站撰文而一下蹿红,她走红的秘诀就是将其"性感"的文字连同自认为"唯美"裸照发表在网上,有人将其写作界定为"裸体写作"。
③ 参见汕头大学文学院网页 http://www.wxy.stu.edu.cn《中国的女性文学现状》一文。

面对如此纷繁复杂的当代女性文学,在叹息与无奈之后,这一现象更引发了笔者对当代女性文学"人学"导向的思考。在笔者看来,当代女性文学的"身体写作"以性和肉欲无情地摧毁着"人道主义"的堤坝,以简单化、类型化的女性言说主体覆盖掩饰着一个个活生生的、具有鲜明个性、独一无二的人,完全背离了西方女性主义所指称的"身体写作"的初衷。正如一位学者所言,"要看美女宝贝们的写作是否具有'身体写作'之意义,得看其文本是否具有女性主义所强调的女性嵌入男权化的世界和历史参与文化改造的力量。如果这些文本迎合与满足的只是大众传媒时代阅读者的窥视癖,那么它与女性主义'身体写作'精神完全南辕北辙"[①]。当代女性文学这种与"人学"背道而驰的"身体写作"所造成的恶果,小而言之是污染了当代女性文坛写作的空气,大而言之对未来女性文学的长远发展也将造成致命的打击。

那么,中国当代女性文学究竟要不要发展?如何突破自身"瓶颈式"的局限?如何寻找新的增长点?这一系列的问题将笔者引向更深入的思考。从上述资料中我们可以发现,中国当代女性文学无论是在创作还是批评上,都有一些亟待修整与完善之处,特别是当代女性文学创作所暴露出来的弊端更是值得深刻反思的。至于如何寻找新的增长点,笔者认为,虽然西方女性主义理论等部分外来资源可能转化为本土女性研究理论,但是它却难以也不可能成为解决中国当代女性文学发展出路的关键。从本质上讲,中国女性文学研究真正合理有效的范式只能从中国女性文学自身的土壤中生长出来。中国女性文学本土性、民族性、历史性的特点规约和要求着我们必须进行一种生产性的研究,从中国女性文学的历史"土壤"中重新挖掘、重新发现、重新培植当代女性文学创作和批评的新话语、新灵感、新思维,构建具有本土特色的女性文学理论研究框架,为常青的理论之树提供充足的养分。

基于此,我们把研究的目光投向了与当代女性文学具有同一生命土壤的现代女性文学研究领域。现代女性文学研究以其强大的作家阵容、优秀的文学作品、鲜明的女性意识而灿烂辉煌,经典的女性文学作品恰如一颗颗璀璨的珍珠,屡经时间的洗礼和历史的沉淀依然折射出经久不衰的光芒。正如钱谷融先生在一次谈话中所说:"中国的现代文学就是以人道主义为核心观念的文学创作与理论为发端的,它既强调对人的普遍关心和爱

[①] 林丹娅:《解读所指:从"身体"到"宝贝"——一次讨论会记录》,《南京师范大学文学院学报》2004年第4期。

心,也强调人本身的个性意识;它既是一种理论观点,也是一种文学精神。"① 正是基于中国当代女性文学对"文学是人学"认识的不足与偏差,我们因此有理由从现代女性文学创作中去寻找、感悟这一经典命题的血脉,希冀从中得到合理、有效的借鉴。

在笔者看来,要深入剖析与解读中国现代女性文学中"文学是人学"的走向,"民俗"的引入不失为是一种新的研究视角。因为"民俗是社会民众中的传承性的生活文化"②,从生活的层面看,民俗是一种生活相;从文化的层面看,民俗是一种文化模式。作为女性文学表现对象的"女性",无论是在生活还是文化层面上都与"民俗"有着天然的难以割舍的联系。从民俗学领域看,女性是民俗的主要制造者,但同时民俗也对女性一生产生着重要的影响,两者相辅相成,有机地融为一体;从文化文学领域看,女性一生会受到各种文化的影响,而文化的基座正是与生活水乳交融的民俗。民俗是人俗,它是构成不同文化的底色,女性内在的、独特的个体生命正是通过其身上民俗文化的差异所形成的。因此,要构建现代女性文学的"人学"批评导向,倘若从依附于文学作品女性主体身上的民俗入手去品鉴,便可以读出一个鲜活、有个性的女性文学典型,这才是真正对"文学是人学"命题的本土化、经典化、时代化的解读。正是基于上述综合考虑,笔者把研究的关键词锁定在了"女性民俗"之上,同时也将研究范围进一步定位在笔者相对熟悉的现代文学"江南作家"身上,于是一条研究的思路渐渐地明晰起来了:本书以现代文学江南作家创作为例,对其笔下江南女性形象及与之相关的女性民俗的文学展演进行全面深入的研究,并从其女性民俗创作视角的成功选择上借鉴有关经验,给当代女性文学创作及批评以新的启示借鉴。

随之而来的问题是:现代文学江南作家为什么要选择女性民俗作为他们的创作题材?女性民俗究竟是什么?她在现代文学中是如何表现、如何展演的?江南作家对地域女性民俗又是有着怎样独特的文学理解和构思?现代文学江南作家的女性民俗创作对当代女性文学创作与批评又有着怎样的启示?带着这些困惑和疑问,笔者走进了现代文学江南作家女性民俗创作与批评的研究。

---

① 殷国明:《钱谷融与"文学是人学"》,《华东师范大学学报》(哲学社会科学版)1998年第5期。

② 陈勤建:《中国民俗学》,华东师范大学出版社2007年版,第22页。

第二节　女性民俗的相关研究概述

"女性民俗"对于中国现代文学界而言似乎是一个新名词、新概念，然而她的产生与提出并不是一朝一夕的事情。在"女性民俗"正式进入本书所关注的中国现代文学研究领域之前，我们有必要对"女性民俗"的本体研究做一次学术的梳理。

一　民俗学视域中的女性民俗

国内对于女性民俗的关注和研究最早是从民俗学的领域开始的。早在20世纪二三十年代，致力于宗教学、人类学、民俗学研究的黄石发表了大量关于妇女民俗研究方面的论文，内容涉及性的迷信与风俗、产育的迷信与风俗及各种婚姻习俗，如掠夺婚、买卖婚、亲属通婚、叔接嫂、冥婚、撒帐、合卺、闹新房等。① 虽然在这之前，周作人也曾发表过诸如《缠足考》《女学商兑》《不蓄婢妾说》《贞操论》《贞节牌坊》等一系列关于女性民俗研究的文章，但黄石对女性民俗的认识和研究显然要比周作人更加深入、具体，因此黄石可以算得上是国内较早致力于女性民俗研究的重要人物。70年代，随着西方"女性学"学科的兴起，国外女性主义理论著作通过译著的形式被批量介绍到中国，在此思潮影响下，国内学界从20世纪70年代后期到21世纪初期也出现了一些有关女性和两性文化研究的著作，像陈东原的《中国妇女生活史》、高洪兴的《妇女风俗考》、郭锦桴的《中国女性禁忌》、游惠远的《宋代民妇的角色与地位》、荒林的《中国女性文化》、沈海梅的《明清云南妇女生活研究》等。② 其中，罗时进的《中国妇女生活风俗》③一书从学理的高度梳理了妇女的原始生活状态、婚姻前后的生活规范、婚姻缔结的礼俗及妇女的宗教生活、游艺

---

① 具体参见高洪兴编《黄石民俗学论集》，上海文艺出版社1999年版。
② 这一系列的女性研究著作主要有：陈东原：《中国妇女生活史》，上海文艺出版社1990年版。高洪兴：《妇女风俗考》，上海文艺出版社1991年版。郭锦桴：《中国女性禁忌》，河北人民出版社1991年版。游惠远：《宋代民妇的角色与地位》，台北新文丰出版有限公司1998年版。荒林：《中国女性文化》，中国文联出版社2000年版。沈海梅：《明清云南妇女生活研究》，云南教育出版社2001年版。
③ 罗时进：《中国妇女生活风俗》，陕西人民出版社2004年版。

生活等文化习俗。杜芳琴、王政主编的《中国历史中的妇女与性别》① 一书综观中国几千年历史，系统研究了史前社会性别、中国古代性别制度、宋元明清及近代中国的两性关系等。其他还有周虹的《满族妇女生活与民俗文化》②，文化的《传统与现代的语境：西北少数民族女性民俗与社会生活》③，周星的《民俗学的历史、理论与方法》④ 里部分篇目等都不同程度地论及了女性民俗文化。由此可见，近几十年来，中国学界或从史学、文学角度，或从社会学、民俗学角度均不约而同地关注了女性生活以及由此衍生的民俗文化，为以女性民俗为视角开展文学研究做好了必要的理论和学识铺垫。

在众多的妇女文化研究丛书中，邢莉的《中国女性民俗文化》⑤ 可以说是国内新时期第一本以女性民俗文化为研究对象的著作，作者在此书中首次提出"中国女性民俗文化"的概念，并从与女性有关的民间节日、生产活动、民间工艺、服装服饰、面妆首饰、生育礼俗、婚姻婚俗、妇女与家庭、民间文学、文化娱乐、民间信仰、风流人物等十二个方面入手，全面系统地记录了中国女性民俗文化。接着邢莉又在《葫芦：母体的象征——中国女性民俗文化探索之一》⑥ 一文中将葫芦的"母体象征"民俗作为女性民俗文化探索的实践进行研究；《从游牧文化、女性民俗到民间信仰研究》⑦ 一文则从游牧文化、民间观音信仰谈到女性民俗，扩大了女性民俗关注的视野。之后，陆续有学者对具体民俗事象中的女性民俗进行了广泛关注，沈海梅⑧从社会性别视角出发，透过云南史前青铜文化揭示了由云南女性先民所创造的女性民俗文化的丰富内涵。李金莲等⑨研究了

---

① 杜芳琴、王政主编：《中国历史中的妇女与性别》，天津人民出版社2004年版。
② 周虹：《满族妇女生活与民俗文化》，中国社会科学出版社2005年版。
③ 文化编著：《传统与现代的语境：西北少数民族女性民俗与社会生活》，兰州大学出版社2007年版。
④ 周星编：《民俗学的历史、理论与方法》，商务印书馆2006年版。
⑤ 邢莉主编：《中国女性民俗文化》，中国档案出版社1995年版。
⑥ 邢莉：《葫芦：母体的象征——中国女性民俗文化探索之一》，《湖北民族学院学报》（哲学社会科学版）2009年第5期。
⑦ 邢莉：《从游牧文化、女性民俗到民间信仰研究》，《广西师范学院学报》（哲学社会科学版）2004年第4期。
⑧ 沈海梅：《青铜文明与女性民俗——对云南青铜文化的再认识》，《学术探索》2004年第2期。
⑨ 李金莲、朱和双：《论中国少数民族的月经禁忌与女性民俗》，《楚雄师范学院学报》2005年第5期。

中国少数民族的月经禁忌与其中所蕴藏的女性民俗，对这种传统禁忌与习俗制约提出自己的思考。杨宝康①则从佤族民间故事分析了女性民俗的存在，并认为其折射的社会性别关系丰富了人与人之间真实的存在。徐海翔②从女性民俗文化的起源和在民俗艺术中的表现形式及内容，论述了中国女性文化的重要地位。

除了对民俗事象中的女性民俗进行研究外，邱国珍、曹红等人还从女性民俗与社会和谐、女性民俗在性别民俗中独立存在的可能性等方面进行了探索。邱国珍的《女性民俗与社会和谐——以温州市为例》③一文以温州的人生仪礼、婚丧习俗为例，从心理学、精神分析学、女性学的角度对女性民俗文化促进和谐社会构建进行了较为全面的研究，认为女性民俗是具有丰富文化内涵的理论概念，是构建和谐社会的决定力量之一。曹红的《女性民俗：性别的民俗文化透视——与邱国珍、李文、吴翔之等讨论》④一文针对邱文中提及的女性民俗文化概念，讨论提出了女性民俗在性别民俗中独立存在的可能性，以及女性在性别民俗中的内涵发现与理解。文章较为辩证地论述了女性民俗存在的客观语境，然而对女性民俗的内在复杂性及生命内涵尚未进行深入挖掘。

国外学界对于女性民俗的关注则更多的是从女性主义理论与民俗研究的角度出发的。Claudia Mitchell-Kernan 最早关注女性群体的多维观念，她在对非裔美国妇女的各种表达策略进行研究时就注意到相互关联的性别与族群问题。Claire Farrer⑤ 提出性别问题的民俗学工作，但却没有明确地揭示文类（genres）。DeCaro⑥ 是对女性民俗的第一次重要尝试，他强调群体、文类和主题，但却没有勾画出民俗学取向的女性研究的独特理论与方法。Clifford and Marcus⑦ 认为在女性人类学研究中，性别学术圈的建立

---

① 杨宝康：《从佤族民间故事看女性民俗》，《楚雄师范学院学报》2006 年第 4 期。
② 徐海翔：《浅谈博大的中国女性民俗文化》，《社科纵横》2006 年第 1 期。
③ 邱国珍、李文、吴翔之：《女性民俗与社会和谐——以温州市为例》，《民俗研究》2008 年第 1 期。
④ 曹红：《女性民俗：性别的民俗文化透视——与邱国珍、李文、吴翔之等讨论》，《民俗研究》2009 年第 1 期。
⑤ Farrer, Claire R., ed. 1975. *Women and Folklore*. Austin: University of Texas Press (originally special issue of *Journal of American Folklore* 88: 347. Jan-Mar 1975).
⑥ DeCaro, F. A. 1983. *Women and Folklore: A Bibliographic Survey*. Westport, CT: Greenwood Press.
⑦ Clifford, James and George Marcus. 1986. *Writing Culture*. Berkeley: University of California Press.

已经形成彻底的理论变动，不是在公共的边界而是在最小的人类群体的中心发现了差异与争论。在与心理学的交叉研究中，也有一些涉及女性民俗的，如 Jacqueline Fulmer 在 *Folk women and indirection in Morrison, Ní Dhuibhne, Hurston, and Lavin*[①] 一书中通过分析美国文学历史中的民俗女性，揭示了宗教、性等社会因素对女性的影响，同时分析了民俗女性的古代特质。Scott M. Christensen & Dale R. Turner. 在 *Folk phychology and the philosophy of mind*[②] 一书中收入了不同外国学者对民俗心理和心智哲学的不同观点，其中有涉及民俗心理的起源、民俗心理与人类行为的解释、民俗心理的发展等，对于本书探析深层的女性民俗心理具有一定的借鉴意义。

当然，国外也有一些学者对中国女性民俗现象有过专门的研究，Paul D. McGeoch[③]、Shanshan Du[④]、Ngai Fen Cheung[⑤] 等分别对中国女性缠足习俗、中国德昂族谷物之母、中国妇女坐月子习俗等有过论述。此外，澳大利亚女学者 McLaren, A. E. 对中国女性民俗有深入的研究，她先后于1996年、2000年、2001年对中国女书中的贞洁和诱拐、上海南汇哭嫁习俗、20世纪中国的诱拐婚等女性民俗现象进行了研究。[⑥] 不过，以上国外学者对中国女性民俗现象的研究都是基于民俗学层面的，在文艺、文学层面迄今还是鲜见相关研究。

[①] Jacqueline Fulmer 2007, *Folk women and indirection in Morrison, Ní Dhuibhne, Hurston, and Lavin*. Ashgate Publishing Limited.

[②] Scott M. Christensen & Dale R. Turner. 1993, *Folk phychology and the philosophy of mind*. Hillsdale, New Jersey: Lawrence Erlbaum.

[③] Paul D. McGeoch, *Does cortical reorganisation explain the enduring popularity of foot-binding in medieval China*? Medical Hypotheses (2007) 69, pp. 938 – 941.

[④] Shanshan Du, *Divine reconciliations: The Mother of Grain and Gautama Buddha in De'ang religion*, Religion, Volume 37, Issue 2, June 2007, Pages 133 – 149.

[⑤] Ngai Fen Cheung, *Chinese zuo yuezi (sitting in for the first month of the postnatal period) in Scotland*, Midwifery (1997) 13, 55 – 65, 1997 Pearson Professional Ltd.

[⑥] McLaren, A., *Women's Voices and Textuality: Chastity and Abduction in Chinese Nushu Writing*. Modern China, 1996. 22 (4): pp. 382 – 416. McLaren, A. and C. Qinjian, *The Oral and Ritual Culture of Chinese Women: Bridal Lamentations of Nanhui*. Asian Folklore Studies, 2000. 59 (2): pp. 205 – 238. McLaren, A. E., *Marriage by Abduction in Twentieth Century China*. Modern Asian Studies, 2001. 35 (4): pp. 953 – 984.

二 女性民俗与中国现代文学

上述关于国内外女性民俗研究资料的梳理，主要还是集中在民俗学、社会学、女性学的研究领域。而女性民俗与文学尤其是与中国现代文学发生关系，则是本书研究的主要焦点之一。从纵向研究文献看，关于"女性民俗与中国现代文学"的研究专著十分罕见，白晓霞的《二十世纪二三十年代小说写作中的女性民俗视角》[①] 可以说是一篇集中关注女性民俗与中国现代文学的研究论文。论文运用"文化研究"的方法对中国20世纪二三十年代小说中的婚姻民俗和生育民俗作了一定的梳理和分析，认为文学作品中涉及的婚姻民俗主要涵盖了典婚、童养婚、童子婚、逼醮婚等形式；而生育民俗主要有生育禁忌、助产习俗、溺女恶俗等形式。该文在此基础上还进一步剖析了女性在旧中国的生存地位和价值，主要体现在性别尊严的丧失、生存权利的丧失和性爱权利的丧失，具有一定的系统性和条理性。杨柳的《现代文学中关于女性民俗及其文化反思》[②] 一文可以说是在白文基础上的延伸，杨文认为我国现代小说家对女性的婚姻习俗、禁忌恶俗和信仰习俗进行的多角度描写成为作家反映女性社会地位、生存状况、文化心态以及解剖国民灵魂的最好标本。如果说白文以女性民俗视角关注现代文学具有原创性、开拓性的学术价值，那么杨文的价值就在于她重申并进一步明确了"女性民俗"在现代文学中的存在意义。

还有一些论文则是从微观的角度，结合现代文学作家创作研究了一些具体的女性民俗，张永[③]从民俗学角度阐释妈祖文化对许地山创作的影响，认为许地山小说中人物刻画、意象营造和情节建构都与妈祖原型叙事存在着同构现象。曾庆彬[④]从民俗的视角认为沈从文笔下的湘西女性具有非常鲜明自觉的女性主体"性别"意识，这种意识的觉醒凸显了女性原生态的人"性"，散发着强大生命原动力。除此之外，硕博论文中虽没有直接研究女性民俗与现代文学的，但个别稍有涉及，如于晓风的《略论中国近现代通俗小说中的女性形象》[⑤]、韩玉洁的《作家生态位与20世纪

---

① 白晓霞：《二十世纪二三十年代小说写作中的女性民俗视角》，《青海社会科学》2003年第5期。
② 杨柳：《现代文学中关于女性民俗及其文化反思》，《青海民族学院学报》（社会科学版）2009年第2期。
③ 张永：《"妈祖"原型与许地山小说的关系》，《江苏社会科学》2003年第1期。
④ 曾庆彬：《沈从文笔下湘西女性主体意识的觉醒》，《大理学院学报》2007年第9期。
⑤ 于晓风：《略论中国近现代通俗小说中的女性形象》，博士学位论文，山东大学，2006年。

中国乡土小说的生态意识》① 等。

由此可见，从女性民俗视角研究中国现代文学，虽然有一些作家个案民俗创作方面的研究，但总体研究水平和层次还有待于提高。至于理论的建树和系统的研究则几乎没有专门的论著，这就更需要进一步开拓和深入。

三 江南女性民俗与江南作家创作

20世纪90年代中期，"二十世纪中国文学与区域文化丛书"的陆续出版似乎打开了以"民俗"介入现代文学的新局面，然而由于传统研究方法的束缚及研究思路的局限，在一定程度上限制了现代文学研究者对于民俗内容的广泛选取及民俗视角的深入开掘。就本论题而言，目前国内外学界对于中国现代文学作品中的女性民俗特别是江南女性民俗关注寥寥，这也在客观上造成了研究资料搜集的难度。然而，我们若是将研究范畴稍作一些扩展，则可以发现一些论著中所涉及的有关江南或吴越民俗文化与现代文学作家创作的内容。

费振钟的《江南士风与江苏文学》② 是一部专门研究江南文化和中国现当代文学关系的著作，以"江南士风"为切入点，探讨了江南文化对于现当代江苏文学和作家的影响。吴福辉的《都市漩流中的海派小说》③一书高屋建瓴地指出孕育海派小说的海派文化与吴越文化一脉相承的内在血缘关系，并指出海派文化承袭吴越文化的"农商传统""叛逆性和兼容性"等特点。该著作以海派小说与吴越文化互动为例，再一次印证了地方文学的生长繁荣与所处地域文化民俗的密切关系。郑择魁的《吴越文化与中国现代文学》④ 是全面论述吴越文化与中国现代作家创作的一本力作。该书从阐述吴越文化的特点切入，既着眼于文化发展的历时性特点，又立足于现实存在的共时性特点。在探讨吴越文化与中国现代作家的关系时，先总体把握其整体艺术思维特征，从创作心理角度进行分析；然后选择五位有代表性的作家，从不同的角度加以论述。因此，该著作既是对吴越民俗文化与现代文学整体融合研究的一种成功尝试，又给之后的现代文

---

① 韩玉洁：《作家生态位与20世纪中国乡土小说的生态意识》，博士学位论文，苏州大学，2009年。
② 费振钟：《江南士风与江苏文学》，湖南教育出版社1995年版。
③ 吴福辉：《都市漩流中的海派小说》，湖南教育出版社1995年版。
④ 郑择魁主编：《吴越文化与中国现代文学》，杭州大学出版社1998年版。

学民俗研究视角的开拓提供了有益的借鉴与启发。陈勤建等的《吴越民俗文化与民间文学》[①]有专章论述鲁迅小说的吴越民俗文化基因,是对吴越民俗与现代文学的一次颇有价值的考察;同时该著作还从民间文学的视角对吴越螺女故事的文化机制与人性化构建、吴越民俗孕育下的三大女性民俗传说进行了深入浅出的阐释,是研究江南女性民俗与文学的重要参考之作。凤媛的《江南文化与中国现代文学》[②]从"江南文化"和"江南作家"两方面着手,论及了中国现代文学的江南趣味之维、情色之维、智性之维、商业之维和刚性之维,体例较为新颖,视野较为开阔。然而,该著在论述江南文化时仍没有关注构成文化底色的"民俗"因素,在选取江南作家时也没有充分考虑到性别的因素。

  对于江南作家创作、江南文化对现代文学的影响方面,不少学者纷纷提出自己的见解。黄健[③]对现代江南作家的柔性艺术风格作过专门的论述,他认为江南文化具有鲜明的柔性特征,这种特征对江南作家的柔性艺术风格的生成产生了深远的影响。现代江南作家以江南文化诗性——审美品格的艺术方式,展现出了蛰伏在现代人的心灵深处的那种诗性本体,那种柔美的理想主义情怀。熊家良[④]对现代文学中的江南情怀也有独特的见解,他认为"五四"时期文学大家的气质风度、文学追求和文学表现,都不同程度地呈露出江南文化的色泽,同时分析了江南作家在当时未能将这一江南话语充分澄明出来的深层原因。之后黄健[⑤]又对江南文化与中国新文学的唯美主义审美理想进行了深入的研究,认为江南文化独特的审美气质及其诗性审美意识触动着现代中国人的精神隐忧,新文学唯美主义审美理想的生成与江南文化有着内在的关联。其他如刘士林[⑥]、罗时进[⑦]等

---

① 陈勤建、王恬:《吴越民俗文化与民间文学》,吉林摄影出版社2002年版。
② 凤媛:《江南文化与中国现代文学》,文化艺术出版社2008年版。
③ 黄健、王华琪:《现代江南作家的柔性艺术风格》,《名作欣赏》2006年11月。
④ 熊家良:《现代文学中的江南情怀》,《江海学刊》2006年第1期。
⑤ 黄健:《江南文化与中国新文学的唯美主义审美理想》,《杭州师范学院学报》(社会科学版)2008年第1期。
⑥ 刘士林在以下文章中对江南文化有过独特的论述:《江南文化与江南诗学笔谈》,《江苏大学学报》(社会科学版)2004年第1期;《江南文化诗学研究笔谈》,《江苏大学学报》(社会科学版)2005年第1期;《现代作家对江南城市的人文观照与诗性阐释》,《浙江学刊》2009年第4期。
⑦ 罗时进、陈燕妮:《清代江南文化家族的特征及其对文学的影响》,《江苏社会科学》2009年第2期。

都对江南文化的诗性品质、江南文化家族有过专门的研究；美国学者高彦颐的著作《闺塾师：明末清初江南的才女文化》①也从一个全新的视角研究了江南的才女文化，这些都从另一个侧面提供了我们研究江南作家与现代文学的视角。

第三节 女性民俗文学批评的建立

本书将以中国现代文学江南作家的创作为例，对"江南女性民俗的文学展演"作具体深入的研究，在对女性民俗与现代文学的相关资料进行梳理后，拟对女性民俗、文学展演、江南作家等主要概念进行逐一界定。

一 女性民俗

20世纪90年代中期，民俗学专家邢莉首次提出"女性民俗文化"的概念："中国女性民俗文化是中国各民族的女性，在自己的历史发展过程中逐渐形成、反复出现、代代相习的生活文化事象，它包括在漫长的历史长河中，妇女的衣食住行习俗、生产工艺习俗、婚姻礼仪习俗、生育习俗以及民间信仰、岁时节日及游戏竞技等诸多方面。它是中国各民族妇女所创造、所开拓、所从事的，并且在中国各民族妇女中承袭，它构成中国妇女生活文化史的主体与核心。"②这里所提及的衣食住行、生产工艺、婚姻礼仪、生育习俗以及民间信仰、岁时节日习俗等为女性民俗的文学研究提供了参考的指向。

本书在此基础上对"女性民俗"的内涵有更丰富、更立体的理解与拓展，在文学与民俗相融合的大语境下，将女性民俗有机地融入文学、文艺中去，使之成为构建文本、阐释文学现象的独特路径。基于上述考虑，本书所研究的"女性民俗"主要涉及文学作品中跟女性有关的且女性特征鲜明的民俗或发生在女性人物个体身上的外在的和内在的、物质形态的和精神形态的、行为层面和心意层面的民俗。文学作品中的女性民俗对表现女性生命内核、塑造女性人物形象、深化作品主题思想具有十分重要的作用。简言之，就是以女性文学形象为主体，充分体现女性文化、女性心理且具有女性特色的民俗。

---

① [美]高彦颐：《闺塾师：明末清初江南的才女文化》，江苏人民出版社2005年版。
② 邢莉主编：《中国女性民俗文化》，中国档案出版社1995年版，第1页。

从雏形的产生到基本定义的形成，女性民俗经历了漫长而深厚的孕育过程，这一过程从一个侧面也昭示了女性民俗产生的历史根基与其内在的生命活力。本书将"女性民俗"移植到文艺文学研究领域，主要基于两方面考虑：一是国内外对性别问题的民俗研究工作的开展；[①] 二是文艺民俗学学科的创立、发展与成熟。[②] 民俗的性别理论、文艺学民俗学的联姻为女性民俗顺利进入文学研究领域铺设了理论之路，也使本书提出的文艺学范畴内的女性民俗更具有语境的意义和价值。本书所涉及的现代文学中的女性民俗按内容及特征大致分为婚姻礼俗（逼嫁婚、逃婚、冥婚、典妻、牌位婚等）、生养习俗（生育、满月、溺婴、童养媳等）、民间信仰（妈祖、观音、门神、香灰等）、生产习俗（养蚕、扎花灯、刺绣）等。典型的女性文学民俗形象就是在作品女性民俗所营造和烘托的氛围中塑造而成的。需要指出的是，本文所指的"女性民俗"是具有特定含义的文学客体，它对刻画文学作品中的女性人物形象、表现女性人物性格起着关键性的作用，而并非是一般人所理解的与"男性民俗"相对立的概念。文学作品中融会在女性身上的女性民俗虽然渗透着男性的欲望，却是一根左右女性思想和行为的文化"芯子"。因此，我们只有将"女性民俗"置于特定文学语境下并赋予其特定含义才是对这一概念立体的、科学的理解。

"文艺学以人为自己的主要描写对象，民俗学则以人的民俗为自己的研究对象。"[③] 文艺与民俗在表现"人"问题上的共通性也给本书以很大的启示。民俗是"人俗"，个体的语言、行为、心理都不可避免地打着民

[①] 国外学界对于女性民俗的关注更多的是从女性主义理论与民俗研究的角度出发的，Claire Farrer，Claudia Mitchell-Kernan，Clifford and Marcus 等有相关代表性文章。国内的邱国珍、曹红等人则从女性民俗与社会和谐、女性民俗在性别民俗中独立存在的可能性等方面进行了探索。前文中均已提及。

[②] 文艺民俗学，英文名 Folklore in Literature，是经过学界众多权威认可的一门中文类新学科。1987 年列入林骧华、朱立元等主编的《文艺新学科新方法手册》，1999 年该条目被收入新版《辞海》。文艺民俗学研究民俗文化对一般文艺发展的影响和相互关系，兼容民间文艺学研究及非物质文化遗产保护的基本内涵。20 世纪 80 年代中期，国内陈勤建、宋德胤、秦耕等学者各自提出文艺民俗学研究，其中陈勤建强调研究民俗对一国一民族文艺的发展影响，把文艺人学观的民俗基因、民俗意象和形象塑造等创新理论作为文艺新学科构架的理论基础。1986 年、1987 年经中国社科院文学研究所组织国内外学者反复论证，陈勤建提出的文艺民俗学学科建设《文艺民俗学导论》被正式列入文学研究所主持的国家文科"七五"重点项目文艺新学科建设工程。目前，"文艺民俗学"除华东师范大学中文一级学科 2004 年率先自主设立博士点外，国内外尚无专门的学科博士点和研究机构。

[③] 陈勤建：《文艺民俗学》前言，上海文化出版社 2009 年版，第 1 页。

俗的烙印；而文艺要描写人、表现人，倘若离开了附着在个体身上的民俗，人物的形象及内心刻画就欠准确、真实和生动。同样，现代文学作品要表现女性，只有把发生或依附在女性个体身上的女性特征鲜明的民俗深刻地挖掘出来，才能真正创造出女性文学的不朽形象。总之，本书认为，女性民俗与女性形象塑造密不可分，女性民俗既是人物活动或人物性格发展的一部分，同时又对女性形象塑造起到了至关重要的作用。至于女性民俗具体关涉的文学研究对象、与之相关的田野调查以及如何在现代文学江南作家笔下进行合理的演绎，这将是后文所要探讨的问题。

二 文学展演

展演理论，又称"表演理论"（Performance Theory），兴起于20世纪60年代末70年代初的美国民俗学界，80—90年代上半期影响臻至顶峰，至今仍然具有强大的生命力，其影响扩展到世界范围内的诸多学科领域。[①] 早在1957年，威廉·詹森（William Janson）已开始使用"表演"这个概念，并在理论的意义上讨论"表演"。阿兰·邓迪斯（Alan Dundes）也于1964年发表了题为"文本肌理、文本和语境"（Texture, Text and Context）的重要文章，主张在研究民俗事件时，不仅要关注文本，还应关注表演的结构和事件发生的语境。表演理论的学者队伍庞大，主要代表人物中以理查德·鲍曼（Richard. Bauman）影响最大，其表演理论论文"作为表演的语言艺术"（Verbal Art as Performance）成为民俗学界的经典之作。鲍曼对口语传统的展演是这样论述的："'展演'实际上是一种语言运用的款式，一种言述的风格，——'展演'其实已是口语艺术领域中沟通表达的首要成分了。"[②] 可见，展演理论最初是运用于口语艺术领域。后人对展演理论的解读有了新的突破。中国台湾李亦园认为，鲍曼的展演理论不仅着重于沟通（Communication）与表达（Expression）的种种过程，而且还十分强调其行动的实践意义。展演理论的兴起改变了以往仅注重作品研究的风气，转而对文学过程进行发掘与探讨，使人类学、民俗学、文艺学等相关学科都能跨进动态、实践研究的境界。杨

[①] 杨利慧、安德明：《美国当代民俗学的主要理论和方法》，周星主编：《民俗学的历史、理论与方法》（下册），商务印书馆2006年版，第597页。

[②] 李亦园：《民间文学的人类学研究》，苑利主编：《二十世纪中国民俗学经典·民俗理论卷》，社会科学文献出版社2002年版，第348页。

利慧等[①]特别关注表演理论对民俗文化的探讨视角，从而认定表演理论更注重"作为事件的民俗"、文本与语境之间的互动、即时性和创造性、个人的观念和做法以及民族志背景下的情境实践。这对展演理论的内涵和外延均有新的突破和发展。孟慧英[②]则从语境问题、表演的设定、表演者、表演功能诸方面对表演理论进行了全新的解析，同时也给文学研究模式以一种新的视角的启迪。

本书所要研究的"文学展演"正是融会汲取了上述展演理论的精粹，即主要借用 Richard. Bauman 的口头传统展演理论对中国现代文学中的江南女性民俗进行文学层面上的深度阐释，对"展演"进行创造性的剖析，将展演的过程用文学化的思维和语言表述传达给读者。受民俗展演的启发，我们认为文学展演中也存在一个例行的、可预见、规则的群体行为系统和行动场景，它包含了一个社会对传统、理想、群体意识和日常生活艺术方面的期待。本书所讨论的"文学展演"主要包括展演场景、展演路径、展演过程、展演特质、展演理论及展演价值，六大方面相互联系、相互牵制，共同构成"文学展演"的立体式、螺旋式架构。由此看来，本书所论述的"文学展演"并非平面的电影，而是一出类似皮影戏、木偶戏的立体表演，现代文学江南作家操纵和掌控着这个展演的舞台，其笔下渗透着民俗因子的女性形象如同一个个木偶和皮影人物陆续登场，而读者或观众的反映则真正激发了文学展演的功能。

三 江南作家

在讨论"江南作家"之前，首先我们来界定一下"江南"的概念。

任何一种区域文化要自成一体、独立发展，一般来说要具备两个条件：一是区域地理的相对完整性，二是文化传统的相对独立性。江南文化也不例外。从区域地理角度对"江南"概念进行界定，李伯重[③]、严

---

① 参见杨利慧、安德明《美国当代民俗学的主要理论和方法》，周星主编《民俗学的历史、理论与方法》（下册），商务印书馆2006年版，第601—602页。

② 参见孟慧英《语境中的民俗——美国表演理论述评》，周星主编《民俗学的历史、理论与方法》（下册），商务印书馆2006年版，第676—685页。

③ 李伯重认为："明清经济史上的江南地区应包括明清的苏、松、常、镇、应天（江宁）、杭、嘉、湖八府及苏州府划出的太仓州。这一地区亦称长江三角洲或太湖流域，总面积大约4.3万平方公里，在地理、水文、自然生态以及经济联系等方面形成了一个整体，从而构成了一个比较完整的经济区。"参见李伯重《多视角看江南经济史》，生活·读书·新知三联书店2003年版，第448—449页。

耀中[1]等学者的观点大体可以代表学界通行的看法。然而笔者认为，对"江南"的完整定义除了顾及地理因素外，文化因素也是不可或缺的重要组成部分。在漫长的历史演变过程中，区域地理概念逐渐模糊，而区域文化仍保持着它的相对独立性。按照文化人类学的观点，区域文化具有人类文化空间的区域人文发展规律和表现特征，其特点往往是作为一种文化原型、一种区域性的文化"集体无意识"影响着人们文化心理的生成，并对社会发展产生相应的影响。从历史源流上看，江南文化也一直自成一体，它的核心是"江南诗性文化"。"超越实用性的物质文明与精神文明的审美创造与诗性气质，是江南文化在中国区域文化中最独特的内容"[2]。可以说，诗性与审美性构成了江南文化独特的"诗眼"，也是江南文化超越儒家人文观念，实现个体自我需要的文化独特性所在。正是基于这样的理解，对江南文化颇有研究的刘士林指出："江南的地理区域相当宽泛，各种说法之间也有不小的差别。它往北可以延伸到皖南、淮南的缘江部分，而往南则可以达到今天的福建一带。但今天的长江三角洲一带，无疑是江南文化的中心区域。"[3] 本书比较认同这种观点，认为从地理、文化双重视角看江南区域应是以长江三角洲为中心的辐射圈，具体包括江、浙、沪及皖南等部分地区。

基于上述对"江南"概念的地理和文化上的认识，本书对重点论述的"江南作家"的范畴也作了相应的框定，主要是指出生或成长在江南一带（一般包括江、浙、沪及皖南等部分地区）抑或受江南文化浸润的现代文学作家（时间一般在1917—1949年）。需要说明的是，本书对江南作家的选择并非面面俱到式的，而是有重点、有典型地选取那些与著作观点表述关系密切的现代文学江南作家13位，使著作始终围绕"江南女性民俗的文学展演"逐层深入。作家地域分布具有典型性和代表性，"受过江南文化的熏染或浸润"是本文选取江南作家的重要标准，主要有：浙江7人，分别是鲁迅、柔石、茅盾、郁达夫、王鲁彦、苏青、郑振铎；上海2人，分别是施蛰存、张爱玲；安徽2人，分别是吴组缃、台静农；

---

[1] 严耀中认为："历史上所说的江南大体上范围指长江中下游或长江下游的两种说法，后来还有仅指苏南及杭嘉湖平原的。而前一种说法多从政治上着眼，后一种说法则往往仅注目于经济。……从纵观约两千年的历史着眼，并顾及政治、经济、文化等各个方面，故近世学者则常取其中间之说，即以长江下游为江南者居多。"参见严耀中《江南佛教史》，上海人民出版社2000年版，第2页。

[2] 刘士林等：《江南文化读本》，辽宁人民出版社2008年版，第7页。

[3] 同上书，第5页。

江苏 2 人，分别是叶圣陶、赛珍珠（Pearl S. Buck）。在作家性别比例上，男作家 10 人，女作家 3 人。在中国现代文学特定的语境中，这一组数据也鲜明地反映出当时浙江新文学作家群引领文学潮流的现象，[①] 以及女性作家创作队伍相对于男性作家的滞后现象。[②] 此外，出于论述及比较的需要，书中也会涉及部分江南当代文学作家或江南文化圈以外的现当代文学作家，当然这仅仅是起到陪衬、对比的作用。

上述江南作家有关论及女性民俗的代表性作品体裁以小说为主。因为相对于诗歌、散文来说，小说是能将人物形象刻画得最为深刻的一种文学体裁。本书中所选取的江南作家的作品大致如下：

1. 鲁迅《祝福》；2. 柔石《为奴隶的母亲》；3. 茅盾《春蚕》；4. 郁达夫《迟桂花》；5. 王鲁彦《菊英的出嫁》；6. 苏青《结婚十年》；7. 郑振铎《三年》；8. 施蛰存《春阳》、《上元灯》；9. 张爱玲《倾城之恋》、《金锁记》；10. 吴组缃《菉竹山房》；11. 台静农《拜堂》；12. 叶圣陶《阿凤》；13. 赛珍珠《母亲》

需要说明的是，以上所选定的这 15 部作品仅仅是江南作家女性民俗创作的代表之作，或许还有其他的一些文本也涉及女性民俗，但因精力有限，笔者只能就所关注的范围选择一定数量的样本，可能在代表性、广泛性方面还有一定距离，这也是笔者未来努力的方向。本书将在各章节论述的过程中具体融会作品的解读分析，并结合论题研究对象对上述江南作家作品进行一定的田野调查，考察调研作品中的相关女性民俗，寻访体会江南作家进行民俗创作的地域文化因素，真正挖掘作品中女性民俗的熠熠闪光之处。

[①] 王嘉良的《"浙江潮"与"五四"新文学运动》曾论及这一现象与成因。参见《浙江学刊》2000 年第 6 期。

[②] 关于中国现代文学女作家，笔者参阅了由阎纯德主编的《中国现代女作家》（黑龙江人民出版社 1983 年版）以及孟悦、戴锦华的《浮出历史地表——现代妇女文学研究》（河南人民出版社 1989 年版）等著作，概括出的女作家主要有：冰心、凌叔华、陈衡哲、陈学昭、庐隐、冯沅君、苏青、张爱玲、萧红、梅娘、石评梅、袁昌英、苏雪林、林徽因、白薇、陆晶清等。数量远比同时代的男作家少，其中江南女作家更是屈指可数，主要为苏青、张爱玲、苏雪林、陈学昭、陈衡哲、林徽因等。赛珍珠（Pearl S. Buck）是一个特殊的例子，她以美国传教士女儿的身份在江苏镇江、苏州、南京等地生活了近 40 年，并以镇江为"第二故乡"，她以中国题材与视角写就了《大地》《母亲》等著作，因此也可以算是广义上的江南女作家。本文根据论题需要选取其中有代表性的三位女作家。

在对"女性民俗""文学展演""江南作家"等关键词进行界定后，女性民俗文学批评也就有了建立的根基。本书从文艺民俗批评的角度对现代文学江南作家笔下的女性民俗进行考察批评，还有以下几方面的意义。

首先，为现代文学女性研究提供一种新的可供参考的视角。在西方人类学家看来，女性在人类文化史上拥有一种双重的生活文化圈，一方面她们既是社会总体文化圈内的成员，与社会主宰集团的言语相重合；另一方面，女性因自己的独特性征而溢出重合的圈迹之外，这溢出的部分正是失声的女人空间。① 在中国几千年的封建社会里，正是由于妇女附属性、封闭性的社会存在和文化存在，导致了其本体表达的基本缺失，同时也决定了女性作为性别整体特有的文化"失语"的历史。有学者认为，出现于20世纪初现代中国的女性文学，是当时"五四"新文化思潮下"人"的解放和"女性的发现"的产物。② 这一论断的意义就在于，它深刻地指出了现代女性文学对于整个女性文学失语历史改写的意义和"里程碑"的价值。为了更好地去书写女性、发现女性，将女性的情感、欲望、想法原原本本地表达出来，本书以"女性民俗"为视角切入，去发现文学作品中女性的独特和人性的深邃，这不仅符合20世纪初民俗与文学互动的语境，对于现代女性文学或现代文学女性研究而言，这亦是一个全新的尝试。综观文献，我们发现，以往对于现代文学的女性研究大都从女性主义、女性写作、社会性别等角度进行，而关于"女性民俗与中国现代文学"的研究论著寥寥无几，以江南女性民俗的视角从理论和实践两方面去研究江南作家的现代文学创作则几乎是一片空白。从文艺学领域看，民俗即"人俗"，依附并融会在作品女主人公身上的民俗是挖掘个性、体现人性的基质，因而女性民俗与人物塑造、主题深化、文艺审美均有着十分深刻的内在联系。因此，本书选取的"女性民俗"视角不同于以往研究视角，而是力求开创现代文学女性研究的新领域。本书还以"江南"作为论述的语义场，试图水乳交融般地将女性民俗与江南作家创作紧密结合起来进行深入研究，从而构建江南女性民俗文学展演的理论框架，梳理江南女性民俗独特的文学话语体系，为现代文学女性研究提供新的研究视角。

其次，是对文学与民俗关系的一次较为深入细致的解剖。民俗与文学

---

① 参见肖沃尔特《荒原中的女权主义批评》，转引自《最新西方文论选》，漓江出版社1988年版，第276页。

② 李少群：《追寻与创建——现代女性文学研究》，山东教育出版社1997年版，第1页。

有着水乳交融、源远流长的关系。在中国古代文艺宝库中,《诗经·国风》就是一部反映各地民情风俗习尚的文学作品,十五国风涉及周南、召南、邶、鄘、卫等十五个地区,诗篇中充分反映出各地的婚姻、祭祀、生产、生活等习俗。以屈原为代表的《楚辞》的形成也是基于楚国的民歌,同时还融合了楚地的风土物产和方言词汇,具有浓郁的地方特色,可以说是继《诗经》以后民俗与文学相结合的典范之作。民俗对文学的无形渗透在中国新文学运动中表现得更为自觉。作为新文学理论奠基者和中国现代民俗学拓荒者的周作人,于1921年率先在《在希腊诸岛》的译后记里强调民俗与文学的重要关系。① 1927年,周作人在《地方与文艺》中又一次提到"把土气息泥滋味透过了他的脉搏,表现在文字上,这才是真实的思想与文艺"②的观点,无疑再一次重申了民俗与文学的关系。在新文学初创时期,周作人有意识地、主动地从民俗学的视角切入去探讨文学基本理论,眼光可谓超前独特。有学者指出,现代文学史上,以鲁迅为代表的"乡土文学"现象、以沈从文为代表的"京派文学"创作都与周作人呼吁的文学与民俗相融的理论有着密不可分的关系。③ 之后,朱谦之的《中国音乐文学史》④、郑振铎的《中国俗文学史》⑤等著作都是从文学史角度对民俗与文学关系的又一次重要考量。20世纪80年代中期,金克木、袁行霈等从不同角度提出了"文艺地域学研究"的问题,为地域民俗文化与当代文学的结合提供了理论的先声。80年代中后期,陈勤建教授就执着于"文艺民俗学"⑥新领域的开拓与耕耘,为文艺与民俗的

---

① 周作人在文中写道:"希腊的民俗研究,可以使我们了解希腊古今的文学;若在中国想建设国民文学,表现大多数民众的性情生活,本国的民俗研究也是必要,这虽然是人类学范围内的学问,却于文学有极重要的关系。"参见吴平、邱明一编《周作人民俗学论集》,上海文艺出版社1999年版,第349页。
② 吴平、邱明一编:《周作人民俗学论集》,上海文艺出版社1999年版,第303页。
③ 常峻:《周作人文学思想及创作的民俗文化视野》,上海书店出版社2009年版,第24页。
④ 朱谦之:《中国音乐文学史》,世纪出版集团2006年版。该书最早版本是1935年,从诗乐、楚声、乐府、唐代诗歌、宋代歌词及剧曲等方面论述了音乐与文学的关系,其中有部分涉及民俗与文学的关系。
⑤ 郑振铎:《中国俗文学史》,商务印书馆2005年版。该书最早版本是1938年,是中国俗文学研究史上具有开创性、奠基性的专著,上起先秦,下迄清末,对中国历代歌谣、民歌、变文、杂剧词、鼓子词、诸宫调、散曲、宝卷、弹词、子弟书等民间文学作了系统的梳理,是民俗与古典文学完美结合的重要之作。
⑥ 陈勤建:《文艺民俗学导论》,上海文艺出版社1991年版。该书是国内文艺民俗学理论奠基之作。

正式联姻奠定了理论基础。90年代中期，由严家炎主编的"二十世纪中国文学与区域文化丛书"①则是民俗与现代文学结合的实践典范。上述对文学与民俗渊源关系的研究是非常值得学习和借鉴的。基于前辈专家已有的研究基础，笔者以一个女性特有的细腻和洞察力发现，几乎从古至今对文学与民俗相融的研究都是整体式、全局式的，而相对缺少分支式、局部式的研究。因此，笔者特别将民俗的下位概念——"女性民俗"引入到本书，以期对女性民俗在文学研究中、在前人没有关注的视野里进行一次深度、细致的剖析探索。

再次，从区域文化文学的角度对江南作家作品进行重新解读。现代文学诸多江南作家如鲁迅、柔石、苏青、王鲁彦、张爱玲、施蛰存、吴组缃、台静农、叶圣陶等作品均不同程度地涉及婚姻、生育、社交、信仰等女性民俗，这为本书"女性民俗"视角的引入与确立提供了极为重要的文本基础。以往对现代文学作家的研究多从文学流派、文学社团划分入手，从区域文化文学的视角去研究的相对较少。本书选取在地理和文化意义上相对集中且颇具代表性的"江南"区域作为研究范畴，并攫取作家作品中的共性——"女性民俗"作为主要的研究对象。由于地域文化及民俗研究视角的独特性，致使本书对江南作家的研究也摆脱了传统意义上的束缚，而更注重对作家作品进行民俗内涵与地域风格的挖掘。

基于此，本书将在文艺民俗学学科理论的统领下，借鉴运用原型批评、展演理论、女性主义文学及生态文艺学等具体理论，对江南女性民俗在现代文学中的展演进行深入的研究，主要从展演场景、展演路径、展演过程、展演特质、展演理论及展演价值等几方面展开，大致研究思路如下。

著作围绕"江南女性民俗缘何成为现代文学江南作家的重要创作素材及如何进一步在作品中进行文学展演"这一问题展开，分六大部分，逐步深入，在书中形成一条以"文学展演"为主线的纵向脉络。第一部分，从女性民俗展演的江南文化生态语境入手，分别从江南自然生态场景、江南人文生态场景和江南民俗语言三个视角阐释江南语境的多维

---

① 该丛书涉及了巴蜀文化、湘楚文化、三晋文化、三秦文化、吴越文化、齐鲁文化、雪域文化及黑土地文化等，从不同的文化视角展现了区域文化、区域民俗与现代文学的互动关系。美中不足的是，丛书对"民俗文化"的因素挖掘还不够深入透彻，而仅仅是从一般文化的视角论述其与各地文学的关系。

审美特征、女性文化建构及女性俗世理想，这是江南女性民俗进入现代文学江南作家创作视野的语义场，也是本书论述的基点。第二部分，结合文艺学作家创作论的视角展开对女性民俗展演路径生成的研究，主要从发生论、创作论、传播论三方面进行论述。吴越地域文化对江南作家的无形浸润是女性民俗文学展演路径生成的基础，在此基础上所形成的作家的创作观，即在新文学思潮影响下对女性主体性的发现是女性民俗文学展演路径生成的根本原因，而在当时特定语境下民俗对人的影响则成为江南作家书写和传播女性民俗的文学动力。第三部分，在对展演路径生成研究的基础上，将从接受美学的视角对女性民俗展演过程进行蒙太奇式的评鉴，具体结合作品分析及女性文学形象的刻画展开三个维度的研究，即女性主义阅读的民俗解说、女性心理的民俗学审视、女性民俗的日常生活审美。这部分对展演过程的分析将为接下来女性民俗的展演特质及展演理论的提炼奠定论证基础。第四部分，主要论述江南女性民俗文学展演特质。民俗在不同时空的表现形态及其文学内部构成也影响到江南女性民俗文学展演特质的生成，本书主要择取江南范畴内的乡土女性民俗和都市女性民俗两种民俗形态分别展开论述；在此基础上，分别从文学原型、文学叙述模式等视角对江南女性民俗的文学内部进行考察，由此直抵深层的文学展演特点。第五部分，主要讨论女性民俗文学批评的理论建构。本书试图构建一个立体的、多维的"立锥体"式的理论框架，其基座是"女性民俗文学批评"理论，这是文艺民俗学、文学人类学思维启迪后的理论构想，也是对这些经典理论的一次突破与发展。立锥体的三面分别由女性民俗的文化文学融合论、女性气质的民俗—原型批评论、女性作为民俗主体的文学价值论构成。著作最后一部分，主要探讨江南女性民俗文学展演的当代价值。结合田野调查、个案访谈、问卷分析等方法透视女性民俗与当代江南女性的重要关联；同时，从文学史的角度考察女性民俗对现当代文学发展特别是当代女性文学批评的重要意义及深远影响。

  本书力求突破以往传统的文学研究模式，将人类学、民俗学、女性学、文化学、生态学等方法引入到文学、文艺研究领域，是对中国文学跨学科、多领域研究的一次新的尝试。在具体的实施过程中，采用了田野调查、个案访谈、问卷分析、文献研读、比较研究等方法。其中，田野调查法主要用于考察江南作家笔下的女性民俗物象、活动以及江南作家进行民俗创作的地域文化背景；问卷分析和个案访谈法主要用于了解女性民俗对当代江南女性生活、文学层面的意义及影响。

第一章　江南女性民俗的文化生态语境

　　江南文化发端于上古时期的吴越文化。吴越文化是"春秋时期最早开发长江三角洲及其周边地区的吴国和越国统治期间所形成的、又为后世所传承发展起来的一种地域文化"[①]，它的得名源于这里曾经建立的吴国和越国，两者毗邻而居并且有着相同的文化传统，它奠定了江南文化的基础。与"江北""中原"等区域文化概念相并立的江南文化是吴越文化的新发展，它与吴越文化有着源远流长、不可分割的内在联系。江南文化在秦汉以后尤其是晋、唐之际发生了重要嬗变，进而发展成为较稳定的新型地域文化，在明、清、近代趋于繁荣。可见，"江南"这个特定的称谓经过历史的积淀与演变，已成为一个具备丰富内涵、多重指向的人文符号。正如周振鹤先生所言："江南不但是一个地域概念——这一概念随着人们地理知识的扩大而变易，而且还有经济意义——代表一个先进的经济区，同时又是一个文化概念——透视出一个文化发达取得的范围。"[②] 本书所指涉的与女性民俗相关的"江南文化生态语境"是建立在地理江南的基础上的，但在气质上更多的是倾向于文化意义上的江南。

　　然而，不管是地理意义上还是文化意义上的江南，它与"女性""唯美""婉约"等特征有着内在的、必然的联系。与"粗犷硬性"的中原文化相比，江南文化呈现的是其"柔婉雅致"的一面，这些与女性不谋而合的特征从一个侧面透视出"江南"文化与"女性"的内在本质联系。正如学者汪政所言："在江南文化中，女性一直是个重要的内容。……在这种长期的生活与言语中，江南文化整体地表露出女性化、阴性化的风格。"[③] 基于此，本章节将"江南"与"女性"有机关联，在自然与人文的互动中探析滋生江南女性民俗的生态语境，以期为论题的开拓与深入奠

[①]　王遂今：《吴越文化史话》，浙江大学出版社2005年版，第1页。
[②]　周振鹤：《释江南》，《中华文史论丛》1992年第49辑。
[③]　汪政、晓华：《多少楼台烟雨中——江苏小说诗性论纲》，《小说评论》2007年第3期。

定语境的基础。在笔者看来，江南女性民俗的文化生态语境包括自然生态语境与人文生态语境，两者互为一体，缺一不可。而江南民俗语言则是从另一维度阐释了江南文化生态语境，是体现江南女性俗世理想的重要侧面。

第一节　江南自然生态场景的审美特征

《汉书·地理志》风俗篇曰："凡民函五常之性，而其刚柔缓急，音声不同，系水土之风气，故谓之风；好恶取舍，动静亡常，随君上之情欲，故谓之俗。"[1] 由此可见，江南地区文化风俗的形成与其固有的地理环境、地域风貌、风土人情等有着密不可分的关系。"江南"是一个有着复杂多元的审美含义的文化文学场域。江南城市的文化记忆与审美想象为历代文人作家所关注，它在文学意义上的存在也昭示了江南女性话语体系构建的可能性。作为这个特定场域中的江南女性，她们在历史长河中构建女性独特的文化时不可避免地会受到江南特定生态语境的影响。

一　刚柔相济的江南

江南远古时期玉文化十分发达，江南先民好玉喜玉的审美追求与玉本身的"柔和润泽"特性是分不开的。早在1936年，一位考古学者就在良渚文化遗址中发现了距今四五千年的玉琮、玉钺、玉璧、玉璜等珍贵玉器，这些玉器造型完美、雕刻精细，同时也富有深远的寓意，每件玉器工艺品里都凝聚了史前先民崇高、美好、圣洁的人文情怀。良渚玉文化中的玉琮是吴越先民神权的象征，表达了先民"天圆地方"的思想和"天地人和谐"的愿望；玉钺是军权或王权的象征，是刻有"神人兽面纹""鸟图腾"的一种礼器；玉璧作圆饼状，中有一孔，象征财富；玉璜则是有身份者的佩饰物。[2] 江南良渚深远的玉器文化对江南先民审美观念的形成有着不可忽视的影响，佩玉的女子有一种江南的婉约，玉的温润莹洁、含蓄雅致正是人们对温柔智慧的江南女性气质的独特解读。

蚕丝与玉一样同样为吴越先民所崇尚和喜爱。据考古实物证实，浙江余姚的河姆渡文化遗址发现了距今7000年前的刻有仰首蠕动前行的蚕纹

---

[1]（汉）班固：《汉书·地理志》，中华书局2007年版。
[2] 参见王遂今《吴越文化史话》，浙江大学出版社2005年版，第45—48页。

盅形牙雕，说明河姆渡先民早在7000年前就知晓养蚕之事；在良渚文化的湖州钱山漾文化遗址则发现了距今4700—5200年前的细丝带、丝线和绸片，这是迄今发现的最早的丝织实物。① 《史记·吴太伯世家》中记载了互为邻国的吴楚两国常因争桑而发生纠纷甚至因此挑起国与国之战的史实，这也从一个侧面反映出蚕桑丝织业在吴越文化中的重要地位。《左传》中亦有关于"禹合诸侯于涂山，执玉帛者万国"的记载，这里的"玉帛"就是玉制的礼物和丝织品，是当时诸侯用来显示其尊贵地位的礼器，是诸侯间交往的重要物品。"化干戈为玉帛"应该也是江南先民以柔克刚的外交智慧的体现吧。在江南一带，女子与丝绸有着不解之缘，苏杭女子擅长刺绣，女红是昔日江南女子的必修课，这一针一线流淌着江南女子的丝丝柔情。

相较"玉"与"丝"，江南之"水"可谓是真正意义上的女子的"化身"。江南地区在地理环境上具有典型的水乡泽国及山水秀美的特征，这与女性"娇美柔弱"的特性相吻合。司马迁《史记·货殖列传》云："吴有三江五湖之利。"② 杜荀鹤在《送人游吴》一诗中写道："君到姑苏见，人家尽枕河。古宫闲地少，水港小桥多。夜市卖菱藕，春船载绮罗。遥知未眠月，乡思在渔歌。"③ 可见，"水"在江南地区有着极其重要的地位。江南水系发达，纵横交错，水是浇灌江南的源泉，江南的稻作、渔业、航运都与"水"有着生生不息的联系。不仅如此，江南也因水而变得富有生机，江南的浙商、徽商最早都是通过水路走向世界，从而发展并繁荣了江南的经济。更为重要的是，水的"灵性""柔性"特征赋予了江南女性特有的智慧与灵秀，这是江南女性区别于其他区域女性的独特之处。

在各类地方志中记载了自古以来江南水系的发达状况。江南某些区域因为河流众多，纂修地方志的官员干脆以溪河命名，《小溪志》就是颇具代表性的一部地方志。《小溪志》纂成于清光绪十七年，是一部私修的宁波区域志。志中记载道：七乡所指为宋代鄞西的句章、通远、桃源、光同、清道等五乡以及城区同受鄞西水惠的武康、东安两乡。这一乡里制的格局一直保留到清代。之所以用"小溪"来概括这七乡之地，正是因为这一区域可以理解成"小溪流域"，也就是出鄞江山口的四明山水的下游

---

① 王遂今：《吴越文化史话》，浙江大学出版社2005年版，第57页。
② （汉）司马迁：《史记》，中华书局1959年版。
③ 引自《全唐诗》卷691，中华书局1960年版。

流域，具体指今天的樟溪——南塘河，以及樟溪——小溪港——西"中"塘河流域……这一区域，因为共同受惠于流经鄞江镇的四明山水，以水系分布看，鄞江镇又正是这个水系可资提挈的地理要点。水绿带动的地缘关系，使这七乡长期以来有着更为密切的交往沟通，形成了共同的生产方式、生活方式和文化信仰方式与细节，构成了同一个文化地理单元。[1]

由此可见，江南之水不仅是江南地缘的必要"纽带"，也是贯通江南这一地区文化的重要"血脉"。以水系构建的区域网络不仅为江南经济的繁荣带来了便利，而且为江南文化的融通、风俗的形成提供了可能的语境。

另外，从城乡聚落分布的地理学和生态学角度看，江南市镇的发展与水运交通方面也密切相关。诸多学者对明清时代运河及大小支流沿岸如何形成江南市镇的话题有过深入的研究。以苏州为例，明清时代以苏州为中心的长江三角洲，其天然河网纵横交错，湖泊星罗棋布，加之人工开掘的用以灌溉排水的港汊水道交织密布其间，呈现出十字、丁字和乙字等众多形状，错综复杂的水系构成了苏州当地自然景观的主体。而市镇、农村聚落多依河而布，傍水而建，人员货物流通便利，市镇经济繁荣发达。有学者指出，苏州地区的很多市镇，其规模和经济地位大大超过县城，像吴江县的盛泽镇、平望镇，昭文县的支塘镇、梅里镇，常熟县的福山镇，嘉定县的南翔镇，宝山县的罗店镇等，经济发展和人口规模远超管辖它的县治。[2] 江南发达的水系为孕育江南独特的柔性文化提供了地理和生态上的物质条件。

在中国传统的思维中，水是与"柔弱""灵动"联系在一起的。老子曾言："上善如水。水善，利万物而有静，居众人之所恶，故几于道矣。"[3] 老子盛赞水柔弱、居下的德性，认为崇高的圣人就好比是水，水具有种种美德，它滋润万物有利于它们生长而又不和万物相争保持平静，处在人人都厌恶的低下地方，所以水性接近于"道"理。仁者乐山，智者乐水，生活于水汽充盈的江南地区的人们，性情多倾向于飘逸、灵动，情感细腻而思维活跃，可以说江南人的灵秀聪慧与江南的"水"性特征有着内在的重要关联。魏晋南北朝以后，江南诗人、书法家、画家的大量

---

[1] （清）柴望：《小溪志》，宁波出版社2009年版。

[2] 罗仑、夏维中：《明清时代江南运河沿岸市镇初探》，《南京大学学报》（哲学·人文·社会科学）1990年第4期。

[3] （春秋）老聃著，梁海明译注：《老子》，辽宁民族出版社1996年版，第12—13页。

涌现充分诠释了这一现象。在唐代，许多江南文士往往是诗、文、书、画兼长，也体现了这种整体上的灵性特质。在初、盛唐之际被称为"吴中四士"的张若虚、贺知章、张旭和包融，他们在人格上体现出了一种淡泊旷达的精神，而在创作上则表现为水性诗行的风格。以张若虚的《春江花月夜》为例，"人生代代无穷已，江月年年望相似。不知江月待何人，但见长江送流水"，这其中"水"的意象便生动地展现出江南文人似流水般温婉的诗性智慧。对于"吴中四士"这种水性诗行的根源，有学者认为："这个来源应该是江南文化，准确地说，是晋宋风流。江南文化的精粹所在就是感发于山水内敛与精致之特性而表现出的不婴世务而淡泊的生存姿态和文辞言谈的书卷风流。"①

然而，江南之水也有其另外一面。《老子》曰："天下莫柔弱于水，而攻坚强者莫之能先也，以其无以易之也。水之胜刚也，弱之胜强也，天下莫弗知也，而莫之能行也。"② 水是天下最柔弱的东西，但它却能以柔克刚，无坚不摧。老子的所谓水的"两面性"特点也生动地阐释了江南水性思维和水性人格的复杂性。由此我们不难理解，江南作家笔下的女性形象与内在性格既有温柔唯美的一面，又有执着抗争的一面，这在某种意义上丰富并加深了读者对江南女性性格内涵的全面、辩证的认识。

"以柔为主，柔中带刚"的江南地理文化特性不仅深深影响了生活其中的江南女性气质，而且也无形地感染了江南历史上的文人学者，他们有意无意地把目光集中在了江南女性的文学书写上，从而构筑起别具一格的江南文化话语体系。

二 形神兼美的江南

白居易饱含着深情与思想的《忆江南》为我们展示出美丽的水乡江南胜境，"日出江花红胜火，春来江水绿如蓝"也成为脍炙人口、流传千古的名句。其实，中国历代文人墨客对于江南的色彩还是颇具感悟力和鉴赏力的，杜牧的"千里莺啼绿映红"，王安石的"春风又绿江南岸"，还有杨万里、苏轼以及现代作家朱自清、叶圣陶等无不写出了江南特征的鲜明色彩。丹纳在《艺术哲学》中充分认识到了色彩的重要性："红色和绿色能产生丰富的共鸣；从明亮变到阴暗有不少层次。"③ 显然，与"千里

---

① 周衡：《江南文化的浮沉与吴中四士论》，《江苏大学学报》（社会科学版）2007年第1期。
② （春秋）老聃著，梁海明译注：《老子》，辽宁民族出版社1996年版，第121页。
③ ［法］丹纳：《艺术哲学》，傅雷译，天津社会科学院出版社2007年版，第130页。

冰封,万里雪飘"的北国风光相比,江南呈现在世人眼前更多的是"桃红柳绿"的鲜明感,这种色彩很容易让人产生强烈的视觉冲击和丰富的内心共鸣,而这恰恰是江南文人墨客产生诗性气质的底色。

江南的底色隐含着一种蕴意与和谐。这种色彩上的蕴意很大程度上被江南的茶文化所裹挟,鲜嫩绿泽,回味无穷。茶文化历史悠久,古书上曾有"神农尝百草,日遇七十二毒,得茶而解之"的记载,茶叶虽然最早产于云贵巴蜀,但它却在吴越文化中扮演着一个重要的角色。相传"茶圣"陆羽在游历期间曾隐居于浙西,并在当地留下了千年不朽的著作——《茶经》。《茶经》不但是茶事的历史总结,而且也是世界上最早最具权威的茶叶专著,它将普通茶事升格为一种美妙的文化艺能。因此,陆羽和他的《茶经》为江南茶文化的形成与沿袭奠定了扎实的基础。

江南的底色也讲究一种外在与内在的本质上的自然和谐,"明暗之间的和谐,浓淡之间的和谐,表达内心的和谐,韵味无穷,沁人心脾的和谐。"① 江南的绿茶与江苏宜兴的紫砂壶、浙江慈溪的越窑青瓷有机地融为一体,茶与器里应外合,绿、紫、青相映成趣,你中有我,我中有你,体现出江南茶文化内外高度和谐的理念。陆羽在《茶经》中比较了北方邢窑的白瓷和江南越窑的青瓷后,对饮茶之器作了客观的评价:"若邢瓷类银,越瓷类玉,邢不如越一也;若邢瓷类雪,越瓷类水,邢不如越二也;邢瓷白而茶色丹,越瓷青而茶色绿,邢不如越三也。"② 而江南采茶女青莲包头藕荷兜的装束与江南葱绿的茶林也互相掩映,成为江南地区一道独特的风景线。不仅如此,当"茶"一旦成为爱情的信物、婚姻的媒介时,"绿"茶又与中国传统意义上洋溢着喜气的"红"字连在了一起。这种含义源于古语所谓的"下茶",即男方向女方送去定亲之礼,而"受茶"则是女方接受男方定亲之礼。茶在婚事中的重要地位也无不折射出江南人对茶的嗜好之情。

事实上,在日常生活中茶已成了江南人十分喜好的传统饮料,有资料记载:"杭民尚奢侈,妇人则多以口腹为事,不习女工。至如日用饮膳,惟尚新出而价贵者,稍贱便鄙之,纵欲买恐贻笑邻里。"③ 这里所说的"饮膳"也包括喝茶在内。在古代杭州的茶楼、茶坊还有"专供茶事之人",被称作"茶博士"。明代田汝成在《西湖游览志余》里就如此记载:

---

① [法]丹纳:《艺术哲学》,傅雷译,天津社会科学院出版社2007年版,第136页。
② (唐)陆羽:《茶经》,凤凰出版社2007年版。
③ (明)陶宗仪:《南村辍耕录》卷11,《杭人遭难》。

"杭州先年有酒馆而无茶坊,然富家燕会,犹有专供茶事之人,谓之茶博士。"① 对茶文化有着深入研究的当代江南女作家王旭烽在其小说《南方有嘉木》里悟出了茶文化的真谛:"当我们喝茶的时候,尤其是喝绿茶的时候,我们却喝出了它的本来形态。茶体现出纯粹的古典之美,我们便喝成了茶的'寻根派',茶便成了一叶载着永恒的绝对精神的小舟。"②

江南茶是江南人的精神寄托,那么江南的音乐则可谓是江南人的文化记忆。"音乐作为一种声音的记忆,有可能比别的物质或非物质的形态更鲜明而直接地呈现出这一地域文化的种种内在特质。"③ 以吴歌而言,涂山氏之女一声"候人兮猗"揭开了中国情歌的序幕,那首简洁明快的"断竹,续竹,飞土,逐肉"的《弹歌》也成为吴越先民狩猎生活的精辟写照。此外,清新的《江南可采莲》,深情的《榜枻越人歌》,"慷慨吐清音,明转出天然"的"子夜歌"以及充满江南水乡柔情的《茉莉花》《采茶舞曲》等均是江南颇具代表性的音乐。不同的音乐对于表现不同地域的风土习俗、当地人们的内心情感有着非同寻常的意义,江南的丝竹、昆曲、越剧、吴歌、评弹等由此成为江南人由内而发的心灵的表现。当然,江南水乡、集镇、舟船众多,形形色色的船与造型丰富的桥,虚实相间的江南园林与玲珑雅致的亭台楼阁,这一切均构成了一幅清新和谐的江南自然景观,也使江南成为"与众不同"的江南。

李泽厚先生指出,"不但自然美的存在是有关美的本质的重要问题,而且自然美的观赏,也是有关消除异化、建立心理本体的重要问题,因此正是哲学美学所应着重处理的"④。这让我们进一步认识到江南自然美在江南各种美学关系中的基础性和本质性的意义。美的范畴十分广泛,美不仅包括自然美,还包括社会美、艺术美、科技美等。只有将诸多"美"的类型有机地组合并建构在美的范畴内,才是对"美"的正确的、全面的认识。在这样的审美语境观照下,江南的自然美获得了广阔的发展空间,江南独具特色的阴柔雅致之美为江南女性的出场与活动提供了自然、原始、自由的生态场景。

---

① (明)田汝成:《西湖游览志余》卷23。
② 王旭烽:《南方有嘉木》,浙江文艺出版社2010年版。
③ 乔建中:《听丝竹之声而天下治——江南丝竹与江南文化漫议》,《民族音乐》。
④ 李泽厚:《华夏美学·美学四讲》,生活·读书·新知三联书店2008年版,第294页。

第二节 江南人文生态场景的女性构建

从生态文艺学的视角去分析江南女性民俗与江南生态语境之间的关系，不仅能较好地把握江南女性民俗的历史渊源，而且也能较为深入地透视构成江南女性文化独特性的人文生态语境。国内生态文艺学创始人鲁枢元教授指出，生态文艺学立足于人类文明的转型，从时代的精神状况出发，运用生态学的世界观对自然与人的关系进行重新审视。他还认为重整破碎的自然与重建衰败的人文精神是一致的，文学不但是人学，同时也是人与自然的关系学、人类的精神生态学。[①] 刘锋杰也有类似的看法，认为生态文艺学重在培育人的生态意识，使人成为自然生态系统中的有机组成部分。由此可见，生态文艺学十分注重人的本体或人文因素在特定场景、语境中的作用，使审美活动顺利进入更高层次的构建。鉴于此，本节以生态文艺学的视角从三个维度展开对江南人文生态场景历史、文化、民俗的立体审美探求，并进而探析江南人文生态语境与江南女性民俗建构之间的内在、多元的互动关系。

一 姜嫄与江南女性神灵

据历史学家考证，至少在一万年以前，江南古陆已有人类的活动，这表明江南地区是古人类的发源地之一。文献上有关于先吴"古国"的相关记载，近年来长江下游一批良渚文化遗址的勘探和发掘使一些考古学家更确信这一时期的前后社会已处于"古国"发展水平。然而，"古国"的形成不是一蹴而就的，它经历了一个相当长的演变过程。西方学者塞维斯（Elman R. Service）在20世纪60年代根据民族学上可以观察到的人类社会组织，提出"群队"→"部落"→"酋邦"→"国家"这样的演进模式，这种模式在国外的文化人类学研究界引起了广泛的影响，也为先吴古国的形成提供了合理的解说。先吴古国处于长江下游太湖流域，而这个区域气温适宜，非常适合农业耕作，也适合人类繁衍、居住。吴地不仅有着年代久远的始祖，而且吴地先民们的活动范围也很大，这对于后来吴越文化的形成、演变有着不可忽视的影响。笔者在研究考察吴越、江南地区的历史资料时发现，女性对于吴越历史的发展也有着十分重要的影响，而女

[①] 参见鲁枢元《二十世纪中国生态文艺学研究概况》，《文艺理论研究》2008年第6期。

性历史地位的重要性恰恰被诸多研究者所忽略。

对于母系氏族或女性文化的意义我们从中国的文字中可见一斑,"一些从女的姓氏特别古老,远古时代许多部落酋长的姓大都从'女',如神农姓姜;黄帝姓姬;虞舜姓姚。周人的王族为姬姓;秦人的王族为嬴姓等等。有学者以为这或许是古老的母系社会的文化孑遗"。① 从这里我们隐约感觉到女性与原始"酋邦"的渊源关系。事实上,先吴古国在其发展、形成的过程中的确与女性有着千丝万缕的关系,这可以从"泰伯奔吴"的历史中得到印证。《史记·吴太伯世家》记载,泰伯奔吴后"自号句吴","太伯卒,无子,弟仲雍立,是为吴仲雍。仲雍卒,子季简立。季简卒,子叔达立。叔达卒,子周章立。"② 从吴国的传承世系可以看到吴太伯在吴国的开创性地位。然而,"泰伯奔吴"的事实也曾遭到学界的质疑,清代学者崔述以及现代学者卫聚贤、白寿彝、陈桥驿等有过不同的观点,而李学勤、徐吉军等的《长江文化史》则对诸多历史争论进行了概括分析,③ 并得出"泰伯奔吴"是信史的结论,这为历史上的女性姜嫄与吴地吴国之密切关系构建了一座桥梁。

我们从《吴越春秋》中所记载的"吴之前君太伯者,后稷之苗裔也"的史实中可以看到,吴太伯是远古时期周族部落首领后稷的后代,而后稷的母亲正是被后世尊为"送子娘娘"的姜嫄。《史记·周本纪》中说:"姜嫄出野,见巨人迹,心忻然说,欲践之,践之而身动如孕者。"④ 姜嫄因为踩踏了巨人的足迹感孕而生下后稷,后稷从小对农业表现出了异常的兴趣,长大后精通农作,被世人尊为"农神"。《史记·周本纪》中也有相关记载:"封弃于邰,号曰后稷,别姓姬氏。"⑤ 而"姬"姓正是黄帝的姓氏,因为黄帝生于寿丘,长于姬水,因此以"姬"为姓。这样后稷也成了黄帝的后人。

---

① 段石羽:《汉字中的中国古代哲学思想》,新疆人民出版社2006年版,第10页。
② 《史记·吴太伯世家》,引自司马迁《史记》,中华书局1959年版,第1445—1446页。
③ 李学勤、徐吉军等如此概括说:"对于太伯、仲雍奔荆蛮,学术界颇多歧见。或否定其事,认为太伯的封国吴在今甘肃境内,江南的吴到春秋晚期才冒认是太伯之后。或认为太伯所奔之地是在今晋、陕之交的'虞',奔吴是后人的附会,用来游说吴王,借以牵制楚人。或认为吴是虞的支族,与楚相近,建国于汉水附近的荆蛮之地,后来随周人南征至汉东。或认为这个传说应该是西周前期周朝势力达到江南的史影,不容否定。"参见《长江文化史》,江西教育出版社1995年版,第148—149页。
④ 张守节:《史记正义》,引自司马迁《史记》,中华书局1959年版,第111页。
⑤ 同上。

既然吴太伯是后稷的后代，而后稷又是姜嫄感孕而生，那么吴太伯与姜嫄自然有着渊源的传承关系，包括血缘上和文化上的。吴太伯入吴后，他把中原地区的很多习俗、文化、信仰也同时带到了吴地，这里既有其祖先后稷的影响，亦有其女始祖姜嫄的影响。姜嫄因为生了后稷这个周族的始祖而被后世定位为"周族的母神"。后世周族部落世代繁衍，人丁兴旺，到周文王、周武王时期达到鼎盛，于是后世把周族母神姜嫄的弃婴之举全然抛之脑后，而将其抚育繁衍之德大加颂扬。在《诗经·鲁颂·閟宫》诗中如此写道："赫赫姜嫄，其德不回。上帝是依，无灾无害。弥月不迟，是生后稷。"① 在陕西岐山周公庙的专祠里，早在元代时就在正殿后偏东创建了"姜嫄殿"的正殿和献殿，人们把姜嫄作为周族的女始祖供奉，还把她作为主宰婚姻和生育的神灵——"送子娘娘"而祭祀祈佑。据古书记载，传统的周公庙庙会香火旺盛，人们主要是把姜嫄当作民间的"送子娘娘"进行供奉，以祈求早日得子。无独有偶，在江南一带也一直流行着"送子观音"的传统观念，在江南的人们看来，观音是一位美丽善良、救苦扶难的女神，她可以护佑人间风调雨顺、健康长寿、避凶趋吉，特别是送子、育子、救助产妇诸功能受到妇女的崇拜。邢莉的《中国女性民俗文化》一书中就记载了关于"子孙娘娘"的内容：

> 子孙娘娘又名子孙保生之君，主管生育之神。送生娘娘，注生娘娘，催生娘娘均为司怀孕、生产女神。民间常把这三位女神供在一起。民间有谓注生娘娘为顺懿夫人者，有谓催生娘娘为顺懿夫人者，又说顺懿夫人家在福建古田临水乡，又名临水夫人。《闽杂记》云陈夫人孕数月，会大旱，脱胎祈雨，寻卒，年祇二十四，卒时自言："吾死必为神，求人产难"。②

与送子娘娘"子嗣、繁衍"的理念相一致的是江南流行的麻雀送谷送子的传说，至今在江南一带的宁波、绍兴、金华、丽水等地区还流行着。民间认为麻雀能送来滋养人生的谷种，也一定能送来传香火的人种，因此麻雀被江浙稻农尊称为"雀仙"。陈勤建教授认为，这种尊崇与民众视麻雀为送谷神、送子神的俗信有着极大的关系。③ 在浙江嵊州市至今尚

---

① 《诗经·鲁颂·閟宫》，转引自《毛诗正义》，第1407页。
② 邢莉主编：《中国女性民俗文化》，中国档案出版社1995年版，第364页。
③ 陈勤建、王恬：《吴越民俗文化与民间文学》，吉林摄影出版社2002年版，第27页。

残存《麻雀饭》①的祭祀活动。据说，2月19日是观音菩萨放生麻雀的日子，在浙江金华、余姚一带流传着小孩子吃麻雀饭的习俗。那一天小孩子拎着袋子挨家挨户去讨米，大人把讨来的米烧成饭依次分给孩子们吃，还让孩子们将饭撒给麻雀吃。据说孩子吃了麻雀饭能长智慧、解晦气。传统观念认为，观音菩萨在生日那天放生麻雀意思是教人们行善积德，以慈悲为怀，当然也有祈求生存繁衍、平安兴旺之意。

另据《古吴源流胜迹》一书介绍："在岐山，当地老百姓称后稷为'麦王爷'，认为他是主宰五谷丰歉的农神。"②在中国古代，从事农业生产的部族和国家都要以社神和稷神作为崇拜对象，社神就是土地之神，而稷神就是百谷之神。后稷因此也被誉为"谷神"。早在吴越地区就流行着稻禾神信仰和传说，那是因为水稻对于江南稻作地区的农民来说是一种既平常亲切又颇具神奇感的植物。江南地区对谷神信仰的产生也是比较早的，从谷神的演变形式来说大致可以分为三个阶段，最早是稻谷本身，其次是稻谷人性化阶段，第三是祭奉发明种水稻的人。③人格化的"谷神"一旦到了江南，就被形象地幻化为"秧姑娘""稻花仙子""米菩萨"等女性神灵，在每一生产的重要环节人们都以香烛供品祭祀，以祈求神灵们的护佑。

无论是祈求子嗣繁衍的"送子娘娘"还是保佑五谷兴旺的"稻花仙子"，她们都是江南有着深厚历史积淀的女性神灵。在江南发展的各个历史阶段，女性神灵对当地的生产、习俗、信仰等的形成均产生过不同程度的影响。如果江南是一部五彩纷呈的文化史，那么姜嫄就是掌管生育文化的女始祖，观音就是救苦扶难的女神灵，黄道婆则是精通纺织技术的布业始祖……正是这一位位杰出的女性形象和令人崇拜的女性神灵，才共同书写完成了江南历史上辉煌的女性篇章。马林诺夫斯基在论述文化的功能时这样谈道："文化是包括一套工具及一套风俗——人体或心灵的习惯，它们都是直接地或间接地满足人类的需要。"④由此联系到江南历史上的女性，她们对吴越、江南地区特定风俗的形成有着重要的作用，对于江南整个历史产生了不可忽视的影响，江南女性的历史地位不可小觑，她们应该

---

① 嵊县民间文学集成办公室：《浙江民间文学集成·嵊县故事卷》，浙江省民间文学集成办公室1988年版。
② 吕锡生：《古吴源流胜迹》，社会科学文献出版社2002年版，第17页。
③ 陈勤建、王恬：《吴越民俗文化与民间文学》，吉林摄影出版社2002年版，第55页。
④ [英]马林诺夫斯基：《文化论》，费孝通译，华夏出版社2002年版，第15页。

像男子一样被载入江南正统的历史。

二 江南女学与母仪母教

江南女性文化很大程度上体现在女性创作上,这在清代尤为突出。胡文楷的《历代妇女著作考》载目凡 21 卷,清代占 15 卷,共收录历代有著作成集的妇女 4200 人,其中清代就有 3800 多人。而这些女性作家有半数以上出自江南太湖流域。① 从这一组数据中我们可以清晰地看到,清代江南为数众多的女性参与了文学创作,这种女性创作的局面是十分繁荣和兴盛的,罗时进将这种现象称为"大众化的女性创作"。清代江南的女性创作现象是在一种人文气息浓厚且相对自由、开放的环境中涌现的,它消解了中国历代长期存在的那种男性文人一统天下的局面,因此在女性文学史上有着里程碑的意义和影响。

与"大众化的女性创作"这一观点相呼应的是美国学者高彦颐在其《闺塾师:明末清初江南的才女文化》一书中提出的"才女文化"。她认为中国妇女文化的产生不仅源于单个女性的自我视角,也来自她们逐渐形成的与其他女性、男性世界和与布满了文学人物、历史名人、传奇英雄的想象空间之间的关系,由于这个妇女文化主要是靠文学创作与鉴赏批评来传承的,因此她将这一现象命名为"才女文化"。② 明末清初时,这一"才女文化"获得正式和非正式的组织存在形式,其中一个重要的现象就是"妇女结社"。妇女结社的历史最早可以追溯到 10 世纪敦煌文书里记载的 15 位妇女为增进情谊而结社的事情,到明末清初时的女性其组成的小团体主要是以探讨佛经或基督信仰为主,而士大夫阶层的妇女社团则常以诗社的形式出现。清代学者徐珂在《近词丛话》这样提道:"毗陵多闺秀,世家大族,彤管贻芬,若庄氏、若恽氏、若左氏、若张氏、若杨氏,固皆以工诗而著称。"③ 不仅如此,清代江南的女性创作还存在鲜明的家族特征,一个家族往往集中了若干女性作家,她们相互之间形成了交叉的网络式的血缘关系,如母女诗人、姐妹诗人、夫妻诗人、妯娌诗人、姑嫂诗人等。当时的女性把读书论诗作为她们日常生活中很重要的一部分,以

---

① 罗时进、陈燕妮:《清代江南文化家族的特征及其对文学的影响》,《江苏社会科学》2009 年第 2 期。
② [美] 高彦颐:《闺塾师:明末清初江南的才女文化》,李志生译,江苏人民出版社 2004 年版,第 25—26 页。
③ 唐圭璋:《词话丛编》,中华书局 1981 年版。

自己的作品进行家族内外的交流，这是她们的存在方式和精神寄托。

关于妇女诗社或妇女创作的活动形式，高彦颐主张将其分为家居式、社交式和公众式三类，①"家居式"是最不正规、最为随意的，家庭女性往往是在茶余饭后、闲庭信步时聚在一起谈论文学或吟诗作诗，由于所有女性都是家庭成员并且是在日常生活中进行的，因此被认为是"家居式"社团。"社交式"社团是由家庭女性成员和她们的邻居、远方的女性朋友所组成的，在交际范围上比"家居式"要广泛些，但仍然是非正规而不张扬的，它可以说是"家居式"和"公众式"的过渡形式。"公众式"由于有固定的出版物，并且社团成员有一定的文学声望，因而使其有广泛认可的公众知名度，如蕉园七子、吴中十子、随园女弟子等女性诗社广为流传。清代女性创作活动形式的广泛存在也从一个侧面反映出当时士大夫阶层女性深厚的文化文学修养和社会重视女学、倡导女学的良好氛围。对于这种现象背后的原因，笔者也进行了一番考证，认为清代女性作家的大量涌现主要有以下两个因素。

第一，清代江南经济发达，文化积累深厚，整个社会普遍知识水平较高，文学创作呈大众化趋势，女性作家随之入流。明代以后的"江南"已被赋予了"经济富庶区域"的含义。周振鹤在《释江南》中指出，明代苏、松、常、嘉、湖五府缴纳税粮之和占去了全国总额的五分之一，而苏州一府竟占了将近十分之一。②江南经济的发达也促进了地方文化的繁荣，清代乾隆年间有人在评论江南的书坊业时说："专业鬻书为业者谓之书坊，江南、江西、浙江有之，他处则无。偶有店铺，亦此三省人也。"③可见，江南的富庶为文化的全面繁盛奠定了扎实的基础，而这些为清代女性作家的大量涌现提供了物质保障并营造了浓厚的人文氛围。

第二，晚明以来倡导人性解放，女学得到尊重，加之江南地域文学与家族文学的繁兴，使得文化家族女性的创作才华得到了前所未有的释放和展现。晚明至清代的许多思想家由于受到启蒙思想的影响，大力提倡人们尤其是女性走出家庭，追求独立人格，追求个性自由，这也是对明代专制暴政及正统意识形态的反抗。费振钟认为，被专制政治压迫和正统的意识形态禁锢已久的江南文人提出了"顺情遂性"的口号，所谓"为情而生，

---

① 参见［美］高彦颐《闺塾师：明末清初江南的才女文化》，李志生译，江苏人民出版社2004年版，第26页。
② 周振鹤：《释江南》，《中华文史论丛》第四十九辑。
③ 钱杭：《十七世纪江南社会生活》，浙江人民出版社1996年版，第12页。

为情而死",即反映了他们冲破社会道德藩篱,要求个性解放的愿望。①在这样的个性解放思潮影响下,女性自然而然地走出家庭,拜师问学,以文会友,而江南特有的家族文学传统更使女性作家如虎添翼,其精神生活空间大为扩展,文学创作与交流的机会大为增加。

此外,江南的母仪与母教也是体现江南女性文化底蕴十分重要的一面。女性在人类文化传承中的重要作用早已为学界所认同,"在人类历史长河最遥远的先古,妇女是整个社会的支撑点,正因为如此,她们的灵智即使面对着一片洪荒,面对着艰虞丛生的自然也能够得到体现,而成为人类早期文明的主要推动者。"② 江南的女始祖姜嫄可谓是开创了母仪母教的先河,她清静专一,好种稼穑,后稷诞生后承母之教以兴农耕,在历史上传为佳话。明清时代,江南的母教达到了历史的顶峰,其内容既包含了道德精神方面的指导和示范,即以良言嘉语教育子女,立身行事熏陶子女;也包含文化知识上的传授,即担当起家庭塾师的责任。清代江南常州词派的开宗者张惠言家族几代人的成长就是一个非常典型的例子。张惠言的先祖妣白太孺人22岁守寡,独自担当起了教育惠言父亲叔父等的任务,兄弟以儒学相励,张惠言在《先祖妣事略》中记载道:"孺人率二女纺织以为食,而课二子读书,口授《四子》、《毛诗》,为之讲解,有疑义,取笔记,俟伯叔父至就质焉。"③ 张惠言4岁时,父亲又不幸身亡,母亲姜氏身兼严慈,承担起了训督之责,曾国藩在为《茗柯文编》作序时极力赞扬"张氏之先,两世贤母,抚孤课读,一日不能再食,举家习为故常;孝友艰苦,远近叹慕"。④ 张惠言42岁早逝,这种从先辈白氏、姜氏身上所沿袭下来的母教之风同样在惠言的妻子吴氏身上得以传承,吴氏悉心教育儿子张成孙为学,"不数年,成孙文学斐然,人皆谓编修宜有贤子,不知其实成于贤母也。"⑤ 白氏、姜氏、吴氏几代人"寡母教孤"的行为不仅让我们认识到张氏家族作为江南文化世家得以兴盛繁荣的原因,更让我们深刻地体会到江南母教母仪的优良传统。

"母亲身份是一个崇高的职业,通过它,女性可以拯救这一世界。对

---

① 费振钟:《江南士风与江苏文学》,湖南教育出版社1995年版,第27—28页。
② 罗时进:《中国妇女生活风俗》,陕西人民出版社2004年版,第7页。
③ 张惠言:《先祖妣事略》,《茗柯文编》卷下,四部丛刊本。
④ 张惠言:《茗柯文编》,四部丛刊本。
⑤ 包世臣:《皇敕封孺人故翰林院张君妻吴氏墓志铭》,《小倦游阁集》卷六,《包世臣全集》本。

家庭生活和母亲身份的着迷,可能首先由男性文人所推扬,但只有当女性因其自身原因,而接受了这一观念时,它们才拥有了具体的含义。妇女对儒家传统的肯定,或她们对它的解释,并不是简单地为父权利益服务。尤其当一些母亲利用它来陈述女子教育的正确性时,这种肯定甚至还可以说有松动正统思想的潜力。"[1] 这些论述无疑是把江南的母教提高到一个十分重要的地位。事实上,在这一母教体系中,"母亲"的角色担当着非常重大的任务,教书育人,立身行事,她们可以成为儒家价值观的宣教者和推行者,也可以成为动荡世风的改革者和践行者。在江南文化家族中,"母教"有时候也扩大成为"母系教育",这是因为江南许多文化家族在其演进过程中,"外家"作为母系家族的文化集成常常发生着极其重要的影响。江南文化家族中的女性在婚嫁上很讲究"德配",所出嫁的大都是门当户对的文化家族,当丈夫长期宦游在外或不幸早逝时,那些女性常常义不容辞、身先士卒地担当起了教书育人的职责。不仅如此,为了让子女有一个更好的教育和成长环境,她们往往动员外家的力量,让母系家族成为母教的延伸,使整个外家成为重要的支持力量。与此同时,外家的成员也出于亲情传递、文化传承的需要,有意识地培育和扶持外孙或外甥。如清代影响最大的阳湖洪亮吉之于外家蒋氏家族的关系,亮吉 6 岁丧父,后即随母移居外家,在外家生活了整整十五年,可以说外家给了青少年时期的亮吉以完整的家庭熏陶和文化修养。这种"母系教育"对江南学术和文学人才的培养具有特殊的意义。

　　江南的"母教"之风让母亲成为子女的"传道、授业、解惑"者,她们不但在道德与言行上给予子女指导和示范,而且积极传授知识,努力使自己完成"闺塾师"的使命。将女孩的教育视为与男孩同等重要,这是作为"闺塾师"的母亲对江南母教观念的彻悟与升华。据《礼记·内则》记载,男孩与女孩的稚龄教育内容是基本相同的。自 10 岁起,男女开始分别进行启蒙教育。男孩"出就外傅,居宿于外,学书计",并全面地学习伦理、礼仪和语言、文学方面的基本知识;而女孩长到 10 岁就要开始实施专门的女子教育,即所谓的"妇学",内容包括品德、言语、姿态、劳动四个方面的规范,其主要目的是教导女子"习礼"。作为"女四书"的《女诫》《女论语》《内训》《女范捷录》就是专门的女子教育课本。宋代司马光在《家范》中就明确提出女子读书学习是必要的和不可

---

[1] [美] 高彦颐:《闺塾师:明末清初江南的才女文化》,李志生译,江苏人民出版社 2004 年版,第 30 页。

缺少的，可谓石破天惊之语。不过他仍然强调女性主要应学习伦理著作。① 这样，在江南的"母教"体系中，充当"闺塾师"的母亲其手头上无疑又多了一些女子教育的蓝本，这为母教在当时正确、有效地实施铺就了一条道路。

其实，闺塾发展与女子教育很早就"联姻"了。自从唐代私学兴起，经过宋代的稳定发展，在明代初期的仕宦家庭中已出现了闺塾，专门延师于家中对在室女子进行教育。至清末还进一步开设了社会化的女子专馆，教学的内容也逐步由传统的伦理规范扩展到诗文、四书、五经甚至《史记》等，最为著名的是清代由袁枚教授的随园女弟子。乾隆年间，江南钱塘人氏袁枚大力提倡女子教育，辞官移居随园后广收女弟子，教诗习文，普及文化。随园女子有"入谒必严妆，惜别常握手"的礼仪习俗，这有力地触动了封建"男女授受不亲"的禁锢，对于开启一代江南女性教育之新风有着十分深远的影响。随园女弟子众多，其中不少都出于江南文学世家，镇江鲍之蕙就是其中的一位。之蕙父亲鲍皋，是乾隆年间著名的诗人，鲍皋培养出了鲍之兰、鲍之蕙和鲍之芬三位不同凡响的闺阁诗人，三姐妹才华出众，分别有《起云阁诗钞》《清娱阁诗钞》和《三秀斋诗钞》，这使得鲍氏家族声名大噪。在清代江南，像鲍之蕙这样的女性文化家族还不在少数，她们不仅创作数量繁多，而且往往有与众不同的风格，这是江南女性家族文学发展到自觉程度的标志。

深究江南女性深厚文化底蕴的根源，笔者认为，这得益于江南优秀的崇文传统。吴越江南地理优越，物产丰富，东晋以后经济实力不断增强，直接带动了江南文教的兴盛。而永嘉北方士人的大量南渡则更从外部促进了江南文化的快速发展。吴越江南之地逐渐由"尚武"向"崇文"过渡，江南很快成为当时汉文化的中心。唐代刘知几在《史通·内篇·言语》中也说："自晋咸、洛不守，龟鼎南迁，江左为礼乐之乡，金陵实图书之府。"陶翰《送惠上人还江东序》中言："长江之南，世有词人。"② 以上种种记载均显示出江南由来已久的崇文历史。正是江南社会普遍重视文化教育的风气浸染熏陶了江南女性，使她们一跃成为中国女性文学史上最有才华、最有影响的女性群体之一。

---

① 罗时进：《中国妇女生活风俗》，陕西人民出版社2004年版，第58页。
② 李昉：《文苑英华》卷720，中华书局1966年版。

三 江南民俗意象的女性指向

鲁枢元的生态文艺学将自己所主张的"生态精神"与钱谷融先生一贯以来主张的"文学是人学"联系起来，认为两者颇多吻合之处，"人道与天道、艺术与自然为何能够如此自然地相互渗透在一起，在我看来，依然是得之于他那身体力行、一以贯之、并且颇具自然色彩的人性论"[①]。由此我们可以看到，生态文艺学是"文学是人学"经典命题的延续及开拓，也是新时期文艺理论思潮的翻新与改革。在江南的人文生态语境中，如果说历史、文化分别赋予了江南女性以一种纵深感和包容感，那么民俗则是江南女性真正发现自我、认识自我的内核所在。"民俗即人俗"，从江南独具女性气质的民俗意象中我们可以较为深入地看到江南女性的内在特质。

关于"意象"，韦勒克和沃伦将它大致分为"味觉的"和"嗅觉的"意象，"热"的意象和"压力"意象，"静态意象"和"动态意象"等，意象的功用在于它是感觉的"遗存"和"重现"。从文艺民俗学的视角看，"民俗意象又是一种特殊的意象，它与作家艺术家创造的意象有所不同，本身是一类可以风行般传承的独特意象。即它是一些集体无意识结构形式构成的原型联想群，在既定的语境和场景中，大量被抑制和遗忘的心理素材，被重新释放和追忆，并作为可以交际传播的已知联想物，出现在有特定民俗文化背景的人们的联想中，成为形象中内在的象征符号和深层的底蕴。"[②] 在江南特定的语境和场景中，一些具有江南特点的原型联想群不仅反映了江南人的集体无意识，而且也成为江南女性的象征符号并折射出深层的民俗底蕴。

"莲"就是这样一种有着江南女性气质的民俗意象。北宋学者周敦颐的《爱莲说》这样描绘了"莲"的纯洁与高雅："出淤泥而不染，濯青涟而不妖，中通外直，不蔓不枝，香远益清，亭亭净植，可远观而不可亵玩焉。"莲花喜欢生长在温暖湿润之地，因此从地理气候来看，江南是莲花生长相对比较适宜之处。自古文人墨客写下了不少有关江南采莲的诗词，如南朝梁的刘孝威在《采莲曲》中形象地描绘了采莲姑娘的喜悦心情：

　　金桨木兰船，戏采江南莲。莲香隔浦渡，荷叶满江鲜。

---

① 钱谷融：《钱谷融论文学》，华东师范大学出版社2008年版，第382页。
② 陈勤建：《文艺民俗学》，上海文化出版社2009年版，第278页。

房垂易入手，柄曲自临盘。露花时湿钏，风茎乍拂钿。

北宋文学家欧阳修一连写下十三首《采桑子》，以疏淡清新的笔墨，对不同时段的西湖给予淋漓尽致地描摹，其中有一首词这样写道：

荷花开后西湖好，载酒来时，不用旌旗，前后红幢绿盖随。
画船撑入花深处，香泛金卮，烟雨微微，一片笙歌醉里归。

不仅如此，莲与江南女子也有着密不可分的关系。因为莲荷最初是生殖崇拜的对象，它与葫芦、南瓜一样经常用来象征女性，主要取其"多子"之义。南朝乐府诗《江南》中写道："江南可采莲，莲叶何田田。鱼戏莲叶间，鱼戏莲叶东，鱼戏莲叶西，鱼戏莲叶南，鱼戏莲叶北。"看似简单的诗句实际蕴藏了深层的民俗含义，诗中把"莲"作为女性的民俗意象，把"鱼"作为男性的民俗意象。闻一多对此的解释是："用鱼喻男，莲喻女，说鱼与莲戏，实等于说男与女戏。"[①] 事实上，"鱼戏莲""鱼钻莲"已经在中国传统民间艺术中形成了较为固定的民俗意象，前者是鱼在莲叶上或水面上，表示男女恋爱；后者是鱼在莲叶下，去咬莲叶茎，意为男女交合。有学者认为，在中国民间美术中也存在大量诸如"娃娃喜莲""莲花娃娃""娃娃坐莲""花鱼戏莲""鱼唆莲"的题材，这些以莲花象征女性，都是原始女性生殖崇拜观念的遗存。[②]

佛教传入江南的历史给莲花与女性的结缘抹上了一层神秘的色彩。佛教自东汉末传入江南，很快就得到东吴当政者的青睐。由于僧人与朝廷、僧人与士大夫间的广泛接触，佛教很快渗透到江南社会的各个阶层。南朝梁武帝时，江南佛教达到鼎盛，正如杜牧诗中所描绘的那样"南朝四百八十寺，多少楼台烟雨中"。莲花是佛教的标志，而红莲花在佛教文化中又是代表女性的，佛教六字箴言"唵嘛呢叭咪吽"翻译出来就是"神圣的红莲花"，意即女性，它是古代埃及象征女性的神圣红莲花传入印度后进入佛教文化中的。可能正是从佛教传入江南的那一刻起，莲花便注定成为江南女性的民俗意象而进入江南人的民俗观念中。这种普遍的民俗观念也渗透在江南现代文学作家的笔下，徐志摩的诗歌《沙扬娜拉》中"最

---

① 闻一多：《闻一多全集》卷一《说鱼》，湖北人民出版社1993年版，第118页。
② 桑林：《民间美术造型中的女性崇拜》，《郑州轻工业学院学报》（社会科学版）2005年第3期。

是那一低头的温柔,像一朵水莲花,不胜凉风的娇羞",以江南最熟知的民俗意象——"莲花"去形容日本女郎的温柔与娇美,实为贴切;郁达夫的散文《迟桂花》中也写了一个叫"莲"的年轻寡妇,其举手投足间的意态之美蕴含着作者对这一传统民俗意象的渴望与期待。

朱希祥教授认为,在美学的研究中,对美的本质的探讨往往是从三个方面切入或着眼的:一是人的本质特征;二是人的社会实践;三是人的生活。概括而简单地说,就是美体现人的本质,美的根源在于社会实践,美是生活这样三个判断。而人的本质特征、人的社会实践和生活,又正是民俗及民俗生活的根本性质。① 这种对美的本质与民俗本质"一致性"的认识也让我们体悟到,江南女性的民俗意象与其文艺审美应是相辅相成、相融相通的。江南具有女性特征的民俗意象往往也是美的化身、审美的对象,并且这种美不只局限于表象的和浅层的。江南的"桃"和"柳"就是十分具有美感的女性民俗意象。在桃红柳绿的清明时节,江南女子走出新插上青青柳枝的家门,相约为伴,成群结队,尽览烟花春景。妇女们将垂柳嫩枝结成一个小球戴在鬓畔,与漾着节日喜悦的红晕相映,恰如绿叶红花,吴中女子谓此为"红颜不老",因为江南的民间流传着"清明不戴柳,红颜成皓首"的说法。杨韫华诗云:"清明一霎又今朝,听得沿街卖柳条。相约比邻诸姊妹,一枝斜插绿云翘。"② 这是描写吴中女子清明簪柳、含媚嘉悦的风情,也是整个江南女子的生动写照。

在民俗学意义上,"桃"和"柳"还有着驱鬼避邪的功用。王安石在《元日》诗中写道:"爆竹声中一岁除,春风送暖入屠苏,千门万户曈曈日,总把新桃换旧符。"这里提到的"桃"就是用桃木做成的"桃符",古时候每到新年,家家户户都要用两块桃木板子,画上两个神像,挂在大门上,说是可以驱除恶鬼。民间自古就有"桃汤沐死者"的说法,这是丧礼驱邪之俗。民俗学研究专家翁敏华认为:"桃这种植物,与中国文化、中国文学有着相当的关系。大而论之,桃是以两种面貌出现在中国文化中的:一是因为桃花的鲜艳美丽,每每在文人诗歌里被用来比喻年轻美貌的女子;二是相传桃木具有辟邪的功能,故桃木在许多民俗文化和民间文艺里充当巫术性道具。"③ 这里的"桃"已分别具有了文学意象和民俗

---

① 朱希祥、李晓华:《中国文艺民俗审美》,上海文化出版社2009年版,第26—27页。
② 罗时进:《中国妇女生活风俗》,陕西人民出版社2004年版,第226页。
③ 翁敏华:《论〈桃花女〉杂剧及其蕴含的"桃木辟邪"意象》,《上海师范大学学报》(社会科学版)1999年第3期。

意象的双重功能,对桃的文艺民俗学视角的论述无疑加深了我们对其作为江南女性民俗意象的认识。

"柳"在民俗学上则有着更为丰富的内涵。除了折柳赠别、折柳寄远及射柳、柳舞的习俗外,柳在驱毒、避邪上的功用也广为流传。北魏贾思勰的《齐民要术》中有"正月旦取柳枝著户上,百鬼不入家"的记载。浙江宁波天一阁藏明嘉靖本《池州府志》称:"清明士女戴柳枝及插门之左右,俗云辟邪。"清光绪《怀来县志》也称:"三月三日,折柳枝插门,谓可避蛇蝎。"① "柳"还被视为女性生殖崇拜物的象征。《汉书·睦弘传》称柳为"阴类"。清代嘉庆年间《滦州志》载:"男女簪柳,复以面为燕,著于柳枝插户,以迎元鸟。"据郭沫若考证,认为"玄鸟"(即元鸟)乃是男性生殖器的象征,② 以柳枝迎玄鸟实乃是生殖交媾的象征,其意义是祈求生殖。柳树具有强大的生命力、生殖力,能够无性繁殖,古人对柳树的崇拜就是希望把它旺盛的繁殖能力转化到人的身上,使人类的生殖能力得到进一步强化,实现人类自身种的繁衍。总之,"柳"在江南是一种常见的植物,柔软狭长的柳叶和婀娜多姿的柳条与江南女子理想的审美观念刚好吻合,加之"柳"的避邪俗信和生殖崇拜的民俗意蕴,因此我们就不难理解在清明时节江南女子缘何钟情于插柳、戴柳习俗的深层民俗心理。

原型又称原始意象,它是集体无意识的载体。精神分析学派荣格认为:"每一个意象中都凝聚着一些人类心理和人类命运的因素,渗透着我们祖先历史中大致按照同样的方式无数次重复产生的欢乐与悲伤的残留物。它就像心理中一条深深的河床,起先生活之水在其中流淌得既宽且浅,突然间涨起成为一股巨流。"③ 的确,原型如水,它携带并积存着许多原始的经验,在心灵的河床上静静地流淌。"莲""桃""柳"这些富有江南女性特征的民俗意象正是江南古老而传统的原始意象,它承载了江南女性日常的独特民俗生活,也透视出江南女性千百年来的深层民俗审美心理。

综上所述,在这个由历史、文化、民俗构成的三维的江南人文生态语境里,江南女性作为活动的主体、以其特有的活力呈现于这一生态场景,

---

① 参见关传友《北京林业大学学报》(社会科学版)2006年第4期。
② 参见郭沫若《郭沫若全集·历史编》,人民文学出版社1982年版,第328—329页。
③ [瑞士]荣格:《试分析心理学与诗的关系》,叶舒宪等编:《神话——原型批评》,陕西师范大学出版社1987年版,第100页。

两者有机融为一体，文化生态语境为江南女性的成长创设了外在的氛围，而江南女性的活动反过来也为语境的发展提供了更为丰富的内涵。在这一互动的关系中，江南女性构建了自己独特的女性文化，为中国女性话语体系的建构开创了先声。

第三节　江南民俗语言与女性俗世理想

方言作为地域文化信息的重要载体，是地方文化认同的最鲜活的体现。江南各地属于吴语方言区，而吴语方言又以苏州、无锡、常州一带的"吴侬软语"为代表。吴侬软语优美柔和、婉转动听，有"软、糯、甜、媚"的特点，卖花姑娘那怯生生的叫卖声至今仍成为吴语的一种记忆，晚清文学家龚自珍"岂但此情柔似水，吴音还比水般柔"的诗句也恰到好处地揭示了吴语的特点。① 吴语是中国境内最古老的语言，有着2600多年的深厚的历史文化底蕴，它作为一种颇有特色的地方方言，因此成为江南人标志性的语言。

语言与文化、民俗的重要关系历来为国内外诸多学派或学者所认同。② 曲彦斌教授于20世纪80年代后期提出"民俗语言学"的学科理论，揭示了民俗与语言的深层关系。民俗语言学重点是研究语言的差异、造成这种差异的民俗学因素，社会民俗事象中的语言现象以及两者之间的内在关系。③ 可见，民俗与语言是相伴相生的，民俗是伴随着语言的产生而逐渐沉积而成，语言也因此成为民俗的主要存在形式之一。以江南为主要栖居地的吴语所衍生出来的各种语言文学形态，自然也氤氲着吴地的风俗习尚、风土人情。若从女性研究的视角去考察，我们还可以进一步发现江南的民俗语言中蕴含着江南女性特有的俗世理想和人生追求。本节试从江南歌谣、吴语小说、民间戏文三个维度去阐释两者之间的内在联系。

---

① 参见徐国保《吴文化的根基与文脉》，东南大学出版社2008年版。
② 美国描写语言学派代表人物爱德华·萨丕尔（Edward Sapir）在其著名的《语言论——言语研究导论》中就十分强调言语是一个集体的历史遗产，是长期相沿的社会习惯的产物。日本著名的民俗学家后藤兴善也指出："看一看语言形成的实际，就会清楚地了解它是民俗心意的表现。"（后藤兴善：《民俗学入门》，王汝澜译，中国民间文艺出版社1984年版，第63页）
③ 曲彦斌：《民俗语言学》，辽宁教育出版社1989年版，第17页。

一 江南歌谣里的俗世情怀

作为江南地区人们通用的方言，吴语自然会在记述当地人们的生活、生产、思想、情感的各类作品中反映出来。在中国文学史上，吴语发挥了举足轻重的作用，它对广义上的包括散文、诗歌、小说、歌曲、戏文、话本小说、弹词说唱、俗谚笑话等在内的吴语文学产生了相当大的影响。可以说，历代的吴语文学作品不仅展示了吴语方言的特色，而且从字里行间也隐隐透露出江南一带女性的爱情、婚姻理想。江南的歌谣便是其中较有代表性的一种。

"侬"是吴语代词的特色，《玉篇》中有"侬，吴人自称我"的记叙，北魏杨炫之《洛阳伽蓝记》卷二也有"吴人之鬼，住居建康……自呼阿侬，语则阿傍"的提法，故吴人也常被称为"吴侬"。六朝民歌中的"吴声歌曲"以《子夜歌》为最重要，它们不仅体现了鲜明的吴侬特色，而且还是吴地女子抒发思恋之情的真实流露。

> 揽枕北窗卧，郎来就侬喜。小喜多唐突，相怜能几时？
> 谁能思不歌，谁能饥不食？日冥当户倚，惆怅底不忆？

在山明水秀的江南，产生这样的情歌是不足为奇的。值得称道的是，在那一首首绮丽圆润的吴歌背后隐现着多少吴地痴女恋妇的身影，她们只有温柔而没有挑拨，只有羞怯与怀念而没有过分大胆的沉醉。吴语的清新与婉丽也诉说着吴地女子直率炽热、矢志不渝的爱情追求，对爱情婚姻执着、大胆的鲜明女性形象也因此跃然纸上。正如《大子夜歌》所云："歌谣数百种，《子夜》最可怜。慷慨吐清音，明转出天然。"郑振铎在《中国俗文学史》中将"吴声歌曲"与"西曲歌"作了如下比较：

> "吴声歌曲"者，为吴地的歌谣，即太湖流域的歌谣；其中充满了曼丽宛曲的情调，清辞俊语，连翩不绝，令人"情灵摇荡"。
> "西曲歌"，即荆、楚西声，也即长江上游及中流的歌谣；其中往往具有旅游的匆促的情怀。
> 我尝有一种感觉，觉得吴声歌曲富于家庭趣味，而西曲歌则富于贾人思妇的情趣。[1]

---

[1] 郑振铎：《中国俗文学史》，商务印书馆2005年版，第81页。

这种内容与风格上的区分让我们得以进一步认识到，吴声歌曲对塑造吴地痴女恋妇形象、抒发大胆爱情理想有着不可忽视的作用，从而也凸显其在吴语文学中的重要地位。

明代冯梦龙对吴中山歌研究又有了一个质的推进。山歌的抒情内容在当时已成共识，冯梦龙正是看到了吴中山歌在表情达意上的"率真"，因而十分重视搜集人民口头上的山歌，他先集时调小曲为《桂枝儿》，称《童痴一弄》；又集吴歌为《山歌》，称《童痴二弄》。《山歌》基本依吴音记录，是吴语文学中第一本纯方言作品。郑张尚芳认为，冯梦龙因欣赏山歌语言的"最浅、最俚、最真"而主张"存真"，因而在具体的行文中将"又"写作"咦"，"啥"写作"耍"。① 《山歌》里的大部分篇目均是以女子的口吻唱出，虽然俚俗浅显，却有着真情实感，较为成功地传达出吴中女子渴求爱情、企盼幸福的思想情怀。如《山歌·寻郎》这样唱道："搭郎好子吃郎亏，正是要紧时光弗见子渠。啰里西舍东邻行，方便个老官悄悄里寻个情郎还子我，小阿奴奴情愿熟酒三钟亲递渠。"再如《山歌·笑》记载："东南风起打斜来，好朵鲜花叶上开。后生娘子家没要嘻嘻笑，多少私情笑里来。"这仅是《山歌》中的其中两首，却将吴地儿女的私情和盘托出。郑振铎对冯氏《山歌》也有着中肯的评价："以吴地的方言，写儿女的私情，其成就极为伟大。这是吴语文学的最大的发现，也是我们文学史里很难得的好文章。"②

江南的现代歌谣也寄托着江南女子对亲人的嘱咐与思念。宁波民谣"小白菜，嫩艾艾，丈夫出门到上海，十元十元带进来，上海末事加小菜，邻居隔壁分点开，介好老公阿里来。"③ 以纯正的宁波方言唱出了都市商业文化冲击下宁波女子思念丈夫期盼亲人的真挚情感。在上海开埠时期，周边的江浙乡村市镇里稍有经济头脑的男子便纷纷跑到上海这个大都市做生意、跑买卖，在短时期内形成了男丁外流村落空虚的状况。据《宁波帮志》记载，清嘉庆初年，宁波帮商人在上海建立了四明公所，后来该会馆成为上海最著名的同乡会馆组织。④ 随着宁波商人规模在上海的不断扩大，其在上海的作用和地位也日益显著。以宁波帮为中心的这个扩

---

① 参见郑张尚芳《吴语在文学上的影响及方言文学》，《温州师范学院学报》（哲学社会科学版）1996 年第 5 期。
② 郑振铎：《中国俗文学史》，商务印书馆 2005 年版，第 509 页。
③ 根据笔者 2010 年 12 月 7 日在宁波帮博物馆参观考察时所得。
④ 张守广：《宁波帮志·历史卷》，中国社会科学出版社 2009 年版，第 45 页。

大了的集团能够支配上海的大多数钱庄、织布厂、纺织厂、大部分海关经纪人、主要的轮船公司、大多数设在上海的煤号，还能支配上海的企业家们的大多数组织，如上海总商会、上海银行公会、上海钱业公会等。① 男子在上海创业的成功也牵动着家乡女人的思念之情，她们内心复杂的感情通过浅显直白的民谣表达出来，这份真切与执着的期盼在回味无穷的方言乡音中延续着。方言乡音是社会生活中人们特有的乡土印记之一。"方音，是同一语言在不同地域因演变而形成的语音差别，是同一语言的语音的地方变体，是方言的语音。"② 久居外地或远离家乡的游子对家乡的方音格外敏感，听到家乡的声音会感到异常的亲切，这是乡土观念、民俗心理在民谣上的直接反映。因为民谣特别讲究句式对称，并十分注重词尾的押韵，其独特的音阶与情调风格十分便于其表现特定民族、特定区域人们的感情与习尚。长年独守闺房的宁波女子忍受着这份别离的煎熬和思念的痛苦，然而她们却也是深明大义的贤内助，地方的从商习俗也使她们十分支持在外闯荡的丈夫，于是她们巧妙地将思念之情隐藏在直白的民谣里面，虽没有吴声歌曲的甜哆婉丽，却也是情真意切、清丽柔美的。

另一首宁波民谣《新嫁娘歌》却浸润着宁波的地方婚俗，"红菊花，朝南开，刘家姑娘送茶来；送个什么茶？送个清茶。上头铜鼓响，下头小姐哭。小姐，小姐！弗要哭，三朝满月有人来。张家姑娘、李家嫂，一篮金团一篮糕，桂圆荔枝衬胡桃。"③ 这里的刘家姑娘就是新嫁娘（宁波话称"新娘子"），宁波婚俗中新娘子结婚后须向亲戚和邻居送茶。花轿临门时必奏鼓乐，宁波女子循例要哭上轿，而女子出嫁三日及满月时，娘家及其亲戚须派人送食物访候。短短的一首地方民谣却囊括了一系列的宁波婚俗，用宁波方言读来倍感亲切，新娘子的形象也呼之欲出，烦琐的婚姻礼俗背后隐藏着一个羁恋故土、婉约含蓄的宁波姑娘的身影。

20 世纪 30 年代，刘经庵编著了《歌谣与妇女》一书，周作人在为该书写的序言中充分肯定了刘氏的做法，认为刘氏聚集各处关于妇女生活的歌谣，分门别类加以解说，能从这些民间诗中看出妇女在家庭社会中的地位以及她们个人身上的苦乐，歌谣选集也可谓是一部妇女生活诗史。"中国妇女向来不但没有经济政治上的权利，便是个人种种的自由也没有，不

---

① ［美］小科布尔：《上海资本家与国民政府》，杨希孟、武莲珍译，中国社会科学出版社 1988 年版，第 25 页。
② 曲彦斌：《民俗语言学》，辽宁教育出版社 1989 年版，第 55 页。
③ 朱彰年等编著：《阿拉宁波话》，华东师范大学出版社 1991 年版，第 351 页。

能得到男子所有的几分，而男子自己实在也还过着奴隶的生活，至于所谓爱的权利在女子自然更不必说了。但是这种不平不满，事实上虽然还少有人出来抗争，在抒情的歌谣上却是处处无心的流露……"① 在中国文学对妇女内心还未引起充分重视的大气候下，周作人却能以如此独到、犀利的眼光发现这些潜藏在歌谣里的妇女的爱欲，这是十分难能可贵的。由此我们看到，歌谣与妇女有着密切的、合一的关系，歌谣依托于妇女情事，妇女也借歌谣抒怀表意，上述六朝吴声歌曲、明代吴中山歌、现代江南民谣便是最好的例证。

二 吴语小说里的女性潜隐

吴语小说的出现将历史长河中的吴语文学推向了新的高潮，并历史地再现了吴地女子绰约的风姿和骚动的情思。依汤哲声之见，吴语小说是指用吴方言（苏州话为中心）作为小说语言主要描述吴地（以上海为中心的江南地区）世俗民情的小说。② 最早的吴语小说应该是光绪戊寅年（1878）江南文人张南庄创作的《何典》。吴语小说再次进入人们视野的是1892年韩邦庆创作并连载于他自编的杂志《海上奇书》上的《海上花列传》。这部小说于1894年结集出版，共64回。之后，吴语小说便进入了一个创作高峰，直到1938年周天籁《亭子间嫂嫂》的问世，吴语小说便渐渐淡出了文学史。作为吴语小说的代表，《海上花列传》细密传神、韵味十足，它的最大特点是作品中体现出来的吴地特色的文化，这种文化是时代赋予它们的，也是地域民风所造成的。1926年，新文化运动主将胡适在倡导国语大众化的背景下又将《海上花列传》发掘了出来，意在说明中国文学也有很优秀的方言作品，并认为"吴语文学的运动此时已到了成熟时期了"，可以为"文学的国语"做参考。

恩斯特·卡西尔指出："潜隐在言语和语言的全部发展背后的观察形式，总要表达出独特的精神特质，即思想和领悟的特别方式。"③ 这就表明，语言从未简单地指称对象、指称事物本身，它总是在指称源发自心灵的自发活动的概念。从《海上花列传》颇有地方特色的吴语背后，我们似乎也能发现一些潜隐在其中的独特的精神特质，这当然包括女性人物的

---

① 吴平、邱明一编：《周作人民俗学论集》，上海文艺出版社1999年版，第123页。
② 汤哲声：《历史与记忆：中国吴语小说论》，《文艺研究》2008年第1期。
③ [德] 恩斯特·卡西尔：《语言与神话》，于晓等译，生活·读书·新知三联书店1988年版，第57页。

心灵话语。《海上花列传》中被张爱玲称为"东方茶花女"的李漱芳欲嫁陶玉甫当正室而不得时,在病床前对前来探望她的陶玉甫有如此一番苏白:"我教俚收拾好仔去困罢,大阿金去哉,我一个仔就榻床浪坐歇,落得个雨来加二大哉。一阵一阵风,吹来哚玻璃窗浪,乒乒乓乓,像有人来哚碰,连窗帘才卷进来,直卷到面孔浪。故一吓末,吓得我来要死!难么只好去困。……"① 韩邦庆等人用吴语写妓女的语言是为了显示其"身份",因为清末民初时天下妓女以吴地为最,吴地妓女以一口纯正的吴侬软语为最。当时妓女喜欢说吴语,这与吴语的音色柔美、传情达意等特点有关。据宋新在《吴歌记》中记载:"吴音之微而婉,易以移情而动魄也,音尚清而忌重,尚亮而忌涩,尚润而忌类,尚简洁而忌漫衍,尚节奏而忌平庸,有新腔而无定板,有缘声而无讹字,有飞度而无稽留。"② 吴语的特点决定了其语音的抑扬顿挫,婉转流畅,柔弱之中含情脉脉,传情达意别有风味,从女性的口中说出,无疑又多了一些哀怨和娇媚的意味。病中之女李漱芳向陶玉甫倾诉衷肠,婉转缠绵,如泣如诉,吴侬软语裹挟着江南女子的柔情,将其内心的思绪表现得淋漓尽致。不过,对于《海上花列传》中"吴侬软语"的特色张爱玲是体会不到的,她认为《海上花列传》吴语的运用影响了小说的传播,因为许多人看不懂吴语对白,因而要将其译成国语。但不管怎样,张爱玲还是肯定了小说特别的写作方式,"传奇化的情节,写实的细节"使得小说结构既不同于"五四"新文学作家所学习模仿的西方长篇小说,也不同于完全传统化的中国通俗小说,是一种"高不成低不就"的小说形式。③

然而,韩邦庆为何要选择吴语进行创作呢?有史料记载,韩邦庆曾言:"曹雪芹撰《石头记》皆操京语,我书安见不可操吴语?"并说:"文人游戏三昧,更何况自我作古,得以生面别开。"④ 在笔者看来,原因并非如此简单。威廉·冯·洪堡(Wilhelm von Humboldt)在谈到语言问题时这样指出:"人主要地——实际上,由于人的情感和行动基于知觉,我们可以说完全地——是按照语言所呈现给人的样子而与他的客体对象生活

---

① (清)韩邦庆:《海上花列传》,百花洲文艺出版社2011年版。
② 转引自徐华龙《吴歌情感论》,高燮初主编《吴文化资源研究与开发》,苏州大学出版社1995年版,第464页。
③ 张爱玲:《国语本〈海上花〉译后记》,《张爱玲文集》第4卷,安徽文艺出版社1992年版,第357页。
④ 孙玉声:《退醒庐笔记》,山西古籍出版社1995年版,第113页。

在一起的。人从其自身的存在之中编织出语言，在同一过程中他又将自己置于语言的陷阱之中，每一种语言都在使用该语言的民族周围画出一道魔圈，任何人都无法逃出这道魔圈，他只能从一道魔圈跳入另一道魔圈。"①我们从这段话中可以得到启示，韩邦庆运用吴语进行创作一方面是出于当时吴语小说价值的考虑；②另一方面也是给小说里的人物创设一种适合其出场、活动的语境，而语境的存在反过来又影响、规约着人物的身份和行动。同是吴语小说在使用吴语的程度上也有不同，大部分吴语小说可谓是双语言系统，即妓女的语言用吴语，叙述语言和其他人物语言用官话。韩邦庆在《海上花列传》中着意将妓女的语言用作吴语，是有其意图的，除了上述提到的吴语音色柔美并显示妓女"身份"外，吴语还是一个"象征性的符号"，表面上呈现的是吴地妓女在上海都市商业文化冲击下所产生的独特的"情色观"，深层次的是意在展示吴越、海派文化交融之后江南女子的世俗情怀。可以说，吴语既是那些活跃于上海滩烟花女子赖以生存并保持身份的"令箭牌"，同时也是吴地女子在都市霓虹下自我设置的难以企逃的语言"陷阱"和"魔圈"。③透过《海上花列传》看吴语，吴语是一把"双刃剑"，它成就了江南女子闯荡都市社会的俗世梦想，也毁灭了江南采莲姑娘"出淤泥而不染"的美好情怀。

三 民间戏文中的社群教化

曲彦斌教授指出："在所谓的雕塑语言、电影语言、戏剧语言、舞蹈语言、音乐语言……诸多艺术语言的美学价值中，无不含有'副语言习

---

① W. 冯·洪堡:《卡威文集导言》卷七，科尔编，第 60 页。
② 汤哲声在《历史与记忆：中国吴语小说论》一文中认为，韩邦庆用吴语创作小说的真正原因有三个：首先是上海城市文化的崛起，并逐步成为中国文化的中心。作为文化的重要组成部分的吴方言自然就成为中国最显要的方言。会说吴方言就是一种身份，用吴方言来写上海的社会生活和社会时尚，不仅显得特别般配，更是一种骄傲。其次是市场的需求。吴语小说都是连载于这些杂志和小报上的作品，它们就是写给人口不断膨胀的上海市民看的文学作品。用吴语写这些文学作品不仅不存在语言的障碍，而且能够引发读者的亲近感。再次，究竟用什么语言作为全国的统一语言在当时的中国并没有形成一致的意见。"方言统四""国语统一"这样的意见在当时的中国具有很大的影响。韩邦庆用吴方言写《海上花列传》正是与曹雪芹用京话写《红楼梦》媲美。
③ 当时活跃于上海滩的妓女以是否会讲吴语为荣，吴语讲得好坏及标准与否是区别一个妓女身份和地位的标志。《海上花列传》第 50 回中有一番各地妓女的比较说，说到广东妓女时竟然使大家产生一种恐惧感。即使在上海、苏州旁边的杭州，在当时的才子看来，也是"土货"。

俗'的独特功用。"① "副语言习俗"是由身势情态语习俗、标志语习俗和特殊音响习俗等三种类型构成的非言语交际方式,其最根本的功能就是以其独特的符号形式负载、传递语言信息。艺术语言作为副语言习俗渗透并承载着其特殊的文化习俗功能,我们不难从某种特定的艺术语言中看到一个特定区域、一个特定群体的习俗风情。江南民间戏文就是这样一种特定的艺术语言的载体,江南妇女浸淫于民间戏文的俗语俗曲中,成为社群教化的直接受益者。

那么,江南妇女所处的民间戏文语境又是以一种怎样的方式呈现呢?深谙江南民间艺术的丰子恺认为,在一切艺术形式之中,"最深入民间的艺术"有两种:一是新年里充斥市镇街坊的"花纸"②,二是春间乡村里到处开演着的"戏文"③。江南的戏文的的确确是大众化的民间艺术,无论男女老幼都对看戏文钟情有加。正如臧克家所描述的戏文开演前的情景:"各人便忙着搬亲戚,从外祖起一直到自己的女儿,女儿的小姑,几世不走动了的亲戚,因此也往来起来,有孩子的不消说要带着看戏,就是不会看,哭哭闹闹也还热闹"。④ 民间戏文简直成了江南人日常生活的重要组成部分,茶余饭后、岁时伏腊时节,戏情常常是农家闲话的重要内容,"豆棚茅舍、邻里聚谈,父诫其子,兄勉其弟,多举戏曲上之言辞事实,以为资料,与文人学子之引证格言、历史无异。"⑤ 戏文的教化功能潜移默化地在民间进行着。虽然戏文信手拈来、随处可遇,然而吴地人们对戏文的态度一点儿也不随意,"他们的态度很堂皇,大家认为这是正当的娱乐。……故乡间即使有极顽固的老人,也从来不反对戏文为赘余;即使有极勤俭的好人,也从来不反对戏文为奢侈。"⑥ 戏文作为一种江南民俗语言的文学呈现,正与置身其中的江南民众之间进行着一场融通、濡化的革命。

---

① 曲彦斌:《民俗语言学》,辽宁教育出版社1989年版,第223页。
② 花纸就是旧历元旦市面上摆摊,卖给大众带回家去,贴在壁上点缀新年的一种石印彩色画。所画的大概是旧戏,其内容有三百六十行、马浪荡、孟姜女等。参见丰子恺《劳者自歌》,丰陈宝、丰一吟编:《丰子恺文集》第5卷,浙江文艺出版社、浙江教育出版社1992年版,第438页。
③ 戏文,江南地区对戏曲艺术的泛称。
④ 臧克家:《社戏》,《申报》1934年4月17日。
⑤ 高劳:《谈屑·农村之娱乐》,《东方杂志》第14卷第3号,1917年3月15日。
⑥ 丰子恺:《深入民间的艺术》,丰陈宝、丰一吟编:《丰子恺文集》第3卷,浙江文艺出版社、浙江教育出版社1990年版,第381—382页。

就是在这样一种立体、多元的民间戏文语境中，江南妇女也得到了前所未有的释放、升华与启蒙。这首先得益于"社群"概念在妇女意识中的普及。中国地方剧种繁多，而以浓烈土音为表达方式的莫过于江南戏文，江南的昆曲、锡剧、越剧、沪剧、婺剧、黄梅戏等方音明显，非江南地区的人一般难以理解。从传播学的角度看，江南戏文的传播区域因此而更狭小。然而若以"社群"去分析江南戏文对人的影响，这种具有鲜明地方性特点的戏文非但没有阻碍对江南民众的传播与影响，反而加强了社群内人与人之间的联系与亲和力。无论是江南的庙会戏文还是凡俗戏文，妇女都成为积极的参与者，她们三五成群，并行于田间乡野，巡游于庙会戏台，不经意间已完成了一次"社群"的聚合。关于社群，德国社会学家斐迪南·滕尼斯（Ferdinand Tonnies）认为，社群不仅仅是空间概念，更意味着"共同的关系和参与"；社群生活被理解为"一切亲密的、秘密的、单纯的共同生活"①。社群与社会不同，在社群里尽管有种种的分离，但仍然保持着结合；而在社会里，尽管有种种的结合，却仍然保持着分离。江南妇女因为看戏文而自发组成的"社群"更是亲密无间、私密纯洁的，并且戏文中那些"白口油子，又都是土语，使妇女小儿们听了，句句记得"②，因而这个特殊的社群成员之间又可以对戏文进行品头论足，嬉笑怒骂，皆为自然。这样，江南戏文让久居深闺的江南女子得到了一次生命的自由释放。

当然，江南戏文"有教无类"的特点也使妇女成为群体教化的特殊对象。"有教无类"的思想最早是由孔子提出的，孔子认为教育不分贵族与平民，不分国界与华夷，只要有心向学，都可以入学受教。然而，孔子倡导的这种自由平等的教育风尚并没能在中国几千年的历史中一以贯之。恰如胡适所指出的那样："从老子、孔子打开了自由思想的风气，两千多年的中国思想史、宗教史，时时有争自由的急先锋，有时还有牺牲生命的殉道者。"③ 在中国的教育史上，女性大都是被排斥在正统的话语体系之外，偶有女性诗人作家，那也是出身名门，普通人家的女子几乎没有受教育的机会。相对于礼仪制度森严的中原地区来说，江南一带民风淳朴，重教兴学，涌现于明清时期的江南文化家族也曾一度惠及江南女性，然而

---

① ［德］斐迪南·滕尼斯：《共同体与社会》，商务印书馆1999年版，第52页。
② 余治：《得一录》。
③ 胡适：《自由主义》，《容忍与自由》（学者小品经典·第一辑），新世纪出版社1998年版，第236页。

"女性"这两个字终究还是被社会和历史边缘化,即便是在"五四"新文化运动以后,妇女还是没有得到真正意义上的解放。我们可以从鲁迅的《关于妇女解放》的论述中得到印证:"这是五四运动后,提倡了妇女解放以来的成绩。不过我们还常常听到职业妇女的痛苦的呻吟,评论家的对于新式女子的讥笑。她们从闺阁走出,到了社会上,其实是又成为给大家开玩笑,发议论的新资料了。"① 可见,在精英文化构筑的"大传统"中,妇女的解放是何等的困难!然而,在以民间文化为主的"小传统"中,江南妇女借助于民间戏文这个平台为自我的"解放"构建了一个新的空间,这是有着非同寻常的意义的。

学者小田认为,在传统的江南乡村,群体形式的教化环境比较普遍的是茶会,但那主要是男子的茶馆聚会。② 而作为公共活动的庙会则不同,它在很大程度上为妇女提供了一个出行交往、看戏受教的机会。据史料记载,明末时期"吴越的妇女,终日游山玩水,入寺拜僧,倚门立户,看戏赴社"③。庙会全民性、娱乐性的特点使之不但不排斥妇女,反而在很大程度上把妇女作为参与的主体,自然社会舆论对妇女在庙会中的纵情、看戏中的轻狂也表现出相当的容忍。例如在浙江诸暨"十月朝"城隍会演戏酬神之时,"凡十昼夜,合城妇女倾观"。④ 在浙江定海,"演剧之时,合境老稚男女多往观之,各家多自备高椅或皮板为台以便妇女坐观"。⑤ 与传统的闺塾教育相比,江南民间戏文以其通俗、包容的姿态将传统观念中视为"异类"的妇女列入了特殊的教育对象,真正意义上实施了"有教无类"的教育思想。对于这一点,近代倡导戏曲小说革命的维新派夏曾佑有着深刻的认识:"'妇女与粗人,无书可读',在中西文化的冲突中,改革'穷乡僻壤之酬神演剧……必使深闺之戏谑,劳侣之耶禺,均与作者之心,入而俱化'。"⑥

李渔在论及戏曲的社会功能时这样写道:"因愚夫愚妇识字知书者少,劝使为善,诫使勿恶,其道无由,故设此种文字,借优人说法,与大

---

① 鲁迅:《关于妇女解放》,《鲁迅杂文全集》,河南人民出版社 1994 年版,第 508 页。
② 小田:《近代江南茶馆与乡村社会运作》,《社会学研究》1997 年第 5 期。
③ 酌元亭主人:《照世杯》,上海古籍出版社 1956 年版,第 63 页。
④ 《诸暨县志》(清宣统二年刻本),丁世良、赵放主编:《中国地方志民俗志资料汇编》华东卷(中),书目文献出版社 1995 年版。
⑤ 《定海县志》(1924 年铅印本),丁世良、赵放主编:《中国地方志民俗志资料汇编》华东卷(中),书目文献出版社 1995 年版。
⑥ 别士(夏曾佑):《小说原理》,《绣像小说》1903 年第 3 期。

众齐听,谓善者如此收场,不善者如此结果,使人知所趋避,是药人寿世之方,救苦弭灾之具也。"① 虽然李渔这种用戏曲向观众"劝善诫恶"、为封建统治"粉饰太平"的立场有一定的局限性,但戏曲教化、规劝的社会功能却不可抹杀。在江南民间戏文的台词唱段中,常常源源不断地传达出对于妇女的醒世警言和喻事明理,虽然戏文内容大多脱离不了才子佳人、妖巫狐鬼,甚至有的篡改历史并断章取义,但江南妇女从民间戏文中所得到的教化与收益却是良多的。这当然应归功于戏文对白的通俗易懂以及唱腔的熟悉亲切,因为简单,识字甚少的村妇可以听懂;因为熟悉,足不出户的闺妇愿意出行。周作人也认为:"民间思想的传布方式,本来有'下等小说'及各种说书;民间有不识字、不曾听过说书的人,却没有不曾听过戏的人。"② 由此可见,江南民间戏文较好地扮演了一个"民间说书人"抑或"私塾先生"的角色,妇女在受教中也开始了思想的碰撞与启蒙。

在欧洲文字里,"自由"含有"解放"之意,是从外力制裁之下解放出来,才能"自己做主"。而在中国古代思想里,"自由"就等于自然,"自然"是"自己如此",中国古人也许太看重"自由""自然",所以往往看轻外在的拘束力,转而回向自己内心去寻求安慰。胡适在结合中西观点的基础上认为:"自由不是那种内心境界,我们现在说的'自由',是不受外力拘束压迫的权利。是在某一方面的生活不受外力的限制束缚的权利。"③ 这种对"自由"的阐释提供了我们一个看待江南民间戏文的视角,自有戏文以来的江南妇女相较于其他地区的妇女至少在艺术生活中给自己寻求到了一个"自由"的天地,无拘无束地游走于江南的乡野,自由自在地徜徉在戏文的海洋,这或许就是江南女性所向往的日常生活吧。

小结:本章主要论述女性民俗展演的江南文化生态语境,在具体的论述过程中借助于江南自然生态场景、江南人文生态场景、江南民俗语言等三个维度阐释了江南女性民俗与江南生态语境之间的内在、多元的联系。江南所呈现出的"刚柔相济""形神兼美"的自然生态特点为江南女性民

---

① 王运熙、顾易生主编:《中国文学批评史新编》(下卷),复旦大学出版社 2007 年版,第 315 页。
② 周作人、钱玄同:《论中国旧戏之应废》,《新青年》第 5 卷第 5 号,1918 年 11 月 15 日。
③ 胡适:《自由主义》,《容忍与自由》(学者小品经典·第一辑),新世纪出版社 1998 年版,第 235 页。

俗的生长提供了合适的土壤。不仅如此，江南人文生态元素也为江南女性的出场营造了外部的氛围，从姜嫄及江南女性神灵的历史传承、江南女学母仪的文化积淀、江南具有女性指向的民俗意象中，我们发现了江南女性与民俗文化之间深层而渊源的内在联系。当然，江南民俗语言也是体现女性俗世理想的重要侧面，江南吴歌及地方民谣以其朴实直白的调子唱出了江南女子向往爱情、思恋亲人的世俗追求；吴语小说里女性特有的吴音不仅是其"身份"的象征，更是吴越、海派文化交融之下江南女子世俗情怀的生动展示；随处可见、通俗易懂的民间戏文使江南女子走出深闺，民间戏文语境也为江南女性接受启蒙、自由的社群教化提供了重要的载体。本章为江南女性民俗进入现代文学江南作家创作视野搭建了必要的语境场，是本书论述的基点，也为江南女性民俗文学展演路径的生成做好了语境的铺垫。

第二章 江南女性民俗的文学展演路径

文学不是以"成品"而是以"活动"的方式存在的，它是人类一种高级的、特殊的精神活动。艾布拉姆斯认为，文学作为一种活动，总是由作品、作家、世界、读者四个要素组成的。① 任何作品都是现实生活与作家心灵相互作用的产物，来源于社会生活的材料必须经过作家的艺术创造才能成为文学作品。本书第一章论述了江南女性民俗展演的文化生态语境，本章将在此基础上，从文学创作论的角度展开研究，分析现代文学江南作家的生活与创作环境，以及对来源于生活的"女性民俗"如何进行艺术加工并塑造出典型、鲜明的女性文学形象，从而使民俗真正地发挥"启迪民智、唤醒女性"的社会功能。

第一节 吴越地域文化浸润下的江南作家

作家在文学创作中有着十分重要的地位及作用，把作家当作社会的存在去研究显得尤为重要。韦勒克指出："对作家的研究还可以扩大到他所来自和生活过的整个社会环境。这样就有可能积累有关作家的社会出身、家庭背景和经济地位等资料。"② 可见，作家生活过的整个社会环境对其自身的创作有着至关重要的影响。当然，周围的自然环境对作家创作的影响也是不可忽视的，我国古代文论家刘勰③、

---

① [美] M. H. 艾布拉姆斯：《镜与灯——浪漫主义文论及批评传统》，北京大学出版社 1989 年版，第 5—6 页。
② [美] 韦勒克、沃伦：《文学理论》，刘象愚等译，江苏教育出版社 2005 年版，第 102 页。
③ 刘勰在《文心雕龙·物色篇》中就专门讨论了自然景物和文学创作的关系："春秋代序，阴阳惨舒，物色之动，心亦摇焉。盖阳气萌而玄驹步，阴律凝而丹鸟羞，微虫犹或入感，四时之动物深矣。……岁有其物，物有其容；情以物迁，辞以情发。一叶且或迎意，虫声有足引

陆机①等均讨论过自然景物和文学创作的关系。由此表明，无论是作家所处的自然环境还是社会环境，都跟作家创作的形成有着直接的、重要的关系。本节即是从创作发生论的角度对受吴越地域文化影响的现代文学作家进行分析，为进一步深入解读其文学作品中的江南女性民俗做好铺垫。

一 江南乡土作家群

从历史上看，吴越文化经历了三个大繁荣时期，分别是上升时期绮丽旷达的六朝、高峰时期恢宏阔大的唐宋，以及前进时期清新活泼的元明清。②这三个时期的发展既是北人将中原文化三次大规模南迁的体现，也是吴越文化主动吸收消化并融合中原文化的结果。文化如同化石，其发展演变是需要经过层层积淀、日积月累的，吴越文化的鼎盛繁荣过程也是如此。古代的吴越文化与中原文化相隔绝，它具有质朴野性、尚武好战的特点，因此生活在吴越一带的民族也被称为"南蛮"。魏晋南北朝时期，北方处于战火连天、兵荒马乱的混乱境况，特别是"永嘉之乱"后北人南逃，出现了文人云集江南的局面。这一现象促使吴越地区的社会风尚发生重大变化，即由"尚武"转向"尚文"。对于吴越文化来说，这是一个标志性的转变，"好勇轻死"的吴越民族面临这种抉择，只能在思想、情感与意志方面压抑自己的天性与本能，迎合并拥护这种"尚文"的世风转型，这种转变对吴越社会的习俗、文化、风尚的形成有着重要的影响。正如刘士林所言："可以想象，也只有这样一种刻骨铭心的经验，才可能使江南民族启动从野蛮到文明、从本能到审美的升级程序，进入到一个全新的版本中。"③ 江南社会从"尚武"到"尚文"的转型对江南文化的质变有着直接的影响。

现代文学江南作家就是生长在这样一个有着尚文重学传统、文人雅士

心；况清风与明月同夜，白日与春林共朝哉！"参见王运熙、顾易生主编《中国文学批评史新编》（上卷），复旦大学出版社2007年版，第133页。

① 陆机的《文赋》也有同样的论述："伫中区以玄览，颐情志于典坟。遵四时以叹逝，瞻万物而思纷；悲落叶于劲秋，喜柔条于芳春。"参见王运熙、顾易生主编《中国文学批评史新编》（上卷），复旦大学出版社2007年版，第77页。

② 参见王遂今《吴越文化史话》，浙江大学出版社2005年版，第156页。

③ 刘士林等：《江南文化读本》，辽宁人民出版社2008年版，第10页。

荟萃的吴越诗书环境里。从文化圈①的理论看,形成地域文化圈的原因不单是自然环境、地理空间,而且有文化传统、民风民俗、社会结构、方言土语等诸多因素,它们在不同程度上直接或间接地影响着文化圈内不同区域文学艺术的发展。现代文学江南作家群身处吴越文化圈,有着深厚的诗书礼仪功底,一方面他们享受着江南学术传统带给他们的创作乐趣,另一方面他们也在很大程度上受到吴越先贤独特精神的熏陶和教育。"传统的绵续,或是广义的教育,和法律及经济组织一同形成手段性质的文化的三方面。凡制度、风俗或其他文化设置,能满足这三方面手段性质的需要,与其能直接满足生物基本需要,是同样的重要,因为人类生存的维持有赖于文化的维持,所以文化手段迫力实无异于生理上的需要。"② 于江南作家而言,如果吴越的尚文习俗是一种"传统的绵续"的话,那么,在他们成长、为学过程中所受到的吴越先贤精神的启蒙便是不可或缺的"广义的教育",它们都是构成吴越文化圈的"文化手段迫力"。

  吴越文化中开拓进取、求真务实、经世致用的精神一直为世人所称道,也自然成为现代文学江南作家所追求向往的"精神标杆"。祖籍浙江上虞的东汉思想家王充就是中国历史上第一个倡导无神论、讲求实用学风的"无畏英雄",他"问孔""刺孟",勇敢地批判两汉的官方哲学。晋代江苏人士葛洪敢于挑战世俗,反对崇古倾向,但他同时又积极肯定现世,强调进取精神。祖籍杭州的北宋科学家沈括是中国历史上一位伟大的科学家,他学识渊博,见解独到,具有强烈的开拓进取精神。明末上海人士徐光启集数学家、科学家、农学家、政治家、军事家于一身,是中西文化交流的先驱之一,在他身上也有着十分强烈的务实进取精神。值得一提的是,清初以黄宗羲、万斯同、全祖望、章学诚等为代表的浙东学派发扬"实事求是,经世致用"的为学品格,对吴越的后人产生了重要而深远的影响。当然,还有清末的改革家龚自珍、辛亥革命先驱徐锡麟、秋瑾,美学理论大师王国维及近代教育思想家蔡元培等都是吴越开拓进取精神的继承者和发扬者。

  "人们创造自己的历史,但是他们并不是随心所欲地创造,并不是在

---

① 文化圈概念是由德国民族学家 R. F. 格雷布纳首先提出的。他在1911年出版的《民族学方法论》一书中使用文化圈概念作为研究民族学的方法论。他认为,文化圈是一个空间范围,在这个空间内分布着一些彼此相关的文化丛或文化群。从地理空间角度看,文化丛就是文化圈。

② [英] 马林诺夫斯基:《文化论》,费孝通译,华夏出版社2002年版,第49—50页。

他们自己选定的条件下创造,而是在直接碰到的、既定的、从过去承继下来的条件下创造。"① 现代文学江南作家直接从吴越先辈勇于开拓、顽强进取的精神品格中汲取了丰富的营养,从而在新文化运动初期成为革命的倡导者和思想的先驱者。生活在吴越大地上的陈独秀、胡适、鲁迅等人成为新文化运动的核心人物,他们将西方科学、民主的思想和实证主义的精神引入到中国,用以批判旧文化旧思想,有力地动摇了封建思想的统治地位,同时也唤起了中国人的觉醒,成为引领中国历史上思想解放潮流的"急先锋"。特别是胡适和鲁迅,他们还是中国现代文学革命的倡导者。胡适受中西文化的双重影响,率先提出文学改革的主张,开"五四"文学革命风气之先。不仅如此,胡适还对中国现代民俗学的发生、发展做出了不可磨灭的贡献。有学者认为:"中国现代民俗学思潮的兴起、早期现代民俗学的走向、民俗学文学化的进程乃至民俗学研究的科学方法,直到民俗学理论准备之不足等方面,都和胡适有着牵扯不断的密切联系。"② 出于改造国民、启迪民智的目的,胡适运用民俗与文学的武器,大胆进行文学革命,彰显了新文学主将务实求真、改革拓新的宏伟志向。

被誉为"现代文学开山鼻祖"的鲁迅出生于士大夫家庭,虽然传统文化、古典文学于他而言是抹不去的心影,但他却能从旧文学的牛角尖中钻出来,接受旧知识而不为旧知识所拖累,这是难能可贵的。鲁迅崇尚个性,主张独立思考、独立判断,他违背祖父的意志而进了南京的洋学堂,从而有机会接触大量外国文学和社会科学方面的著作。在留日期间,鲁迅初步形成了自己的世界观和人生观,并毅然弃医从文,选择新文学这一开拓性的事业,奠定了中国新文学运动的基础。在鲁迅的身上有着典型的吴越民族的优秀品格,他为新文学摇旗呐喊,以实事求是的精神剖析社会。他是一位冷静暴露中国社会黑暗并试图改革的思想家,无怪乎鲁迅研究专家陈漱渝这样评价:"鲁迅的风格,一方面可以说是纯东方的,有着'绍兴师爷'的冷隽精密;另一方面又可以说是纯西方的,有着安特列夫、斯微夫脱的辛辣讽刺气息,再加上尼采的深邃。"③ 在胡适、鲁迅这两位新文学先驱的影响下,江南的现代文学作家也纷纷地表现出了勇于开拓进取、勇于吸纳新思想的博大胸怀,他们中有的留学欧美、日本,感受异域

---

① 《马克思恩格斯选集》(第1卷),人民出版社1997年版。
② 李小玲:《胡适与中国现代民俗学》,学苑出版社2007年版,第213页。
③ 陈漱渝:《"毋求备于一夫"——读曹著〈鲁迅评传〉》,曹聚仁:《鲁迅评传》,复旦大学出版社2006年版,第6页。

的新思想、学习异邦的新文学，如徐志摩、郁达夫等；也有的虽未跨出国门，但却时时领改革之先风，创立各种文学流派，反映民生、针砭时弊，如茅盾、柔石、叶圣陶、王鲁彦、吴组缃等。可以说，吴越先祖开拓进取、求真务实、经世致用的精神已经在现代文学江南作家身上得到延续，并以独特的方式反映在他们的文学作品里。

马林诺夫斯基在谈到构成"文化手段迫力"的三方面时，特别强调："教育亦不是特设的社会制度。家庭、亲属、地方、年龄、职业团体、技术、巫术、宗教会社——这些制度在它们的次要功能上，是和我们的学校相当的，担任着教育的职务。"① 这就表明，家庭、亲属等在文化的传播、渗透过程中扮演着非同寻常的"角色"。一个人从出生到成长时时离不开家庭环境的熏陶，江南作家亦是如此，父母长辈既是他们生活中的护航者，也是他们思想上的第一启蒙者。在江南作家所生活的诗书世家的教育环境中，具有吴越特色的"民间故事或神话传说"作为教育内容的重要组成部分发挥着潜移默化的影响。一般而言，儿童对于生动有趣的民间故事、新奇怪诞的神话传说都有着特殊的爱好，这使我们不难想象江南地区的儿童对于有着吴越本土特色的白蛇传、孟姜女、梁山伯与祝英台三大民间传说故事的喜爱之情。② 斯蒂·汤普森认为，"民间故事"这个术语在英语中常用来指"家常故事"（household tale）或"童话故事"（fairy tale），如像《灰姑娘》（*Cinderella*）或《白雪公主》（*Snow White*）的故事，但它也在很广泛的意义上被合理地使用，包括所有经过许多年流传下来的书面或口头的散文叙事体形式。但在这种用法上，重要的是素材的传统性质。与现代故事作家追求传统情节和手法的创新相比较，民间故事的讲述者以他所接受的叙事才能而自得。通常，他期望用某些具有权威性的故事来打动读者或听众，这种故事来自于某个伟大的故事讲述者或某位保持了旧日记忆的老人。③ 这样，家族的长辈通过民间故事这种日常载体也水到渠成地传达了自己的教育理念。而正处于儿童时期的江南作家则不但从民间故事中得到了纯真的乐趣，而且更是从民间故事所展示的女主角形象性格等因素中产生了对江南女性最初的朦胧印象。

土生土长的江南作家一方面能得到家庭诗书土壤的滋养，另一方面作

---

① ［英］马林诺夫斯基：《文化论》，费孝通译，华夏出版社2002年版，第49页。
② 这三大传说与"牛郎织女"的传说并称为"中国四大民间传说故事"。
③ ［美］斯蒂·汤普森：《世界民间故事分类学》，郑海等译，上海文艺出版社1991年版，第3页。

为"亲历者"也能感受到家族内外所发生的一切变化,这"变化"既有来自家庭成员的个体行为,也有来自文化积习所形成的传统痼瘤。换言之,在启蒙思潮刚刚兴起的中国大地包括江南社会在内,都不同程度地残留着封建家族落后的东西,如宗法制、好淫祀①等习俗。在作家柔石所生活的浙江宁海的农村里,他就亲眼看到族内封建宗法制对女性婚姻的残害,当地婚后妇女常常被当作一件"商品"典卖给有钱人家,这对柔石的触动很大,后来他创作的小说《为奴隶的母亲》就是基于他目睹女性这一悲惨境遇而写就的。义乌作家王西彦也是对身边的女性充满了感情,他曾深有感触地说道:"对我的写作产生更大作用的,则是像母亲那样的农村妇女的悲凉命运。"② 正是这样一种对女性的独特感悟,致使王西彦在日后的写作中也与女性题材小说结下了不解之缘。宁波作家王鲁彦之所以能写成《菊英的出嫁》一文,也是由于他从小对自己家族内外的女性操办冥婚仪式有着深刻的印象。在他看来,由于吴越一贯以来的好淫祀习俗使得妇女不知不觉落入了这个人为的窠臼,因而也成为首当其冲受害的一个群体。从冥婚的陋俗透露出江南好淫祀的弊病,从而揭示陋俗给妇女带来的直接的精神危害,这就是作家王鲁彦创作的根本目的。

　　从文学创作的发生规律来看,文学创作材料是以精神现象的形式储存在作家的内心的,作家经过材料的储备进而上升到艺术发现阶段,并依据自己认识生活和评价生活的思想原则、审美趋向,对外在事物进行独特的文学感知。处于儿童及成长时期的江南作家们对江南女性有着独特的认识,因此在日后的创作中自然将"女性"作为重要的素材来取舍。"文学创造是一种艰苦的行为活动,因而文学创作动机的产生就和作家某种强烈的内在需要分不开"③,基于此,笔者认为,在江南作家创作的发生过程中内隐着这样一种平衡机制,即他们试图在现实生活的女性境遇与民间故事的理想女性之间寻求平衡点,而他们身上固有的或一贯传承下来的吴越进取改革之精神给了这种"寻求"行为以内在的动力,通过对笔下江南女性的褒贬进一步认识现实社会中的女性,从而在作家内心形成对理想女性人格的不同图像。江南作家这种强烈的"内在需求"或许就是他们把创作目光集中在江南女性身上的重要原因吧。

---

① 关于"淫祀",历代文献中有相关记载。《礼记·曲礼》谓:"非其所祭而祭之,名曰淫祀。淫祀无福。"《吴郡志·风俗》:"江南之俗,……其俗信鬼神,好淫祀。"
② 王西彦:《王西彦小说选·自序》,湖南人民出版社1981年版。
③ 童庆炳:《文学理论教程》,高等教育出版社1998年版,第121页。

二 江南海派作家群

一般认为，海派文化是在植根于中华传统文化基础上，融汇吴越文化及其他地域文化的精华，吸纳外国的主要是西方的文化因素，具有开放性、创造性、扬弃性、多元性特点的独具个性的文化。而在吴福辉先生看来，海派文化其实是一种"洋泾浜文化"。洋泾浜原是旧上海的一处地名，是一条通黄浦江、与苏州河平行的小河，开埠后洋泾浜成为沪上租界、洋场的代名词。"洋泾浜"一词在上海方言里含义丰富，大约用来指一切不中不西，亦中亦西，既新又旧，非驴非马的人与事，洋泾浜英语就是一种用中国土音、中国语法注出的可笑外语。语言与文化关系密切，洋泾浜英语背后折射出的是一种"五方杂处"的洋泾浜文化。洋泾浜文化"包容万象、兼收并蓄"的特点与海派文化的"包容与多元"不谋而合。正是在这种意义上，吴福辉先生指出，由于浙江人、广东人、苏南人、苏北人、本地人组成当时上海人口的五大来源，因此上海成了各种文化与人种的混合容器，既有中外文化与人种的汇合，还有中国内部的"移民文化"组合。如果用一个具体的名称来代表这种特殊的文化形状，可以叫它"洋泾浜文化"。[①]

施蛰存、张爱玲、苏青等作家就是在这样的"洋泾浜文化"熔炉里应运而生的。"上海仿佛是一只熔化人的洪炉，一切风俗习惯，便是这洪炉中的木柴煤炭，最会熔化人的，但瞧无论哪一省哪一府哪一县的人，到了上海不须一年，就会被上海的风俗习惯所熔化，化成了一个上海人。"[②]施蛰存、张爱玲、苏青等也是如此，他们虽然不是地道的上海人[③]，但却受到海派文化的巨大影响，因此成为独树一帜的海派作家。其他还有一些江南作家如茅盾、鲁迅、柔石、郑振铎、叶圣陶等都曾客居上海，不同程度地受到洋泾浜文化的影响。上海这个现代商业社会的文化环境很快就把一批批的外乡人同化改造成"上海人"。不仅如此，他们还以"都市人"的身份去书写上海这个充满商业气息、光怪陆离的城市，因此在"洋泾浜文化"词典里难免又添加了类似"现代情绪""都市灵魂""现代性""世俗化"等的词语，这些词语既反映了作家对都市的独特理解，又丰富

[①] 参见吴福辉《都市漩流中的海派小说》，复旦大学出版社2009年版，第46页。
[②] 沧海客：《上海观察谈》，载1925年5月1日《新上海》创刊号。
[③] 施蛰存居住于上海松江，祖籍却是杭州。苏青成年后才栖居上海，她的故乡却在宁波。张爱玲祖籍为河北，但生在上海，也算是一个上海人。

了"洋泾浜文化"的立体内涵。

"现代情绪"是施蛰存先生在谈到现代派诗歌时提出的,即"现代人在现代生活中所感受到的现代的情绪用现代的辞藻排列成的现代的诗形"①。在笔者看来,施蛰存的"现代情绪"是一头连着都市,一头连着乡土。一方面施蛰存运用意识流、自由联想、内心独白等心理分析方法去表现现代都市人的"现代情绪";另一方面他也有着一种十分可贵的"民间意识"。施先生曾这样提道:"影响创作的因素除了政治,还有就是都会与农村。生长于农村的作家到了上海,无法接受都市的生活,他虽然人在上海,所写的仍是农村题材。"② 事实上,施蛰存在松江小镇的乡土生活为他日后的写作提供了难得的乡土经验,以至于他早期的日记体小说《上元灯》及一些历史小说都有意无意地浸染上了乡土、民间意识。关于这一点,吴福辉也指出:"施蛰存与民间的联系就十分纯正,大约通过两种渠道,一是江南市镇文化,一是古典文化中的传说、笔记……"③ 因此,施蛰存先生的"现代情绪"除了一般人所理解的现代主义文学的呈现外,还蕴含着深厚的民间意识与乡土意识,可以说是中西糅合的产物。

如果说施蛰存从都市的视角阐释了他们对"洋泾浜文化"的独特理解,那么张爱玲关于"现代性"的叙写则是对洋泾浜文化的最好注解。在上海这样一个受着西方文化影响、有着异域情调的大都市里,她以自己独特的视角书写着对"现代性"的深刻理解。张爱玲的作品实际上就是一种对中国生活形态的富于现代感的表述,她惯于利用特定形象、物象和景观所形成的表现力去构筑"现代感",这是一种完全不同于"五四"左翼文学的想象力。她的《连环套》《倾城之恋》《茉莉香片》等小说中都不同程度地包含了一些"意象化的叙述","物象"可以同时是"意象","自然和物质"也可以是社会和文化形式的表达,这其中所体现的写作观念无疑是相当"现代"的。而张爱玲的这种"现代性"又是与她生活的都市不可分割的,正如张爱玲自己所言:"像我们这样生长在都市文化中的人,总是先看见海的图画,后看见海,先读到爱情小说,后知爱情,我们对于生活的体验往往是第二轮的,借助于人为的戏剧,因此在生活与生活的戏剧化之间很难划界。"④ 张爱玲的"现代性"可以说是一种个人的

---

① 施蛰存:《北山散文集》(二),华东师范大学出版社2001年版,第1110页。
② 施蛰存:《沙上的脚迹》,辽宁教育出版社1995年版,第170页。
③ 吴福辉:《都市漩流中的海派小说》,复旦大学出版社2009年版,第95页。
④ 张爱玲:《童言无忌》,《张爱玲文集》第4卷,北京十月文艺出版社2004年版。

智慧,"她的智慧表现在,她知道怎样为并未整体地进入一个'新时代'的中国生活形态创造一种形式感,或反之,怎样以细腻的形式感创造对中国生活和中国人的一种观察,一种体验,一种想象力"[1]。然而,张爱玲的"现代性"是以市井生活作为底色的,上海的新老市民包括大厦写字间的市民和石库门厢房亭子间的市民都是她笔下的"人物画谱"。她自称是个"自食其力的小市民"[2],她明知自己有个俗气的名字却不打算改换,因为她坚信:"世上有用的人往往是俗人。我愿保留我的俗不可耐的名字,向我自己作为一种警告,设法除去一般知书识字的人咬文嚼字的积习,从柴米油盐、肥皂、水与太阳之中去找寻实际的人生。"[3] 张爱玲就是这样在"现代"与"世俗"之间游离,现代是以世俗作为底衬的,世俗也因为现代而变得与众不同。

苏青对都市文学的理解基本上是和张爱玲一致的,但她比张爱玲更加"世俗化"。这种区别与两位女作家的出身有关,张爱玲出身于一个有着显赫家世的官宦家族,虽然有过童年的挫折和市民的经验,但她毕竟一直生活在衣食无虞的都市家庭,她的世俗直通"高雅",是精致的、隐形的。而苏青则不同,她出身于宁波的一个书香门第,祖父是清朝举人,其开通的思想、淡薄的等级观念对儿时生活在乡下的苏青有着巨大的影响。苏青从小对山乡农村里的事物感兴趣,也对她身边的乡民粗人有着深厚的感情,这些都是她"世俗"的根底。成年后的苏青住在上海里弄的一间石库门房子里,对都市的鸡毛琐事、人情世故也有了亲身的体验,这使她乡野的"世俗"又掺入了都市的色调。"孤岛"时期的苏青在上海滩写作,洋泾浜文化对她写作的影响也是显而易见的。一方面,苏青着力于"都市女性文学"的写作,在苏青的笔下,贴近生活、一切即俗就是都市的"全部内容"。苏青"都市女性文学"的特点主要体现在题材的世俗化、审美的趣味化和语言的个性化上。[4] 另一方面,苏青也把故乡的风土人情汇入了她的作品,其作品中融会着的宁波地方饮食民俗、婚姻民俗、养育习俗等都显示出作家所受到的吴越文化的影响。"海派小说家自身残留的旧的农业文明意识,也时时反映到他们的作品里,显出新旧混杂的中

---

[1] 孟悦:《中国文学"现代性"与张爱玲》,王晓明主编:《二十世纪中国文学史论·下卷》,东方出版中心2003年版,第99页。
[2] 张爱玲:《童言无忌》,《张爱玲文集》第4卷,北京十月文艺出版社2004年版,第89页。
[3] 张爱玲:《必也正名乎》,《张爱玲文集》第4卷,北京十月文艺出版社2004年版,第52页。
[4] 参见拙作《苏青评传》,中国社会科学出版社2010年版,第106—111页。

国式内因。"① 这似乎是针对苏青说的，苏青的作品既有都市的现代氛围，又有乡野的泥土气息，两者十分和谐地统一在"世俗化"这个节点上。

每一种文化都是一种模式，是一种区别于其他社会形态的独特的模式，它的形成有着深厚的历史积淀。海派文化的形成也是如此，它以一种一贯的模式与吴越文化相融合，从而对生活在上海的现代文学作家产生重要的影响。对于"海派"，鲁迅②、沈从文③等作家都有着独特的见解。"海派"文学在建构过程中，旧派文人及其创作的作用和影响是摆脱不了的。尽管历史上诸多文人对"海派"有着这样那样的偏见，但是海派文化吸纳百川、勇于创新的精神却是不可否认的。而且更为重要的是，"海派"作家所创造出的"海派"文学是有着极为深厚的吴越文化的基质，有专家将此概括为以下三点：其一，农商传统。其二，叛逆性和兼容性。其三，散逸、精巧的享用性。④ 由于海派文化与吴越文化有着相同的基质，它又以自己特殊的身份出现在吴越的大文化圈里，因而它与吴越文化相互吸纳，相互包容，这样的文化熔炉练就出的自然是具有复杂文化行为、复合文化心理的海派作家。海派作家的笔触直接伸向都市的各个角度，一般都把乡籍特色隐藏得很深，但施蛰存、苏青等比较特别，他们都在作品中流露出特有的乡土情结。不仅如此，在施蛰存、张爱玲、苏青等海派作家的作品里也活跃着许多女性形象，特别是施蛰存《春阳》里的婵阿姨、《上元灯》里的"她"，张爱玲《金锁记》里的曹七巧、《倾城之恋》里白流苏，还有苏青《结婚十年》中的苏怀青、《歧途佳人》里的符小眉等均给我们留下了深刻的印象，这些女性人物大多有在上海活动或生活的经历，抑或是有着都市和乡土结合的背景，她们身上或多或少地

---

① 吴福辉：《都市漩流中的海派小说》，复旦大学出版社 2009 年版，第 128 页。
② 鲁迅先生在《"京派"与"海派"》一文中说得很清楚："所谓'京派'与'海派'，本不指作者的本籍而言，所指的乃是一群人所聚的地域，故'京派'非皆北平人，'海派'亦非皆上海人。……北京是明清的帝都，上海乃各国之租界，帝都多官，租界多商，所以文人之在京者近官，没海者近商，近官者在使官得名，近商者在使商获利，而自己也赖以糊口。要而言之，不过'京派'是官的帮闲，'海派'则是商的帮忙而已。"参见鲁迅《"京派"与"海派"》，《鲁迅全集》第 5 卷，人民文学出版社 1981 年版，第 432 页。
③ 沈从文对"海派"文学有着激烈的批判，他在《论"海派"》一文中说："'海派'这个名词，因为它承袭着一个带点儿历史性的恶意，一般人对于这个名词缺少尊敬是很显然的。过去的'海派'与'礼拜六派'不能分开。那是一样东西的两种称呼。'名士才情'与'商业竞卖'相结合，便成立了吾人今天对于海派这个名词的概念。"参见沈从文《论"海派"》，刘洪涛编《沈从文批评文集》，珠海出版社 1998 年版，第 10—11 页。
④ 参见吴福辉《都市漩流中的海派小说》，复旦大学出版社 2009 年版，第 48—50 页。

渗透了一些民俗的因子，这也是海派作家们取民俗之视角进行深入刻画的结果。

我们认为，在影响海派文学发展的文化因素中，性别意识是非常突出的。女性主题和女作家的大量涌现标志着上海社会空间的扩大以及海派文学的发展。对于海派文学的性别空间，杨扬教授有一番独到的见解："海派文学对性别空间的建构既得益于现代社会，同时也以文学的方式丰富着人们的感观和想象，城市生活的符码化和象征性表述，让很多人觉得海派文学中的性别世界的开放是现代新生活的标志，……"[①]同受吴越文化与海派文学滋养的江南作家正是深切地认识到了女性对于都市空间及民间书写的重要性，因此，他们不惜笔墨创造了一个又一个经久不衰的女性形象。

第二节　女性书写与民俗创作的融合

在"五四"新文化运动的背景下，现代文学作家以独特的眼光找准了女性刻画与民俗书写的契合点。在当时启蒙思潮影响下从"人的发现"到"女性的发现"是作家进行文学创作的外在动力，而作家自身深谙周围习俗并参与民俗活动则是女性与民俗遇合的内在动因。在此基础上，作家对女性民俗赞美型、批判型、写实型的不同文学认知方式也从一个侧面深化了女性形象与民俗审美的内在意蕴。

一　从"人的发现"到"女性的发现"

"五四"新文化运动被誉为"中国的文艺复兴"，与西方文艺复兴有着相似的灵魂，是一场"人—个体"意识觉醒的伟大的思想启蒙运动。新文化运动领袖胡适指出："它包含着给与人们一个活文学，同时创造了新的人生观。它是对我国的传统的成见给与重新估价，也包含一种能够增进和发展各种科学的研究的学术。检讨中国的文化的遗产也是它的一个中心的工夫。"[②] 而对"人的发现"则是"五四"新文化运动的重要贡献。刘再复认为，"五四"新文化运动对"人的发现"主要着眼于：第一，人

[①] 杨扬、陈树萍、王鹏飞：《海派文学》，文汇出版社2008年版，第64页。
[②] 胡适：《中国文艺复兴》（1935年在香港大学演讲稿），《胡适全集》（第12卷），安徽教育出版社2003年版，第245页。

是人，人不是奴隶，更不是牛马，这是人道主义的呼唤。第二，人是个体存在物，不是国群的附属物，也不是家族的附属物，这是个人主义的呼唤。① 由此可见，强调人（人道主义）与强调个体（个人主义），这正是"五四"新文化运动对个体的"人"的全新发现。

以《新青年》为土壤，"五四"新文化运动所精心培育的人文主义种子得到了前所未有的生长和发育。从《新青年》上最早发表的易白沙的《孔子平议》、李大钊的《自然的伦理观与孔子》到陈独秀的《宪法与孔教》、吴虞的《儒家主张阶级制度之害》等一系列文章，我们可以清晰地看到，以人文主义精神的眼光去重新评估孔子与儒家学说，这是"五四"新文化运动唱响人文主义精神的主旋律。在"打倒孔家店"的口号中，"五四"先驱者们严厉地抨击着儒家学说中违背人性、扼杀人性的罪恶；与此同时，他们也不失时机地提出"民主与科学"的口号，并以此作为对抗旧道德、旧伦理的利器。陈独秀就如此坦言："要拥护那德先生，便不得不反对孔教，礼法，贞节，旧伦理，旧政治。要拥护那赛先生，便不得不反对旧艺术，旧宗教。要拥护德先生又要拥护赛先生，便不得不反对国粹和旧文学。"② 总之，"重新估定一切价值"是对"五四"新文化运动人文精神的最好诠释。

新文化运动的主将鲁迅先生对"人"的发现及人文精神的弘扬也有着独到的见解。早在1907年，鲁迅在其文艺论文《摩罗诗力说》中就精辟地论述了以拜伦为首的恶魔派诗人，大力宣扬了他们的反抗精神，并在篇末简明扼要地指出："上述诸人，其为品性言行思惟，虽以种族有殊，外缘多别，因现种种状，而实统于一宗：无不刚健不挠，抱诚守真；不取媚于群，以随顺旧俗；发为雄声，以起其国人之新生，而大其国于天下。"③ 鲁迅在该文中不但指出了恶魔派诗人刚健顽强、富有个性的创作，而且也强烈地反映出自己作为革命民主主义者那深刻独特的思想以及倔强不屈的战斗品格。鲁迅这种对个性的张扬与坚守在其另一理论文章《文化偏至论》中也有深刻的反映，"掊物质而张灵明，任个人而排众数"，"个性张，沙聚之邦，由是转为人国。人国既建，乃始雄厉无前，屹然独见于天下"，"其首在立人，人立而后凡事举；若其道术，乃必尊个性而

---

① 刘再复：《"五四"理念变动的重新评说》，《书屋》2008年第8期。
② 陈独秀：《本志罪案之答辩书》，《新青年》六卷一号，1919年1月15日。
③ 鲁迅：《摩罗诗力说》，《鲁迅杂文全集》，河南人民出版社1994年版，第35页。

张精神"①。由此可见，在鲁迅的头脑里早就潜移默化地流淌着对"人"个性充分张扬及对"人"价值充分尊重的思想，正是因为如此，在接踵而至的新文化运动中，鲁迅始终把文艺的目光投向对普通人的生存意义的发现与肯定上，那一篇篇洋溢着人道主义气息的小说，一个个具有鲜活灵魂的文学个体便是极好的例证。

"五四"新文化运动"人"的发现也引发了对"女性的发现"和对"儿童的发现"。关于这一点，周作人在其《人的文学》一文中有过这样的论述："人的问题，从来未经解决，女人小儿更不必说了。如今第一步先从人说起，生了四千余年，现在却还讲人的意义，从新要发现'人'，去'辟人荒'，也是可笑的事。"②周作人之所以将"女性的发现"与"儿童的发现"相提并论，用以充实对"人"的发现，是因为他从中国几千年的封建历史中深刻地认识到女性与儿童在其中所蒙受的深重、残酷的灾难。要真正地实现人性的价值，达到最大限度的"人"的发现，只有将封建枷锁之下的妇女儿童释放、解救出来，才能实现"五四"先驱们对"人"的意义的发现与探索的宏伟理想。

在笔者看来，"女性的发现"与"人的发现"在本质上是一致的，那就是：个性解放。个性的解放、个体主体性的高扬，这是"五四"时期的"人的发现"的思想基点与主题。"人的发现"与"女性的发现"是相互联系、相互推进的。"五四""人"的发现引发了对同时代"女性"群体价值的发现，而"女性"的发现则进一步深化、充实了"人"的发现。新文化运动要启蒙"人"的发现和"人"的觉醒首先得启蒙"女人"的发现和"女人"的觉醒。因为从女性的发展历史来看，几千年的封建礼教与封建宗法制度对妇女的极端虐杀以及由此造成的严重后果是显而易见的，妇女也因此成为社会中蒙受深重灾难的一个群体。从文字学角度看，"妇"字十分生动形象地反映出封建宗法制社会"制服女子以求安"的男性中心意识。如果妇女长期地处于卑躬屈膝、愚昧落后的状态，又谈何个体的"人"的觉醒与发现呢？"女子握人生之大原，居人数之半，为社会命脉，国之兴亡，女子与之有密切关系"③，"欲铸造国民，必先铸造国民母始"④，新文化思想启蒙者正是深刻地认识到了妇女在历

---

① 参见鲁迅《文化偏至论》，《鲁迅杂文全集》，河南人民出版社1994年版，第14、19页。
② 周作人：《人的文学》，《新青年》5卷6号。
③ 江纫兰：《论女子参政之理由》，《妇女时报》1912年9月25日。
④ 亚特：《论铸造国民母》，《女子世界》第7期，1904年7月。

发展中的特殊地位，于是便在迎接新文化大潮的挑战中敏锐而迅速地将目光集中于"女性的发现"，从而为"人"的发现和"人"的觉醒打开了一条光明的通道。

二 新文学作家与民俗活动的结缘

对于中国现代民俗学与现代文学的联姻，日本民俗学前辈直江广治曾言："中国民俗学研究的开始，是和民国初年的文学革命深深相连的。……中国民俗学的诞生是和文艺紧紧相连的。"[①] 无独有偶，我国民俗学专家陈勤建教授指出："在现代文学——小说、散文、诗歌、戏剧创作中和文学研究领域，还出现了化俗为文的文艺民俗化走向，出现了中国民俗学文学化倾向的又一个侧面。而这一点，又往往成为研究中国民俗学和研究中国现代文学史专家们各自所遗忘的角落。"[②] 由此可见，中外学者都把目光投向民俗文学化倾向和文学民俗化倾向领域，并深刻地认识到民俗与文学互动的内在联系。

在现代文学界，已有学者关注到这一现象并提出了"民俗小说"的说法。只要是流露出自觉的民俗意识并通过特定的民俗事象来透视人物命运、挖掘民族心理、表现作品主题、揭示人物性格、奠定作品风格基调的，都可被称为"民俗小说"。[③] 现代民俗小说在艺术上的特点就是将典型人物的命运和民俗描写有机地融合在一起，以此更深刻地来挖掘深层的民族心理。也有研究者从民俗生活、启蒙精神与主流意识的历史互动等方面对现代民俗小说的成因进行了深入细致的剖析。可以说，现代民俗小说的诞生标志着"五四"新文学作家和现代民俗的结缘由此开始。

从作家创作论的角度看，作家的创作题材直接或间接地来源于他本人的生活经验。"五四"新文学作家笔下所涌现出的现代民俗小说也无不印证了这一点。新文学作家对日常民俗有着亲身的体验，他们习惯于从生活中信手拈来，较为贴切地运用于自己的文学创作。别林斯基指出："在每一个民族的这些差别之间，习俗恐怕起着最重要的作用，构成着他们最显著的特征。"[④] 这里的"习俗"可以理解为一个人从生到死、从生活到思

---

① ［日］直江广治：《中国民俗学的发展》，陈千帆译，王文宝：《中国民俗学发展史》，巴蜀书社1995年版。
② 陈勤建：《中国民俗学》，华东师范大学出版社2007年版，第16页。
③ 鲍焕然：《现代民俗小说之成因》，《武汉交通科技大学学报》（社会科学版）2000年第1期。
④ ［俄］别林斯基：《文学的幻想》，《别林斯基选集》第1卷，第26页。

想的与此紧密相连的民俗文化。作家正是深刻地体认到了民俗在一个人成长过程中的重要地位，加上他们对民俗有着非同寻常的体验和感触，因此才把笔触伸向"民俗"创作。当然，这也跟他们平时受地域风俗、家庭成员的影响及自身参与民俗活动是分不开的。

一般来说，"一个文化区内的家庭都普遍传承、履行着该文化区内的民俗文化"①。以江浙现代文学作家为例，他们从小生活在具有浓郁吴越文化的家庭氛围中，家庭成员的言谈举止、生活习惯、信仰禁忌等对他们产生着潜移默化的影响。因此，作家生长、生活的家庭环境是铸就他们日后性格、脾性的"染缸"，吴越民俗文化通过各种方式对江浙作家进行着无形的渗透和影响。据史书记载，吴越的会稽一带"淫祀"之风盛行。东汉前期建武年间，第五伦任会稽太守，会稽风俗"多淫祀，好卜筮。民常以牛祭神，百姓财产以之困匮。其自食牛肉而不以荐祠者，发病且死先为牛鸣，前后郡将莫敢禁"②。吴越家庭通常的祭祀活动有岁祭、腊祭等，其中以五祀最为常见。五祀即祭祀"门、户、井、灶、中留"，"门、户"是人所出入之地，"井、灶"是人所饮食之处，"中留"是人所托处，相当于室中。吴越人们祭祀的是这些想象中的与家居生活密切相关的神灵，通过祭祀神灵来祈求家道富贵、平和安康。可见，吴越一带的民间祭神理念根深蒂固，民俗活动也是源远流长的。而恰恰是这样的民俗理念和民俗活动影响着江浙现代文学作家的创作，它们像一根"无形的指挥棒"指点、规划着作家们的思维。

以新文学的先驱鲁迅为例。童年时的鲁迅从祖母、母亲和长妈妈身上感悟到了吴越地区独特的民风民俗。鲁迅母亲鲁老太太住在会稽的安桥头，"她没有正式读过书，却能识字看书，早年只读弹词说部，六十以后移居北京，开始阅报，日备大小报纸三两份，看了之后，与家人好谈时事，对于段、张、冯、蒋诸人都有批评"③。即便是这样一个能读书论道，有着开明思想的鲁老太太，她的血脉里也无形地流淌着民俗的因子。鲁老太太在鲁迅一生下来吃奶前就让他遍尝醋、糖、黄连、钩藤、盐五样东西，分别指代"酸、甜、苦、辣、咸"等滋味，这意味着婴儿长大以后就能经受住各种生活磨难，这样，刚落地的鲁迅就亲身体悟到了吴越这一独特的民俗。鲁迅出生几天后，家人又把他抱到庙里向菩萨去"记名"

---

① 郑择魁主编：《吴越文化与中国现代文学》，杭州大学出版社1998年版，第73页。
② 《后汉书》卷四一《第五伦传》。
③ 曹聚仁：《鲁迅评传》，复旦大学出版社2006年版，第216页。

并拜和尚为师,这是因为吴越民俗认为鲁迅出生日正好与民间的"灶司菩萨"一样,都是阴历八月初三,因此要向菩萨去"记名";而拜和尚为师则是告诉一切"凶神恶煞",说鲁迅已经是"出家人"了,叫他们不要去伤害他。不仅如此,在鲁迅的成长过程中,他还不知不觉地接受了长妈妈对他无形的民俗熏陶,鲁迅常常饶有兴致地听长妈妈讲《山海经》的故事,曾经回忆长妈妈给他买来有图像的《山海经》时他欣喜若狂的情景。在《朝花夕拾·后记》中鲁迅还特意介绍了他对那些与绍兴民俗有关的书籍的搜集和研究。鲁迅日后的很多文章都提到故乡的民俗,其中他在《送灶日漫笔》一文中写到关于灶君升天时人们卖的一种胶牙糖,"本意是在请灶君吃了,粘住他的牙,使他不能调嘴学舌对玉帝说坏话"[1],颇有一番幽默和哲理在其中。

茅盾的祖母也十分迷信神道,在茅盾的父亲生病卧床后,老态龙钟的祖母不顾家里的劝阻执意要踮着小脚亲自到城隍庙去祈神、许愿。按照茅盾故乡乌镇的习俗,"家中有病人而药物不灵时,迷信的人就去城隍庙许愿,并在城隍出会时派家中一儿童扮演'犯人',随出会队伍绕市一周,以示赎罪,这样病人的病就会好起来"。当时,茅盾的祖母就让9岁的茅盾在阴历七月十五城隍出会时扮一次"犯人",而茅盾"自然十分高兴,随队伍绕着四栅走了十多里路,竟一点不感到累"[2]。这一次"出会"于茅盾而言是终生难忘的,他幼小的心里深深地镌刻上了故乡的民俗之印,以至于日后写出诸如《春蚕》《秋收》《残冬》《冥屋》等十分富有民俗气息的文章。茅盾这种与生俱来的民俗观念也影响了他日后的乡土小说理论。1921年,茅盾与刘大白、李达等人在编撰《文学小辞典》时特别将民俗作为文学"地方色"的主要标志,并初步界定了概念,即"地方色就是地方底特色,一处的习惯风俗不相同,就一处有一处底特色,一处有一处底性格,即个性"。不仅如此,茅盾在1928年创作的《小说研究ABC·环境》中还进一步提到了"时代精神"的定义:"时代精神就是一时代的色彩或空气。一般人共通的思想,共通的气概,乃至风俗习惯等等,都是时代精神之表现。"[3] 茅盾这种对"地方色"与"时代精神"的认识正是他的民俗观在文学理论上的综合体现。

---

[1] 鲁迅:《送灶日漫笔》,《鲁迅杂文全集》,河南人民出版社1994年版,第205页。
[2] 茅盾:《我走过的路》(上),第45、46页。
[3] 茅盾:《小说研究ABC·环境》,吴福辉编:《二十世纪中国小说理论资料》(第三卷),北京大学出版社1997年版,第55页。

浙江台州作家许杰的祖父和父亲常常念经，母亲因为家穷而频频参加"月月红"的民间储蓄活动。① 桐乡作家丰子恺也曾回忆说："我家也曾谢过几次菩萨，是谁生病，记不清了。总之，要我跟着道士跪拜。"② 义乌作家王西彦的老祖母是"一个观世音菩萨的虔诚的崇拜者"，③ 父亲做着给人家选日子和看风水的行当，自己的母亲和身边的姐妹们都是童养媳，王西彦在很小的时候，家里就给他准备了一个童养媳，这种耳闻目睹加之亲身感受的民俗在他后来的小说《八妹》中有详细的叙述。王西彦父母还给他找了一个褴褛孤苦的看庙人做义父，④ 因为当时的义乌民俗认为，凡是生辰八字和亲生父母相克的孩子为了避免成长过程中遭遇的不测，必须要认一个孤苦伶仃的人做义父才可以消灾除祸。从文学创造的过程看，"文学创造材料不是独立于生产者（作家）之外的物质，而是储备在他内心的精神现象，或者说是存在于作家记忆中的表象材料……作家的文学创造活动，就是以这些东西作为基础和内容，并通过加工和改造，使之成为创造性产品"⑤。从这种意义上说，"五四"新文学作家们其作品中所渗透着的民俗描写不是凭空产生的，而是他们在家庭生活中潜移默化接受的那些民俗信息或民俗活动，并以精神现象的形式储存于作家内心，并最后付诸文字。

此外，笔者还发现，新文学作家们创作的民俗化倾向对既有的"五四"新文化运动的认识也提出了新的挑战。一般认为，"五四"新文化运动是以"打倒孔家店"为口号，以"彻底否定传统的儒家精神"为宗旨。而事实上，新文化先驱们只是否定了儒家表层结构中的典章制度和意识形态，对其深层结构中的情感态度、风尚习俗等不但没有全盘否定，反而以另外一种方式在不知不觉地实践，⑥ 体现在文学创作中便是新文学作家的民俗化倾向的作品。关于儒家的表层、深层之分，李泽厚先生在《初拟

---

① 参阅《坎坷道路上的足迹》，《新文学史料》1983年第1期。
② 丰子恺：《四轩柱》。
③ 王西彦：《神·鬼·佛》，《王西彦散文选》，江苏人民出版社1980年版。
④ 王西彦：《童年杂记·义父》，《王西彦散文选》，江苏人民出版社1980年版。
⑤ 童庆炳：《文学理论教程》，高等教育出版社1998年版，第118页。
⑥ 笔者的这一想法是在研读刘再复关于《"五四"理念变动的重新评说》一文（《书屋》2008年第8期）中得到启示的。刘文提到：我们也要郑重地说，"五四"启蒙者对待孔子儒学缺乏理性，在相当大的程度上带有文化浪漫气息。其缺少理性，一是没有区分儒家原典和儒家世间法（制度模式、行为模式）；二是没有区分儒家的表层结构（典章制度和意识形态）和深层结构（情感态度等）。

儒学深层结构说》①中作了深度的分析。细细读来，我们不难发现，李泽厚先生所提到的儒家的深层结构正是渗透、潜藏于人们的生活态度、思想观念的日常民俗。新文学作家们大多有着深厚的中国传统文化功底，他们将暗藏于儒家深层结构中的情感思想、民俗理念巧妙地化俗为文，在新文学革命的浪潮中吹响了"建设国民文学"的号角。

三 女性书写的民俗化倾向

新文化运动对女性的发现使作家们把目光投向了需要启蒙的女性，而新文学作家们创作的民俗化倾向也更加激发了当时以民俗为导向的女性书写的全面觉醒。换言之，女性书写是新文学作家以女性为对象的文学作品的书写，在这个女性书写过程中又自觉地融入了作家们的民俗启蒙意识。

女性书写的全面觉醒其前提首先是对女性的发现。"女性的发现"这一具有划时代意义的命题强烈地激发着五四启蒙思想家和新文学作家的创作欲望。一方面，陈独秀、胡适、鲁迅、叶圣陶等思想先驱在《新青年》上纷纷发表妇女问题的理论文章，提出自己对妇女解放的独到见解，如胡适在《贞操问题》中指出贞操不应是女人单方面的道德实践，而应该是包括男人在内的人人都需实践的现代人权标志；叶圣陶在《女人人格问题》中也一针见血地指出女人不应再被其他诸如"妻、女、母"等词所定义，而应该是一个独立的个人，并呼吁女性建立自己的独立人格。另一方面，在"女性启蒙"这一思想的指导下，一些新文学作家不约而同地把创作的对象对准了"女性"，不管是男作家笔下对女性个体悲惨命运的揭示与思考，还是女作家内心引起的对女性生存体验的共鸣，均不同程度地宣告了五四新时期这一伟大的"女性的发现"。鲁迅的《祝福》、柔石的《为奴隶的母亲》、郁达夫的《迟桂花》，还有冰心的《庄鸿的姊姊》、陈衡哲的《洛绮思的问题》、冯沅君的《旅行》、庐隐的《何处是归程》等作品都对女性的生存与命运做出了深度的思考，尽管有的在创作中也存在着明显的局限，对女性"个体"的解放还只停留在精神的层面，但毕竟是掀开了"女性觉醒"的第一页历史。

在对女性进行文学书写的过程中，妇女的"贞操"问题是启蒙思想家和新文学作家首要关注的问题。胡适认为，贞操问题中最不能让人容忍的就是"替未婚夫守节和殉烈的风俗"。而要"反对这种忍心害理的烈女

---

① 参见李泽厚《初拟儒学深层结构说》，《波斋新说》，香港天地图书公司1999年版，第177—178页。

论",就需要"渐渐养成一种舆论,不但不把这种行为看作'猗欤盛矣',可旌表褒扬的事,还要公认这是不合人情,不合天理的罪恶;还要公认劝人做烈女,罪恶等于故意杀人"①。周作人也看到了贞操给妇女带来的不平等及由此产生的痛苦,并在《贞节牌坊》中痛斥道:"其实就是在古时候,女人也何尝真是为这石牌坊而守节呢?其上者殉情,为了夫妇母子之爱,而自愿牺牲,本不要什么报酬,其次则有资产可生活,或怕礼教之迫害,由于威胁利诱而已。立牌坊以旌贞节,以愚民手段论,也不免为很拙劣的一种吧。"② 显然,新文化思想先驱一针见血地指出了"贞操"给妇女造成的痛苦与危害。

贞操观念的残酷性和虚伪性被新文化思想先驱们彻底揭露出来,而接过这面"贞操"大旗的则是新文学作家们,他们以"破除守节旧俗,追求人性之美"为宗旨,将"贞操"这种传统的女性民俗置于"人性"的范畴内进行叙写。台静农的《拜堂》写的是主人公汪二与寡嫂成亲的故事。汪二的哥哥去世以后,汪二与嫂子发生了感情,但更多是出于子嗣和经济的考虑,最后两人选择在晚上成婚。如果从传统妇女贞操的角度看,汪二的嫂子并没有为死去的丈夫守节,也没有选择为丈夫殉烈,而是出于自然人性的需求选择了身边的汪二,这一举动本应受到社会和宗族的强烈谴责。而作家台静农则是巧妙地避重就轻,在肯定"叔嫂婚"的基础上着重突出了汪二嫂子的举动对女性人性解放的重大意义。在台静农看来,嫂子与汪二的成亲不但合情合理,而且是对传统妇女贞操的一次巨大反叛,这正是新文学作家用以切除传统女性民俗之"恶性肿瘤"的利剑!同样,江南区域以外的作家如沈从文的《萧萧》和彭家煌的《活鬼》也对传统的女性贞操作了革命性的书写。萧萧是一个12岁的少女,而她的丈夫却是个抱在怀中的3岁小孩,在同村青年花狗的引诱下,萧萧有了身孕。然而,由于种种原因,"沉潭"或"发卖"的族规并未能在萧萧身上得以实施,在沈从文笔下,这种自然的人性最终战胜了礼法的束缚,萧萧的"贞操"在现实的生活中也得到了很好的化解。《活鬼》中的荷生嫂是宗法制"童子婚"的受害者,然而她并没有因此泯灭自己作为女人的自然的欲望,她背着比自己小十来岁的丈夫去偷汉,与咸亲一起上演着一出出"闹鬼"的把戏。荷生嫂对女性贞操的漠视、对人性自由的追求由此

---

① 胡适:《贞操问题》,《新青年》4卷5号。
② 周作人:《贞节牌坊》,钟叔河编《周作人文类编·上下身》,湖南文艺出版社1998年版,第532页。

可见一斑。正是新文学作家们很好地体悟并揭露了传统伦理"贞操观"的罪恶,才使一个个女性文学形象在女性民俗的映衬下熠熠生辉。

另外,"婚育民俗"也是当时新文学作家进行女性书写的焦点。在理论思想的引领下,新文学作家们纷纷把笔头对准了以"婚姻、家庭"为主要内容的问题小说,冰心、叶圣陶、王统照、庐隐、许地山、茅盾等在文学研究会"为人生"的大旗之下更加关注女性的婚姻与家庭问题,探求女性人生的真正意义。叶圣陶的《阿凤》和冰心的《最后的安息》思索着如何改变童养媳的命运,叶圣陶的《这也是一个人》探讨了农村劳动妇女的人生价值问题,而许地山的《商人妇》和《缀网劳蛛》则企图借用宗教的力量来揭开女性的人生之谜……此外,在文学作品中还不时反映和揭示出各种各样的婚姻陋俗,如典妻婚、冥婚、逼醮婚、牌位婚等,这将在后面的专章中进行详细论述。

四 作家对女性民俗的文学认知

新文学作家创作的民俗化倾向使他们把目光聚焦在了"女性民俗"之上。"女性民俗"这一概念最早出现于民俗学界,黄石、周作人、邢莉等学者均有过不同的论述。而本书所指涉的"女性民俗"则有更丰富、更立体的内涵。所谓女性民俗,是指文学作品中跟女性有关的且女性特征鲜明的民俗或发生在女性人物个体身上的外在的和内在的、物质形态的和精神形态的、行为层面和心意层面的民俗。文学作品中的女性民俗对表现女性生命内核、塑造女性人物形象、深化作品主题思想具有十分重要的作用。换言之,女性民俗就是以文学女性为主体,充分体现女性文化、女性心理且具有女性特色的民俗。于新文学作家而言,每个作家都是不同的个体,他们的世界观、人生观以及对女性的认识都不尽相同,因此他们对女性民俗也有着不同的认知方式。

从认知心理学的角度看,"人的认知风格是由先天禀赋和后天环境的熏陶与影响而形成的,由于每个人的禀赋不同,所处的教育环境有异,因而每个人所养成的认知风格总是带有个人的特点"[①]。作家的认知风格也是如此,现代文学作家个体所处的家庭环境及所受教育的不同决定了他们对女性及女性民俗文学认知方式的差异。在笔者看来,主要有赞美型、批判型、写实型三种。

---

① 徐子亮:《汉语作为外语的学习研究:认知模式与策略》,北京大学出版社 2010 年版,第 278 页。

赞美型的女性民俗认知方式主要以沈从文、废名、汪曾祺等为代表,他们的作品在对民俗的描写中渗透着对淳朴自然的讴歌和对生命自由的赞美。沈从文在小说《边城》《三三》《萧萧》中塑造了翠翠、三三、萧萧等几个湘西少女,在她们的身上都不同程度地集结着各异的女性民俗,"翠翠"在体验茶峒当地端午节赛龙舟和抢鸭子习俗时无意中发现了勇敢英俊的傩送,这与中国传统女性"抛绣球选夫"的习俗似乎有着异曲同工之妙;身为童养媳的"萧萧"不可避免地会遭受"童子婚"带给女性的种种束缚,然而无意中的"红杏出墙"却使她获得了女性应有的人性自由;"三三"的生辰八字以及城里白脸少爷的突然去世使她经历了一次女人特有的凄美梦境。沈从文以绮丽、优美、奔涌着内心激情的文字叙写着湘西原始的民俗生活形式,并自认为这类"乡土抒情诗"既包含了"社会现象",又包含了"梦的现象",是把"现实"和"梦"两种成分相混合。① 而汪曾祺的民俗叙写更是受到了其师沈从文的影响,无论是《受戒》里的小英子还是《大淖记事》中的巧云都融会着作者独特的民俗眼光,这些女性民俗的化身被汪曾祺那支民俗的笔刻画得如此清新淳朴、优美自然,无怪乎有人把他的小说归入"风俗小说"中。笔者认为,汪曾祺之所以钟情于民俗创作,这与他早期接触民俗,后又到中国民间文艺研究会任《民间文学》编辑有很大的关系。我们发现,沈从文、汪曾祺、废名等都是"京派"作家,"这个流派作家都是很自由的,各自的写作路线和风格不尽相同,但创作精神、心态和审美追求有相对的一致性,那就是政治意识的淡化与艺术独立意识的增强"②。"京派"这样的创作观在一定程度上决定了他们在作品中对女性民俗持欣赏、肯定的态度。

批判型的女性民俗认知方式以鲁迅、柔石、王鲁彦、吴组缃为典型代表。"五四"乡土民俗小说的作家们在民俗事象的叙写中饱含着愤激沉郁的社会批判意识和对下层民众特别是妇女的深切同情。为了揭示国民的"劣根性"及洞察落后的女性民俗,他们不惜笔墨地在作品中塑造了一个个震撼人心的女性形象,祥林嫂、春宝娘、菊英娘、二姑姑等一系列呼之欲出的女性民俗人物唤醒了国民对"人"的发现和"女性"的发现。关于创作的动机,鲁迅在《呐喊·自序》中如此坦言:"我们的第一要着,是在改变他们的精神,而善于改变精神的是,我那时以为当然要推文艺,

---

① 沈从文:《烛虚·小说作者和读者》。
② 温儒敏、赵祖谟主编:《中国现当代文学专题研究》,北京大学出版社2002年版,第113页。

于是想提倡文艺运动了。"①柔石在《为奴隶的母亲》中不仅成功地塑造了"春宝娘"的形象，而且从这一女性形象背后所附着的浙东"典妻"陋俗中揭示了宗法制社会对女性的残害。柔石是浙江宁波人，他目睹了他所生活的宁海城镇及周边地区"典妻"习俗给妇女带来的身心之痛，因此有感而发，对这种强加于女性身上的陋俗给予深刻的揭露与批判。无独有偶，同为宁波籍作家的王鲁彦在《菊英的出嫁》中通过菊英母亲对已亡女儿的隆重婚事操办的描写，也有力地批判了浙东的冥婚习俗。"冥婚"的主角多是女性，这种习俗的流行看似是对操办者的一种安慰与寄托，实际是将活人"麻木"的精神与灵魂又一次推向"深渊"的过程，这种独特的女性民俗不仅劳民伤财，更是对女性精神的无情戕害。吴组缃在《箓竹山房》中与其说将批判的矛头指向二姑姑，不如说是指向这个吃人的社会，"夫权、族权、神权"等级森严的宗法制社会将女性的婚姻几乎推向绝境，二姑姑便是宗法制下"牌位婚"的牺牲品。笔者认为，由于"五四"乡土民俗小说家们大多有着深厚的乡村生活体验，同时大部分又是"左联"作家，因此他们对乡土民俗有着特别的洞察与理性的认识，而"左联"关注社会、关注国民的宗旨使他们对女性民俗相对采取了批判、否定的态度。

写实型的女性民俗认知方式则以萧红、苏青、孙犁、老舍等作家为主要代表。这些作家立足于生活的根基，特殊的人生经历及创作环境使他们善于从琐细的生活中发现民俗、叙写民俗，从而将民俗与自己的创作融为一体。萧红的《呼兰河传》就是为整个小城的人情风俗作传，她在作品中反复运用"乌鸦"这个民俗意象，以此暗示未谙世事的"我"对呼兰河民俗心理的意会，而扎彩铺、放河灯、跳大神、娘娘庙会、野台子戏等一系列由女性参与的民俗则使整部作品充满了诗化的民俗心理氛围。正如有学者指出："萧红在自己的作品中追求一种诗画交融的境界，她以诗人的眼睛观照自然，用诗意的笔触来暗示民俗心理。"②与萧红的"诗化写实"方法类似的还有20世纪40年代"白洋淀派"作家孙犁，在《荷花淀》中作者将月光、水淀、荷花、苇席、白雾等具有女性特征的民俗意象巧妙地交织融合在一起，构成了一幅鲜活灵动的民俗化的生活画面。而与萧红、孙犁的"诗化写实"相比较，

---

① 鲁迅：《呐喊·自序》，《呐喊》，人民文学出版社1979年版，第3页。
② 鲍焕然：《略论现代民俗小说作家的创作心态及表现方法》，《探索与争鸣》2004年第5期。

苏青、老舍作品中的民俗写实更具有生活气息。苏青在其自传体小说《结婚十年》中将宁波地方特有的民俗诸如"坐花轿""抱上轿""吃合卺酒""闹洞房""回娘家""生孩子"等巧妙搬进作品，女主人公正是在民俗的浸润中体会出结婚十年的滋味的。老舍在《骆驼祥子》中也将与虎妞有关的办酒席、生育等北京习俗进行了如实叙写，让读者在小说情节的发展中也体会到民俗的特色。上述作家并非属同一流派，但他们不约而同地关注了生活中的女性民俗，这与20世纪三四十年代这个特殊的社会环境对他们个人的影响不无关系。因为抗战，萧红成了流亡作家，对故乡民俗的叙写是她眷恋家国心灵的直接反映；苏青在沦陷区的上海进行日常民俗的创作，是女性作家躲避耳目的明智策略；老舍和孙犁分别在抗战初期及末期写下上述作品，如果说老舍的京派民俗民韵让人远离了抗战的紧张气氛，那么孙犁的关于荷花淀风俗人情的描写则更是消解了人们对战争的恐惧，两者在"日常生活的审美化与世俗化"方面做到了惊人的相似。

对女性民俗不同的文学认知方式使现代文学作家笔下呈现出一幅多姿多彩的女性形象画面，她们有的受民俗烘托晕染而成为审美的化身，有的则成为俗风陋习的受害者和代言人，更有一些女性则是穿越在文学与日常生活之间而演绎着民俗的真谛。在现代文学的场景中，女性形象与民俗审美相互交融，彼此烘托，女性民俗文学展演的画卷由此展开。

第三节　民俗启蒙与女性民俗的传播[①]

民俗与人们的日常生活息息相关，它起源于人类社会群体生活的需要，在特定的地域和时代中不断地扩布和演变，并在社会生活与文化系统中发挥着诸多的功能。钟敬文先生认为："民俗一旦形成，就成为规范人们的行为、语言和心理的一种基本力量，同时也是民俗习得、传承和积累文化创造成果的一种重要方式。"[②] 他还将民俗的社会功能归纳为教化功能、规范功能、维系功能和调节功能四种。陈勤建教授在此基础上对民俗功能有了更进一步拓展，认为民俗是一种具有特殊功效性能的社会存在，

[①] 本节相关内容经修改已形成论文《互动语境下的民俗启蒙与文学创作》，《江西社会科学》2011年第4期。

[②] 钟敬文主编：《民俗学概论》，上海文艺出版社1998年版，第2页。

它的功能主要体现在法约性、软控性、本位偏移性三方面。①

从文艺学的角度论民俗,民俗也在其中发挥了重要的作用,学者杨梅认为,"被文学摄入的民俗成分,有作为伦理批判的信仰禁忌,也有体现地方特色的人文景观,有表征时代背景的生活道具,也有促成人物言行的社会规则"②。这样民俗在文学创作中的批判、再现、象征及暗示功能被逐一指列出来。黄永林教授对民俗在文学中的功能也有一番新的见解:"民俗描写提升了作品主题的深刻性、凸显了作品内容的时代性、烘托了典型环境的多彩性、增强了人物形象的立体性。"③ 可见,民俗对作品主题、内容、人物、环境等的表现具有不可低估的作用。"五四"新文学运动的先驱们以"觉悟者"的姿态,在以文学探索国民性的进程中,自觉地以"民俗"作为切入口,洞察社会弊端并希冀以民俗本身独特的功能通过文学的演绎去启迪民智、唤醒民众,这种对现代民俗功能的文学探求是值得关注和研究的。

笔者认为,从文艺与民俗内在的血缘关系去分析,"五四"民俗启蒙与现代文学创作则在客观上存在着共时互动关系,这在浙江新文学作家身上尤为突出。浙江新文学作家正是浸润在这种互动语境构建的话语体系里,敏锐而超前地攫取了"'五四'民俗自觉意识",并以文艺民俗创作为突破口率先体悟并实践了这一"启蒙"思想,对现代民俗功能的文学探求具有非同寻常的领衔时代的意义。

一 "五四"民俗自觉意识的"急先锋"

"五四"时期是中国思想文化由古典向现代转型的第一个高峰,它所体现出来的精神遗产,不仅仅是"民主"和"科学",还包括一组体现启蒙运动成果的现代价值和一种反思传统的批判精神。笔者认为,正是"五四"的这种"启蒙"特点让"体现性灵"的文学参与到其中,由此掀起的中国新文学浪潮真正肩负起了"启迪民智"的重任。然而,在"五四"新文学参与思想启蒙构建的过程中,浙江新文学作家的"民俗自

---

① 陈勤建:《中国民俗学》,华东师范大学出版社2007年版,第70—78页。他指出,"法约性"是一种约定俗成的习惯力量,包括了信息压力、规范压力、惯性压力和民俗制度;"软控性"是依靠民俗本身具有的法约性这样内在的制约力进行循循诱导,常通过潜移默化、内在整合、自我调控等几种方式进行;"本位偏移性"是指民俗如同一个个波状旋转的同心圆,各自有强大的向心力外,还有相应的离心力,相互之间会有交叉碰撞,互相渗透、融合。
② 杨梅:《民俗文化的文学建构》,《求索》2004年第3期。
③ 黄永林:《论新时期小说创作中的民俗化倾向》,《江汉论坛》2004年第2期。

觉意识"是不能绕过的一个问题。从历史和文学的层面看,"五四""民俗自觉意识"的加入对于推进"五四"启蒙思想的进程有着不可低估的作用,它的产生和树立应归功于浙江新文学作家的大力倡导。

发生于20世纪初新文化运动前夜的北京大学歌谣研究,就是这一民俗自觉意识的典范。1917年12月17日北京大学建校20周年纪念前后,在校长蔡元培的号召下,校方发表了歌谣采集规约,拟刊行民谣总集和选集两种,这是北大歌谣运动的开始。歌谣征集工作如火如荼地开展起来,由刘半农、沈尹默、周作人三位教授担任编辑,钱玄同、沈兼士两位教授担任方言考订。之后,沈兼士、周作人还担任了北大歌谣研究会的主任。至此,中国现代文学史上以歌谣名义切入民众民俗,从中挖掘新文化生命孕芽的民俗自觉意识活动在"五四"前后、在中国一批名流学者特别是浙江新文学作家的积极倡导参与下,由浅入深、由小及大地蓬勃开展起来。

"如果说五四时期的思想启蒙运动与文学运动同步的内在根源是建立在'文学(文艺)是国民精神的表现'这一认识上的,那么五四时期的民俗学研究将这一认识进一步扩展为'民俗是研究国民精神的资料',这就使得中国现代民俗学研究与改造'国民性'的思想启蒙运动和启蒙文学内在相通、相辅相成。"[①] 浙江新文学作家周氏兄弟正是深刻地认识到了"民俗是研究国民精神的资料"这一重大文学命题,于是便扛起"民俗"的大旗率先在现代文学界开始了一场空前绝后的文学革命。

"以民俗为切入口改造国民性",这是鲁迅极力主张并践行的文学观。而这种文学观的背后却是鲁迅在内心潜藏已久的"民俗自觉意识",这从他1908年12月未完成的文论《破恶声论》中见出。鲁迅在文中猛烈批判清政府抛弃一切民间信仰的封建强暴政策,主张在旧文化、旧世界的批判中保存古有的寺院神庙以及一定的民间祭祀礼法。这种民俗保存的颇有远见的想法,显然与鲁迅早年留日时受到英国人类学派安德路朗"文化遗留学说"的影响有关。1912年2月,鲁迅在教育部《编纂处月刊》上发表的《拟播布美术意见书》一文中也提及"当立国民文术研究会,以冀教育"的想法。而鲁迅对早期民俗的卓识远见和对民俗教育功能的深刻认识直接影响并导致了北大歌谣采集活动。无怪乎曾任《歌谣》周刊编辑的常惠先生回忆说:"北大歌谣采集活动的原因,乃系鲁迅上述的主

[①] 曹林红:《民俗学研究视野与现代文学国民性主题的发生》,《求索》2008年第11期。

张。"① 可见，作为"现代文学开山鼻祖"的鲁迅是如此"自觉"地将民俗意识的寻找纳入歌谣等民间文学艺术形式中，并以此作为国民教育的资源，重铸新的国民性。

如果说鲁迅对于民俗自觉意识的倡导是为了解剖"世态世相"、改造"国民性"，那么周作人对于民俗自觉意识则主要是从学术研究、民俗鉴赏、收集资料的目的出发去研究的。早在1912年8月，周作人的第一篇研究童话、关注民俗的文章《童话研究》就已在教育部《编纂处月刊》上发表。事隔三月，周作人又在家乡绍兴县教育会刊上发表《童话略论》一文，总结性地提出"则治教育童话，一当证诸民俗学，否则不成为童话"的观点，并首次公开打出了民俗学的旗号以及用民俗学学科理念研究古今传承的童话等学术思路。可以说，周作人早期对民俗学的倡导是持学术化态度的，他鲜明地指出要深入到解析"神话、童话、民间故事、歌谣一类民间文艺"其义的学术理论层面。

在中国新文化运动还没有萌芽之际，周作人就已经从学术研究的角度树立了民俗的自觉意识，这种超前的学术眼光及对中国民俗重要的"开山之功"主要还是得益于他对国外民俗思想的广泛吸纳。一方面，周作人在留学日本期间接受了系统的西方民俗学的熏陶，弗雷泽、泰勒、博尔尼、安德路朗等西方著名人类学家的思想对他均产生过很大的影响；另一方面，他也受到留学国日本"民俗学鼻祖"柳田国男的影响，他将民俗学奠基之作《远野物语》反复研读，将民俗学学理之精髓牢牢把握。正是有了这样的理论积淀和专业修养，周作人在北大歌谣运动中因而取得了重要的"发言权"，他借《歌谣周刊》发刊词的阵地"说明了创办刊物、搜集研究歌谣在学术、文艺上的双重目的，更重要的是他借此机会，把酝酿、思考多年的有关民俗学学科意义和建设作了第一次完整的阐述。"② 这一重要的举动使得周作人的民俗自觉意识真正成为五四新文化运动中举足轻重的一块"奠基石"。

周氏兄弟对于民俗自觉意识的倡导为"五四"启蒙运动的顺利登台提前创设了学术上和理论上的背景。在他们的摇旗呐喊下，不同学科的名流专家、学者教授等纷纷加入民俗研究的行列，其阵营之强大、理念之明确、范围之广博、成果之丰硕，在中国民俗学史上乃至中国现代思想文化史上都是罕见的。他们的所作所为对"五四"新文化运动、新文学运动均产生

---

① 参见《民间文学史话》，《民间文学》1961年9月。
② 陈勤建：《中国民俗学》，华东师范大学出版社2007年版，第3页。

了直接而深远的影响。作为新文学运动的浙江籍"主将",周氏兄弟将民俗自觉意识与新文学运动实践有机结合,从而"确立了他们作为毋庸置疑的中国新文学的伟大奠基者和开拓者的地位。"① 这种以民俗融入文学的眼光是颇为独到的,正如一位日本学者所言:"鲁迅、周作人以深厚的传统民俗文化为底蕴,接收着蜂拥而至的西方文化,找到了契合自己学术追求和实现社会使命的民俗学,掌握了西方和日本现代民俗学的新理念,将之融入自己的思想中,建构起一套社会历史观、伦理道德观和新文学观,才产生了他以民俗学角度观照文学的独特视角。"② 这是颇有见地的。

至此,以鲁迅、周作人为代表的浙江新文学作家已真正掀起了一场"民俗自觉意识"的文学革命。"民俗既曾是文艺起源的中介,又是文艺样式的源头"③,"五四"民俗自觉意识经浙江新文学作家"点燃"后便如燎原之火愈演愈烈,它似乎预示着中国这头沉睡的醒狮在民俗自觉意识的唤醒下即将向世界发出震吼!

二 民俗自觉意识的文学实践

在"五四"民俗自觉意识诞生后的中国20世纪三四十年代文坛,民俗与文艺相融相合的趋势盛行一时。胡适在1936年《歌谣》周刊复刊词中曾这样说道:"我以为歌谣的收集和保存,最大的目的是要替中国文学扩大范围,增添范本。我当然不看轻歌谣在民俗学和方言研究上的重要,但我总觉得这个文学的用途是最大的,最根本的。"④ 在这样的文学语境下,立于"五四"新文学大潮浪尖的浙江新文学作家自然成为"承风气,接地气"的首当其冲的一股洪流,他们以文艺为手术刀,对民俗中的糟粕进行深刻剖析,以便"将旧社会的病根暴露出来,催人留心,设法加以疗治。"⑤

鲁迅意在从民俗入手去改造中国人的"国民性",他那浸透着浓厚民俗色彩的文学创作正是解剖国民性的"匕首"。且不说《阿长与山海经》

---

① 王嘉良:《"浙江潮"与"五四"新文学运动》,《浙江学刊》2000年第6期。
② [日]今村与志雄:《鲁迅、周作人与柳田国男》,程光炜:《周作人评说80年》,中国华侨出版社2000年版。
③ 陈勤建:《文艺民俗学导论》,上海文艺出版社1991年版,第4页。
④ 胡适:《歌谣周刊·复刊词》,《二十世纪中国民俗学经典·学术史卷》,社会科学文献出版社2002年版,第302页。
⑤ 鲁迅:《南腔北调集〈自选集〉自序》,见《鲁迅全集》第五卷,人民文学出版社1973年版,第50页。

《狗、猫、鼠》《二十四孝图》《五猖会》《无常》等直接化俗为文的散文，就是《故事新编》里的小说，据鲁迅自述是"神话、传说及史实的演义"，也都是从优秀民俗文艺的结晶及民间文学中采撷而创作的。鲁迅的小说在表现精神民俗方面尤为深刻。他以江浙乡间旧时司空见惯的民间俗信"土药方"的民俗生活相——人血馒头治肺痨的陋习为生活原型，写下了著名的小说《药》，沉痛地揭露了革命者的英勇牺牲与群众的冷漠态度之间的尖锐对立。同样，在《风波》中鲁迅又以辫子民俗生活相为小说之源，从乡民不同阶层的人辫子盘上盘下的细节中，从各个不同的民间伦理观念中，透视了社会政治风云的震荡在乡间的余波，揭示了辛亥革命失败的惨痛教训。而从阿Q、祥林嫂身上，我们更是看到了鲁迅如何将一种日常心意民俗深深地扎根到作品主人公内心，从而展示其心意民俗生根、发芽、畸变以至凋落的过程。对阿Q的形象刻画及"精神胜利法"的剖析并不是鲁迅在头脑中凭空想象出来的，而是基于他内心的一种"原始意象"，他杂取了生活中的谢阿有、谢阿桂、周桐生等人的种种性格特点，最后合成一个阿Q的"原型"。"原始意象（原型）可以被设想为一种记忆蕴藏，一种记忆痕迹，它来源于同一种经验的无数过程的凝结。在这方面它是某些不断发生的心理体验的沉淀，并因而是他们的典型的基本形式。"① 正是国民内心的那种深厚的"集体无意识"充分地激发了鲁迅的创作热情，才使他以文学为入口、以民俗为"匕首"，去批判传统的糟粕和改造落后的国民性！

与兄长鲁迅所不同的是，周作人的民俗研究更注重民俗事象本身，更注重学术学理价值，这种带有"学术性"的民俗观促使他写下了诸如《谈〈目连戏〉》《谈〈童谣大观〉》《读〈各省童谣集〉》《儿歌之研究》《歌谣与方言》等一系列关于民俗、民间文学方面的研究文章，并在论文中系统有条理地阐释了民俗与民间文艺诸形式、民俗与地方方言文化的关系。而在文学创作实践方面，周作人一改鲁迅用民俗解剖"世态世相"的犀利笔法，而是以"清新闲适"的温雅笔致向读者描绘了一幅幅民俗画卷。散文《故乡的野菜》详细地介绍了故乡野菜的品种及如何搜寻、烹调的习俗；《北京的茶食》对北京的部分饮食文化习俗作了详细的介绍；《村里的戏班子》描绘了乡村演戏的文化娱乐习俗；《乌篷船》则从交通民俗的角度介绍了绍兴水乡特有的乌篷船。此外，周作人的《儿童

---

① ［瑞士］荣格：《荣格文集》，1—20卷英文版卷6，普林斯顿大学出版社1976年版，第443页。

杂事诗》甲篇24首,也生动形象地描绘了儿时故乡的新年、上元、中元、清明、端午等节日习俗,深深地打上了民俗的"印迹"。然而,令人不解的是,同受越文化熏陶的周氏兄弟,两者对于民俗启蒙的文学实践为什么存在如此大的差异呢?

从文艺学的角度去分析,作家创作无疑要受到所处地理环境、历史文化的制约和影响。而作家本人,作为接受主体,又有着不同的心理气质和思想观念,他们总是从自己的个体需求出发来接受文化影响。[①] 同处吴越文化圈的周氏兄弟,由于他们在性格、志趣上的不同,加上种种复杂的原因,他们对越文化传统的接受也表现出明显的不同:鲁迅继承了越中先贤艰苦卓绝、反抗强暴、忧国忧民的传统,这与他从小阅读《吴越春秋》《越绝书》等所受的鼓舞和影响有关;而周作人则沉湎于越文化中闲适隐逸、温雅中庸的一面,显然是受到了晚明小品文空灵轻巧和注重情调的文风的熏染。

在鲁迅、周作人的影响下,浙江新文学作家们以一种空前的姿态投入到这场文艺民俗的浪潮中去,充分利用吴越大地古老而又经典的民俗题材,努力挖掘吴越民俗的深厚的文化底蕴,同时将身边的乡里民俗融入现代文学作品,将文艺民俗审美理想诉诸流淌的文字中。因为浙江新文学作家们深刻地认识到"吴越民俗文化与吴越民间文学,是我们地域文化和文学的一朵奇葩,在中国地域文化和文学的发展中有着独特的影响和作用。"[②] 因此,浙江新文学作家们对地域民俗的文学建构也是自觉的。如果从民俗学的角度看浙江新文学作家的创作实践,我们可以将他们的创作理解为物质民俗、精神民俗、社会民俗、语言民俗统摄下的文艺文学化的阐释和延伸。

浙江新文学作家笔下浓墨渲染的吴越物质民俗有着自身鲜明的"胎记",对物质民俗的审美和追求成为浙江新文学作家创作的一大特点。物质民俗主要包括服饰、饮食、居住、交通、生产、商贸民俗等。例如,茅盾在其小说《春蚕》中向读者展现了江南特有的生产商贸民俗,像"蚕禁""蚕花娘娘""唱蚕花"姑娘出嫁戴"蚕花"的习俗都是具有浓郁的江南民俗特色的,作者通过虚实结合的手法把人物置于这种精心细致的蚕俗描绘中,从而使人物的性格更加丰满而生动。宁波籍女作家苏青则在自传体小说《结婚十年》中生动地描绘出了宁波独特的地方饮食民俗。不

[①] 郑择魁主编:《吴越文化与中国现代文学》,杭州大学出版社1998年版,第155页。
[②] 陈勤建、王恬:《吴越民俗文化与民间文学》,吉林摄影出版社2002年版,第16页。

仅如此，浙江新文学作家还善于从社会民俗的批判中去针砭时弊、改造社会。无论是魏金枝《报复》中"饿死事小，失节事大"的农村寡妇之痛；抑或巴人《灵魂受伤者》中在旧社会旧习俗道德之前"低头受缚"的原本老实的农民，还是潘漠华《冷泉岩》深山冷庙里流行着的那种愚昧未开化的童养媳、典妻制度，都无一不流露出了浙江新文学作家关注社会、关注现世的民俗启蒙意识。而其中柔石的《为奴隶的母亲》则是这方面的代表之作，小说透过"典妻"这一当时在浙东农村流行的陋俗，深刻地揭露了传统陋俗和封建礼教对女性身心的残害。

"文艺创作中艺术思维虽然如潮水般流动，但思维的民俗心理结构，却是潜藏着的看不见的河床，规范着它的流向。"① 这充分表明了艺术思维的活动脉搏有意无意地受囿于自身深处民俗心理结构的控制。浙江新文学作家在创作中，他们的艺术思维、形象塑造、情节提炼均无法背离自己思想情感中深层民俗机制的导向，他们将诸如民间信仰、民间巫术、民间伦理观念、民间游艺等体现精神民俗的东西牢牢地镌刻在典型人物的身上，成为独特的"这一个"。当然，语言是思维的工具也是文化的载体，浙江新文学作家颇有特色的吴越方言的运用也从另一个侧面反映出作家深层的民俗心理结构。鲁迅、巴人、许杰、许钦文、苏青等都特别注重作品中方言的巧妙运用，尤其是奉化作家巴人在其大量的乡土题材的作品中，努力按照乡村劳动人民的习惯，不失时机地选用方言词，给作品平添了一种乡土味，使作品构成了一幅"中国江南农村生活的风俗画"，读来十分新鲜亲切。

三 民俗启蒙创作的深层原因探析

托尔斯泰曾指出，优秀的文学作品最富于魅力的艺术因素之一，就是民族生活之"基于历史事件写成的风俗画面"。② 从浙江新文学作家那些反映地方民俗的优秀作品中，我们亦能深切地感受到作家深邃思想里所蕴藏的那种根深蒂固的民俗自觉意识。"五四"民俗自觉意识为何首先植根于浙江新文学作家生长的土壤？浙江新文学作家又为何选择"民俗"作为切入口改造文学？笔者认为，这其中内在的深层原因跟两者对"启蒙"的深刻体认有着重要的关系。

---

① 陈勤建：《文艺民俗学》，上海文化出版社2009年版，第269页。
② 参见托尔斯泰《日记》，1865年9月30日，载《古典文艺理论译丛》第1册，人民文学出版社1960年版，第201页。

"启蒙"的英文是"enlighten"（照亮），最早源自于《圣经》法典"上帝之光"的原始本义。西方启蒙主义是17世纪以法国为中心，进而波及整个欧洲的一场思想解放运动。中国的五四运动虽然与西方启蒙主义运动有着巨大的差别，但两者在"人性启蒙"方面应该是有相通之处的。在五四运动之前中国学界曾有过以严复、梁启超等为代表的"保种保国"的民俗救国思想，这可以说是"五四"民俗自觉意识的滥觞。严复是中国近代重要的启蒙思想家，当时他根据斯宾塞《教育论》中的"力""智""德"三要素提出自己的鲜明观点："贫民无富国，弱民无强国，乱民无治国"，"是以今日要政，统于三端，一曰鼓民力，二曰开民智，三曰新民德。"① 这是严复把斯宾塞思想中国化的一个理论阐释，同时他也把民德、民智、民力的"三民"理论付诸实践，作为强国的关键性方针政策进行竭力鼓吹宣扬，这在当时的中国思想界引起了强烈的反响和巨大的轰动。与此同时，作为启蒙思想家的梁启超在1898年"百日维新"失败后逃亡日本，创办《新民丛报》，受日本维新派影响，在严复"三民"思想的基础上提出"民气"之说，"民气"即人民的风尚，这样"民德、民智、民力、民气"就构成了梁启超新民说的基础。进而，梁启超又在著作《新民说》中进一步论述了此四者的关系："民力、民智、民德三者既进，则其民自能自认其天职，自主其权利，故民气不期进而自进。"② 可见，梁启超等真正把救国保民的希望寄托在了"更新民气"上。

　　这种"救国保民"的思想应该是与五四运动"爱国救国"的思想一脉相承的。关于五四运动的"救国"，陈漱渝教授这样评价："90年前那些有志于振兴中华的青年，有的提倡教育救国，有的提倡文化救国，有的提倡实业救国，有的提倡人格救国，有的提倡革命救国，主张各异，宗旨则一：救国。"③"五四"运动的"爱国救国"思想直接促成了"五四"民俗自觉意识的诞生，而"五四"民俗自觉意识从某种意义上说又是近代民俗启蒙思想的延续和深化。

　　近代民俗的启蒙思想以及"五四"运动的启蒙之风为浙江新文学作家文学启蒙叙事提供了一片温润的生长土壤。受吴越文化熏染的浙江有着民俗启蒙的历史语境与"开放进取"的地域文化精神，这一方面是与南

---

① 严复：《原强》修订稿，王栻编：《严复集》第1册，第27页。
② 梁启超：《新民说》，辽宁人民出版社1994年版，第202页。
③ 陈漱渝：《青春飞扬的岁月——纪念五四新文化运动90周年》，《人民日报》2009年5月4日。

宋以来包括话本、戏曲、传奇、长篇通俗小说等形式在内的浙江民间文艺的繁荣与昌盛分不开；另一方面是与浙江较早地接受了人文主义启蒙思潮的熏陶和洗礼密切相关。早在明末清初，西方许多科学技术、哲学理论就被介绍到浙江，在浙江传统的文化结构中融会进了新的文化因子，使浙江成了全国明末以来启蒙主义思潮的重要发源地之一，并产生了以黄宗羲、李之藻、杨廷筠等为代表的一批启蒙思想家和科学家。在这样一片有着民俗历史文化底蕴和开放民主启蒙思潮的土地上，发挥"救国保民"社会价值的五四民俗自觉意识像一个幽灵悄然植根于吴越大地，而站立在新文学大潮浪尖的以鲁迅、周作人为代表的浙江新文学作家自然以"改革家"的姿态勇敢地接纳并融入了这股新兴的潮流。

　　美国学者本尼迪克特指出，"特定的习俗、风俗和思想方式"就是一种"文化模式"，它对人的生活惯性与精神意识的"塑造力"极其巨大和令人无可逃脱。① 正是从这种意义上，我们认为浙江新文学作家选择以"乡土、民俗"作为启蒙叙事策略是有其现实性和合理性的。浙江新文学作家群体大多脱胎于传统中国旧文化的枷锁，他们深刻地认识到传统封建制度对社会进步、时代革新的羁绊，为此他们从"乡村"进入"都市"，试图以都市人的文明来改造乡村的陋习，然而他们是都市里的"乡下人"，在努力适应都市文明生活模式的同时却始终摆脱不了对故土依恋的心影。在矛盾的徘徊中他们意识到，民众思想改造与文化观念变革对于中国社会现代化的重要意义，也觉察到开创新文学启蒙主义历史先河的重要性。"五四时期，在启蒙主义的大背景下，民俗学研究首先以学术的视角拓展了国民性研究的视野，使'国民性'反思突破了五四初期的政治制度与政治文化层面而进一步延伸到民俗文化的深层，也使'国民性'改造的启蒙思考真正贴近了乡土国民的精神世界。"② 浙江新文学作家正是以这种"敏锐"的目光洞悉了"五四"思想启蒙的社会背景和内在意蕴，以"乡下人"的独特身份牢固地奠定了他们在现代文艺民俗视野中的叙事模式和精神品格，并以"乡土、民俗"作为切入口去改造旧时代、创造新文学。

　　正如一位学者所言，"五四"新文学的启蒙创作，是由刚刚进城的"乡下人"或正在转型的"士"阶层来完成的；那么他们批判"乡土"而又依恋于"乡土"、向往"现代"而又困惑于"现代"的矛盾心态，

---

① ［美］露丝·本尼迪克特：《文化模式》，生活·读书·新知三联书店1988年版，第5页。
② 曹林红：《民俗学研究视野与现代文学国民性主题的发生》，《求索》2008年第11期。

则从一个侧面深刻反映了 20 世纪中国文学"现代性"的复杂性。[①] 笔者认为，浙江新文学作家的民俗启蒙创作不仅反映了中国文学"现代性"的复杂性，而且对中国现代文学整体创作的发展方向有着不可低估的规范和引导作用。浙江新文学作家乡土民俗的启蒙创作直接对中国二三十年代乡土小说流派的民俗取材及民俗视角有着指导性的意义；对中国三四十年代海派京派从地域文化中挖掘民俗从而进行文艺创作也有着深远的文学影响。更为重要的是，浙江新文学作家对民俗启蒙功能的探求直接或间接地影响了现代文学江南作家对女性民俗文学启蒙功能的深刻体认，从而促使他们以文字为载体对女性民俗进行广泛的传播。

文艺是国民精神所发的火光，同时也是引导国民精神的前途的灯火。五四特定的民俗语境注定了新文学运动与民俗文艺之间的不解之缘：民俗促使文学更加关注国民、关注现实；文学的民俗化倾向也使民俗学学科的产生成为可能。在民俗启蒙思想的影响下，浙江新文学作家以各自不同的视角，取民俗之道，写社会之实，表达了他们的民俗审美追求，抒发了他们的民俗审美理想，为中国现代文学提供了独特的话语体系，也为现代文学研究视野的开拓做出了实质性的努力！

小结：本章主要论述江南女性民俗文学展演路径的生成。展演路径的生成基于江南作家对女性民俗的认知与内化，主要由发生论、创作论和传播论三部分构成。发生论是基础，创作论是核心，传播论是延伸。吴越地域文化对江南作家的无形浸润是女性民俗文学展演路径生成的基础，这里主要探讨了受吴越地域文化影响的江南乡土作家群和海派作家群，吴越文化尚文重学、求真务实的品格以及海派文化包容万象、兼收并蓄的精神成就了完整意义上的现代文学江南作家。在此基础上所形成的作家的创作观，即在新文学思潮影响下对女性主体性的发现是江南女性民俗文学展演路径生成的根本原因，从"女性的发现"到"民俗的参与"，江南作家较好地完成了对女性民俗的文学认知过程。不仅如此，当时特定语境下民俗与文学的互动及对民俗启蒙功能的独特探求则成为现代文学江南作家书写与传播女性民俗的文学动力，浙江新文学作家正是浸润在这种互动语境里，敏锐而超前地攫取了"'五四'民俗自觉意识"，并以文艺民俗创作为突破口率先体悟并实践了这一"启蒙"思想，从而对现代民俗功能的文学探求及以民俗为导向的女性书写都有着重要的影响。

---

① 苏美妮、颜琳：《论"五四"新文学作家的身份确认》，《文学评论》2008 年第 3 期。

第三章　江南女性民俗的文学文本批评

如果说从作家创作论的角度我们关注了江南女性民俗基于"发生论—创作论—传播论"的文学展演路径的生成，那么，对江南女性民俗文学展演过程及作为受众的读者审美期望的研究，则主要希冀通过文学作品的细读与品鉴去完成。文学作品是一个复杂的结构，其中的文体、语言、结构、风格等都是作品构成的重要问题。在韦勒克看来，艺术品似乎是一种独特的可以认识的对象，它建立在其许多句子的声音结构的基础上，只有通过个人的心理经验方能理解。[①] 可见，文学作品只有经过读者的阅读、鉴赏、批评，才能成为有血有肉的活的"生命体"以及民众期待视域中的审美对象。本章将从作品论和接受美学的视角对江南女性民俗的文学展演过程进行蒙太奇式的评鉴，结合作品分析及女性文学形象的刻画展开三个维度的研究，即女性主义阅读的民俗解说、女性心理的民俗学审视、女性民俗的日常生活审美。

第一节　女性主义阅读的民俗解说

民俗作为人类群体共同的行为模式和深层的文化心态正日益影响着现实生活与文艺创作。民俗与文艺创作的关系十分密切，"作家的高明之处，就在于他在创作中，能否用现代意识烛照个体民俗化生涯中与众不同的特点，并加以艺术的加工、修饰与美化，从中酿就出震撼人心的伟大魅力"[②]。在笔者看来，社会生活中个体人性民俗化过程在很大程度上影响到作家对文艺创作个体的人性民俗化表现，因为人性的文化进化是以民俗

[①] 参见［美］韦勒克、沃伦《文学理论》，刘象愚等译，江苏教育出版社2005年版，第173页。

[②] 陈勤建：《文艺民俗学》，上海文化出版社2009年版，第85页。

为内核的，人性的民俗化是个体对群体千百年沉积凝聚而成的群体意识、共同心理气质的认知归一。现代文学江南作家在其创作中对女性个体民俗化进程的文学观照，充分显示出民俗对女性形象塑造及挖掘人性深度的重要作用。本节以江南作家郁达夫的《迟桂花》为例，从女性主义阅读的视角去考察作品中的女性民俗与女性人性的开拓，这对于揭示女性民俗的审美本质将具有十分重要的意义。

一 "寡妇"——民俗身份的女性阅读

美国著名的女性主义批评家伊莱恩·肖瓦尔特（Elaine Showalter）认为，女性主义评论（feminist critique）就是将女人作为读者进行观照，是一种以历史为根据的探索，它研究文学现象的种种意识形态的假设，这种研究也被称为"女性阅读"研究。[1] 早期女性主义阅读的主要任务是研究文学作品中的女性形象，在伊莱恩·肖瓦尔特的影响下，艾伦·莫尔斯、桑德拉·吉尔伯特和苏姗·格巴等人都在各自的论著中从历史、经济、社会、文化诸方面对女性人物形象的塑造进行了深入的探讨，充分显示了女性人物形象研究的重要意义。

以女性阅读的视角去考察现代文学江南作家作品中的女性民俗与形象塑造、人性拓展之关系，可以给传统的文本解读以新的震撼与启示，也能获得一种意想不到的审美效果。以郁达夫的小说《迟桂花》为例，传统的文论大都运用文本批评、文学比较的方法对作品人物形象、创作风格、美学价值及作品中的传统文化进行批评观照，而相对缺少对女性民俗的深层开掘，更谈不上运用"女性阅读"的方法进行批评解读。为此，笔者以一个女性读者的身份，并试图以"女性阅读"的方式展开对《迟桂花》中女主人公——寡妇"莲"民俗身份的深度解读。

《迟桂花》中塑造了一个温馨可人、活泼开朗的"莲"的形象。小说主要从"我"接到旧日好友翁则生的一封信写起，信中所流露的信息似乎已经定格了接下来要出场的小说人物的"身份"，好友翁则生是一个迟到的"准新郎"，翁妹"莲"是一位在娘家寄居的"寡妇"，而"我"则是一个有妻室的中年男子。"我"在则生的邀请下赶赴翁家山去参加他的婚礼，而翁妹"莲"只是作为则生操办婚礼的助手出现，"我"与"莲"本没有独处的机会，因而也不会有复杂的人物关系的出现。然而，正是因

---

[1] [美] 伊莱恩·肖瓦尔特：《走向女性主义诗学》，肖瓦尔特编选《新女性主义批评》，纽约，1985年。转引自康正果《女性主义与文学》，中国社会科学出版社1994年版，第84页。

为"莲"有着一个特殊的身份——"寡妇",使得哥哥则生出于同情与怜悯安排了"莲"与"我"的一次短途郊游。奈茨指出,小说中的人物只能从意义单元中生出,由形象所讲的话语或者别人讲的有关这一形象的语句造成。和那些与自己的过去有机地联系在一起的人相比较,小说中人物的结构是不确定的。[1] 由此,小说中主客两方对立的人物关系因为"身份"的暗示而转化为不确定的三角关系,即"我"与则生的好友关系,则生与莲的兄妹关系,以及"我"与莲之间的朦胧的类似兄妹的男女关系。《迟桂花》的文学意蕴和审美情趣就在这介乎兄妹与恋人之间摇摆游离的情感发展中体现出来。

笔者认为,《迟桂花》对"莲"的形象的塑造是较为成功的。在翁则生的眼里,妹妹是一个能干、活泼、乐观,肯为他人牺牲的好姑娘,"她强壮,天性活泼天真,象一个小孩子"。但则生又不忍心让一个寡居的妹妹看着他操办热闹的婚事而心生凄凉,于是就借故让其陪同"我"去游山。在"我"的眼里,莲是一个纯洁天真、乐观坚强、仁慈善良的女子,莲的一言一行、一举一动让"我"顿生美感,人物之美与环境之美融为一体,让"我"的心灵在陶醉中得到净化。然而,笔者还注意到这样一个事实,不管"莲"的形象有多么活泼,多么自由,多么脱俗,但似乎总是有一种内在的束缚在时刻羁绊着她,她的言行举止好似"戴着枷锁的跳舞",轻灵中掺杂着一丝沉重。而这"沉重"的源头正是来自她的"寡妇"身份。莲的命运很不幸,丈夫因为生活不轨,染急病去世,她成了一个年轻的"寡妇",同时还被莫名地套上了"克夫""扒灰"的罪名,这在当时是不可想象的。因为在中国传统的封建观念中"寡妇"是见不得人的,也是不能轻易与人交往的,正如古训所言"寡妇门前多是非"。在民间信仰中,寡妇更是"人咸目为不祥人,以为其夫主之魂魄,常随妇身,又娶之者,必受其祟,故辄弃置不顾,无人再娶"[2]。女人一旦成了寡妇,就意味着她被社会抛之边缘,嗤之以鼻,寡妇声誉不保,寡妇再嫁更成为难事。关于"寡妇",我们亦可从鲁迅的《寡妇主义》的片段论述中看到当时人们对寡妇的偏见:"因为人们因境遇而思想性格能有这样不同,所以在寡妇或拟寡妇所办的学校里,正当的青年是不能生活

---

[1] 参见 L.C.奈茨《麦克白夫人有多少小孩》(伦敦,1953年,15—54页)。转引自[美]韦勒克、沃伦《文学理论》,刘象愚等译,江苏教育出版社2005年版,第170页。

[2] 任骋:《中国民间禁忌》,花山文艺出版社1998年版,第156页。

的。……"① 可见，当时社会是容不得寡妇的，就连寡妇办的学校也被鲁迅认为是"阴沉""呆滞"，更不用说寡妇本身对社会直接的负面影响了。

以民俗身份来论，"寡妇"的称谓也积淀着社会群体的民俗意识。历史上各个朝代对寡妇改嫁这个问题有着不同的观念与制度，如春秋、汉代、魏晋南北朝、唐代、五代等时期对寡妇改嫁持相对宽容、自由的态度，而秦代、宋代、明清等时期的条文相对限制较严。即便有明文规定，民间对"寡妇再嫁"也还是抱有相当的成见。徐珂的《清稗类钞·婚姻类》上记载："浙江新昌俗例，凡孀妇无子，强横者每伺其葬夫时劫之，无过问者。"新昌地区采用抢的方式强迫寡妇成亲的习俗一直留存至今。而浙江宁波对于寡妇与新嫁娘坐的轿子则有明显不同的态度，当地人认为大红花轿是给新娘子坐的，而寡妇再醮只能坐彩轿，两者地位迥然不同。自 1930 年国民政府制定了一系列改良婚姻制度的有关法律后，开始出现寡妇再嫁而被认可的现象。但是在湖北钟祥县寡妇要遭受户族头子的钱财勒索，而且寡妇离家时不能从大门出去，要在后墙上打洞把她拖出去，娶寡妇的男子也被人看不起。寡妇出嫁时如果带着孩子，在新夫家抚养成人后还要送回本宗。②这样一种千百年来遗留下来的社会群体民俗意识给"寡妇"的称谓蒙上了不祥的阴影，也使寡妇的民俗身份被社会牢牢地定位在卑下、阴暗的角色。

在《迟桂花》中，作者并没有刻意强调突出"莲"的"寡妇"身份，虽然在开头的信中及则生的话语中偶然提起，但作者与"莲"的交往过程中似乎看不到由"寡妇"情结带来的忧伤与不快。然而，从女性阅读的经验看，其"寡妇"的身份是潜在的、隐性的，当"我"捏住了"莲"的手又默默对她注视了一分钟，但她的眼里脸上却丝毫也没有羞惧兴奋的痕迹出现。如果不是"寡妇"这种民俗身份给"莲"造成的木讷与阴影，她又怎会无动于衷？"寡妇"身份像一个套子将"莲"的情感牢牢地锁罩在里面。而当"我"向"莲"作忏悔时，她反同小孩子似的发着抖，捏住了"我"的两手，倒入"我"怀里哭了。恰恰又是"寡妇"这种身份让"莲"对于一般意义上的忏悔动了情，"寡妇"身份在看似被得到男性的尊重与赏识中再次得到强化。正是"寡妇"这个特殊的身份

---

① 鲁迅：《寡妇主义》，《鲁迅杂文全集》，河南人民出版社 1994 年版，第 84 页。该文写于 1925 年 11 月 23 日，鲁迅在该文中提到的"寡妇"是指和丈夫死别的；"拟寡妇"是指和丈夫生离以及不得已而抱独身主义的。
② 湖北省钟祥县志编纂委员会：《钟祥县志》，湖北人民出版社 1990 年版。

让"莲"的喜与忧违背了常规的思维,而落入事先由男性设置好的"情感陷阱"。

然而,当我们以女性主义的视角去阅读"莲"之寡妇身份时,也将遇到这样一个问题:民俗的群体意识特征是否会造成个体的人性民俗化过程中的无差别性呢?我们认为是不会的,因为社会中的每一个个体都是多种群体中的多重角色,他们对民俗吸纳的方式也不尽相同。就"寡妇"这种女性特有的民俗而言,虽然历史上已形成对寡妇的社会群体意识和特定的民间认同,但每一个寡妇个体所附着的民俗也不可能是单一的。郁达夫笔下的"莲"既是寡妇但又是非同寻常的"寡妇",她是一位有着美好生命意识、理想生命追求的女子,她的身上所展示出来的健康美、活力美、率真美正是作者理想"人性"的寄托。"个体在人性民俗化过程中,遭到外来民俗文化的横向切入,人性的民俗内核或被迫进行调整,重新组合,也是造成个体人性民俗化差异的重要因素。"① 从这种意义上说,《迟桂花》中"我"的出现给"莲"的寡妇身份以一定的冲击,迫使她内在的身份民俗进行重新调整、组合,而以一个近乎完美的充满人情味的女性形象出现在读者面前。

二 颠覆性与女性诗学的建构

伊莱恩·肖瓦尔特提出的"女性阅读"研究是有着坚实的历史基础的,女性主义阅读理论也是在借鉴和吸收了历史上女性主义批评思想的基础上发展而来的。20世纪60年代末期,美国的妇女运动发起了对男性文化的女性主义批评和颂扬妇女文化的"女性美学"(female aesthetic)。70年代中期,跨学科的妇女研究盛行一时,它们同学院派女性主义批评者共同开始了"妇女批评"(gynocritics)的研究,专门针对妇女的文学作品。70年代末期,随着欧洲文学和女性主义理论的影响,"女性本原"批评或后结构主义的女性主义批评兴起,它们专门研究哲学、语言和心理分析中的"女性"问题,在当时的批评领域产生了重大的影响。② 80年代末期,西方兴起了对性别差异进行比较研究的性别理论(gender theory),这可以说是直接促成了女性主义阅读的产生。

---

① 陈勤建:《文艺民俗学》,上海文化出版社2009年版,第85页。
② 参见[美]伊莱恩·肖瓦尔特《我们自己的批评:美国黑人和女性主义文学理论中的自主与同化现象》,张京媛主编《当代女性主义文学批评》,北京大学出版社1992年版,第254页。

在我看来，伊莱恩·肖瓦尔特关于"女性阅读"的理论主要突出了以下两个阶段：第一阶段，女性主义阅读充满了颠覆性。要求读者提高自觉意识，对男性视角采取抵制和批判的立场；同时强调女性阅读的边缘立场，鼓励对男权的质疑和对女性潜在话语的认识。第二阶段，女性主义阅读除了继续保持颠覆性的特点外，还逐步迈向了女性诗学阶段。女性诗学将聚焦于女性与语言、符号之间的相互关系，努力发掘潜藏于语言深层的性别歧视信息，探索以女性身体经验、心灵感受为基础的女性话语方式。

以"女性阅读"的眼光去看，作品《迟桂花》对"颠覆性"与"女性诗学"的建构是十分突出的。《迟桂花》是以第一人称的方式进行叙写的，小说中的"我"既是一个作者虚构的男性人物，同时也有着作者郁达夫自己的影子。在小说中随处流露出"我"对女性的欣赏乃至引起性欲的情思，如："从她的红红的双颊，挺突的胸脯，和肥圆的肩背看来，这句话也决不是她夸的大口。""她的身体，也真发育得太完全，穿的虽是一件乡下裁缝做的不大合式的大绸夹袍，但在我的前面一步一步的走去，非但她的肥突的后部，紧密的腰部，和斜圆的胫部的曲线，看得要簇生异想，就是她的两只圆而且软的肩膊，多看一歇，也要使我贪觊起来。"① 类似的语句时常隐现在行文中，毫不夸张地说，小说中的"我"是一个多情的、占有欲望很强的男子。他完全以男性的眼光掌控着女性的形象，在"我"眼里，"莲"是男性欲望的对象。不可否认，小说中"我"的想法也折射出作者郁达夫当时的思想，《迟桂花》写于1932年年底，当时郁达夫正在杭州疗养肺病，"莲"的形象正是在第二任妻子王映霞与另一个年轻女教员原型的基础上综合而成，寄托着作者真实的爱恋。

毫无疑问，《迟桂花》中"我"的所思所想以一种"男性中心"的形式支配着读者的阅读。女性主义学者将男性对女性的掌控定义为"性政治"，正如凯特·米利特（Kate Millett）所言："我们发现，从历史上到现在，两性之间的一个状况，正如马克斯·韦伯说的那样，是一种支配与从属的关系。在我们的社会秩序中，基本上未被人们检验过的甚至常常被否认的（然而已是制度化的）是男人按天生的权力统治女人。一种最巧妙的'内部殖民'在这种体制中得以实现，而且它往往比任何形式的

---

① 郁达夫：《迟桂花》，钱谷融主编：《中国现代文学作品选（上卷）》，华东师范大学出版社1989年版，第106，108页。

种族隔离更为坚固，比阶级的壁垒更为严酷，更为普遍，当然也更持久。无论性支配在目前显得多么沉寂，它也许仍是我们文化中最普遍的思想意识，最根本的权力概念。"① 凯特·米利特对男女两性之间支配与从属关系，殖民与被殖民关系的论述是十分深刻而有见地的。中国台湾学者洪淑苓认为，凯特·米利特所谓的"性政治"可以扩展理解为"性别政治"，因为男性对女性的支配权力，不仅源于生理上的"性"（sex），也借力于社会文化所建构出来的"性别"（gender）。② 可见，《迟桂花》中以男性主人公"我"的视角去看待女性，先由对女性的性欲开始，是由"性"向"性别"支配的一种男权文化的倾向。如果读者随着作者第一人称的视角去分析解读女主人公形象，则会落入"男权支配"的圈套。然而，女性主义阅读给我们的启示是：读者要有一种"去中心"的解构思想，对男性视角采取抵制和批判的立场，并采用颠覆性的手段将女性从边缘位置解放，重新界定既有的价值观，重新建构女性自己的文学观。为此，我们设想的一种阅读方式是，如果读者能跳出以"我"为中心的第一人称的桎梏，并且将男性对女性的欲望日常化、审美化，更多地以女性视角去观察"莲"，则会有一种独特的女性审美意蕴隐含其中。这样的阅读方式或许也能弥补时下文论对《迟桂花》后部分艺术处理不当及"莲"形象过于神圣化的不足吧。③

女性主义阅读在强调对男性视角进行颠覆性批判的同时也十分关注女性诗学在文本中的作用。上文所述，女性诗学将聚焦于女性与语言、符号之间的相互关系，努力发掘潜藏于语言深层的性别歧视信息，探索以女性

---

① [美] 凯特·米利特：《性政治》，宋文伟译，江苏人民出版社2000年版，第32—33页。
② 洪淑苓：《民间文学的女性研究》，台北里仁书局2004年版，第4页。
③ 时下文论普遍认为郁达夫的《迟桂花》一改前期主观抒情的叙事特点，而转向追求人性美的创作风格，这是肯定的一面。但同时一些文论也指出了《迟桂花》艺术形象塑造方面存在的缺陷，如胡希东在《生命力的升华与美的和谐——〈迟桂花〉的传统文化阐释》一文中认为，莲这种"神人""至人""真人"本性纯洁，没有烦忧，不存欲望。她更像曹植笔下纯洁而美丽的洛神，但却缺少了多情的成分。与同时期沈从文笔下的翠翠比，更多的是"神性""圣性"，但却少了"人"的韵味。（《涪陵师专学报》2001年第2期）。李兆虹等在《超越与持守——论郁达夫小说的独特价值与不足》一文中认为，"这里的忏悔是有些可笑单薄的，对一个离了婚的二十八岁的少妇'莲'，怎么会是一个洁白得同白纸似的天真小孩呢？"（《西安联合大学学报》2001年第3期）。刘鹤在《〈迟桂花〉与〈伊豆的舞女〉的审美比照》一文中认为，这样的道德忏悔与《伊豆的舞女》的心灵升华相比，十分勉强，过于唐突和失真，有造作之嫌，这不能不说是《迟桂花》的缺憾（《浙江社会科学》2008年第6期）。

身体经验、心灵感受为基础的女性话语方式，这是有一定的文化哲学基础的。因为在哲学家恩斯特·卡西尔看来，人是一种"符号的动物"，"符号思维和符号活动是人类活动中最富有代表性的特征，并且人类文化的全部发展都依赖于这种条件"①。在卡西尔那里，"人—符号—文化"成了一种三位一体的东西，符号活动功能就是把人与文化联结起来的中介物，因此对语言、神话、艺术、科学等各种"符号形式"的研究就成了卡西尔所谓的"符号形式哲学"的主要任务。从这种意义上看，女性诗学所关注的女性与语言、符号的关系是女性阅读得以展开的一个十分重要的策略。就文学作品而言，解读人物语言意义或特定符号隐喻能发掘深层的性别立场。我们从《迟桂花》"我"的一些带有性别含义的语言分析中看到这种倾向。当"我"闻着"莲"给我泡的桂花茶时，"我"说出了"似乎要起性欲冲动的样子"的感受；当"我"与"莲"在山上游玩时却不经意道出了这样一句话："我……我在这儿想你！"短短的几句话却分明显示了文中男性对女性的似乎是一种欲望式的、权力式的"语言暴力"。洪堡指出，语言必须被看成是一种能（energeia），而不是一种功（ergon）。它并不是现成的东西，而是一个连续的过程。它是人类心灵运用清晰的发音表达思想的不断反复的劳作。②正是"我"内心一种先验的对女性的随意感、对女性固有形象的认识让"我"脱口而出。此外，笔者认为，《迟桂花》中对于"莲""迟桂花""放生竹"等文学符号的设置也无一不渗透着男性的眼光与立场。"莲"在中国传统民俗文化中因为其"多子"的含义而用来象征女性，"莲"又同"怜"谐音，饱含着男性对女性的同情、怜悯之情，同时也显示出男性居高临下的立场；"迟桂花"既是翁则生迟来婚姻的象征，也暗示着莲妹就是一朵充满浓郁香气的迟桂花，是"我"男权欲望下的女性符号的化身；"放生竹"代表着"我"与"莲"结拜兄妹，而这介乎兄妹与恋人之间的朦胧的感情不也是女性被男性所牵引羁绊的无形的绳索吗？因此，从女性阅读的视角去体会"莲"的处境与心理，对于深入理解女主人公的内心思想、透析女主人公的审美意蕴是颇有帮助的。

　　乔纳森·卡勒指出："女性主义批评的第一个行为就是从一个赞同型（assenting reader）的读者，变成一个反抗型（resisting reader）的读者，

---

① ［德］恩斯特·卡西尔：《人论》，甘阳译，上海译文出版社2004年版，第9页。
② ［德］威廉·冯·洪堡：《洪堡全集》，第46页。转引自［德］恩斯特·卡西尔《人论》，甘阳译，上海译文出版社2004年版，第168页。

通过这种拒绝赞同的行为,开始把植根于我们心中的男性意识祛除掉。"①乔纳森·卡勒强调的"女性阅读"的角度并不是要与男性作者或读者为敌,而是从女性角度更关心作品中的女性处境与心理,使作品的解读具有差异、复杂、多重的层面,从而丰富读者的视野。从中国历代文学来看,在男性作家的作品中,其文学创作权与解释权基本掌握在男性手中,他们往往会透过作品所塑造的人物形象及所反映的价值观去主宰读者特别是女性读者的思想。即便在作品中塑造了一系列为文学史和读者所认可的女性形象,也不免带有男性的"眼光"与"色调",这是我们在进行文学鉴赏与批评时不可忽视的一个文学现象。而以《迟桂花》为文本的女性阅读,则可以从另一种新的视角探寻作品的独特意蕴与审美价值。

虽然中国的文艺理论界鲜少对"女性阅读"进行专门研究,抑或运用"女性阅读"的方法展开对作品女性形象的讨论,但这并不意味着"女性阅读"在中国的销声匿迹。取而代之的是,中国女性批评家是将"女性阅读"置于更广阔的对"人"的研究的背景里。她们认为,只有更深入地剖析中国"人"的传统价值以及现今社会秩序下所能够实践的行为条件,才有可能更深刻地了解中国女性已有的和可能具有的权力范围。因而在女性阅读的研究中,"女性批评家不仅要向公然呈现于社会生活中的男权话语进行直面挑战,同时,还要认真地将自身的女性主体从政治意识形态强加给女性的种种堂而皇之的性别角色中剥离出来"②。在这里,我们欣喜地看到,中国女性批评家对于"女性阅读"已经开始了中国化、本土化、人性化的思考,而对于西方女性阅读所经历的"颠覆性"和"女性诗学"阶段也有了一定的解读,以颠覆性的姿态公然向男权话语进行直面挑战,同时将女性自身从政治意识的羁绊中脱离出来,走向女性诗学的理想化境界。

"文学作品由文本和读者构成,一部文学作品的存在意义并不在于文本本身,也不在于作者的意向如何,而在于文本和读者之间的交流和互动。"③ 对读者在阅读过程中是主动而非被动这一点的强调,使得读者有机会和作者一起参与文本的阐释而不是被动地接受作者的意图。女性主义

---

① [美]乔纳森·卡勒:《作为妇女的阅读》,张京媛主编:《当代女性主义文学批评》,北京大学出版社1992年版,第53—54页。
② 李小江、朱虹、董秀玉主编:《批判与重建》,生活·读书·新知三联书店2000年版,第161页。
③ 柏棣主编:《西方女性主义文学理论》,广西师范大学出版社2007年版,第226页。

阅读理论可以说和这种以读者为中心的文学理论不谋而合的。从以上的论述中我们也可以发现，女性主义阅读理论从女性视角和立场出发，结合女性个体经验，充分体会作品中女性的处境与心理，将女性特有的民俗解读与人性分析有机结合；同时女性主义阅读瓦解了文学阅读与批评中的男性霸权，为建构自由、多元的本土女性文学批评迈出了探索性的一步。

第二节 女性心理的民俗学审视[①]

《为奴隶的母亲》是现代文学著名作家柔石于1930年创作的一部小说。在当时时代思潮和先进创作思想的影响下，柔石将创作视野扩大到处于社会最底层的劳动妇女，选取自己熟悉的浙东"典妻"陋俗为题材，成功地创作了《为奴隶的母亲》这一现代文学经典之作。

在现当代文论中，不少文学批评家从文艺创作角度认为柔石的这篇小说既"源于生活"又"高于生活"，是生活真实与艺术真实的完美升华。也有的从社会学批评角度对小说进行了解读，凌宇就此分析道："《为奴隶的母亲》是中国现代文学史上第一次正面地从'典妻'这一特殊角度，揭示了封建宗法制度下中国农村劳动妇女的非人生活。"[②] 另有一些论者超越了阶级的视野而从人道主义的角度对小说人物形象进行分析，认为："春宝娘作为一个母亲，她有着人类最伟大的感情之一——母爱。这不是要别人为她牺牲的利己的爱，而是要将自己的一切为下一代而牺牲的崇高的爱。"[③] 近年来，有学者借助西方女性主义理论对《为奴隶的母亲》进行了具有性别意义的解读，像刘俐俐[④]在后结构主义的视野中将女人和婚姻之内在关系进行分析，并对文本进行当代审美经验的描述。乔以钢[⑤]将性别视角与叙事学研究方法结合起来对小说进行性别意味的考察，并指出作者性别身份对文本内涵性别因素呈现的影响，较好地挖掘了这部小说的

[①] 本节相关内容经修改已形成论文《从民俗学角度重读柔石〈为奴隶的母亲〉》，《中国现代文学研究丛刊》2013年第11期。

[②] 凌宇：《中国现代文学史》，湖南师范大学出版社2001年版，第274页。

[③] 郑择魁、盛钟健：《柔石的生平和创作》，浙江文艺出版社1985年版。

[④] 参见刘俐俐《女人成为流通物与文学意味的产生——柔石〈为奴隶的母亲〉艺术价值构成探寻》，《甘肃社会科学》2006年第5期。

[⑤] 乔以钢：《〈为奴隶的母亲〉小说叙事的性别分析——兼及与〈生人妻〉的比较》，《湘潭大学学报》（哲学社会科学版）2009年第4期。

性别文化内涵。

上述研究给予笔者诸多启示,然而再一次品读《为奴隶的母亲》,笔者发现,"典妻"民俗与女性内在民俗心理之间有着十分重要的关联,它对于刻画女性文学形象起着关键性的作用,而这一点或许是以往研究有所忽视的。以往的人道主义或女性主义的批评方法,未能从实质上揭示女主人公春宝娘深刻而复杂的民俗心理。因为人道主义只是表现了春宝娘作为"人"的一面,而女性主义表现的也仅是春宝娘作为"女"的一面。从文学批评的角度看,我们要完整地表现并剖析春宝娘作为"女人"的本质,并将"女人"置于特定的"典妻"民俗中进行全面考察,就势必要运用一种文学、民俗学、心理学相融合的女性文学批评方法。

英国社会人类学家马雷特首先独具慧眼地看到了心理研究在民俗、文化研究中的作用,他通过对"文化残余"的思考与分析,认为:"文化残余是过去的遗物,但它们的意义却远非仅限于此。它们对于认识先前的心理模式有着现实的价值,忽视它们这种活生生的作用就意味着失去了与历史活动的联系。"[①] 这一点在文学研究中也尤为重要。文学、心理学、民俗学之间在某种层面上存在着整体性、内在性的互动关系,我们试图运用文艺民俗学跨学科的研究方法,通过对《为奴隶的母亲》中女性人物内在民俗心理及其背后审美本质的分析,从而达到对女主人公人性内在意蕴的深刻体认。

一 典妻婚的女性民俗心理分析

典妻婚是一种畸形的婚姻民俗形式,是中国封建社会的历史产物,它在民国时期主要流行于我国的浙东地区。典妻的实质是将妻子作为物权客体,议价典(雇)给他人,典约期满,以价赎回。它是由中国封建买卖婚姻民俗演变而来,是买卖婚派生出来的一种临时性的婚姻形式。身处浙东宁海的作家柔石对"典妻婚"这种婚姻陋俗深有感触,化俗为文写就《为奴隶的母亲》。柔石通过塑造"春宝娘"这一典妻婚的受害女性形象,揭示了现实社会中典妻制度的野蛮与残酷,进而对社会进行批判与抨击。

要分析女性的民俗心理,我们先要引入一个"张力"的概念。"张力"是由美国现代诗人、批评家艾伦·退特提出来的,他认为诗的意义就是它的张力,即我们在诗中所能发现的全部外展和内包的有机整体。后

---

① [英] R. R. 马雷特:《心理学与民俗学》,张颖凡、汪宁红译,山东人民出版社1988年版,第1—2页。

来新批评派理论家逐步将"张力"扩展到诗歌的内容与形式、构架与肌质等诸多对立因素之间。中国的文学批评者巧妙地取"张力"这一由两个对立因素而产生的艺术效应这一特点对文学作品进行分析。以《为奴隶的母亲》来论,刘俐俐教授就曾这样指出:"江南区域性婚姻风俗系统和流通于其中的女人,这两者之间形成了特有的张力(tension)。"① 由此可见,"张力"在该文本中为情节推进及悲剧氛围的营造发挥了重要的作用。小说中春宝娘形象之所以如此深刻而富有感染力,这与浙东典妻陋俗与身处其中女性所形成的这种悲剧的"张力"是分不开的。换言之,随着小说情节的发展,女主人公个人的内心感受与当时看似合理的典妻风俗之间的矛盾日益尖锐,这一张力的推进也使得小说的悲剧氛围不断加浓。

"悲剧是对一个严肃、完整、有一定长度的行动的摹仿,它的媒介是经过'装饰'的语言,以不同的形式分别被用于剧的不同部分,它的摹仿方式是借助人物的行动,而不是叙述,通过引发怜悯和恐惧使这些情感得到疏泄。"② 亚里士多德关于悲剧的经典论述提供了我们理解文本的锁匙,他还指出了"情节"在悲剧中的重要性,它是悲剧的根本,也是悲剧的灵魂。按照亚氏对悲剧的定义和理解,我们认为,在小说《为奴隶的母亲》中,最终促成春宝娘悲剧因素的是"典妻"情节的发生、发展与演进。春宝娘作为一个女人的内心真实感受也是随着"得知被典—被迫离家—典妻生活—期满返家"这一交织着民俗的情节传达给读者的,由此人物的悲剧意义也随着情节的发展不断被推向高潮。

中国典妻婚的形成、变异和发展经过了漫长的历史时期,并且跨越了奴隶社会、封建社会和半封建半殖民地社会。学者叶丽娅将这个漫长的历史时期按顺序分为酝酿期(从三代到汉)、萌芽期(南北朝到唐)、形成期(宋)、盛行期(元明)、恶性发展期(清到民国)和衰落消亡期(中华人民共和国成立至今)六个阶段③。可见,中国典妻婚的形成并非一朝一夕,正如一棵根深蒂固的古树,有着坚实的土壤与发达的根系,而从清代到民国时期则堪称"恶性时期"。典妻婚在全国特别是浙江地区普遍流行,租典形式不一,并且形成了一整套约定俗成的惯例。据《浙江风俗

---

① 刘俐俐:《女人成为流通物与文学意味的产生——柔石〈为奴隶的母亲〉艺术价值构成探寻》,《甘肃社会科学》2006年第5期。
② [古希腊]亚里士多德:《诗学》,陈中梅译注,商务印书馆1996年版,第63页。
③ 参见叶丽娅《典妻史》,广西民族出版社2000年版,第124页。

简志》记载，宁波地区的典妻租妻有如下惯例："典租双方有媒证，订契约，明载典租期、典租价。一般一至二年为租，三五年为典。典租价以妇女年龄大小、期限长短而定，但必须具有生育能力。出典者或因久病负债累累，或因家贫度日艰难，或因逼还赌债。受典者有因其妻久未生育，有系独身穷汉为求子嗣而无力结婚者。典妻进门，以薄酒谢媒，不举行仪式，所育之子归典方，其继承权须宴请亲族长老获得认可方为有效。典妻期满回原夫家。也有夫死，为生活所迫，妻自典他人。"① 其他如浙江地区的绍兴、湖州、台州等地也有类似的典妻习俗的记载。从历史的记载中我们不难发现，典妻的根本目的是为子嗣，"不孝有三，无后为大"正是受典者内心的纠结之处，而传统婚姻"上以事宗庙，下以继后世"的目的也加快了变态典妻婚"合法化"的进程。因此，在以私有制为基础、以男权为中心的封建专制的掌控下，女性在类似买卖的婚姻交易过程中必然成为"典妻婚"的受害者。

《为奴隶的母亲》中春宝娘的丈夫黄胖为生活所迫把妻子视"物品"一样典给了秀才，春宝娘被典给秀才后的三年典期内不能与亲夫孩子见面。这一方面说明了典夫重视典妇在典期内所生孩子的血统关系，另一方面也揭露了典妻制剥夺妇女的母爱及丧失人性的罪恶。在作家柔石所生活的浙江宁波地区的宁海农村里，也时常可见当地妇女被典租的事件。笔者于几年前在柔石的故乡宁海进行田野调查时，从当地民间文人石墨口中得知这样一个真实的故事：柔石本名赵平福（又名平复），当时他们赵家有个老实的兄弟，因家境贫寒生活窘困，被迫把人称"山里嫂"的妻子典给了当地的一个财主。柔石得知此事后异常惊诧，以后在他的脑海里经常浮现自己兄嫂被迫去当典妇的情景———一顶两人抬的小轿里，有个哭哭啼啼的少妇，抛夫弃子，进了财主家血盆大口般的门，传宗接代……典租双方也要有媒证，当时在宁海的媒人中间还流传着这样一首调侃的黑色幽默民间小调："东做媒也是我，西做媒也是我，只要铜钿银子滚进来，活拆夫妻我也做。"② 可见，典妻的婚姻习俗在当时宁海当地人看来已司空见惯。

柔石之子赵帝江在一封信中也肯定《为奴隶的母亲》中的典妻民俗取材于宁海一带的实际生活，认为作品所描写的内容是符合生活真实的：

---

① 浙江民俗学会编：《浙江风俗简志》，浙江人民出版社1986年版，第156页。
② 根据笔者2010年8月16日在柔石故乡宁海田野调查所得。笔者向当地几位60岁以上老人询问"典妻"风俗，并从石墨的访谈及其提供的材料《柔石变奏狂想曲》中得到确证。

"一般来说,出典期间即为别人所有,与原来丈夫没有夫妻关系。宁海与天台相邻,旧社会同属台州府治,习俗恐怕差不多吧。"① 祖籍台州的作家许杰于 1925 年创作的《赌徒吉顺》也是以旧社会浙东一带的典妻陋俗为背景的,他在致许华斌的一封信中说:"甲方以自己的妻子典给乙方,限定三年或几年的期限。在这期限内所生的子女,属于乙方。"② 正是浙东一带普遍流行甚至泛滥的典妻民俗促使现代文学江南作家把眼光瞄准了这一块"未曾揭开的伤疤",柔石、许杰等作家率先以笔为刀,试图揭开伤疤,以引起"疗救"的注意。"事件,即情节是悲剧的目的,而目的是一切事物中最重要的。"③ 在文学作品里,被典妻习俗的阴影所笼罩下的女主人公春宝娘其内心的痛苦应该说是"典妻婚"这个事件一手造就的,女性民俗心理的起伏隐现也在事件情节的发展变化中展开。

值得注意的是,同样是描写典妻民俗,柔石《为奴隶的母亲》较之许杰《赌徒吉顺》胜人一筹,其原因还在于作家柔石运用了"创造性变形"的写作技巧。俄国形式主义代表人物什克洛夫斯基指出,作为素材的一系列事件即"本事"变成小说"情节"时,必须经过作家的创造性变形,具有陌生的新面貌,作家越自觉地运用这种手法,作品的艺术性就越高。④ 柔石在小说中正是运用这种"创造性变形"的艺术手法对"春宝娘"这一女性形象进行了艺术加工和处理,这使得生活中常见的"典妇"形象在作品中变得更加新奇,使读者在欣赏过程中感受到艺术的新颖别致,经过一定的审美过程完成审美感受活动。当丈夫黄胖告诉春宝娘被典的消息时,她先是"讷讷地低声问",待确认后是"几乎昏过去似的",丈夫声音低弱地说着受典的秀才,"他底妻简直痴似的,话一句没有";当说到写典契及具体的日子时,"他底妻简直连腑脏都颠抖",先是"吞吐着问",再是"战着牙齿问",最后在丈夫的怒气声中她"呜呜咽咽地哭起来",直到"似乎泪竟干涸了"。柔石在刻画春宝娘时没有运用很多语言,而是以第三人称叙事的手法写出了她外在的表情与反应。从"讷讷地低声问"到"战着牙齿问"再到"呜咽地哭",这分明表现了一个被典妇女的复杂的内心思想过程。

作为一个女人,春宝娘当然也知道当时的典妻习俗,但却千万没有料

---

① 许馨:《〈为奴隶的母亲〉是怎样写成的——从未刊的两封信谈起》。
② 许杰:致许华斌的一封信,1986.12.29。
③ [古希腊]亚里士多德:《诗学》,陈中梅译注,商务印书馆 1996 年版,第 64 页。
④ 朱立元主编:《当代西方文艺理论》,华东师范大学出版社 1997 年版,第 46 页。

到会发生在自己的身上。但即便如此，春宝娘也不甘心去当典妇，因为她还有需要照顾的春宝，因此她试图反抗。然而，她个人的力量终究敌不过丈夫的固有想法，更敌不过社会业已成规的典妻习俗，因此在强大的事实面前她只能俯首应诺。在典妻习俗的笼罩下，春宝娘作为典妇的"意外—反抗—默认"这一复杂的内在民俗心理过程被生动形象地揭示出来。日本民俗学家柳田国男在《民间传承论》中认为，心意诸现象是最不易研究的部分。然而柳田先生也注意到，心意现象虽如同晨梦一样朦胧，它还是要与形声相随。在人们任何细微的行为中，在人们偶然发生的片言只语中，都隐藏着心意的微妙。其实，这种心意民俗在文学研究中也如此。文学作品中女性内心的民俗心理虽然难以察觉，但却可以从她细微的表情、举止或语言中反映出来。我们从上述春宝娘这一系列的表情变化中可以深切地体悟到作为一个典妇那复杂而又痛苦的民俗心理。

二 女性民俗心理的审美本质

在对女性心理进行民俗学层面的剖析后，我们有必要对其民俗心理背后的审美本质作进一步探寻。按照吴中杰先生的审美心理机制理论，整个审美活动应包括审美感知、审美想象、移情作用及审美认识。[①] 然而，文艺创作的根本目的不是要达到一种审美认识，而是要达到审美感受。在小说《为奴隶的母亲》中，读者审美感受的产生一方面源于对典妇内在民俗心理的体验，另一方面更多的是源于由典妇内在矛盾心理的冲突而带来的巨大震撼，而这种冲突主要是来自身份与角色的纠结。

列维·斯特劳斯在《结构人类学》中提出："婚姻系统就是一个网络，它的结构决定了在社会群体之间为'妇女流通'所开辟的通道。妇女沿着这些通道，借助了生命的再生产过程而不是其他符码形式，使自己能够为流通本身所利用（这就是她们的命运之一）。"[②] 在典妻婚中的妇女因为借助着"生命再生产"的通道而成为联系出典方和受典方两家的桥梁。在这个流通过程中，妇女所扮演的是"母亲"的角色。《为奴隶的母亲》中的"她"既是春宝娘，又是秋宝娘，这一双重的母亲身份也是使她内心遭受痛苦的"结点"。她对自己的孩子春宝是十分疼爱的，这可以从小说开头部分她被典离开家的前夜见出，"她，手里抱着春宝，将她底

---

① 参见吴中杰《文艺学导论》，复旦大学出版社2002年版，第221—226页。

② 约翰·斯特罗克编：《结构主义以来》，渠东、李康、李猛译，辽宁教育出版社、牛津大学出版社1998年版，第6—7页。

头贴在他底头发上",并将春宝几件破衣修补收拾好;然而,一旦到了秀才家里,她对秋宝的爱也是真心诚意的,"秋宝是天天成长的非常可爱地离不开他底母亲了";在秀才家,她看着秋宝却时刻想念着春宝,"春宝底哭声有时竟在她耳朵边响,梦中,她也几次地遇到过他了"。她既盼望着三年典期的快快结束好回去见自己的春宝,但看着活泼可爱的秋宝又实在愿意永远在这新的家里住下去,矛盾的思想深深地刺痛着作为"母亲"的她的内心。孟悦和戴锦华指出:"做母亲,成了女人唯一的'职业',唯一的荣耀。它是男权社会中女人——容器的唯一社会功用。是女人最'适合'的社会角色。"① 然而,在春宝娘那里,她连女人最基本的做母亲的权利也被剥夺了。"母亲"——这一特殊的双重身份让她再一次陷入了无尽的痛苦之中,而这痛苦的根源正是来自"典妻"这一非人的婚姻陋俗。作家柔石正是巧妙地抓住了由"典妇"和"母亲"这一对矛盾角色所产生的矛盾心理进行细致入微的刻画,从而使得春宝娘内在的人性被充分揭示出来,其文学形象十分富有艺术感染力,作品思想也因此显得非常深刻。

　　朱希祥教授认为,美的本质的探讨和民俗本质的研究具有一致性和相通性。因为美的根源要从精神、社会关系、人的社会生活和社会实践中去探索,而这些又恰恰是民俗和民俗活动的本质问题。② 在文艺作品中,人物的民俗审美还可以从她的社会生活、实践活动中去寻找,由此带给读者的审美感受也是具体的、可感的。春宝娘在整个典租的过程中,参与了很多具体的生产劳动,从离家前的缝补修衣、收拾房间到秀才家的洗衣喂猪、生儿哺乳,这一个个场面、一组组镜头所呈现出的是春宝娘作为一个女性的"美"的方面,而这"美"正是来自于她的典租生活。关于"美是生活"的命题,车尔尼雪夫斯基有过这样的论述:"在普通人民看来,'美好的生活'、'应当如此的生活'就是吃得饱,住得好,睡眠充足;但是在农民,'生活'这个概念同时总是包括劳动的概念在内:生活而不劳动是不可能的,而且也是叫人烦闷的。"③ 可见,在车氏看来,劳动是生活中重要的组成部分。同时,与生活相关的"一切欢乐""一切幸福""一切希望""生的意识的一切""生的现象的一切"的"美"与"美姿",④ 都是他所

---

① 孟悦、戴锦华:《浮出历史地表》,河南人民出版社1989年版,第236页。
② 参见朱希祥、李晓华《中国文艺民俗审美》,上海文化出版社2009年版,第27页。
③ [俄]车尔尼雪夫斯基:《生活与美学》,人民出版社1959年版,第6—7页。
④ [俄]车尔尼雪夫斯基:《当代美学概念批判》,《美学论文选》,人民文学出版社1957年版,第54页。

认为的"美是生活"的具体表现,也是我们分析文艺作品人物民俗审美的切入点。

就文艺作品带给读者的审美感受而言,读者体验到的是一个变化着的具有"美的化身"的春宝娘的女性形象,大致按照"善良美—忍受美—圆熟美—母性美—凄凉美"的发展轨迹展开。春宝娘刚到秀才的家里,老妇人将她和秀才的经历讲给了她听,"竟说得这个具有朴素的心地的她,一时酸,一会苦,一时甜上心头,一时又咸的压下去了",她那颗善良的心很容易就被老妇人的甜言蜜语感动了;然而接下来的日子,老妇人却时时疑心,还找她的碴儿,更是命令她干重活累活,这一切她都默默地忍受了,传统劳动妇女忍辱负重的精神美由此凸显;而她将秋宝生下后,在秋天阳光的照耀下给孩子喂着奶,则显示出一种女性特有的圆熟美;秋宝的取名虽则是不经意间的言辞,但却也显示出她的良苦用心与自然母性;而典期满她回家时,"轿里躺着一个脸色枯萎如同一张瘪的黄菜叶那么的中年妇人,两眼朦胧地颓唐地闭着",这种凄美的形象令读者产生强烈而有冲击力的审美感受。可以说,春宝娘作为一个"美的化身"是与她的劳作以及从中透露出来的"欢乐""幸福""希望""生的意识"联系在一起的。从审美感受与审美快感的女性视角去看待春宝娘,我们则可以发现一个复杂民俗交织下的女性民俗审美形象。当读者在阅读文本时,文中作为审美对象的春宝娘的形象强烈地刺激着读者的感官,由此产生对女主人公的"民俗与美的化身"的审美感知。而当读者阅读完作品时,他们则会产生一种由情感共鸣所带来的审美愉悦。为什么审美主体能够直觉地感知对象,而产生审美愉悦呢?吴中杰先生指出,这与主体的审美心理结构有关。格式塔心理学有"异质同构"之说,这种理论认为审美主体与审美对象在"力的图式"上达到一致,因而同构的心理才能对物理对象产生感应。① 由此我们认为,读者在对《为奴隶的母亲》中的女性作民俗心理的解读时,自身也产生一种特有的审美感知,主体与客体之间有相同相通的东西,互相交融反应后便水到渠成地产生了审美愉悦。正是在读者的一系列审美机制的构建过程中,潜隐在文本中的女性民俗心理被有效地解读与传达出来。

当然,"原型"(archetype)也是深入理解其审美本质的重要途径。"原型"是由荣格提出的,是一切心理反应的具有普遍一致性的先验形式。对这种先验形式,可以从心理学、美学、哲学、神话学、伦理学等不

---

① 吴中杰:《文艺学导论》,复旦大学出版社 2002 年版,第 222 页。

同方面去理解。① 而文学原型不仅仅是对于某种模式比如神话母题的重复，它还是原型生成的内在动力的集中喷发；文学原型也不只是集体无意识对于作家的一种驱使，它还是原型心理在创作中制约与突破的角逐。于作家柔石而言，"春宝娘"这一文学形象的获取与塑造应该来源于生活中的许多原型，因为典妻婚俗在中国江浙一带十分盛行，"议得吴越之风，典雇妻子成俗已久"，"江淮薄俗，公然受价将妻典雇与他人，如同夫妇"②。可见，当时像"春宝娘"一样的被典妇女已被视作平常，典妻是生活中一件极其自然的小事。柔石生活在这样一个典妻成风的江南社会，对身边的"典妇"自然也见得多了，这种潜移默化的无意识应该是原型的最初素材。而当柔石见兄嫂被当"典妇"后，这种日积月累的潜意识突然被激发出来，他内在的原型心理在创作中得到了前所未有的突破，"杂取众人，合成一个"，这样经久不衰的"春宝娘"的形象就被作者完美地建构了起来。

对于文学原型的人性化问题，程金城是这样解释的："文艺原型作为一种特殊的超越时空范围的独特载体，使人类文艺活动的取向和追求得到规律性表现，从而使人性的相通性普遍性得到突现，使人性的历史生成、发展变化和承传通过感性方式得到反复显现。"③ 在笔者看来，这种普遍的人类情感的获得应该是追求人性因素的永恒与普遍、人类心灵的拓展与升华以及人类精神需要的发展与变化的过程。从这种意义上说，柔石的《为奴隶的母亲》之所以成为"经典"并被改编成甬剧《典妻》搬上舞台，与读者及观众从中感受到的普遍的人性美的共鸣、民俗审美的传达是息息相关的。

在现代文学的平台上，像"春宝娘"这样经典的女性民俗形象还有不少。在江浙这样一块孕育启蒙思潮的土壤上走出了多少新文学的"斗士"，他们以笔为刀，化俗为文，犀利地剖析了吴越一带与女性相关的民俗。柔石是其中成功的一位，还有鲁迅、王鲁彦、吴组缃、台静农、叶圣陶、苏青等。他们以"敏锐"的目光洞悉了"五四"思想启蒙的社会责任和内在意蕴，以"乡下人"的独特身份牢固地奠定了他们在现代文艺民俗视野中的叙事模式和精神品格。以民俗为突破口，所塑造的女性形象

---

① ［瑞士］荣格：《心理学与文学》，冯川、苏克译，生活·读书·新知三联书店1987年版，第5页。
② 顾久幸：《长江流域的婚俗》，湖北教育出版社2005年版，第262页。
③ 程金城：《原型批判与重释》，东方出版社1998年版，第286页。

跨越时空而经久不衰，这种文学现象不能不引起我们的关注与思考。

第三节　女性民俗的日常生活审美

"日常生活审美化"（the aestheticization of everyday life）最早是由西方学者韦尔施和费瑟斯通提出来的，21世纪初当中国现代大众媒介深刻影响人们的日常生活之际，该理论也陆续被我国学者所关注。虽然曾有过一定的争议①，从国外到国内，经历了语境的转换与意义的延展，但在当下却依然焕发出特有的活力。陶东风指出，由于日常生活的"审美化"深刻地挑战了文艺自律的观念，乃至改变了有关"文学""艺术"的定义，因此，"日常生活审美化"对于文艺研究也是颇有价值的。② 江南作家将他们的"诗性智慧"与"民俗情结"融入文学作品的日常生活中，"民俗的日常生活审美化"便更凸显出了其文本的意义与现实的价值。本节将以宁波籍现代文学女作家苏青的文学创作为例，在论述女性民俗的日常书写、内在悖论及接受美学意义的过程中透视女性民俗的日常生活审美价值。

一　女性日常生活的民俗书写

20世纪40年代，宁波籍女作家苏青以自传体小说《结婚十年》而在上海滩一举成名，当时与张爱玲一起被誉为"文坛双璧"。苏青在这部作品及相关散文中用大量的笔墨涉及了代表物质民俗的"服饰民俗、饮食民俗"和代表社会民俗的"婚姻民俗、生育民俗、人生仪礼民俗及岁时节日民俗"等，其中的一些民俗蕴含着非常鲜明的"女性"特征，为女性这一群体所独有，苏青将其恰到好处地运用到自己作品中，这对丰富作品的内容、迎合读者的口味、提升作品的卖点无疑有着极大的渲染作用。更为重要的是，苏青作品中的女性民俗对于表现女主人公生命内核、塑造

---

① 2004年自陶东风提出"日常生活审美化"的观点后，文艺学界相继出现一些批评与商榷文章，如赵勇的《谁的"日常生活审美化"？怎样做"文化研究"？——与陶东风教授商榷》，《河北学刊》2004年第5期；鲁枢元的《评所谓"新的美学原则"的崛起——"审美日常生活化"的价值取向析疑》，《文艺争鸣》2004年第3期，该文从另一个角度对"日常生活审美化"进行辨正与补充。

② 参见陶东风《日常生活的审美化与文艺社会学的重建》，《文艺研究》2004年第1期。

女主人公人物形象、深化作品主题思想有着举足轻重的作用。

《结婚十年》一开头便向读者展示了一场"新旧合璧的婚礼"。新娘苏怀青的装束十分具有宁波女子的特点，是典型的"新旧合璧"。在五姑母的张罗下，"我"穿的是淡红绸制的礼服，上面绣着红花儿，纱罩也是淡红色的，手捧花和头上的花环也是绢制的、粉红色的，颇有一番西洋的韵味。然而，"我"脚上穿的却是大红缎鞋，绣着鸳鸯，可见这场婚礼也部分保留着传统的习俗。而据《浙江风俗简志》记载，宁波传统的新娘装束应是"身穿霞帔，头戴凤冠，上盖大红方巾"[1]。《结婚十年》里的新娘装扮显然与传统装束不同，是当时宁波盛行"文明结婚"的结果。19世纪末，随着中国社会的发展变化和西方婚仪的东渐，一些先进的中国人开始参酌中西礼法，既汲取西式婚仪的隆重、热烈、简便的优点，又不完全抛弃中国传统婚礼的习俗，于是便创造了一套中国式的"文明结婚"仪式。"文明结婚"最先出现于东南沿海的大都会和商埠中，徐珂编撰的《清稗类钞》就记载了当时"文明结婚"的情况："迎亲之礼，晚近不用者多。光、宣之交，盛行文明结婚，倡于都会商埠，内地亦渐行之。礼堂所备证书（有新郎、新妇、证婚人、介绍人、主婚人姓名），由证婚人宣读，介绍人（即媒妁）、证婚人、男女宾代表皆有颂词，亦有由主婚人宣读训词，来宾唱文明结婚歌者。"[2] 宁波地处东南沿海，自然感受着风气之先，于是宁波新娘在结婚中穿戴富有洋味的装束也就不足为奇了。当然，"服饰也是各民族在形成和发展过程中凝结起来的属于各民族独有的心理状态的视觉符号"[3]，作为汉族女性的苏怀青对自己作为新娘的装束也有着特别的体验与感受。从字里行间我们可以体会到，苏怀青对富有西洋韵味的礼服是颇为喜欢的，但对结婚头天穿的"大红缎鞋"及之后换上的旧式结婚的新娘礼服"大红绣花衫裙""头上戴着的珠冠"是颇为不快的。因为按宁波习俗说，大红缎鞋是与公婆有关的，因此不能更动颜色，在公婆百年之后，媳妇要将它拿出来缝上孝布，留出鞋跟头一阔条红的，那便是照公婆们上天堂的红灯。[4] 从宁波新娘的服饰民俗上，我们分明看到封建传统孝道对汉族女性的规束。《结婚十年》中"我"作为一个有着现代思想的女性对这种装扮自然会产生厌恶之感，然而事实又使

---

[1] 浙江民俗学会编：《浙江风俗简志》，浙江人民出版社1986年版，第154页。
[2] 徐珂编撰：《清稗类钞》，中华书局2010年版。
[3] 钟敬文主编：《民俗学概论》，上海文艺出版社1998年版，第89页。
[4] 苏青：《结婚十年》，于青等编：《苏青文集》（上册），上海书店出版社1994年版，第38页。

"我"无奈,女主人公似是而非、矛盾复杂的婚姻心理由此被建构起来。

其他隶属于社会民俗大类的婚姻民俗、生育民俗、人生仪礼民俗及岁时节日民俗等在《结婚十年》中也随处可见。笔者发现,像婚姻民俗中的"坐花轿""抱上轿""闹房",生育民俗中的"催生""弥月""满月礼",人生仪礼民俗中的"行献茶见面礼""入厨房""捧早茶"等民俗都是与女性有着十分重要的关系。在民俗的展演过程中,女性成为民俗的"主角"抑或成为民俗的亲自"操持者",女性与民俗水乳交融,民俗因女性而获得生机,女性因民俗而更富人性,女性与民俗成为文本中不可分割的部分。

"坐花轿"是古时宁波姑娘出嫁时的特权,相传宋康王泥马渡江以后就逃到宁波,在金兀术的穷追下被一个姑娘搭救,后来成为宋高宗的康王想报姑娘此恩却又一时找不到人,于是降旨说凡宁波府姑娘出嫁,均可坐花轿,"坐花轿"的宁波地方婚俗由此而来。此外,宁波新娘上轿大多流行"抱上轿"的风俗,此俗一则表示新娘不舍得离开娘家,二则俗谓若新娘步行上轿,要带走娘家土,败娘家的风水,因而新娘上轿不是哥哥抱上轿就是舅爷抱上轿。[1] 这些地方婚俗在《结婚十年》中均一一写到了:

……打扮完毕,外面奏起乐来,弟弟便来抱我上轿了。据说那时我应该呜呜地哭表示不愿上轿,由弟弟把我硬抱出去。可是我没有这样做,因为那太冤枉了弟弟,他事实上并不会强迫我上轿嫁出去的,那是真的。……[2]

"闹房"一般发生在结婚当天晚上,这种"闹房"之俗始于晋代,世世相承。《汉书》载:"新婚之夕,于窗外窃听新妇言语及其动止,以为笑乐。"[3] 显然,"闹房"这一婚姻民俗的主体也是女性,《结婚十年》中的"我"就遭遇了这样被闹房的尴尬:

——我们要新娘唱一只外国歌!
——我们要新娘跳一只舞!

---

[1] 徐杰舜:《汉族民间风俗》,中央民族大学出版社1998年版,第519页。
[2] 苏青:《结婚十年》,于青等编:《苏青文集》(上册),上海书店出版社1994年版,第38页。
[3] 马之骕:《中国的婚俗》,岳麓书社1998年版,第133页。

——你不答应，便要你跑过去同新郎亲一个嘴！……①

面对这古老的"闹房"习俗，原本就对婚姻不乐观的女主人公不但对此提不起一点兴趣，反而产生了厌恶至极的感觉。苏青始终用她那支充满民俗魅力的"笔"来巧妙地传达出女主人公的独特感受：结婚既是一件无奈的事，也是一件很累人的事。那与情节交融无处不在的婚俗描写，已成为故事情节中理所应有而又密不可分的一部分。它既为女主人公"苏怀青"倔强自主的个性提供了各种表现的机会，也使故事的叙述、情节的开展显得极其自然、真实而不露丝毫斧凿之迹。张爱玲所赞赏的苏青"正在那不知不觉中"的技巧，显然与作品对民俗生活的吸纳有很大的关系。

在整个婚礼的进行过程中，作为女性的新娘也必须要遵循宁波当地的仪礼民俗。《结婚十年》中的"我"就经历了"行献茶见面礼""入厨房""捧早茶"等一系列烦琐的仪礼民俗。按照宁波当地的风俗，新娘要向长辈及平辈"行献茶见面礼"，新娘以果子糖茶向长辈敬茶，长辈置红包于茶盘作为见面礼，敬茶的顺序也有讲究，一般先是公婆，再是长辈族人，接着是守寡年长女性，最后是平辈。除此以外，新娘还要"入厨房"。《结婚十年》中特别写出了"我"在入厨房时遭到嘲讽的异样心理。当然，生育民俗中具有宁波地方特色的"催生""弥月""满月礼"等也在作品中恰到好处地体现出来。据史料记载，"在宁波当地，孕妇临产之月，娘家会送'催生担'，有衣、食两项。衣有婴孩穿的黄棉袄、黄夹衣、黄单衣、涎兜及包被、尿布等婴孩用品；食有鸡蛋、红糖、长面、桂圆、核桃、黄鱼鲞等。催生衣物用包袱包扎，从窗口丢进床上，以包袱朝向预卜生男或生女，认为包袱朝里朝下为男，朝外朝上为女"②。《结婚十年》中"我"的母亲拣了个大吉大利的日子来催生，叫人抬了两杠花团锦簇的东西，有小孩衣物、食品等，特别是寓意为"长命富贵"的长寿面、面筋、烤麸、桂圆等吉品，作者不厌其烦地逐一罗列介绍。苏青不愧是一位宁波籍的作家，她对宁波地方的礼仪民俗、生育民俗有着如此翔实的了解，以至于她在作品中能信手拈来，并水到渠成地化俗为文，创造了日常民俗的审美化境界。

综上所述，我们认为，苏青的民俗是其创作的"灵魂"，民俗的底色

---

① 苏青：《结婚十年》，于青等编：《苏青文集》（上册），上海书店出版社1994年版，第43页。
② 浙江民俗学会编：《浙江风俗简志》，浙江人民出版社1986年版，第159页。

不但没有随着时间的流逝而蜕变,反而在作家题材选择、主旨思想、审美趣味等方面都起着决定性的作用。尽管苏青平民化的意识背后有时也糅合着现代的思想,但这"跳动的音符"总是能和谐地融入苏青民俗的交响乐。最重要的是,苏青的民俗是"紧贴市民的生活体验,像是从市民心底生长出来的,知心知肺,知冷知热,如张爱玲所说代表着'物质生活'和'人生常识。'"① 正是苏青内心那种强烈的民俗意识和根深蒂固的民俗情结促使她笔下创作出具有鲜明民俗性格的女性形象。"艺术典型的民族性格并不是不可捉摸的东西。民俗在民族的内涵里,是民族共同文化的共同心理素质的集中体现。优秀的艺术家总是注重传统的民俗在人物性格上的烙印,优秀作品中的典型人物,可以是特定民俗形态支配下的代表人物,人们可以清晰地看到驱使代表人物之所以这样干而不愿那样做的'民族魂'的原动力。"② 苏青的代表作《结婚十年》就是借助婚姻民俗、仪礼民俗、生育民俗的魅力,在描绘女主人公苏怀青的婚姻命运变化中,生动地刻画了怀青这样一位典型人物的民俗性格。与此同时,贯穿于整部作品那犹如血脉贯通躯体般的民俗文化描写及其与作品的情节安排、形象塑造等融为一体的娴熟的艺术功力,提供了我们理解苏青作品特有的文化韵味、审美意蕴和艺术魅力的锁匙,也使我们更清楚地认识到民俗文化因素在其创作中所起的主导作用。

二 穿越"女"与"性"的悖论

"沦陷"时期的上海,在正统民族文化、主流男性文学面临着废退、解体与死亡的时候,始终在民族危亡、社会危机的常规命题下遭受着灭顶之灾的女性却获得一种畸存与苟活式的生机。苏青就是在这样一个特殊的环境下应运而生,她的《论离婚》《再论离婚》《恋爱结婚养孩子的职业化》《我国的女子教育》《谈女人》《女像陈列所》《谈婚姻及其他》等一系列反映女性生活的作品相继诞生,这给当时沦陷区"贫瘠"的文化土壤注入了别样的生机与活力。

当然,艺术是为读者服务的,读者是主要对象,艺术作品只有通过读者的消化、接受才能实现其美学价值和社会功能。苏青作品的题材也正迎合了沦陷区女性读者的口味,按照苏青自己的话说是"选择自己经验范围内的东西写更能获得成功",于是"饮食男女"这一原始而又永恒的话

---

① 张全之、程亚丽:《苏青与四十年代市民文化》,《德州学院学报》2001 年第 3 期。
② 陈勤建:《文艺民俗学导论》,上海文艺出版社 1991 年版,第 7 页。

题便成了苏青写作的重要组成部分。苏青在这里用她那"直言谈相、绝无忌讳"的语言敞开了两性生活中一些基本的、普遍的隐秘。而此时沦陷区的人们试图在对世俗生活的体验中消解对未来的、对战争的恐惧，读苏青的作品无疑成了他们"精神的避难所"。女性特有的文艺观和独特的民俗视角使苏青立足于沦陷区的文坛。女性文学作为一种非主流的边缘文化，以"弱者的战术"在沦陷区开始了她悄然的生长。在男性主流文化退后以至消失的缝隙间，在异族统治造成的民族、男权的历史压抑力被阉割、被削弱的时间的停滞处，苏青获得了一种与女性市民面对面对话的可能。换言之，苏青以女性民俗作为切入点对女性进行日常生活的书写，既赢得了女性市民读者的青睐，又躲过了日本殖民当局的耳目。这不能不说是苏青在沦陷区采取的一种巧妙的女性叙事策略，也体现了她女性民俗创作的独特的文学价值。在笔者看来，苏青对"女性"的理解是充分而透彻的，她将"女"与"性"的表现与刻画较好地统一起来，平常而又不失个性，新异而又不失趣味，这或许就是她能牢牢地立足于上海滩的关键所在。

苏青作品里所流露出来的母性情结是她对"女"的独特认识的重要方面。苏青的作品充满了母性意识，"母性"不仅成了苏青与生俱来的品质，而且成了她书写女性强者话语与女性生存境况的一支有力的笔。"母性情结"成为苏青写作的基点，是苏青成为真正的女性作家的文化立场和情感积淀。纵观苏青作品，她的母性情结也经历了"母性本体的失落—母性情绪的回归—现代母性的期待"这样一个过程。菲勒斯"缺失的焦虑与无名的状况"奇迹般地影响了集女人、母亲、妻子于一身的苏青的命运，也为其作品中女主人公母性、妻性本体的失落找到了最好的诠释。接着，苏青的叙事文本便在权威母亲的话语与女性自身对权威话语的颠覆之间渐渐地找回了往日缺失的母性，实现了母性情结的伟大回归。最后，苏青以现代母性重塑为回归的写作破除了男性的母性叙事神话，彰显了男性叙述所遮蔽的女性生存景观，在叙事的层面上展现出"母亲"这一女性存在的多重文化意蕴。

苏青对"性"的剖析与认识主要体现在她独特的"私人化写作"上。苏青的写作较倾向于女性自然的身体和心理状态，尤其是通过身体的写作显示出女性身体作为"符号"的意义，由此颠覆男性社会中女性身体话语系统，试图冲击男性文化的结构，这在当时的话语圈里尤其是在女性几乎无文学创作理论的背景里，让人极为赞叹。苏青以一种"灯蛾扑火"式的勇气，揭去了女人隐秘性的历史屏障，将先前女作家边缘化的女性经验再度"中心化"。苏青以中年女人自身独特的感受和体验来抒写性的欲望和性的快乐，有时幻化为一个被纷纷扰扰的婚姻琐事所纠缠不休的弱女子，有时又倒像是一位表情严肃、训词苛严的先生在教诲你一些世俗风情、为人处世的要点。她谈起"性"来比男人更大胆直率，"饮食男，女人之大欲存焉"是她作为一个女人对"性"的独特认识；她笔下的女主人公也不断地追求性欲的满足，"欲望像火，人便是扑火的蛾"是她对女性追求"性"的理想化设计。在自传体小说《结婚十年》中，苏青也打开了女性"隐秘世界"的大门，将女性的日常起居生活袒露在我们面前，以自觉的女性意识的书写，表达出女性写作以强烈的性别意识来构筑女性主体的努力，"在女人——这个空洞的能指，这扇供男人通过的空明的门中，填充了一个不是所指的实存，填补了一张真实的面孔，一个女人裸露的，也许并不美丽的面孔。"① 因此，在苏青的创作中，女性的"性爱"不再是"虚幻的、不可触摸的"，而是"现实的、真实可感的"；不再是"依附的、边缘的"，而是"独立的、中心的"。正如吴福辉先生所说："她擅长以一个女性的大胆笔触描写男女情事。这在中国是颇具魔力的。"② 从这种意义上说，苏青真正揭开了 20 世纪中国女性性意识觉醒的扉页。

可以说，苏青对于"女"与"性"的剖析与论述是有其合理的一面的，她触及了当时女性敏感而又封闭的内心，替女人说出了心里话，正如苏青自己所言："我敢说世界上没有一个女人不想永久学娼妇型的，但是结果不可能，只好变成母性型了。在无可奈何时，孩子是女人最后的安慰，也是最大的安慰。"③ 苏青既是女人但又不同于一般女人，母性情结是她作为一个女人的情感基点，而谈性论性又是她逾越当时"女"的界限的大胆之举。苏青将"女"与"性"较好地统一在自己身上，她一生都在平衡并实践这一准则，然而"女"与"性"的悖论却无时无刻不存在于她纠结的内心里。特别是在苏青生活的 20 世纪 40 年代，有人竟以此为靶子攻击苏青，给她套上了"性贩子"的帽子。苏青在《关于我——代序》一文中如此自述道：

丑诋我之文章为色情作品者，这也不仅小报界诸公如此说，就是

---

① 孟悦、戴锦华：《浮出历史地表》，河南人民出版社 1989 年版，第 227 页。
② 吴福辉：《且换一种眼光》，上海教育出版社 1998 年版，第 113 页。
③ 苏青：《谈女人》，《苏青文集》（下册），上海书店出版社 1994 年版，第 4 页。

《文汇报》三十四年九月六日创刊号也有这么一段："……至于色情读物，年来更见畅销，例如所谓女作家苏青和××，她们颇能在和平作家一致的支持下引起了上海人普遍的注意，其实她们的法宝只有一个：性的诱惑！"……我很奇怪自己的作品里面什么地方是含有"性的诱惑"的，找来找去找不到，……殊不知我的四本书里却是绝对没有这些警句，殊未便掠人之美，这是应该声明的。①

不可否认，苏青在其小说《续结婚十年》和散文《谈性》里表达过这样的观点，"……我怕生育，男女之间有性的安慰而没有生育的痛苦不是顶合理想吗？""性的迫切要求没有的，仿佛吃饭，不等到肚饥便进餐了，热烈当然差些，然而变态也少。"但笔者认为，苏青这样的表述还不足以够得上"色情作家""性贩子"的标准。性爱，作为个人出于对异性的爱慕而产生的强烈感情，作为个人对自己应有的美好和幸福的追求，是合乎人的天性、合乎道德的。苏青对性爱的表达是直率的，也是真实的。她把《论语》中的"饮食男女，人之大欲存焉"改为"饮食男，女人之大欲存焉"，表面上看似挪动了一个标点的位置，实质上却直言不讳地宣告了被男性中心社会所漠视却又被女人自己所羞于承认的、天然的"性的欲望"。

倍倍尔在《妇女和社会主义》中也这样论述过性的自然属性："在人的所有自然需要中，继饮食的需要之后，最强烈的就是性的需要了。……"② 这无疑给苏青的"饮食男女"之说提供了理论上的依据。深知苏青为人的实斋说，苏青"女人之大欲存焉"这样的话，反映的是她的直率、坦诚、老实和不作假。女性文学研究者谭正璧说，《蛾》是她对女性所受的"压抑做反抗"，为女性"争取属于人性的一部分情欲的自由"。因此，苏青所叙述的女性的性要求是正常人自然情欲的表现，没有堕落的性意识，没有肮脏的丑恶的情绪，更没有"性的诱惑""色情"的成分。如果刻意掩盖或隐藏人的自然情欲，反而会弄巧成拙。正如劳伦斯所指出的："色情并不一定是文学描写和表现了性，'色情就是企图侮辱性，玷污性。'一切对性怀着阴暗心理的回避和对女人贞洁美丽的虚假称颂才是真正的色情。"③

---

① 苏青：《关于我——代序》，《张爱玲与苏青》，安徽文艺出版社1994年版，第193页。
② 转引自刘慧英《走出男权传统的樊篱》，生活·读书·新知三联书店1996年版，第129页。
③ ［英］劳伦斯：《色情与淫秽》，《性与可爱——劳伦斯散文选》，姚暨荣译，花城出版社1988年版，第120页。

从女性民俗的视角看，苏青在一些人眼中所谓"性的诱惑"的表述充其量只能看作是一种女性"性俚俗"。性俚俗是体现人自身生产的一种民俗文化，性俚俗的文艺表现与艺术审美是这种文化复杂性与丰富性的凝练和升华。从古至今，不少封建帝王将相、才子佳人都将"性俚俗"渗透在自己的文艺创作中，如南唐后主李煜的《浣溪沙》，还有《金瓶梅》《红楼梦》等，这些作品"很多时候其表达的意蕴和所起的作用并不仅仅在'性'上面，它所传达和表明的是一种社会关系和人际交往的'平易'性和'平等'性，甚至体现的是'人性'的共通性"①。虽然文艺作品中的性俚俗有时候会有"启蒙"和"诱惑"性，但它毕竟能让帝王将相或普通民众的生活乃至生命状态产生一种"轻松感"。性俚俗对生命、两性、生殖进行礼赞或戏谑，因而也具有欣赏性、娱乐性和狂欢性的特点。相较文学史上的"性俚俗"创作，苏青由于受到"五四"启蒙之风影响充其量只是在女性性意识觉醒之路上迈出了可喜的"一小步"，其女性"性俚俗"自然没有像上述作品那样进行铺陈，苏青只是将自身的女性性体验巧妙地融入作品，在穿越"女"与"性"悖论的同时完成了女性人性的圆熟与升华。

三 女性民俗的接受美学意义

以往人们将文学作品的存在看作是先于读者接受的已然客体，作者是作品存在的根源，读者只是被动地接受作品。而姚斯关于接受美学的理论彻底改变了"读者"在文学活动中的地位和作用。笔者认为，从接受美学的角度去看待苏青作品中的女性民俗，这对于进一步认识其女性民俗存在的意义及美学价值有着不可低估的作用。

姚斯所谓"真正意义上的读者"是指接受美学意义上的读者，这种读者实质性地参与了作品的存在，甚至决定着作品的存在。不仅如此，姚斯还在胡塞尔和海德格尔"视域"的基础上进一步提出了读者的"期待视域"这一概念。在姚斯那里，"期待视域"主要指读者在阅读理解之前对作品显现方式的定向性期待，这种期待有一个相对确定的界域，此界域圈定了理解之可能的限度。姚斯还将"期待视域"概括为两大形态：其一是在既往的审美经验（对文学类型、形式、主题、风格和语言的审美经验）基础上形成的较为狭窄的文学期待视域；其二是在既往的生活经

---

① 朱希祥、李晓华：《中国文艺民俗审美》，上海文化出版社2009年版，第97页。

验（对社会历史人生的生活经验）基础上形成的更为广阔的生活期待视域。① 这两大视域相互交融构成具体阅读视域。姚斯关于"读者"与"期待视域"的论述亦能很好地阐释苏青作品在20世纪40年代的上海滩广受追捧的原因。

苏青的代表作《结婚十年》最早于1943年在《风雨谈》杂志上连载，读者反响强烈。次年，苏青自己经营的天地出版社出版发行了《结婚十年》单行本，一时成为沪上畅销书，再版达18版之多。《续结婚十年》也随后于1947年出版。那么，究竟是什么原因使得苏青这样一个平常的女子能立足于十里洋场而成为大红大紫的"名人"呢？笔者认为，正是苏青作品里的女性叙事叩响了当时沦陷区读者寂寥的心境，与沦陷区读者的"期待视域"刚好吻合，加之作家在作品中以其特有的"女性民俗"影响并感染了普通读者的内心，由此产生的读者与苏青之间的共鸣是强烈而持久的。

孔庆东认为，"沦陷区文学最重要的价值当推通俗小说的繁荣和进步"②。沦陷区通俗文学的兴盛，正是日本殖民当局的政策与沦陷区作家生存状态"契合"的结果。当时，日本殖民当局宣扬"把安慰和娱乐赠与"的政策，意在通过此使沦陷区民众理解他们的主张；而沦陷区作家在"王道"文化的统治下，对政治觉得实在无从谈起，而"遍地烽烟"的现状也使他们无心再谈"风月"之事，只好"在政治和风月以外，谈一点适合于永久人性的东西，谈一点有益于日常生活的东西"③。在这样的政治大环境下，作为一个女性市民作家，苏青便自然而然地把笔触伸向了叙写女性日常生活的通俗文学。而那部分具有女性特征的民俗更是以其独特的魅力吸引了女性市民的关注，并由此扩大到更广的范围。在文学创作论中，"作家"是主体，但文学活动不只是作家创作的活动，它还应包括文学读者进行阅读鉴赏的活动。只有经过读者阅读，作者创作的文本才能实现其价值。从这种意义上说，苏青选择女性民俗创作不仅是个人生活和时代环境的需要，更重要的是20世纪40年代的她已经认识到"读者"对一个作家作品生存的决定作用，这也是她赢得上海滩读者市场的秘诀所在。

苏青的作品里常常出现这样两类人物：一类是生活在石库门里的女

---

① 朱立元主编：《当代西方文艺理论》，华东师范大学出版社1997年版，第289页。
② 孔庆东：《超越雅俗——抗战时期的通俗小说》，北京大学出版社1998年版，第70页。
③ 《大众·发刊献辞》1942年11月。

性，有《牌桌旁的感想》里打麻将输牌的老太太，有《搬家》里市侩气十足的二房东，也有《组织里弄托儿所》里的作者自己的影子；另一类是在写字间或公寓里的女性，有爱慕虚荣的徐小姐，有三个孩子的杨书记，也有追求时髦雅兴的女士，与名贵脂粉、象牙打交道的贵小姐。而这两类人物正是当时上海滩两类读者——"石库门读者"和"写字间读者"的真实写照。"文学直接地是无功利的，但间接地或内在地却又隐伏着某种功利性"①。苏青之所以选择这两类人物作为她笔下描述的对象，看似是出于作者不经意的一种书写，实则是作者有意而为之的一种巧妙的安排。作家意在让女性读者从自己的作品中找到"自我"，感受她们熟悉而亲切的女性民俗，从而缩短作品与女性读者间的心理距离。这样，创作的功利性刺激着创作对象的"大众化"，世俗的审美趣味与女性读者的消费心理不谋而合。

姚斯将作品的理解过程看作是读者的"期待视域"对象化的过程，当一部作品与读者既有的期待视域吻合时，它立即将读者的期待视域对象化，使理解迅速完成。20世纪40年代的中国大地，正经历着近百年来最惊心动魄的巨变，惶惑、惊恐困扰着大批的市民阶层。就市民读者的审美心理和期待视域而言，战争一方面催发了他们对英雄的渴望与期待，另一方面也给他们带来了生存压力和生命威胁。苏青的《结婚十年》1944年初版，正值上海沦陷时期，小说无疑给了当时的市民读者以某种排解与安慰，能让他们暂时忘却战争的痛苦，回忆真实的日常生活。这也是《结婚十年》之所以在当时红极上海滩的根本原因。因此，在笔者看来，与其说是市民读者成就了苏青的民俗创作，使她一跃成为上海滩上与张爱玲"齐名"的畅销书作家，不如说是苏青作品里那些与女性息息相关的民俗内容恰到好处地调动了读者的口味，并满足了他们阅读的期待视域。苏青就是在读者与文本之间的游走中实现了期待视域的价值最大化，这在当时沦陷区的上海是十分难能可贵的。

姚斯在提出读者"期待视域"的同时，也十分注重作家、作品、读者三者之间的交流互动，而这种互动正是审美经验的一种调整。他说："期待视野与作品间的距离，熟识的先在审美经验与新作品的接受所需求的'视野的变化'之间的距离，决定着文学作品的艺术特征。"② 姚斯进

---

① 童庆炳：《文学理论教程》，高等教育出版社1998年版，第66页。
② [德] 姚斯：《接受美学与接受理论》，周宁、金元浦译，辽宁人民出版社1987年版，第31页。

而将审美愉悦及相关审美经验分为审美创造、审美感受、审美净化三个方面。由此我们看到，在苏青那里，从审美生产到审美接受再到审美交流，作家、作品、读者三者之间始终进行着审美经验的调整，而期待视野的变化又是与审美经验的变化息息相关的。

读者在阅读苏青作品后所产生的审美经验集中地体现在他们对作品中女性民俗的审美方面。继陶东风后，鲁枢元也十分看重并推崇"日常生活审美化"的美学原则。在他看来，"日常生活的审美化"是技术层面向艺术层面的过度，是精心操作向自由王国的迈进，是功利实用的劳作向本真澄明的生存之境的提升。[①] 而苏青在作品中传达出的正是这样一种"日常生活审美化"的情怀，通过女性民俗的日常书写传递给读者一种审美的体验与感受，在审美交流过程中读者内心也得到了相应的审美净化，这种"日常生活的审美化"正是由物质向精神升华的质的迈进。因此，读者在阅读由浓浓民俗包围着的《结婚十年》时，并没有民俗堆砌或审美粗俗之感，相反，鲜明的女性民俗审美形象时时冲击着读者的期待视野，读者在审美的愉悦与快感中完成了对文本的轻松阅读。苏青以女性民俗书写为突破口，较好地实践了日常生活的审美化原则，是现代文学女性作家中一道独特的风景线。

小结：本章从作品论的视角对江南女性民俗展演过程进行了品鉴与批评。具体结合郁达夫、柔石、苏青等书写女性民俗的作品进行深入细致的分析，以三部作品各具特色的女性民俗形象为切入口展开多维度的研究，即女性主义阅读的民俗解说、女性心理的民俗学审视、女性民俗的日常生活审美。人性的文化进化是以民俗为内核的，现代文学江南作家在其创作中对女性个体民俗化进程的文学观照，充分显示出民俗对女性形象塑造及挖掘人性深度的重要作用。从女性主义阅读的视角去剖析作品中女性作为"寡妇"的民俗身份，不仅达到了对男性视角进行颠覆性批判的目的，而且探索了以女性身体经验、心灵感受为基础的女性话语方式。这种通过考察作品中女性民俗身份进而挖掘内在人性的方法，对于揭示女性民俗审美的本质有着十分重要的意义。此外，将民俗学、心理学等学科方法融入传统的文学文本分析，我们则可以发现，"典妻婚"中的女性的民俗心理是丰富而复杂的，女性的民俗心理过程在女性人物的言行举止、神态表情中

---

① 鲁枢元：《评所谓"新的美学原则"的崛起——"审美日常生活化"的价值取向析疑》，《文艺争鸣》2004 年第 3 期。

得以充分、细腻的展现,读者在体验审美感受的同时也享受着更高层次的审美愉悦。因此,以民俗心理的视角去分析民俗活动中的女性,是文艺作品人物民俗审美的又一着力点。当然,女性作为日常生活的审美化对象,日常生活中那些触手可及的女性民俗也是不可忽视的重要组成部分,特别是当江南作家将他们的"诗性智慧"与"民俗情结"融入文学作品中的女性日常生活时,"女性民俗的日常生活审美"便凸显出了其应有的价值。对女性民俗的日常书写、内在悖论及接受美学意义的研究也透视出女性民俗的日常生活审美价值。

第四章　江南女性民俗的文学展演特质

在中国现代文学曲折壮阔的历史长河中,"乡土"与"都市"是一组既对立又和谐的主题,也是众多现代文学作家赖以栖息的心灵家园。正如吴福辉先生所言:"现代文学一个经久不衰的题旨,是令人梦徊萦想的乡土和兀立的喧嚣卑俗的都会。"① 可以想见,乡土和都市构成了中国现代文学的基本地理版图,也成就了现代文学作家的泥土情结和都市梦想。因为乡土,诸多现代文学作家摸索到了人类文化的一根连接母体的"脐带"。乡土是鲁迅《朝花夕拾》中永恒的童年,乡土是沈从文魂萦梦绕的茶峒边城,乡土是王鲁彦笔下熟悉的浙地民俗,乡土也是台静农《地之子》的慈母胸怀。可以说,是乡土让现代文学作家找到了创作的灵感和儿时的记忆库存。然而,在中国文学现代化的进程中,乡土的一头也连接着都市。因为都市,现代文学作家感受到了由消费文化所带来的现代气息和西方文明。这里有叶灵凤海派早期的都市诗情,有穆时英都市"新感觉派"的时尚激情,亦有张爱玲浮世悲欢的日常人生。当然,文学中的"乡土"与"都市"也并非是两个单纯的地理空间概念。有学者指出,它们不仅代表人类生活和工作的不同环境,同时还指向不同的文化空间、不同的生存方式和人生态度。②

基于对"乡土"与"都市"文学之关系的辩证认识,笔者认为,现代文学江南作家在这两重文化空间中塑造了许多城/乡女性形象,况且从民俗形成的城乡地域范围看也大致可分为乡村与都市两大块,③ 因此现代

---

① 吴福辉:《老中国土地上的新兴神话——海派小说都市主题研究》,王晓明主编:《二十世纪中国文学史论·下卷》,东方出版中心2003年版,第24页。
② 张岚:《本土视阈下的百年中国女性文学》,中国社科出版社2007年版,第136页。
③ 关于乡村与都市的分类,曲彦斌在《民俗语言学》(辽宁教育出版社1989年版,第239页)中指出,民俗学中以乡村或城市的习俗惯制为研究对象的科学,分别称为"乡村民俗学"或"都市民俗学"。

文学江南范畴内也相应地孕育了乡土女性民俗和都市女性民俗两种民俗形态。为此，本章拟借助"乡土""都市"两种话语体系，以文学本质论的视角对江南女性民俗的文学展演特质作不同空间的阐释与分析，并在此基础上对江南女性民俗的文学内部进行深入考察。

第一节　乡土女性民俗：精神家园的能指与所指

现代文学江南作家与地域文学的女性书写是值得关注的一个文学现象。中华民族悠久的农业文明传统使得农耕文化成为中国传统文人的文化话语重心，也使得乡土意识在现代文学江南作家创作中成为重要的精神指向与情感皈依。与此同时，民俗文化作为乡土意识的重要显现，也潜移默化地影响和左右着作家的创作思维。在笔者看来，作家在对江南乡村女性形象进行文学塑造及精神价值的挖掘时，均有意无意地采取了女性民俗的视角，这充分显示出现代文学江南作家强烈而明晰的乡土女性民俗意识。这种乡土女性民俗意识的形成及构建，对于我们进一步认识现代文学江南作家的创作特点有着重要的作用。

一　江南乡村女性之文学民俗群像

1. 婚姻礼俗的受害者

中国几千年的封建宗法制十分推崇家族血缘承续及宗族子嗣繁衍，而这一重要的使命是由神圣的男女婚姻来完成的。古人对"婚姻"的重要性向来有着深刻的认识，《礼记·昏义》曰："昏（婚）礼者，礼之本也。""婚礼者，将合二姓之好。"可见，婚姻从古至今在人们的日常生活中占据着十分重要的地位。婚姻礼俗则是婚姻礼仪和风俗的缔结物，礼仪是统治者制定的用以规范统治阶级内部的行为和等级，而风俗又把礼仪大众化、通俗化，礼仪与风俗在早期是合二为一的。在民间，人们习惯于按照礼仪与风俗的规范来缔结婚姻。值得注意的是，在人类漫长的历史发展过程中，婚姻经历了"群婚制—氏族婚—个体婚"等阶段，人类由蒙昧向进步的过程中势必会出现很多婚姻体制不完善甚至婚姻陋习恶俗现象。正是因为婚姻礼俗的日常性及重大性特点，使得具有现代启蒙意识的江南作家将抨击的目光集中在了描写婚姻的落后礼俗上，并进而展示作为婚姻礼俗受害者的女性个体意识。

在现代文学江南作家的文本里，抢婚、逼嫁婚、逃婚、冥婚、典妻婚、叔嫂婚、牌位婚等是触手可及的婚姻陋俗，在这些由陋习和恶俗交织而成的婚姻罗网中，女性只是行将窒息的"缀网劳蛛"，她们的命运被婚姻的魔爪捉弄和掌控着，其个体意识和生命价值基本处于被泯灭状态。鲁迅笔下的"祥林嫂"就是抢婚和逼嫁婚的牺牲品，已成为寡妇的女佣祥林嫂在鲁四老爷家附近的河埠头淘米时，被两个从白篷船里突然钻出来的男人连拖带抢地拖进船去，祥林嫂试图反抗却无能为力。这一"抢婚"习俗是由古代抢劫婚、掠夺婚演变而来的。据史料记载，古代的"抢寡妇"婚有三种情况，一是夫家纠合别人，把寡妇卖掉，由对方来抢去完婚。这是由于夫家人贪图钱财把寡妇卖与他人为妻，从而得到一笔彩礼；二是娶寡妇的男子家境贫困，花不起很多娶亲的钱，只好用抢的方式达到成婚的目的；三是强权者抢寡妇为妻。[1] 祥林嫂的情况基本属于第一、第二种，她被婆婆卖给贺家坳的穷困人家贺老六，并由贺老六组织人手来实施抢劫，无疑是这种"抢寡妇"婚陋俗的沿袭。然而，祥林嫂婚姻的悲剧还不止于"抢婚"，另一种婚姻陋俗"逼嫁婚"更是沉重地打击和折磨着她的精神。祥林嫂在被抢婚的路上，一路号哭大骂，抬到贺家坳时喉咙已经全哑了。拉出轿来，几个大男人使劲地按住她还拜不成天地。祥林嫂绝望地反抗着，并趁人不备时一头撞在香案角上，留下一个鲜血直流的大窟窿。"抢婚"和"逼嫁婚"如同两个沉重的镣铐，把祥林嫂一个手无寸铁的寡妇死死地定格在了历史的十字架上。祥林嫂是这一婚姻陋俗的典型的"牺牲品"，当时的中国社会像祥林嫂一样被"抢婚"和"逼嫁婚"摧残得身心憔悴的妇女不在少数，在婚姻中这些女性简直无地位和价值可言。

"买卖婚"则是一种更加畸形的婚姻形式，早在春秋时期就已经存在。《仪礼》中规定婚姻必须行"六礼"后才能确定，清末明初学者刘师培说："俪皮之礼，即买卖妇女之俗也。后世婚姻行纳采、纳吉、问名、纳征、请期、亲迎六礼；纳采、纳吉皆奠雁，而纳征则用玄𫄸束帛，所以沿买卖妇女之俗也。"[2] 可见，买卖婚是中国后世婚姻六礼的"源头"，对中国传统婚姻制度产生着十分重要的影响。关于买卖婚的产生及实质，美国学者威尔·杜兰指出："随着财产制度的兴起，要给女子的父亲丰富的物品或一笔金钱都比较方便，因而不要去服侍外族或冒因抢婚所引起的暴力争执的危险，故在初期的社会里依买卖与父母安排下的婚姻，便成了一

---

[1] 顾久幸：《长江流域的婚俗》，湖北教育出版社 2005 年版，第 193 页。
[2] 《中国历史教科书》，台北华世出版社影印 1975 年版。

种惯例。"① 世界各地早期流行的买卖婚姻制都是以"金钱"或"物品"为基础的。"典妻婚"则是由中国封建买卖婚姻民俗演变而来,是买卖婚派生出来的一种临时性的婚姻形式。现代文学江南作家对于"典妻"陋俗的书写是十分有力的,柔石的《为奴隶的母亲》、许杰的《赌徒吉顺》以及台静农的《蚯蚓们》均是批判"典妻"陋俗的优秀作品,这三部作品中提到的春宝娘、吉顺的妻子、李小的妻子均是典妻婚或买卖婚的直接受害者。无论是黄胖出于生活所迫把春宝娘典给秀才、吉顺沾染赌博恶习把妻子典给邑绅作为他们生儿育女的工具,还是李小遭遇荒年立字据将妻子卖给赵一贵的无奈之举,均深深地透露出买卖婚背后的荒谬与惨无人道。《元典章》云:"吴越之风,典妻雇子与俗久矣,前代未尝禁也。"无独有偶,徐珂的《清稗类钞》亦云:"浙江宁、绍、台各属,常有典妻之风。"② 这就充分说明了典妻习俗在江南一带盛行已久,也是江南作家为何如此关注典妻陋俗的主要原因。

与"典妻"婚俗相对的是"招夫"习俗③。据史料记载,招夫的家庭有两种情况,一是女子的丈夫已死,女子在婆家招一夫进门,承担亡夫家的门楣;二是女子的丈夫并未死亡,而是失去了劳动能力,成为废人,因此女子再招一夫进门,承担起夫家的所有责任,包括养女子的前夫,但前提是女子与前夫已经没有夫妻关系,当然也有的地方女子与前夫仍然保持着夫妻关系,这种情况比较少见。④ 现代文学中,祖籍福建的作家许地山在其小说《春桃》中就塑造了这样一位勇于招夫、不避世俗偏见的女子"春桃"的形象。当春桃面对自己原先的丈夫李茂时,她毅然把现在的"伙计"刘向高介绍给他,而且十分坦然地处理三者之间的关系,这显然是受到了民间"招夫"习俗的影响。春桃原先的男人李茂并未死亡,但却成了残废,已失去了基本的劳动能力,在春桃眼里,李茂只是一个"名义上的丈夫"。为了养活丈夫,春桃便招勤劳善良的刘向高为夫,而现在的刘向高负有责任心,能承担起家里的责任,虽未拜堂成亲,但他实际上已成了春桃"事实上的丈夫"。《春桃》这部作品就是通过对"招

---

① [美]威尔·杜兰:《世界文明史·东方的遗产》第一卷,东方出版社1999年版,第51页。
② 徐珂编撰:《清稗类钞》,中华书局2010年版。
③ "招夫"与"招赘"不一样,招赘是母系制观念的反映,而招夫习俗实际上是父权制的产物。主要区别在于女子的身份不同,招夫的女子不是未婚之女,而是死了丈夫的寡妇;而招赘的女子一般都是未婚女子。
④ 参见顾久幸《长江流域的婚俗》,湖北教育出版社2005年版,第257页。

夫"习俗的叙写刻画了一个鲜明的女性形象，使我们得以拨开习俗的面纱感受到"春桃"这位善良、能干、脱俗的现代文学经典女性形象。

　　至于冥婚与牌位婚，则更是一种变异的婚姻礼俗。"冥婚"在民间俗称"阴婚""阴配""阴亲"等，顾名思义就是结婚双方的男女均已早逝，未有聘娶，生人为其立良媒，在阴间成婚。浙江宁波籍作家王鲁彦在《菊英的出嫁》中生动地展示了这一冥婚习俗，菊英娘为自己早逝的女儿配了一门阴亲，并为其准备了丰厚的嫁妆，送婚的队伍好比宁波姑娘出嫁时的"十里红妆"。这场冥婚办得十分阔绰，而菊英的爹和娘，一个漂洋过海在外面经商，一个千辛万苦在家工作，他们的钱财来之不易，然而为了死去女儿的婚嫁，他们出手大方却心安理得。菊英娘为这场"冥婚"准备得越是周全，就越显示出这种婚姻陋俗对当地妇女精神、思想的侵蚀与伤害。"牌位婚"就是将女子嫁给已经去世的未婚夫的木头牌位的婚俗。当时受"父母之命，媒妁之言"的影响，男女双方的家庭订立婚约后，即使男方早逝，按照宗族继承制度，女方家庭也要被迫将女儿嫁给其未婚夫的木头牌位，从而使女子失去一生的婚姻幸福并彻底落入封建宗法制的桎梏。吴组缃在《菉竹山房》里讲述了二姑姑年轻时与一位读书少年两情相悦，后来少年不幸翻船身亡，二姑姑自缢未成却抱着灵牌做了少年家的"新娘"。而抱牌位成亲的最终结果是使二姑姑成了一个诡秘变态的可悲人物。施蛰存先生的小说《春阳》里也描绘了这样一位受牌位婚束缚的婵阿姨的形象，小说特别将其在非正常婚姻形式下的非正常的女性心理刻画得细致入微，并深刻地揭示了牌位婚给女性婚姻带来的灭绝性的灾难。

　　收房婚也称为"转房婚"，转房婚的习俗具体分为"收继婚""转亲婚""叔嫂婚"等形式。所谓"转房婚"就是兄死、嫂不能外嫁，弟可以娶自己的嫂子为妻；弟死，兄也可以娶自己的弟媳为妻。这种婚俗在民俗学上称为"寡妇内嫁制"。[①] 转房婚的习俗在我国历史上出现较早，而且在各个民族中都存在。虽然转房婚也是一种非正常的婚姻形式，但于女性来说也算是一种希望的寄托，因为新中国成立前的女性尤其是乡村女性选择婚姻的自由度非常有限。在皖籍作家台静农的《拜堂》里就讲述了一桩"叔嫂婚"。汪大嫂因为死了丈夫，按照当地的习俗就转房给了丈夫的弟弟汪二做媳妇，为避开世俗偏见，他们特意选了一个良辰吉日的夜晚举行拜堂仪式，并循俗找了田大娘和赵二嫂做见证人。小说写得细腻而富有

---

① 顾久幸：《长江流域的婚俗》，湖北教育出版社2005年版，第202页。

韵味，将拜堂仪式的渐次推进与婚姻当事人的情感起伏有机地融会在一起，人物内心的矛盾纠结与酸甜苦涩被较好地展示与烘托出来。台静农特意选择了在当时民间十分流行的"转房婚"题材进行文学的叙写，这是十分有见地的。笔者认为，转房婚的流行主要出于以下几个原因：第一，出于经济方面的考虑。转房婚在早期时，夫家常把女子本身视为家庭的财产，况且寡妇再嫁时也会带走家中的财产，因此为避免家庭财产的外流，所以不能让寡妇外嫁。第二，出于子嗣方面的考虑。夫家往往把女子看作是传宗接代繁衍后代的工具，因此为家族兴旺，寡妇一般也不会轻易外嫁。第三，出于家庭条件的考虑。一些地处偏僻地区的家庭生活十分贫困，男子无力娶亲，因此他们会十分珍视并利用进门女子的价值，兄弟间转房为他们省下一大笔娶亲费用。正是基于上述三方面的原因，转房婚也得以在民间流行开来。除了台静农《拜堂》里所展示的"转房婚"外，其他还有浙江绍兴作家许钦文的《难兄难弟》也提到了类似的婚俗，小说中病重的兄长有金把家庭的重担托付给弟弟，希望弟弟与嫂子"并拢"。在叔嫂完婚之时，亲朋好友习以为常、司空见惯，因为叔嫂并拢在绍兴的一些农村是常事。

2. 生育礼俗的体验者

人类最伟大的创造莫过于生命的创造，而这种孕育生命、创造生命的责任便自然而然地落在了女人身上。在传统的男权社会中，虽然男人只是把女人当作延续自己的姓氏、财富、血缘、生命的工具纳入父权家庭，但是女人在孕育、诞生、哺乳、喂养这一系列的生育礼俗中却扮演了一个十分重要的角色。正因为如此，许多现代文学江南作家把作为生育礼俗体验者的女人纳入了他们的创作视野，并借助于女人对生育礼俗的独一无二的体验来表现女性、表现人生。

苏青《结婚十年》中用了大量的笔墨书写女主人公"苏怀青"经历了怀孕、催生、临盆、坐月子、弥月等生育习俗。由于受"传宗接代"观念的影响，民间对产妇生男还是生女的预卜十分看重。《结婚十年》中苏怀青的婆婆凭着自己的经验及宁波当地的生育习俗，认为苏怀青肚子完全凸显在前面，猜测一定生男孩，因为宁波地方上有"小子撑肚脐眼，丫头只摸腰"的说法。其实，这种预卜生男生女的信仰由来已久，《小雅·斯干》里认为梦兆可以预知婴儿性别，梦见黑熊是生子之兆，梦见虺蛇便是生女之兆。在东南地区以烧纸占卜婴儿性别，如《杭俗遗风》中曾有"三朝烧太均纸，如鸡嘴闭者下胎男，如嘴开者则女嬉矣，其效极验"的文字记载。各地居民在日常生活中也可占卜今后生育儿女情形，如妇女走路,先迈左脚进门槛,下胎生男;先迈右脚入门槛,下胎生女。① 这种预卜男女的风俗给产妇带来极大的精神压力,倘若产下的是一女孩,"传宗接代"的观念势必会给产妇的身心以沉重的打击。小说《结婚十年》中的苏怀青就是在预卜前后公婆态度的截然不同中感受到人情冷暖,并进而对自己的婚姻失去了信心。此外,小说中还写到"满月礼""乌鼻头官看外婆"等宁波地方习俗。旧时宁波的"满月礼"是十分讲究的,主人家办酒席请客,亲友送满月酒礼物,特别是婴孩的外婆要准备很体面的满月礼。小说中还写到苏怀青在满月后抱着孩子去见自己的母亲,并循俗在孩子的鼻尖上搽了一大瓣墨迹,宁波地方谓此旧俗"乌鼻头官看外婆"。有了地方民俗的烘托与参与,小说因此读起来特别富有生活气息,女主人公的形象也在生育礼俗的映衬下更加生动而富有光彩。

中国的民间信仰认为,小儿自呱呱落地始,就有很多的难关,因此为了确保幼儿健康平安成长,在民间就形成了一整套幼儿礼。比较重要的幼儿礼有洗三、十二天、命名、三腊、满月、祈神、认亲、周晬等。② 然而,由于受中国几千年封建传统"男尊女卑"观念的影响,女婴在成长过程中不仅得不到这些基本仪礼的保障,反而还会处处受到溺婴、弃婴恶俗的侵扰。《为奴隶的母亲》中春宝娘就亲眼目睹了丈夫黄胖将刚出生的女儿投入沸水溺死的场面。"她看见她底丈夫,这个凶狠的男子,飞红着脸,提了一桶沸水到女婴的旁边。……用他的粗暴的两手捧起来,如屠户捧将杀的小羊一般,扑通,投下在沸水里了!"③ 台静农的小说《弃婴》中也描绘了女婴被弃后的凄惨场景:"那紫红的脸,胎毛黑黑的小人儿,在旷野上,对了狂风暴雨狐狐地哭;虽然狂风暴雨能够塞着那哭声,但是那小小的身体充满了新生命的力,犹作强横的挣扎。"④ 弃婴、溺婴的习俗由来已久,清代无锡绅士余治在《得一录》中就收录了大量有关溺婴的文献资料。从文献资料中我们可以看到,清代江南溺婴现象已成为一个严重的社会问题,主要表现为被溺婴孩数量大,溺婴手段残忍,乡村多于城市。有学者指出,溺婴具体原因存在阶层差异:贫困家庭溺婴主要由于

---

① 邢莉主编:《中国女性民俗文化》,中国档案出版社1995年版,第186页。
② 同上书,第197页。
③ 柔石:《为奴隶的母亲》,钱谷融主编:《中国现代文学作品选》(上卷),华东师范大学出版社1989年版,第291—292页。
④ 台静农:《弃婴》,中国现代文学馆编:《台静农代表作》,华夏出版社2009年版。

缺乏财力；溺女家庭主要是受奁费高、遣嫁难和重男轻女观念的影响。①溺婴习俗让女性随时可能从这个世界上消失，社会习俗对她们的无视与随意充分地表明：女性是溺婴恶俗的最直接的"牺牲品"。

在养育儿女的过程中，农村里一些经济不富裕但又生女过多的人家，怕女儿长大后置办不起嫁妆而有意贴钱将女儿送人做童养媳；也有的因家贫，料想以后儿子成人无力娶妻，或因儿子有残疾难以讨到老婆而领养童养媳。童养媳都有明确的丈夫，长大成婚俗称"并铺""合枕"。童养媳虽是丈夫人家未来的媳妇，但却没有媳妇的尊严与地位，她们常常承担着夫家的粗活重活，任人差遣、任人打骂，有的甚至生死难料。苏州籍作家叶圣陶在小说《阿凤》中就讲述了这样一个任人打骂的童养媳阿凤的故事。12 岁的阿凤是佣妇杨家娘的童养媳，阿凤跟着"婆婆"杨家娘一起服侍主人，阿凤的任务是汲水、买零星东西、抱主人 5 岁的女孩子。但即便是做佣妇的杨家娘也从不心软，对阿凤动辄打骂，阿凤是杨家娘诅咒、发泄的对象。然而对于杨家娘的狂蛮，阿凤却表现得异常坚忍、顽强，她早已将"诅咒""手掌""劳苦"抛之脑后，而她内心却充满着"爱""生趣"和"愉快"。艾青笔下的大堰河也是童养媳出身，她忍辱负重，不但含辛茹苦地做着"我"的奶妈，而且还用血汗养活她的家人。民国时期浙江的大部分地区都存有童养媳的习俗，笔者在浙江宁波、金华一带进行田野调查时，就亲耳聆听了一些关于"童养媳"的故事。宁波奉化一位 72 岁的毛姓妇女，11 岁时因为家庭生活拮据就作为童养媳被当地一个富农家庭领养，而她的身价只相当于一个爆米花机。在夫家，她任人使唤，后又被夫家人带到外地，由于富农的儿子比她年长七八岁，后来渐渐地嫌弃了这个童养媳身份的"妻子"，她也因此"幸运"地离开了夫家。后与另一位男子结婚，育有三子，至今生活幸福。② 流传在金华一带的一首《童养媳》民歌这样唱道：童养媳，吃饭汤，饿得肚里叽里呱，偷碗白米熬粥汤。公看见，公来打，婆看见，婆来骂，丈夫看见抓头发，姑娘（小姑）看见叽叽喳。白天干活到半夜，半夜还要磨三箩麦。③ 英国

---

① 参见刘昶《清代江南的溺婴问题：以余治〈得一录〉为中心》，《苏州科技学院学报》（社会科学版）2008 年第 2 期。
② 根据笔者 2010 年 11 月 15 日在浙江奉化溪口镇岩头村采访所得。岩头村是蒋介石原配夫人毛福梅的故乡，2006 年岩头古村被列为"浙江省第三批历史文化名村"，2012 年入选首批"中国传统村落"，该村村民几乎是清一色的毛姓。
③ 根据笔者 2011 年 4 月 26 日在浙江金华采风所得。

著名的人类学家马林诺夫斯基认为,安全和繁荣是文化赋予人类其他自由的基本前提。"繁荣程度的降低将会向整个社区及其成员证明,当安全和繁荣受到极权战争所带来的灾害的威胁时,整体的自由和每个个体的自由会受到多么直接的影响。"① 由人类的自由与文明我们联想到个体的人的自由与发展,童养媳生活在夫家这样一个没有安全感、没有温暖感的环境里,她的人性又何尝能得到真正的自由与释放呢?

3. 信仰民俗的传播者

何谓"信仰民俗"?钟敬文先生指出,这是在长期的历史发展过程中,在民众中自发产生的一套神灵崇拜观念、行为习惯和相应的仪式制度。② 一般来说,信仰民俗的内容主要包括灵魂、自然神、图腾、生育神、祖先神、行业神等。民间信仰不仅有特定的思想活动,还伴有行为方式,从事预知、祭祀、巫术等活动。这些信仰民俗之所以能在民众心里根深蒂固、代代相传,这得益于民俗事象的心意传播。有学者从民俗传播学的角度对心意民俗进行了一定的研究,认为广义上的心意传播是指人们在传播民俗文化的过程中对民俗事象的体会和理解。③ 笔者认为,心意传播内隐性、持续性、稳定性的特点,使得女性成为相对于男性而言的这一民俗的最合适的传播群体。因为传统女性长期深居家室,她们不像男人们常年外出,到处奔波,她们对当地本族的民俗真相、民俗传承是最了解不过的。因此,女性在信仰民俗的传承、扩布上常常起着主导性的作用,她们一方面是信仰民俗的传播者,另一方面也可能成为信仰民俗的直接接受者。传者与受者的关系,既是一般传播中的对等的交流协调关系,同时也受到超然世俗的意志和千百年来生成的习惯势力的制约。

古代吴越之地,巫风盛行。汉代的应劭在《风俗通义》中云:"会稽俗多淫祀,好卜筮,民一以牛祭,巫祝赋敛受谢,民畏其口,惧被祟,不敢拒逆,是以财尽于鬼神,产匮于祭祀。""巫"产生于蛮荒的原始时代,因为人类生产力的不发达及征服自然能力的卑弱,人类便主观想象出"巫"这种能沟通天地、人鬼关系的人,用原始巫术这种"超自然的力量"去影响控制外在的事物或环境。学术界认为,我国巫师起源于旧石器时代晚期,即母系氏族社会中期,最早的巫为女性。我国古代所称的"巫觋",其中的"巫"就是女性,"觋"就是男性。

---

① [英]马林诺夫斯基:《自由与文明》,张帆译,世界图书出版公司2009年版,第73页。
② 钟敬文主编:《民俗学概论》,上海文艺出版社1998年版,第187页。
③ 参见仲富兰《民俗传播学》,上海文化出版社2007年版,第99—100页。

《说文》云："巫，祝也，女能事无形以舞降神者也。"正是受到古代巫风的影响，近代的江南社会其民间生活中也处处留存着一些以巫代医、灵魂不死、超度亡灵等俗信，而这些俗信的传播者、操持者往往由江南女性亲自来担任。

对于江南一带巫术的迷信及民间"仙方""偏方"的文学记载，不同的作家笔下有着极其惊人的相似之处。鲁迅的《药》中记载了华老栓夫妇为救治儿子的痨病而去刑场买"人血馒头"这种民间药方。旧时民间迷信认为，人血可以医治肺痨（肺结核病），民间陋俗中有些残杀婴儿用其煲汤治病，也有的在处决犯人时向刽子手买蘸过人血的馒头治病。小说《药》中的华大妈用老荷叶包住那红的馒头，烤熟后让小栓吃下，其结果是小栓并没有因为吃下这"偏方"而好转，而是命丧九泉。同是绍兴作家的许钦文在《难兄难弟》中也提到有金嫂为救病重的丈夫托二十八太婆到方家庵去求天医菩萨，结果讨回的两杯"圣珓"还是一无所用。"圣珓"是一种吉兆的象征。"珓"是一种占卜之具，多以蚌壳或形似蚌壳的竹木为之，共两片。占卜时，投空掷于地，视其俯仰，以定吉凶。《老泪》中的彩云为病重的明霞去求菩萨，在求得上上签后以为不用就医，于是就放心地吃了些所谓"仙丹"的香灰，最后明霞还是悲惨地死去。王鲁彦《菊英的出嫁》中菊英娘看到中西医对菊英的喉病都没有见效，于是就在某一天带了香烛和香灰去庙里求"药"。新中国成立前，民间类似彩云、有金嫂、菊英娘的求药女性比比皆是，她们愚昧无知，互相效仿，将香灰供于菩萨前，求菩萨在冥冥中赐药于香灰上，带回让病人吞服；有的也找民间的巫师下药，将治病的希望寄托在巫术上，这种以神代医、以巫代医的观念在江南民间十分流行。对于这一点，笔者深有体会，1950年笔者的祖父得伤寒之时，祖母也因为相信民间的"仙方"而去宁波奉化榆林庙求拜"马夫菩萨"，并将求得的香灰给祖父当药吃，结果祖父一周后便不幸去世，年仅27岁。[①]

乡村妇女还有一种强烈的"灵魂不死"的观念，她们认为阴阳两个世界是相通的，人在阳界犯下的罪孽就会被带到阴界，因此她们常常以各种方式来弥补，以获得内心的平衡。祥林嫂（《祝福》）听信了柳妈的话，认为两个丈夫相继早逝是因为自己的罪孽深重，因此必须去土地庙捐一条

---

① 根据笔者2012年与家族长辈75岁的毛姓爷爷（1937年生，祖籍浙江奉化，现居上海）访谈所得。民间寺庙中的"马夫菩萨"牵着两匹大马，威风凛凛，传说他能驱妖斩邪，为此深受当地民众的崇拜。

门槛当自己的"替身",让千人踏万人跨,这样才能赎回这一世的罪名。菊英娘(《菊英的出嫁》)身在阳界,但时刻不忘在阴界的女儿,似乎阴阳两界是触手可及、随时可以沟通之处,并决意要把她的心肝女儿菊英从悲观的、绝望的、危险的地方拖到乐观的、希望的、平安的地方,以为这样灵魂便会快活起来。正是因为菊英娘有着这样一种"生命轮回、灵魂不死"的观念,才促使她用自己所有的积蓄为死去的女儿办了一场隆重的"婚礼"。彩云老太(《老泪》)听人说起"五百劫""火砖头"之类的话,就顿感自己罪孽深重,想到唯有到庙堂里去念六字经才能为自己赎罪。乡间妇女足不出户,不谙世事,对"神灵"的敬仰与膜拜,对"灵魂"的寄托与笃信也在情理之中。然而,灵魂最初的起源是由互渗的集体表象发展而来的。列维·布留尔在《原始思维》中指出:"最初,在原始人那里是没有灵魂的观念的。代替它的是关于共存着和交织着但还没有融合成真正唯一个体的清晰意识的一个或若干'互渗'的通常都有极大情感性的表象。部族、图腾、氏族的成员感到自己与其社会集体的神秘统一、与作为其图腾的那个动物或植物种的神秘统一、与梦魂的神秘统一、与丛林灵魂的神秘统一,等等。"[1] 以后,当这些风俗和仪式渐渐与时代格格不入而不再实施的时候,保留在风俗和神话中的这些互渗就变成了"多重灵魂"的形式。再后来,这些多重灵魂又结晶成一个单一的灵魂。这样,生命的本原和身体的灵魂之间就架构起了一种神秘的联系。从"集体表象"到"灵魂不死",这些都是女性内在的一种民俗信仰,也正是基于此,台静农《红灯》里"得银他娘"才会在七月十五鬼节用放河灯的形式为死去的儿子超度亡灵,得银他娘亲自制作红灯,小红灯顺着水势带走了纸钱锡箔、白衣马褂,也带走了得银他娘超度儿子亡灵的深深祈祷。

二 江南乡土女性民俗的文学特点

现代文学江南作家笔下缘何会出现上述一组组乡村女性民俗群像?这些乡村女性民俗形象又是在何种层面上折射并反映了作家的创作意图与创作特点?这些问题引领笔者展开了进一步的思考。

诸多现代文学江南作家与乡村有着密切的联系,对乡村充满了深厚而朴实的感情。他们从小生活在江南农村,吴越文化的乡土气息、农商传统是他们对文化的最初体验,在他们所生活的文化空间里也不乏民间民俗因

---

[1] [法]列维·布留尔:《原始思维》,丁由译,商务印书馆1981年版,第82—83页。

子的氤氲。更为重要的是，在他们成长的过程中，身边及周围的女性给了他们不可或缺的启蒙教育，这使他们与传统乡村女性有了最直接的接触，而这种接触正是现代文学江南作家们日后进行女性民俗题材创作的最直接动因与灵感来源。

江南地域范围内的现代文学作家身处吴越民俗文化圈，他们的所思所想难免会受到地域民俗文化的规约。即便成年后他们脱离了乡土，辗转到了繁华的大都市，但乡土依旧成为他们漂泊心灵的"栖居地"。一生多半时间居住于北京、上海等大都市的鲁迅对故乡绍兴的景物人事依然充满乡土眷恋，无论是鲁迅笔下的闰土、阿Q、祥林嫂等人物，还是其作品中出现的土谷祠、社戏台、咸亨酒店等地方，都深深地打上了故土的"印迹"。身居都市却心系乡土创作，无怪乎鲁迅的"乡土文学"被誉为乡村型都市里的"侨寓文学"。① 茅盾的小说创作中有许多是关于都市上海的题材，他曾指出上海的特点是"消费膨胀"，"消费和享乐是我们的都市文学的主要色调"。② 然而，茅盾的作品中也有着民间文学及乡土民俗气息的印痕，他昔日在家乡生活时十分留心家乡的讲唱文学、评弹、草台戏等，对家乡的养蚕习俗、丧葬习俗、民间巡会等也特别关注。中年时期的茅盾虽饱经忧患客居他乡，却依然对家乡"水乡"那特有的橹声保存着深刻的记忆，这种水乡特有的柔性品质也使茅盾的文学创作呈现出鲜明的内倾性，彰显了江南作家的柔性艺术风格。

20世纪40年代的苏青因为自传体小说《结婚十年》的成功面世而红遍整个上海滩，殊不知，《结婚十年》里不时流露出浙地民俗风情，苏青将她所熟知的故乡饮食民俗、婚姻习俗、心意民俗等巧妙地渗透到了文中，使读者在感受人物悲欢离合之情时也体验着民俗带来的美感与乐趣。在其散文集《浣锦集》里，苏青记录着家乡的风土人事，并借家乡"浣锦桥"之名来命名自己的散文集，足见其良苦用心。对此，苏青颇有感慨地说："因为我的书名叫做《浣锦集》，这便使我想起故乡，想起浣锦桥，想起家中的老母以及一切人们。"③ 其实，现代文学江南作家游走于江南的农村和都市之间进行题材的选择，并以乡土、民俗为基点进行文学创作的远不止鲁迅、茅盾、苏青三位作家，像许杰、许钦文、郑振铎、王

---

① 鲁迅：《〈中国新文学大系〉小说二集序》。
② 茅盾：《都市文学》，载1933年5月15日《申报月刊》第2卷第5期。
③ 苏青：《〈浣锦集〉再版自序》，于青等编：《苏青文集》（下册），上海书店出版社1994年版，第38页。

鲁彦、巴人、王西彦、台静农等都有着充满浓郁乡土民俗的作品。可见，传统的农耕文化滋养了现代作家的乡土意识和"根"文化情结，诚如费孝通所说："从基层上看去，中国社会是乡土性的。"① 因此，在"地缘—血缘—乡土性"的社会结构中，民俗往往都是这种结构形态的生动演示，具有启蒙意识的现代文学江南作家把急需"发现"和"启蒙"的女性作为民俗演绎的主体，因而在他们的笔下诞生了上述一组组江南乡村女性的民俗形象。

从文艺创作的主体意识来看，作家笔下的那一系列乡土女性民俗形象也融会着作家们主观的创作意图。因为艺术不是纯客观地表现对象，而是糅合了创作主体的主观情感，艺术形象历来就带着作家的主观色彩。吴中杰先生认为，创作的起点是主客观的契合，这种契合需要两方面的条件：首先，作为客体的生活材料需要具有审美价值；其次，这种客体的审美价值必须符合创作主体的审美情趣。② 由此可见，现代文学江南作家选择生活中的乡村女性作为其笔下文学作品的女主人公，并不是随意之举，而是有着审美鉴别的眼光，是一个将生活真实上升提炼到艺术真实的文学过程。由女性文学群像我们看到，现代文学江南作家对乡土女性民俗的理解是一种外在/内在、物质/精神的二元对立的关系。具体地说，通过外显的民俗仪式去完成女性形象的刻画，同时借助内隐的民俗意念去揭示女性的内在心理，我们试将这样一种互动的、呼应的关系称为"能指"与"所指"。③ 它在文学中的特点具体呈现于以下两方面：

1. 在民俗仪式中刻画女性形象

女性是民俗仪式的主要参与者，作为外显的、可见的民俗仪式，它为女性的出场提供了合适的场景。仪式是一个相对独立的符号表意系统，它通过某一个或一系列的表象或行为来表达某一特定的意义。最早的仪式是宗教仪式，宗教仪式的特点是"神圣性"。民俗仪式脱胎于宗教仪式，它虽然没有宗教仪式那样的"神圣"和"不可侵犯"，但也是表现着某些共同的价值和情感的认同，是特定民俗群体内约定俗成的惯例，也是集体无

---

① 费孝通：《乡土中国·生育制度》，北京大学出版社 1998 年版，第 6 页。
② 吴中杰：《文艺学导论》，复旦大学出版社 2002 年版，第 90 页。
③ "能指"和"所指"是索绪尔在谈论语言符号的性质时提出来的一对概念，分别指代音响形象和概念。能指和所指是语言符号的一体两面，不可分割。这对概念的提出既能表明它们彼此间的对立，又能表明它们与它们所属整体间的对立，这是一种典型的二元论。笔者认为，民俗在文学创作中也有类似的一体两面，本文借此说明乡土女性民俗在现代文学江南作家笔下所呈现的特点。

意识的一种外在表现。在现代文学江南作家那里，民俗仪式更多地集中在"放河灯、冲喜、捐门槛、求药、典妻、冥婚"等民俗活动里。在这些民俗仪式中，妇女抑或成为仪式的"直接受害者"，她们被放置在由强大的男权力量所预设的圈套内，等待她们的是那种如祥林嫂、春宝娘般的悲凄与落寞；抑或成为仪式的"积极操持者"，像菊英娘、得银娘那样，在看似忙碌充实的民俗仪式中完成对自我灵魂一次次的对话与洗礼。正是因为乡间所流行的民俗仪式在很大程度上体现出非同寻常的认同感和价值感，使得一代又一代的妇女身陷其中而并不觉得异常，这样的麻木感反过来又助长、推进了民俗仪式的传承与发展。民俗仪式以其"鲜明性、规约性、制度性"的特点区别于一般的日常生活，在现代文学创作中，江南作家于是便较为容易地找到了文学叙写的路子。他们以"民俗仪式"为突破口进行女性形象的塑造，将女性在特定民俗仪式场景中的特定言行举止进行定格扫描，从文学的意义上说，这是对"典型环境"中的"典型人物"的一种具体化、人性化的阐释。

　　文艺作品为了塑造好典型人物，对人物所处的典型环境的描述是十分重视的。茅盾对小说的环境就有着充分的认识："地，以及自然的或社会的周遭境界，即所谓'环境'。小说的环境，仿佛就等于戏曲的布景，绘画的配景，都是行使渲染，烘托的职务的。"[①] 可见，典型环境或文学场景的构建对于刻画典型人物是至关重要的。这种双向、互动的关系在现代文学江南作家的文本里表现得十分突出，在他们看来，典型环境就是文学意义上的"民俗仪式"。为了更好地刻画民俗场景中的女性，他们将具有鲜明地域特点的民俗仪式作为女性人物活动的场景，女性在仪式中的一言一行、一举一动都深深地印刻着自己性格的"痕迹"，是独特的"这一个"。

　　以台静农《红灯》中的"放河灯"民俗仪式为例，小说通过"放河灯前得银娘借钱→寒林里呼唤亡魂→亲手制作红灯→红灯顺势漂渡"这一系列独具民俗意味的程序，刻画了得银娘为超度儿子亡灵焦急、无奈而又虔诚的心情。20世纪30年代的皖西农村经济萧条，人们思想观念落后，像得银娘这样的农村妇女根本无经济来源，但她却有一颗虔诚的心，当时江南一带流行着鬼节"放河灯"的习俗，她深信此俗能为死去的儿

[①] 茅盾：《小说研究 ABC·环境》，吴福辉编：《二十世纪中国小说理论资料》（第三卷），北京大学出版社1997年版，第54—55页。

子超度。① "放河灯"风俗由来已久,明代田汝成《西湖游览志余》载:"七月十五日为中元节……放灯西湖及塔上、河中,谓之'照冥'。"南宋周密《武林旧事·中秋》:"此夕浙江(即钱塘江)放'一点红'羊皮小水灯数十万盏,浮满水面,灿如繁星。"② 当时已成孤孀的得银娘身无分文,但为了给儿子超度,她竭尽全力操办仪式。前前后后的准备都是为了最后能和众人一起聚集在河两岸完成放渡红灯的仪式,"得银的娘在她昏花的眼中,看见了得银是得了超渡,穿了大褂,很美丽的,被红灯引着,慢慢地随着红灯远了!"③ 古老而神秘的"放河灯"仪式在红灯的远漂中结束,得银娘的心愿也随着仪式的结束而得以了结。

倘若将皖籍作家台静农的《红灯》与浙籍作家王鲁彦的《菊英的出嫁》作一比较,则可以发现两者存在的不同:一是由于经济状况而引起的女主人公在准备民俗仪式上的态度的不同。20世纪30年代的中国农村虽然大都是凋敝萧条,但浙东农村相对于皖西农村情况稍好些。得银娘身处皖西,本来经济就落后,加之她丈夫早逝,这使她在筹备一些最起码的祭祀用品包括一个放河灯用的红灯时都有一种缺钱的无奈、尴尬与失落的情绪。而身处浙东的菊英娘虽也生活拮据,但她的丈夫毕竟还是一个漂洋过海在外经商的商人,因此家里有一定的经济基础,而这正是她为女儿举办隆重的冥婚仪式的"物质保障"。因此,菊英娘也就没有了得银娘的尴尬与失落,而更专注于民俗仪式的庄严与隆重。二是由于民俗仪式的场面大小而产生的女主人公主观心境的不同。得银娘为了糊一个小小的红灯,甚至有过"讨饭"的念头,当她无意中发现破墙上残落的红纸时,她"忽然心头一热,眼泪落下",但"又很快地将眼泪拭干,恐怕滴湿了这红纸"。为了找竹篾做灯骨,得银娘遭遇黄狗猛扑,此时"她那衰老的容颜,已惨白得没有人色",劈竹时刀又不慎落在左手食指上鲜血直流。当她糊好这红灯时,"她欢欣的痛楚的心好像惊异她竟完成了这种至大的工作"。得银娘落魄、寂寥的境遇已经使她无心关注红灯的大小、质量及一切细节,更不会去在意民俗场面的隆重与否。而菊英娘则不一样,她在给

---

① 据史料记载,"放河灯"又称"放水灯""照冥",每年农历七月十五日晚上,人们做灯放入水中,相传可为屈死冤魂引路。放灯时用一块木板钻孔,上面用竹篾编织各式各样灯笼,多数为莲花灯,含超度灵魂之意。天黑后,人们到水边或者划船到河中放灯,有多至千百盏的。灯中燃烛,放水面任其漂流。
② 参见陈勤建主编《中国风俗小辞典》,上海辞书出版社2008年版,第56—57页。
③ 台静农:《红灯》,中国现代文学馆编:《台静农代表作》,华夏出版社2009年版。

女儿准备嫁妆的过程中考虑得极其周到细致,大至良田、金银珠簪,小至各种日用品,她都打理得"不亦乐乎",而且"一切的事情都要经过她的考虑,她的点督,或亲自动手"。日夜的忙碌使她终究觉得有点疲倦,使她的身体反而比平时强健了数倍,更重要的是她心中非常地快活。菊英娘兴奋、充实的心情与得银娘落寞、寂寥的心境形成鲜明的反差,这反差自然来自民俗仪式的场面。

在笔者看来,民俗仪式的场面大小在很大程度上决定着民俗主体的心境,一个宏大、庄严的民俗仪式往往会唤起民俗主体的极大热情,民俗主体因为极尽所能而会暂时隐藏或掩饰自己的情绪;反之,简单、随意的民俗仪式因为没有程序和体制上的限制而更容易暴露出民俗主体的真实情绪,显示出民俗主体的真实心境。作家在对民俗仪式进行文学描摹时,自然也会注意到仪式中人物的外在表现与内在心境。菊英娘亲自操持冥婚的巨大场面和得银娘独自糊扎红灯的凄惨场景,以及各自在民俗仪式中所体现出的心境就较好地说明了这一点。

2. 在民俗意念中揭示女性内心

如果说民俗仪式是一种外显的、可见的形式,那么民俗意念就是一种潜藏在人们内心的无形的、内在的东西,表现为情感、态度上的一种稳定的倾向,它之所以能揭示女性的内心是因为民俗意念与民俗仪式是紧密相连、息息相关的,它们分别作为"所指"与"能指"共同作用于作为民俗主体的女性,因而从某种意义上说也是可感、可言的。有学者将民俗意念层次大致分为神异性形态、历史形态和日常形态。神异性形态是和这种民俗意念的来源、传播相关的神话、传说等相关;历史性形态指一种民俗中的历史积淀,这种历史积淀又主要指其中以艺文的方式传承与传播的民俗意念、民俗趣味,如民歌民谣、故事、文字等;日常性形态则是体现于日常的心理行为中的民俗意念。① 作为文学研究会成员之一的许地山,在其创作中就十分善于将神异性形态、历史性形态的民俗意念融入女性人物身上以揭示其内心思想。许地山的小说带有十分浓郁的宗教文化色彩,他诸多小说的女性主人公背后都潜隐着一个"妈祖"② 原型,像《缀网劳

---

① 赵顺宏:《社会转型期乡土小说论》,学林出版社2007年版,第62页。
② 相传妈祖是泉州府人,原名林默,生于宋代建隆元年(960)农历三月二十三日,民间又称林默娘。众多史书的记载凸显了"妈祖"的海神功能,如元人黄向《天妃庙送迎曲》载:"每春夏再起运,皇帝函香降祭,自执政大臣以下,盛服将事,合乐曲列舞队,牲号祝币,视岳渎有加焉。"参见邢莉主编《中国女性民俗文化》,中国档案出版社1995年版,第386页。

蛛》中的"尚洁",《春桃》中的"春桃",《商人妇》中的"惜官",《女儿心》中的"麟趾"等都有着妈祖般的慈悲为怀、乐善好施、通脱达观的佛家性情。历代皇帝尊崇妈祖,都给妈祖以封号,由妃而至天妃,由天后而至天上圣母。而民间对妈祖的崇拜与喜爱更胜一筹,天后宫每年正月、三月、五月均有庙会,清代在妈祖生日之时还增加了"出会""出巡散福"等活动。在东南沿海一带家家供奉妈祖,特别是航船出海前总要在妈祖神位前祷告,祈求神灵保佑。正是妈祖这样的民间故事感动和触动了具有深厚宗教信仰的许地山,因此,在他的小说中出现了一系列具有妈祖般慈悲情怀的女性。诚如杨义所指出的那样,许地山对民俗学、宗教学特别是对佛学的兴趣,以及"这种潜心研究之所得,不能不影响到他的谋篇立意和艺术想象"①。许地山正是将这样的妈祖民俗意念不露痕迹地植入他笔下女主人公的灵魂,因此就有了为受伤的小偷而包扎的仁慈淡定的"尚洁",甘愿照顾残疾丈夫的勤劳善良的"春桃",赴南洋寻夫却遭遇丧夫逃亡之痛的坚强通达的"惜官"……透过妈祖民俗意念,这些女性复杂而又丰富的内心思想被一一揭示出来,许地山对现实人生的深切体验和理想追求也由"妈祖"信仰上升到了一个更高的境界。

如果说许地山是将妈祖民俗意念与女性内心刻画结合得较好的一位作家,那么真正将神异性形态、历史性形态和日常性形态等三个层次的民俗意念综合起来进行文学构思的则要数一代"文学巨匠"茅盾了。新文学运动期间,茅盾受到英国人类学家安德路朗(Aidrew Lang)神话学的影响,对神话研究产生了浓厚的兴趣,也由此打开了由民俗学通向文学的路子。茅盾认为:"为要从头研究欧洲文学的发展,故而研究希腊的两大史诗;又因两大史诗即希腊神话之艺术化,故而又研究希腊神话。"② 可见,他充分认识到神话对研究希腊史诗、欧洲文学的重要性。茅盾也十分看重民谣的地位和作用,他曾言:"各民族的歌谣,其体制虽然不尽相同,可是基本特色大抵不外乎:质朴,刚健,有音乐性而又容易传唱。"③ 这样的民俗学意识无疑也影响到茅盾的乡土小说理论的建构,他相继提出的"地方色""时代精神""地方色彩"等文学理论概念都渗透着鲜明的民俗意识,如他对"地方色彩"作了如此界定:"地方色彩是一地方的自然

---

① 杨义:《许地山:由传奇到写实》,周俟松、杜汝森编:《许地山研究集》,南京大学出版社1989年版,第237页。

② 茅盾:《〈神话研究〉序》,百花文艺出版社1981年版,第1页。

③ 茅盾:《神话杂论》,上海世界书局1929年版。

背景与社会背景之'错综相',不但有特殊的色,并且有特殊的味。"① 茅盾这种由来已久的民俗观念对于其文学创作是颇有影响的。从民俗学的角度去看,笔者发现,茅盾的关于《春蚕》《秋收》《残冬》的"农村三部曲"其实十分重视对民俗的运用和描写,特别是其代表作《春蚕》更是一篇值得品鉴的民俗作品。作者将神异性形态、历史性形态和日常性形态等三个层次的民俗意念糅合在一起,通过蚕农对蚕事的不同民俗意念去刻画作品女性人物的内心思想。

首先,《春蚕》将蚕神崇拜与日常蚕事结合在一起。据光绪《桐乡县志》云:"男子务耕桑,服商贾;妇人勤纺织,工蚕缫。"桐乡一带几乎家家户户都以养蚕为业,也因此形成了独特的养蚕风俗,而其中"蚕神崇拜"无疑成了蚕农们最隆重的民俗活动。蚕神是主管蚕桑之神,晋代干宝《搜神记》中记载了这样一个故事,该神本为民女,为马皮裹身,悬于大树间,遂化为蚕。《荀子·赋篇》中记载:"此夫身女好而为马首。"② 民间称蚕神为"马头娘",亦称"蚕姑""蚕花娘娘"等。蚕神为女性的传说,以及桐乡日常蚕事基本由女性来参与的事实为蚕神崇拜的女性意义增添了一层神秘的色彩。《春蚕》中这种蚕神崇拜的民俗意念潜移默化地影响着蚕农们的言行举止。蚕农们将蚕蚁呼作"乌娘",当地还流行着"清明削口,看蚕娘娘拍手"的歌谣,妇女们在特殊时期戴蚕花祈祷"蚕花廿四分",这些日常的蚕事活动无不渗透着浓厚的"蚕神崇拜"的民俗观念。对神话有着强烈兴趣的茅盾将蚕花娘娘的神话传说与他所熟知的桐乡日常蚕事巧妙地结合起来,给这篇现实主义小说注入了神秘的色彩,同时也帮助读者扩大了阅读的想象空间。

其次,《春蚕》中也将蚕事期间的禁忌与荷花、六宝、四大娘等女性内心的刻画紧密联系在一起。"窝种"的事都是由蚕乡当地妇女来完成的,一般需要四五天蚕蚁就孵出来了。《春蚕》中生动地展示了四大娘窝种时紧张而又兴奋的心情。然而,"窝种"也是一个神秘庄严的时刻,此时往往学堂放假,官府停征,至亲好友不相往来,据桐乡的《濮院镇志》记载:"是月(四月)乡村家家闭户,以苇帘围绕屋外杜绝往来,官府停征,里闾庆吊皆罢。"③ 茅盾在《春蚕》中就记录了这一风俗,"现在这

---

① 茅盾:《小说研究 ABC·环境》,吴福辉编:《二十世纪中国小说理论资料》(第三卷),北京大学出版社 1997 年版。
② 邢莉主编:《中国女性民俗文化》,中国档案出版社 1995 年版,第 361 页。
③ 转引自钟桂松《茅盾与故乡》,四川文艺出版社 1991 年版,第 141 页。

村里家家都在'窝种'了。稻场上和小溪边顿时少了那些女人们的踪迹。"因为蚕事的禁忌,连平日最爱嬉戏、最爱打闹的六宝和荷花也暂时收敛了她们泼辣大胆、肆无忌惮的性格。而荷花家"窝种"的不成功则给作为女人的她套上了世俗的偏见,"她们家看了一张'布子',可是'出火'只称得二十斤",村民认为荷花家的蚕"出火"很差是因为她本人是"白虎星",这会给蚕事带来晦气和不幸,因此都千方百计地躲避她。"白虎"是被当地蚕农视作鬼邪、病毒一样的蚕祟,而民间骂女人"白虎星"则是对女性最恶毒的诅咒。为此,荷花摸黑跑到老通宝的蚕房去偷蚕宝宝,试图给他们带去晦气并以此报复。当荷花被阿多发现时,她终于说出了心里话:"我家自管蚕花不好,可并没害了谁,你们都是好的!你们怎么把我当作白老虎,远远地望见我就别转了脸?你们不把我当人看待!"① 这番话将荷花内心渴望得到尊重,女性渴望平等的想法和盘托出。世俗的观念将女性牢牢地锁定在一个被传统唾弃的角色类型中,而这种角色定位不仅削弱了女性在农事民俗中的地位,更是践踏和蹂躏了女性的人格与尊严。正是在这样的蚕事禁忌中女性内在的思想被深刻地揭示出来,这是十分具有现实意义的。

第二节 都市女性民俗:摩登舞台的日常展演

西方对都市的研究有着深厚的历史渊源,从伏尔泰到亚当·斯密再到费希特,都市研究始终与社会的文明、思想的启蒙联系在一起。美国都市研究专家西奥多·赫什伯格(Theodore Hershberg)在 20 世纪 70 年代指出:"都市作为过程应该被认为是在更大的城市系统内的环境、行为、集体经历三种基本要素相互作用的关系的动态形式。"② 这为我们研究都市中的"民俗""女性"提供了思考的维度。我们认为,"女性"是活跃在都市中的一个非常重要的群体,由女性活动所形成的相关"女性民俗"对都市产生着不可忽视的影响。"都市"为女性及其民俗的产生、形成提供了展演的舞台,"女性民俗"也因为都市的环境而更加富有内涵、富有创造力。

---

① 茅盾著,钟桂松文:《与茅盾养春蚕》,浙江文艺出版社 2004 年版,第 35 页。
② 孙逊主编:《都市文化研究》(第一辑),上海三联书店 2005 年版,第 36 页。

一 都市生活化的娱乐社交民俗

19世纪中叶,中国鸦片战争的爆发直接导致了西方列强和帝国主义统治,与此同时,西方现代都市生活也以惊人的速度开始了它在中国本土的畸形生长与发展。我们从一组数据①中可以看到,中国现代都市生活更多地受到西方城市文明在物质层面上的影响。"初则惊,继则异,再继则羡,后继则效"②是唐振常先生对上海这个都市接受西方现代性物质形式过程的精辟概括。由此可见,西方现代性的物质层面比它的"精神"层面更容易被中国人接纳。在都市消费文化的操控下,女性毫无疑问地成了男性欲望的对象,她们以妙龄女郎、艳装少妇的形象公然出现在《良友》画刊的封面,声色犬马的夜总会和舞厅是她们经常出入并赖以生存的场所。作为被观赏、被支配的对象,女性不知不觉地沦为现代都市物质文明的"牺牲品"。

然而,都市对于女性而言也是一把"双刃剑",其公共空间的确立从某种意义上也为女性的解放与发展提供了空间。城市化进程把女性从"闺房"中解救出来,她们摆脱旧时家庭缠足的束缚、婚约的限制,勇敢地闯入都市空间,以"追求男女平等、向往理想爱情"为努力目标,希冀在都市语境下寻求女性解放与发展的路子。然而,"都市"于女性来说毕竟是一个新兴的事物,在经历希望与失望的心路旅程后,女性对于都市的意义已不再显得如此单一,在现代文学海派小说家的笔下,都市女性的形象正向"多维、立体"的方向发展。吴福辉先生把海派小说家大致归纳为三类,并认为海派小说刚刚挣脱了乡土梦境,是具有另一种意义的都会文学。③因此,海派小说里出现的都市女性也是中西合璧、新旧错杂的

---

① 据史料记载,以下的现代都市生活设施传入上海租界的时间分别为:银行1848年,西式街道1856年,煤气灯1865年,电1882年,电话1881年,自来水1884年,汽车1901年和1908年的电车。参见唐振常《市民意识与上海社会》,《近代上海繁华录》,商务印书馆1993年版,第13页。

② 唐振常:《市民意识与上海社会》,《近代上海繁华录》,商务印书馆1993年版,第12页。

③ 参见吴福辉《老中国土地上的新兴神话——海派小说都市主题研究》,王晓明主编《二十世纪中国文学史论·下卷》,东方出版中心2003年版,第23页。三类海派小说家为:第一类,20年代末期以后从五四先锋文学分离出来走向都市大众读者的小说家,以张资平、叶灵凤、曾今可、曾虚白等为代表;第二类,30年代崛起的现代派作家,包括新感觉派,如刘呐鸥、穆时英、施蛰存等;第三类,40年代的洋场小说家及新市民小说家,如张爱玲、苏青、无名氏、周楞伽等。

具有丰富性格的个体。

　　有着浓厚民俗底色的上海都市环境为都市女性的活动提供了重要的场所。然而，上海都市民俗的形成也不是一蹴而就的。在两千多年的封建社会中，上海一直是中国大一统帝国中的"海隅蛮荒"之地，其政治、文化依附于吴越中心城市，特别是受到松江、苏州、嘉兴等城市的影响。在封建势力割据时期，北方一度兵荒马乱，而上海却因其军事、政治地位相对弱势而因此拥有了一个较为稳定的社会环境。大批商贾富豪、文人墨客聚集于此，他们演戏唱曲、喝茶听书、表演社火社乐，由此形成了许多颇有特色的早期文艺娱乐民俗。元代上海始立县治，建县以后至开埠以前的几百年中，上海地区的民俗形态逐渐由较为单一的"乡村模式"向"乡村、城市兼容型模式"转化，这也是上海都市民俗孕育、萌芽的重要阶段。王昌年在《大上海指南》中具体地展示了上海各发展阶段的民风习俗。① 由此可见，上海立县以后在向城镇转型过渡时期，"轻佻""侈靡"之风已渐渐在市民中形成，而以"追求享乐需求、寻求感官刺激"为宗旨的都市文艺娱乐民俗也由此兴盛繁荣起来。

　　1. 公共性的娱乐社交民俗

　　在上海文艺娱乐民俗都市化的过程中，女性作为一个特殊的群体见证并参与了这一娱乐民俗的发展与演变。"看戏唱曲"是都市女性群体中十分流行的一种娱乐民俗，她们常常以此为乐，消遣时光。随着上海开埠及都市化步伐的加快，上海都市戏曲逐渐显示出了其"规模宏大、行头齐全、排场奢华"的特点。此外，上海居民混杂、文化多元的特点也使得上海戏剧在门类、品种、剧目方面呈现出繁荣发达的局面，这些都为女性选择看戏听戏创造了更广阔的空间。以沪剧和越剧为例，这两种戏剧的主要听众是中下层市民，其中又以女性居多。女性之所以青睐于此，是因为沪剧和越剧的题材大都以"表现爱情理想、反映家庭生活"为主，而这恰恰迎合了对日常生活琐事感兴趣的都市妇女的口味。每当沪剧、越剧演出之际，上海滩上的富商家眷、有钱有势的阔太太们，还有那些工厂女

---

① 参见王昌年《大上海指南·风俗习惯》，东南文化服务社1947年版。书中云："上海故为镇时，风帆浪舶之上下，交广之途所自出，为征商计吏鼎甲华腴之区。镇升为县，人皆知教子乡书，江海湖乡，则倚鱼盐为业。工不出乡，商不越燕、齐、荆、楚。男女耕织，内外有事。田家妇女，亦助农作，镇市男子，亦晓女工。嘉靖癸丑，岛夷内讧，闾阎凋瘵，习俗一变。市井轻佻，十五为群，家无担石，华衣鲜履，桀诘者舞智告讦，或故杀其亲，以人命相倾陷。听者不察，素封立破。士族以侈靡争雄长，燕穷水陆，宇尽雕楼，臧获多至千指。厮养舆服，至陵轹士类，弊也极矣。"

工、学校女学生们都会纷纷踊跃前往看戏。捧场、献花、送礼,甚至做戏子们的"过房娘"①……都市女性在看戏听戏的娱乐民俗中表现出了极高的热情。与此同时,都市女性也对一些以说唱表演为主的曲艺形式如评弹、滑稽等十分感兴趣,这与旧时上海富家女眷上书场听书或听收音机说唱节目的习俗有关。在 20 世纪 40 年代海派小说家笔下,我们亦不难瞥见这些都市女性熟悉的身影,无论是张爱玲笔下的"白流苏"(《倾城之恋》)还是苏青笔下的"苏怀青"(《结婚十年》)都对上海戏文有着浓厚的眷恋情结。

值得注意的是,上海都市民俗"兼容并蓄、趋新善变、崇尚洋派"的特征也直接影响到上海文艺娱乐民俗的多元化、异域化倾向,特别是上海开埠以来许多具有外国文化特点的文艺娱乐方式,如交谊舞、卡拉OK、赛马、赛船等均纷纷涌入上海都市。而在这洋汁洋味的娱乐活动中,都市女性无疑又充当了一个特殊而重要的"角色"。20 世纪 30 年代的"新感觉派"小说家首先以敏锐的目光感知了这一由女性作为重要参与者的都市娱乐民俗。

蔚蓝的黄昏笼罩着全场,一只 Saxophone 正伸长了脖子,张着大嘴,呜呜地冲着他们嚷。当中那片光滑的地板上,飘动的裙子,飘动的袍角,精致的鞋跟,鞋跟,鞋跟,……独身者坐在角隅里拿黑咖啡刺激着自家儿的神经。②

这是穆时英在小说《上海的狐步舞》中的一个片段。毋庸置疑,在上海大都市昏暗朦胧、灯光摇曳的舞厅里,女性"飘动的裙子""飘动的袍角""精致的鞋跟""伸着的胳膊"以及"翡翠坠子拖到肩上"等都是构成都市夜生活诱惑风景线的重要元素。穆时英以一个"舞厅狂热者"的身份近距离地感知着那股混合在舞女身上的酒味、香水味,在华尔兹、狐步舞的节奏中感受着女人的心跳和都市的脉搏。在穆时英的另一篇小说

---

① "过房娘"即"干娘"。20 世纪三四十年代,越剧演员"拜过房娘"的风气盛行,凡"过房娘"必是越剧迷,以有闲有钱阶层的妇女为主,她们一旦当上"过房娘"便将干女儿视作私产,从而影响剧团正常运作。"过房娘"现象是畸形发展的越迷现象,集中代表落后观众的势力。

② 穆时英:《上海的狐步舞》,严家炎编选:《新感觉派小说选》(修订版),人民文学出版社1985 年版,第 148 页。

《黑牡丹》中,"我"也爱上了那个细腰肢高个儿的穿黑裙的舞娘,在"我"羡慕而渴求的目光里:"她舞着,从我前面过去,一次,两次……在蓝的灯下,那双纤细的黑缎高跟儿鞋,跟着音符飘动着,那么梦幻地,象是天边的一道彩虹下边飞着的乌鸦似地。"[1] 可以说,小说中的"我"融会着作家穆时英的影子。在实际生活中,穆时英就曾狂热地迷恋上了一个舞女,从上海追踪舞女到香港并最终娶了她,也因此在上海文坛制造了一段"爱情传奇"。其实,在当时的上海滩,像穆时英那样通过跳舞认识女性、结交女性并进而产生爱情的男性不在少数。于女性而言,"舞厅"已成为她们日常生活中重要的公共空间,而各式各样带着异域风情的交谊舞则成了女性用以交际、接触男性的重要方式。舞女作为"舞搭子"的功能使得舞厅孕育出了特有的女性娱乐习俗,根据红舞女、一般舞女和低级舞女等多种级别,相应地产生了"坐台子""转台子""开香槟""龙头"与"拖车""塞狗洞"[2] 等民俗。应该说,这种在男性欲望下形成的都市女性娱乐民俗除了有取悦、娱乐的功能外,也自然抹上了社交、礼仪的色彩。

"新感觉派"小说家对于都市女性娱乐民俗的描绘远远不止这些。刘呐鸥的短篇小说集《都市风景线》里的小说几乎都写到了上海都市女性活动、娱乐的熟悉的场所:像舞厅(探戈宫)、电影院、跑马场看台、永安百货公司、街铺和花店等。刘呐鸥在《两个时间的不感症者》里生动地写出了女人作为男人的"手杖"时刻出入于赛马场、吃茶店、马路百货店等休闲娱乐场所的生活,她们忙碌的身影一则显示出都市女性沉浸于这些都市娱乐民俗的快感,另外也从反面衬托出都市女性为这些娱乐民俗所累却又不得脱身、身陷其中的烦恼与痛苦。作为民俗主体的"女性"处于主动与被动相交融的地位,一方面她们是民俗活动的主动、积极的体

---

[1] 穆时英:《黑牡丹》,穆时英著,严家炎、李今编:《穆时英全集》,北京十月文艺出版社2008年版。

[2] 旧时在上海的舞厅里存在着以下一些习俗:舞客如果对某一舞女满意,跳完之后便可邀该舞女到自己的桌上来陪坐喝茶闲聊,这叫做"坐台子"。"坐台子"要另外付钱,并有一定的时间限制,过了时间,该舞女就要到其他客人桌上去陪客,这叫做"转台子"。如果舞客对舞女颇有好感,还可请其吃西餐和喝酒,这叫做"开香槟"。要是某位舞客与某位舞女相处已久,形成了较为固定的"舞搭子"关系,旧时上海滩上便称其为"龙头"(舞女)与"拖车"(舞客)。有些舞客还未能与舞女建立固定关系,然而又想讨好她,于是会用花手帕将钱包好,乘无人注意时暗暗塞入舞女的手心中,俗称"塞狗洞"。以上内容请参见蔡丰明《上海都市民俗》,学林出版社2001年版,第289—290页。

验者，另一方面相对于周围的人来说她们也处于被动、被欣赏的位置。小说《游戏》就关注了一个置于"被看"境地的"摩登女郎"的角色。"希腊式的鼻子""丰腻的嘴唇""高耸的胸脯""鳗鱼式的下节"① 是摩登女郎在她男同伴眼里的印象。《风景》中的女主角也以"过于成熟而破开了的石榴一样的神经质的嘴唇"② 吸引着看她的男性。在新感觉派小说家们的笔下，类似这样将女性作为"欲望对象"的描述还有很多，都市女性在"看"与"被看"的互动语境中已经不由自主地完成了娱乐异性、娱乐他人的过程。

然而，笔者也发现，当都市女性出现于不同的娱乐场合而成为"被欣赏"的对象时，其内心的感受也是复杂、多元的，这正如美国著名的民俗学专家阿兰·邓迪斯在研究"谄媚语"③ 对于拉丁美洲女性所产生的矛盾心理时所指出的那样：一方面，"在社会上希望被男人赞美"，她（指拉丁美洲女性，笔者注）欢迎那些诗意的和奉承的谄媚语；另一方面，她又被无礼的和贬损的谄媚语激怒。④ 拉丁美洲女性对男性谄媚语的那种矛盾情感是显而易见的，正是这样的矛盾心理使她们被钳制在对性压抑的理想要求——处女性和对性欲的渴望这一两难境地之中。现代都市中的女性也是如此，当她们处于民俗中心或主体地位时，既有因对都市娱乐民俗的追崇而产生的那种被异性欣赏的渴望与满足，同时又有面对纷繁的都市娱乐民俗所流露出来得那么一丝腻烦与不屑，如此复杂的内心情感构筑成了一群具有"现代气质"的都市女性。

陶思炎教授指出，民俗作为主客体联系的中介，在人与自然世界、人与他人社会、人与自我精神的相互关系中发挥着工具的或武器的作用。都市民俗就性质而言，也是一种工具，它在把都市人联结成一个市民整体的同时，调节着市民与都市的关系，并把市民的生活引向一个合理而有序的秩序之中。⑤ 由都市民俗功能的这一基本论述我们看到，都市女性的娱乐

---

① 刘呐鸥：《游戏》，刘呐鸥著，陈子善编：《都市风景线——世纪文存摩登文本》，浙江文艺出版社2004年版。

② 刘呐鸥：《风景》，刘呐鸥著，陈子善编：《都市风景线——世纪文存摩登文本》，浙江文艺出版社2004年版。

③ [美] 阿兰·邓迪斯在《谄媚语及女性在西班牙语世界中的二元形象》一文中认为，谄媚语表达了男性对女性特点所持的集体幻想，可分为赞美的谄媚语和诋毁的谄媚语。

④ [美] 阿兰·邓迪斯：《谄媚语及女性在西班牙语世界中的二元形象》，阿兰·邓迪斯著，户晓辉编译：《民俗解析》，广西师范大学出版社2005年版，第112页。

⑤ 陶思炎：《中国都市民俗学》，东南大学出版社2004年版，第184—185页。

社交民俗也具有联结女性与男性、维系市民与都市关系的功能。都市女性所参与的娱乐活动诸如看戏、跳舞、打麻将等也是女性涉足社会、与人打交道的过程，因而也可以被视作是一种女性社交民俗的形式。在20世纪30年代上海这个狂欢诱惑而又开放现代的都市社会里，都市女性的社交活动与娱乐活动基本呈相互交叉融合状态，不分彼此，女性在娱乐的快感中尽显社交的技巧与魅力。张爱玲小说《色·戒》的开头就展示了一组"有声有色"的打麻将镜头。30年代的上海，打麻将是有钱太太们不可或缺的消遣和交际活动，女主角王佳芝就是借打麻将和易太太建立关系，从而混进易家接近易先生，而王佳芝色诱易先生的第一步也是由"打麻将"开始的。阔太太们一边搓牌一边谈笑风生，看似在谈无关痛痒的话题，然而每个人那凌厉的眼神和多变的表情却在暗自较劲。"打麻将"是中国传统的民间娱乐活动，因其牌式变化多端、搭配组合灵活而成为中国历史上一种最能吸引人的博戏形式。这种活动比较随便自由，故深得都市妇女们的喜爱。陈伯熙《上海风土杂记》中云："上海妇女大部分优游不事家计，不知织纴，不问女红，晨昏颠倒，宴午始作朝起……非出外游乐，即在家打牌，通宵达旦。"① 深谙中国传统文化的张爱玲将这一日常民俗活动信手拈来并精心搭建成一个明争暗斗、步步为营的女人们的"名利场"，女主角王佳芝那充满"智慧"与"诱惑"的一招一式也在这"打麻将"的习俗中得以淋漓尽致地展现。

2. 私密性的娱乐社交民俗

如果说《色·戒》里的王佳芝作为女人出卖色相以娱男性是出于"革命的事业"，那么在20世纪30年代上海都市暗角里那些卖淫女或妓女则更多的是出于"生活的目的"，她们是都市女性娱乐、社交民俗中的一朵朵"恶之花"。相对于看戏、跳舞、打麻将这些公共性的女性娱乐社交民俗，都市女性中的特殊群体——"妓女"所进行的娱乐社交民俗可谓是相对隐蔽、私密的。"桃色的眼、湖色的眼、清色的眼，眼的光轮里展开了都市的风土画：站立在暗角里的卖淫女，在街心用鼠眼注视着每一个着窄袍的青年的，性欲错乱狂的，梧桐树似的印度巡捕，逼紧了嗓子模仿着少女的声音唱《十八摸》的，披散着一头白发的老丐；……"② 这是穆时英在《上海的狐步舞》中展现的都市人物画卷。无独有偶，穆时英在30年代的上海街头捕捉到的这些人群在法国现代派诗人波德莱尔的笔

---

① 陈伯熙：《上海风土杂记》，上海信托股份有限公司编辑部，1932年，第49页。
② 穆时英：《上海的狐步舞》，中国文联出版公司1998年版，第159—160页。

下也出现了。波德莱尔在1857年完成的诗作《恶之花》中描写了大城市巴黎的丑恶现象,特别关注了被社会抛弃的穷人、盲人、妓女等下层人民,尤其对于"妓女"有自己独特的审美理解:"这种人,对大多数男子来说,是最强烈,甚至最持久的快乐的源泉……这种人是一头美丽的野兽,她身上产生出最刺激神经的快乐和最深刻的痛苦;……那是一种偶像,可能是愚蠢的,但是炫目、迷人,使命运和意志都悬在她的面前。"①波德莱尔和穆时英作为都市独特风景的敏锐的"观察者",对都市中的妓女这一群体有着特殊的认识。其实,不管是巴黎还是上海,抑或其他新兴的大都市,妓女、乞丐和文人始终成为街道上三个经典的形象。对于"妓女",汪民安也有独特的见解:"她们袜子里面的钱,既像乞丐不离手的饭碗,也像文人书籍底部的脚注。街道的这三个相关联的经典形象,一直刻写在大城市街道的历史上,无论是19世纪的巴黎,还是20世纪30年代的上海,以及今天的北京和纽约。"②

由此看来,不管是在作家的文本里,还是在现实的都市社会里,"妓女"都是一个无可回避的名词。都市化进程给上海带来了高度文明,但同时也给上海带来了一些陋风恶俗。开埠后的上海简直成了一个放荡纵情、狎妓成风的风流渊薮,这给都市女性带来了负面影响,也是都市女性娱乐社交民俗中一朵罪恶的"奇葩"。据1915年《中华新报》上一份调查资料记载,当时上海仅公共租界内的公开娼妓就有9791人。(公共租界内的总人口数为68万人,其中青壮年妇女约10万人,这也就是说,每十几个青壮年妇女中就有一个是娼妓,这还不包括法租界、华界中以及各种暗娼的人数)③ 按照不同的经营方式及特点,旧上海妓女的档次从高到低可分为书寓、长三、幺二、咸水妹、野鸡、台基、淌白、钉棚、韩庄等。比较有特点的妓女习俗有"出堂差、打茶围、做花头"等。出堂差是一些较为高级的妓院,如书寓、长三堂子中的妓女应狎客之邀出门陪客的一种行为方式,也叫"出局"。打茶围则是旧上海一些长三堂子中妓女请狎客喝茶、吃烟、小坐的一种行为方式,又叫"坐房间"。打茶围的实质是妓女的一种应酬性交客行为,其目的是与狎客联络感情,引诱狎客花钱请客。如果狎客对妓院中的某一妓女深有好感,那么该妓女便会向客人提出

---

① 郭宏安译:《波德莱尔美学论文选》,人民文学出版社1987年版,第503页。
② 汪民安:《街道的面孔》,孙逊主编:《都市文化研究》(第一辑),上海三联书店2005年版,第82页。
③ 参见汤伟康、朱大路、杜黎编《上海轶事》,上海文化出版社1987年版,第265页。

"做花头"的要求,即在妓院中摆酒请客,这是旧上海长三堂子中的一种重要的经营方式,其目的也是从狎客身上捞取一笔钱财。[①] 上海都市妓女在平时生活中也有许多独特的习俗,如"做菊花山""祭财神""开果盘""吃私菜""兜喜神方"等等,这些习俗主要集中在岁时节令场合。在笔者看来,这些独特的习俗都蕴含着鲜明的交际意义,对于妓女来说,狎客就是她们明确的交际对象,而狎客口袋中的钱财便是她们垂涎欲滴的"猎物",利用节令的机会向狎客讨好献媚、赠送礼物便成了旧时上海妓女群体中普遍流行的一种习俗。

作为都市的"夜行者",刘呐鸥、穆时英、施蛰存以各自独特的视角关注着都市里女性的行为与内心。尤其是穆时英,他以自己特殊的视、听、味、嗅觉感受着大都市跳动的"脉搏"和都市"交际花"的生活,在他那里,感觉的描述已不是艺术表现手段,感觉本身便是艺术表现的对象。在穆时英的小说《夜总会里的五个人》《夜》《黑牡丹》《CRAVEN "A"》中,其作品女主人公都是交际花或舞女,她们靠出卖自己的色相或肉体来维持正常的生活。这些被冠以"交际花"雅名的都市女性实际上从事着与旧时妓女类似的"职业"。这种特殊的都市娱乐社交民俗也使这群"被生活压扁了的人"为掩饰内心痛苦而戴上了所谓的都市"快乐面具"。

二 集体无意识的信仰心意民俗

信仰心意民俗是民众间流行的偏重于独特心理观念的各式崇信,它是无形的,难以用言语作完整表达,只能靠心领神会。生活在都市中的女性对现实生活、婚姻家庭都会萌生出大体一致的心意反映,并十分虔诚地去尊重它、信仰它,构成了一种原始的、固有的心意现象。为了更好地剖析解读这种信仰心意民俗,我们将其分解为信仰民俗与心意民俗两块,并结合相关作家的作品进行分析与阐释。

1. 信仰民俗

都市女性的信仰民俗一般可从都市女性的神灵信仰、烧香习俗、都市庙会、民间俗信等几方面去透视。上海独特的地理位置及历史渊源使它在文化上一直依附于吴越大地,因而古代吴越"信鬼神,重淫祀"的社会风气也长期潜移默化地影响着都市化进程中的上海。虽然西方文化和科学技术带给上海以崭新的现代风貌,但上海的骨子里却始终抹不掉根深蒂固

---

① 参见蔡丰明《上海都市民俗》,学林出版社 2001 年版,第 315—318 页。

第四章　江南女性民俗的文学展演特质　　149

的传统神灵信仰意识。蔡丰明先生认为，上海都市民众与信奉的神灵形象主要可分为宗教神、民间神和祖先神三类①。宗教神中主要有如来、观音、地藏、关帝、东岳、八仙等，其中又以"观音信仰"最为广泛。观音是一个普度众生、大慈大悲的女性救世主形象，特别成了民间广大妇女信奉的保护神。在二月十九、六月十九、九月十九这几个观音节日，不少沪城妇女还要奉行"吃观音素"的习俗，以示对观音的虔诚。至今这个习俗还在沪城妇女中保留，笔者在与上海一位七旬妇女访谈时得到确证。② 至于民间神主要指财神、灶神、土地、城隍、施相公等，其中又以财神信仰最具影响力，相应地有"接财神""抢财神"等习俗。当然，上海都市中敬奉祖先、将祖先当作神灵偶像来祭祀的现象也普遍存在。在家中以燃点香烛、烧化冥钱为形式的祭祀祖先活动，或去寺庙中为祖先做法事、念经文等活动一般都由女性去执行。据史料记载，近代上海都市中的红庙是香火最旺的一所观音庙，它位于繁华的南京路，又设在当时的租界之中，"每值阴历新年，女界不期而至者恒数千人，但见三五错综，盈盈膜拜，喃喃祈祷，所祷何事，局外人殊难揣测，或庙中神祇知之耳。"③由此可见，女性成了都市中参与神灵信仰活动的主体，她们在寺庙烧香、都市庙会中频频现身，希冀通过烧香拜佛来寻求慰藉、解脱痛苦。

上海都市女性的这种神灵信仰现象被活跃于20世纪40年代上海滩上的市民女作家苏青敏锐地攫取，并将其反映于自己的短篇小说《胸前的秘密》中。《胸前的秘密》写于1943年，小说中的"我"（阿青）一直把挂在胸前的这个"秘密"保留了十余年，那就是由广才爹亲口念的十万遍大悲咒。"大悲咒"是观世音菩萨的大慈悲心、无上菩提心，以及济世度人、修道成佛的重要口诀，其中一字一句都情真意切，毫不虚伪。因此民间认为，大悲咒不但能祛除一切灾难以及诸恶病苦，而且能成就一切善行，远离一切恐怖。小说中的广才爹因为经历婚姻挫折，在疯狂报复的过程中良心得到忏悔，于是以念大悲咒的形式来消灾除祸。不仅如此，广才爹还把自己历经苦难念就的大悲咒作为礼物赠予阿青，体现了广才爹与

---

① 参见蔡丰明《上海都市民俗》，学林出版社2001年版，第242—245页。
② 根据笔者在2010年4月25日采访上海王娃妇女所得。该妇女时年71岁，现居上海杨浦区，常去上海宝山寺祭拜观音，参加"水陆法会"，为自己求健康长寿，为子孙求平安顺利。同行的还有其他上海中老年妇女。
③ 刘豁公：《上海竹枝词》，顾柄权编：《上海洋场竹枝词》，上海书店出版社1996年版，第257页。

阿青间浓厚的祖孙情以及阿青作为一个女性对观音大悲咒的敬畏与虔诚之心。在小说中，"阿青"的形象也有着苏青个人的影子，可谓是当时上海市民社会中信仰观音及其他神灵的女性群体的"缩影"。如果不以作家的身份论，苏青作为上海都市中的一位普通女性，她也十分崇信观音，并有请瞎子算命、进寺庙烧香的习惯。据苏青的胞妹苏红回忆，20世纪40年代栖居上海的苏青在与丈夫离婚后曾回故乡宁波算命，她的婚姻前途与算命先生的预卜极其相近，苏青因此对"瞎子算命"更加笃信。在笔者看来，无论是苏青个人身上或其作品文本中体现出的对算命、对观音的"俗信"，均是都市女性信仰民俗的独特表现形式。关于"俗信"，日本民俗学家堀一郎认为，这是宗教在民间的退化和残余，或由脱离宗教基层组织、退化、变异而成的广义信仰。① 可以说，作家苏青将都市女性的俗信恰到好处地融会在了自己的作品里，因而让读者感受到的是都市女性那复杂而又内隐的凡俗人生态度。

笔者还发现，将都市女性的民间信仰刻入文本的不只是海派小说，在一些反映京城世事的作品中也时有出现。"十七嫂"是郑振铎小说《三年》中的女主人公，生活在都市中的十七嫂即使拥有"少奶"的身份，也依旧摆脱不了被都市信仰折磨、扼杀的处境。十七嫂生长在京城一户市井人家，在她9岁时，母亲就为她算了一次命，算命先生算定她命中注定要"克父克子"。十七嫂在新婚的三年中命运起伏变化，刚过门时，公公官运亨通，丈夫谋事顺当，自己又有了身孕，喜事好事接踵而来，婆婆四姆便说这些都是十七嫂的"福相"带来的；而当公公病亡、宝宝死去这一系列不吉利的事情发生时，四姆便认为十七嫂是"刽子手""谋杀者"，同时相信算命先生说十七嫂"命硬""克父克子"的话了。由此可见，生活在都市中像"十七嫂"那样的女性，在强大的民间俗信的掌控下根本无法驾驭自己的命运。对于十七嫂而言，与其说是周围的人鄙视她、排挤她，不如说是民间固有的观念把她折磨成一个木讷、呆滞的"行走着的躯体"。

苏青笔下"阿青"对观音无限的敬畏与虔诚之心以及郑振铎笔下"十七嫂"起伏波折的悲惨命运，何尝不是在向人们展示都市女性笃实的信仰民俗？相对于乡村女性而言，都市中的女性虽然在物质条件上比较优越，然而在精神上的自由度远没有我们想象的那样宽广。"中国特色的都

---

① ［日］关敬吾编：《民俗学》，王汝澜、龚益善译，中国民间文艺出版社1986年版，第146页。

市是旧的拖住新的"①，在笔者看来，这"旧的"应该就是都市社会中残留的封建传统观念、思想，尽管像上海、北京那样的大都市是中国最早接受西方启蒙思想、迎接现代科学思潮的圣地，但历史的阴影终究让女性摆脱不了观念的桎梏，生活在大都市中的女性也因此成为都市中信仰民俗的忠实的"传承人"。也正是因为如此，在都市女性的日常生活中也常常保留着烧香拜佛的习俗，上海都市中历来著名的龙华寺、静安寺、玉佛寺、宝山寺等都是女性时常出入之地，女性在新年节庆、朔望之期、神灵诞日等重要时日或在现实生活中遇到生子、求职、疾病等具体事情，她们都会到庙宇中去烧香许愿，祈求佑助。在开埠之时，上海还有一群特殊的女客——妓女，她们也常会去红庙烧香叩拜，祈福求愿，保佑她们早日遇上一个恩客以脱离妓籍。在烧香拜佛的过程中，妇女们结伴而行，有说有笑，其身心得到了较大的自由。而且成群结队的妇女们常常会引起青年男子们的追随，他们与妇女们调笑逗乐，狎玩寻趣，这在近代上海都市烧香活动中普遍存在。上海竹枝词曰："妇人佞佛最虔心，红庙朝朝有美临。几辈少年多注目，分明来拜活观音。"② 可见，这种集信仰、娱乐、交际于一体的烧香拜佛习俗已深深地扎根于都市妇女的内心，成为都市里一道独特的风景。

2. 心意民俗

都市女性的心意民俗更多的是体现在日常的婚姻生活中。婚姻对于女性的人生来说是非常重要的一部分，陈鹏先生尝谓："婚姻基于天地阴阳自然之性，为人伦之本，家始于是，国始于是，社会之一切制度，莫不始于是，是为中国古代婚姻观念之又一特点。"③ 现代文学江南作家充分认识到了婚姻对于女性的重要性，因此他们笔下的女性时常融会着一种特有的婚姻心意民俗。心意民俗是一种内在的、无形的心意现象，它往往反映出一个地区人们的共同思维倾向与特点。在笔者看来，地处江南的都市女性在婚姻生活中，其内心都不同程度地存在着"阿尼姆斯"缺失的现象，这从上海20世纪30年代新市民作家张爱玲、苏青及新感觉派小说家施蛰存笔下的女主人公可见一斑。

"阿尼姆斯"（animus）最早是由荣格提出来的，它与"阿尼玛"（anima）一起共同存在于荣格的集体无意识原型理论中，分别用来表示

---

① 吴福辉：《老中国土地上的新兴神话——海派小说都市主题研究》，王晓明主编：《二十世纪中国文学史论·下卷》，东方出版中心2003年版，第37页。

② 胡祖德：《沪谚外编·上海竹枝词》，上海古籍出版社1989年版。

③ 陶毅、明欣：《中国婚姻家庭制度史》，东方出版社1994年版，第177页。

"女性的男性心象"和"男性的女性心象"。① 这一原型理论能较好地揭示人物内在的、原始的想法,我们试图借助于此来说明"阿尼姆斯"缺失现象对于江南女性婚姻的重要影响,同时为"阿尼姆斯"原型"缺失—找寻—受挫"的过程提供一个合理的文学解释。

张爱玲《金锁记》中曹七巧内心"阿尼姆斯"的缺失和找寻就是一个极具典型的过程。曹七巧原本是麻油店老板的女儿,健康伶俐,因为生在七月,讨"乞巧"之意就取名"七巧"。她未到姜府之前也和普通人家的姑娘一样有个梦想,就是希望自己未来的丈夫是个健康的男子。可命运却偏偏安排她嫁给了一个落地残废、无情无欲的姜家二少爷。曹七巧变异、畸形的心理就是在这样一个不幸的婚姻环境、在"阿尼姆斯"的严重缺失下滋长起来。然而,健康敦厚又不失智慧灵气的小叔子"姜季泽"的出现,与七巧心目中的"阿尼姆斯"形象正好吻合。正是这个理想的"阿尼姆斯"原型使曹七巧内心的欢愉得到最大限度的释放,"阿尼姆斯"寻找的痛苦历程也由此展开。

在一次次的"希望"与"挫败"的较量中,曹七巧遭受了感情"压抑"的痛苦。弗洛伊德指出,压抑起初并不是一种防御机制,只有在意识与潜意识之间出现明显的"裂缝"时,它才会出现。压抑的本质在于将某些东西从意识中移开,并保持一定的距离。② 对于曹七巧来说,正是潜意识中渴望的"阿尼姆斯"形象与现实中得不到季泽的痛楚之间的"裂缝"使她产生了畸形的心态。然而,姜季泽的再次出现将曹七巧变异、畸形的婚姻心态推至极点,黄金的枷锁和金钱的梦想使七巧最终做出了反常的"疯狂"举动。她不但没有顺势投入季泽的怀抱,反而用"疯子"般的打骂将眼前的"阿尼姆斯"毫不留情地赶走。"每一被压抑的结果也许都有自己的特殊变形,曲解或多或少的变化均会改变整个结果。"③ 曹七巧的反常让"阿尼姆斯"的幻影彻底地破碎,然而她却还要"提着裙子,性急慌忙,跌跌绊绊"地跑上楼,在楼上的窗户里再看一眼她曾经爱过并给她带来无尽痛苦的"阿尼姆斯"。

如果说张爱玲始终以深邃的笔触抒写着人性的隐秘和脆弱,那么她笔下女主人公对"阿尼姆斯"追寻和失落的心路历程则是她展现女性真实

---

① 参见叶舒宪《探索非理性的世界》,四川人民出版社1988年版,第61页。
② [奥地利] 弗洛伊德原著:《弗洛伊德的心理哲学》,刘烨编译,中国戏剧出版社2008年版,第83页。
③ 同上书,第86页。

第四章　江南女性民俗的文学展演特质　153

人性的绝好途径。张爱玲把人生分作飞扬和安稳，她说，"强调人生飞扬的一面，多少有点超人的气质"①。这种天生的气质也使得她有意无意地把自己笔下女主人公追寻"阿尼姆斯"的过程变得极富戏剧性，《倾城之恋》中的白流苏就是其中一个。对于白流苏来说，范柳原这个"阿尼姆斯"的降临是非常偶然和富于戏剧性的，离婚七八年的流苏在妹妹相亲的舞会中认识范柳原，从此"阿尼姆斯"的心影便浮上流苏的心头。在上海、香港的时空变幻中，在半开玩笑半认真地"谈恋爱"中，流苏终于寻找到了"死生契阔"的"阿尼姆斯"。

相较而言，与张爱玲同时代的苏青对"阿尼姆斯"的寻找则更具有现实性。在苏青自传体小说《结婚十年》中，女主人公苏怀青理想中的"阿尼姆斯"是"粉面朱唇，白缎盔甲，背上还插着许多绣花旗"的英雄赵子龙。然而，苏怀青意识到这样的"英雄"在现实中是没有的，于是便退而求其次，由母亲做主找了徐崇贤，这样她的虚幻的"阿尼姆斯"形象又转而变为现实的"白衬衫白西装裤子的颀长的身躯"。在现实的婚姻生活中，怀青心中的"阿尼姆斯"形象一次又一次地被颠覆、被解构，最后随着十年婚姻的破灭，"阿尼姆斯"也付诸东流。可以说，《结婚十年》也是一部女主人公理想的"阿尼姆斯"神话启蒙、构建又转而解构的心路历程。文艺作品往往是作家内心的映射，现实中的苏青对标准丈夫的条件可以说是她内心真实的"阿尼姆斯"的反映，她说："第一，本性忠厚。第二，学识财产不在女的之下，能高一筹最好。第三，体格强壮，有男性的气魄，面目不要可憎，也不要像小旦。第四，有生活情趣，不要言语无味。第五，年龄应比女方大五岁至十岁。"②

无独有偶，30年代"新感觉派小说"中以写心理小说著称的施蛰存先生也十分注重女性"阿尼姆斯"原型心理的刻画。《春阳》中的婵阿姨在未婚夫病亡之后，抱着牌位成亲，因此继承了大宗财产，然而她却在"阿尼姆斯"的缺失中寂寞地生活着。一个春光明媚的早晨，走在南京路上的婵阿姨诱发了潜意识中的爱欲，最原始的"人性"意识促使她展开了一场寻找"阿尼姆斯"意象的心理游戏。按荣格的看法，意象并不是对外部世界的反映，而是经由内心体验而产生的幻想。③ 由此看来，婵阿

---

① 张爱玲：《自己的文章》，《流言》，中国科学公司1944年版。
② 参见《苏青张爱玲对谈记》，毛海莹：《寻访苏青》，上海文化出版社2005年版，第205页。
③ ［瑞士］荣格：《心理学与文学》，冯川、苏克译，生活·读书·新知三联书店1987年版，第11页。

姨心中的"阿尼姆斯"是一种近乎"白日梦"的幻想，这可以从她几次心理的"斗争"中得以证实。当婵阿姨看到三口之家时，一连串的设想使她几乎梦想成为"丈夫的妻子""孩子的妈妈"；而当她看到一个独身男子时，她立刻冥想"有一位新交的男朋友陪着她在马路上走，手挽着手。和暖的太阳照在他们相并的肩上，让她觉得通身的轻快。"[①] 银行保管库的年轻行员再一次触发了她心底的"阿尼姆斯"意象，"那是一道好像要说出话来的眼光，一个跃跃欲动的嘴唇，一副充满着热情的脸。"然而，这一切的努力最终又复归于婵阿姨平静世俗的守寡生活，"阿尼姆斯"的追寻只不过是她内心瞬间激起的几朵虚幻的浪花，很快又被现实的浪头重重扑灭。

由此可见，以张爱玲、苏青、施蛰存为代表的现代文学都市作家，其笔下女主人公均不同程度地经历了"阿尼姆斯"原型缺失、找寻、受挫的内心之痛，这些女主人公们生活在都市喧哗而又抑郁的环境里，其内心心意民俗的趋同是不可避免的。可以说，是都市成就了这些不同寻常的女性形象，也是都市孕育了这些女性特有的都市心意民俗。

三 都市女性民俗的"摩登与狂欢"

钟敬文先生在谈到民俗的"集体性"特征时指出："民俗一旦形成，就会成为集体的行为习惯，并在广泛的时空范围内流动。这种流动不是机械的复制，而是在自然流动和传承过程中，不断加入新的因素。"[②] 由此我们认为，以娱乐社交民俗、信仰心意民俗为主要内容的都市女性民俗在其流动的过程中，都经过"都市女性"这个特殊群体的不断补充、加工、充实和完善，并借助于"都市"这个特定的文化空间，最终成为都市女性集体的思维观念或行为习惯。源远流长的都市女性民俗的近、现代文学传承在时间的节点上恰好与海派都市文学相吻合。换言之，海派都市文学以"摩登、现代"的姿态成为近、现代都市女性民俗生长的"摇篮"。在"摇篮"里滋养、熏陶、成长起来的海派都市女性民俗因而也不可避免地带上了"摩登与狂欢"的烙印。然而，海派都市女性民俗的"摩登与狂欢"并非一个平面的展演，而是一个由"都市""女性""民俗"等因素建构起来的多维的立体舞台，都市为这个立体的人生舞台提供了充足的文

---

① 施蛰存：《春阳》，《中国现当代文学作品选》上卷一·小说（1917—1949），华东师范大学出版社1999年版，第271页。

② 钟敬文主编：《民俗学概论》，上海文艺出版社1998年版，第12页。

化文学空间，都市中时尚的民俗场景或民俗活动为女性的出场提供了一个合适的平台，而都市中的女性则是这场演剧的主角，她们以自己的摩登演绎着都市的狂欢，为都市女性文学的民俗化倾向掀开了新的一页。

1. 都市的异域创设文学空间与叙述语境

"异域"是"异域情调"或"异国情调"的简称，像曾朴的《孽海花》（1904）、徐渭南的《都市的男女》（1929）、刘呐鸥的《都市风景线》（1930）等作品都不同程度地渲染了大都市上海的"异域情调"，这在20世纪上半叶的中国文坛上可谓是一道独特的风景线。在海恩里奇·弗鲁豪夫（Heinrich Fruehauf）看来，"异域情调"就是城市文化符码，在20世纪初的中国作家那里主要指涉上海租界那"西方面貌"下令人陶醉的异域氛围，尤其是法国气氛。"叙述人一般都担任这样的角色，即通过营造异国氛围使熟悉之物异域化，使上海成为一个金光闪耀、令人屏息，甚而是一个被禁的他者。"① 有着中西文化背景的李欧梵教授认为，"异域情调"给上海的文化抹上了"摩登和浪漫"的色调，上海无疑是20世纪30年代最确凿的一个世界主义城市，西方旅游者给它的一个流行称谓是"东方巴黎"。②

而在日本新感觉派领袖横光利一的小说《上海》里，上海都市的"异域情调""陌生化景观"就成了他探索东方主义"新感觉派"的中国的试验场，他试图描画一个与现代日本迥然各异的世界，一个黑暗、贫穷而肮脏的"地下世界"。横光利一在小说中是将上海作为一个充满复杂张力的都市而呈现的，上海是各种殖民角色的登场背景，有着种族、等级、经济等差异的形形色色的人聚集于此，他们在扮演着各自社会角色的同时也充分地表达着对都市的不同情绪。

欧洲社会关于城市"功效"与"缺陷"等的理论③也直接影响到海

---

① ［德］海恩里奇·弗鲁豪夫：《中国现当代文学中的都市异域风》，王德威、艾伦·维德莫编：《从"五四"到"六四"：20世纪的小说和电影》，哈佛大学出版社1993年版，第150页。

② ［美］李欧梵：《上海摩登——一种新都市文化在中国1930—1945》，毛尖译，北京大学出版社2001年版，第328页。

③ 以伏尔泰、亚当·斯密和费希特为代表的"城市功效理论"认为，城市会在财富和文明方面取得不断进步，城市就是人类工业生产和高度文明的聚集地。而在18世纪，以索多玛（Sodom）、沃兹沃斯（Wordsworth）、威廉·布莱克（William Blake）等为代表的"城市缺陷理论"则认为，城市就是不公正的载体，规划城市所具有的理性是强加在自然和人类身上的枷锁。

外学者对于"上海"这个大都市的见解。正如海恩里奇·弗鲁豪夫所指出的那样:"上海,因为它是那么的'异国',和中国的其他地方是那么的不同,就可能成为一个文化实验室,在那儿,可以尝试中华文明的实验性重建。"[①] "异域情调"使上海成为中国与众不同的都市,也使上海成为中国内地最前沿、最现代的与国际接轨的文化空间。国际文化空间的创设与搭建直接为作家们寻求"异域"之风提供了灵感,于是就有了横光利一"古怪、超现实"的上海异域印象,穆时英"摩登、奢靡"的异国风情面舞,刘呐鸥"富丽、魅惑"的都市奇异景观。在新感觉派作家那里,都市成了他们叙述故事的必要语境,由"异域"打造而成的独特的文学空间为他们撑起了一片新的天地。

2. 女性的摩登激活文学场的主体表现

李欧梵教授称 20 世纪上半叶的上海是"摩登少妇"[②]。笔者认为,"摩登少妇"的称谓至少包含了以下两层含义:第一,这个时期的上海因其"声光化电"的异国氛围而显得非常时髦与现代化;第二,这个时期生活在上海的女性也是相对自由、活跃的一个群体,她们的身心得到了较大程度的释放。马克思在论及"女性解放"问题时指出:"某一历史时代的发展总是可以由妇女走向自由的程度来确定,因为在女人和男人、女性和男性的关系中,最鲜明不过地表现出人性对兽性的胜利。妇女解放的程度是衡量普遍解放的天然标准。"[③] 由此看来,新中国成立前上海女性的"摩登"与"自由"是妇女解放的直接表现,而这种摩登与自由也成为新感觉派作家笔下女性的"代名词"。

在中国漫长的历史语境中,妇女一直作为"被压抑的群体"出现在各种文本里,她们的声音、她们的血泪以及她们的形象被牢牢地锁定在男权之下的卑微的语境里。即使是在 19 世纪西方女权主义运动蓬勃开展的欧洲,妇女的角色和地位也是十分尴尬的,无怪乎英国著名女作家弗吉尼亚·伍尔夫在《一间自己的房间》里这样论及女性:"在想象中,她是关

---

① [德]海恩里奇·弗鲁豪夫:《中国现当代文学中的都市异域风》,王德威、艾伦·维德莫编:《从"五四"到"六四":20 世纪的小说和电影》,哈佛大学出版社 1993 年版,第 141 页。

② 参见[美]李欧梵《上海摩登——一种新都市文化在中国 1930—1945》,毛尖译,北京大学出版社 2001 年版,第 4 页。作者在书中这样写道:"解放多年后的上海,已经从一个风华绝代的少妇变成了一个人老珠黄的徐娘。……使我得以在大量的旧书和杂志堆中,重新发现这个当年摩登少妇的风姿。"

③ 《马克思恩格斯全集》第 2 卷,人民出版社 1965 年版,第 249—250 页。

键的;在现实里,她却无足轻重。女性始终横亘在诗歌里,但却在历史中缺席。在虚构之作中,她成了国王的主宰;但在现实中,只要其父母交了婚戒,她有可能是任何一个男孩的奴隶;在文学作品中,女性能突出最精致的言辞;但在现实中,她大字不识,还是丈夫的财产。"① 即使是在女权主义的呼声中,西方女性的地位还是没有得到根本性的改变。女性的境遇在西方尚且如此,更不用说在封建统治长达几千年的中国了。在封建社会中,有许多陋俗就是针对中国女性群体的。中国古代的"缠足"就是极其典型的摧残妇女身心健康的陋习。严复在《原强》中指出:"至于缠足,本非天下女子之所乐为也,拘于习俗,而无敢畔其范围而已。"缠足的陋俗极大地损害了妇女们的健康,也是封建礼教对妇女自由的巨大束缚。缠足陋习在辛亥革命后被逐渐废绝,从那时开始广大妇女才有机会放开手脚、走出家门,去参与各种社会活动。此外,封建社会"男主外,女主内""女子无才便是德"的社会惯例也使中国妇女在很大程度上失去了参与劳动、接受教育的机会。为此,李大钊在《现代的女权运动》中奉劝未曾解放而方将努力作解放运动的中国妇女要积极争取受教育的机会,并坚信:"二十世纪是被压迫阶级底解放时代,亦是妇女的解放时代;是妇女寻觅她们自己的时代,亦是男子发现妇女底意义的时代。"②

  中国妇女一贯以来的屈从地位在"五四"启蒙之风的拂动下,并经由新感觉派作家创设的上海都市情境的熏染,以一个崭新的新女性的形象登临历史舞台。虽然我们很难从穆时英、刘呐鸥等新感觉派作家的笔下找到非常鲜明的舞女或妓女的形象,但不可否认的是,穆时英和刘呐鸥笔下的女性常常被写成"大于"生活的角色。也就是说,这些摩登女郎比男人更热情、更主动,常常扮演控制男人、周旋男人的角色。作为男人欲望的对象,她们也大胆地把作为一个女性的内心的欲望投射在男性的身上,这是难能可贵的。倘若将这个时期上海都市的摩登女子放置在妇女历史发展的语境中,我们就会发现,这种"摩登"无异于"自由"。德国社会民主党领袖倍倍尔对女性的处境有着深刻的认识,他指出:"女性受着双重痛苦。第一,妇女因在社会上从属于男子而感到痛苦;第二,在经济上她们也从属于男子……因为所有这些,一切妇女,不论其阶级身份如何,都

---

① [英] 弗吉尼亚·伍尔夫:《一间自己的房间》,田翔译,辽宁教育出版社2010年版,第45页。
② 李大钊:《真正的解放》,季羡林主编:《学者小品经典》(第一辑),新世纪出版社1998年版,第166页。

有一个共同的利益，这就是：通过改变现存的国家政体、社会秩序和法律制度，尽可能地改变妇女的处境。"① 正是因为妇女在社会上和经济上依附于男子，这样的现状使得妇女始终摆脱不了物质上和精神上的双重痛苦。然而，妇女这种"双重痛苦"的记忆到了新感觉派作家们那里，似乎已渐渐地淡忘。在20世纪初妇女的缠足陋习被破除后，妇女们积极走出家门，奔向社会，这为女性参与各种都市民俗特别是都市女性娱乐社交民俗创造了必要的条件。

在大都市上海现代化的进程中，摩登女子对都市男性精神上的"自由掌控"已变得司空见惯，此时女性已不再是传统意义上的男人的"附属品"，她们有着个人的欲望、理想的生活，她们在感官上已经"俘虏"了男性，成为精神世界的"享乐者"。因此，从这个意义上说，摩登女子在社会上已经拥有了和都市男性同等甚至高出一筹的精神上的愉悦。同样，在经济上摩登女子也有着自己独立的收支情况，有人曾经统计了"一个舞女生活费的估算"②，按舞女月收入255元，除去月基本支出100余元（包括房租、伙食、应酬、衣服、储蓄，不包括贴补家用），还有一些结余。还有人估算了"摩登女子最低的费用"③，包括皮鞋、丝袜、大衣、手套、面油、胭脂、可的牌粉、皮包、电烫发等最基本的用以妆饰的东西，通用银元总共是52.05元。可见，当时的都市女性若要"摩登"，也必须要以经济基础作保障。换言之，女性在经济上有了自主权、支配权，就能以"摩登女子"的面貌出现在都市社会的各种交际、娱乐场合。反之，摩登女子在交际娱乐场合的频频现身又使她们获得了赢取钱财的机会，摩登促成了女性身心的高度自由，自由反过来又加固了摩登的根基。就这样，在20世纪30年代中西交融、华洋杂处的上海滩，摩登女性成为都市中瞩目的一个群体，新感觉派作家们以自己独特的视角和敏锐的感官发现并唤醒着她们，女性的摩登也由此激活了文学场的因子。

3. 民俗的时尚奠定文学狂欢化的基础

"狂欢化"的渊源是狂欢节本身。狂欢节盛行于欧美地区，是许多欧美国家一个传统而有特色的民俗节日，化装舞会、彩车游行、假面具和宴会成了狂欢节最重要的几大内容。在狂欢节期间，人们头戴面具，身着奇装异服，在大街上纵情欢乐、狂欢游行，尽情释放自己的原始本能。欧洲

---

① 闵冬潮：《国际妇女运动——1789—1989》，河南人民出版社1991年版，第89页。
② 漂泊王：《无穷的希望》，《时代漫画》1934年9月。
③ 《摩登条件》，《时代漫画》1934年2月。

狂欢节可以追溯到古希腊罗马时期，它来源于古代的神话传说与仪式，如希腊酒神节、古罗马农神节和牧神节以及凯尔特人的宗教仪式等。"狂欢化诗学"的创立者巴赫金正是看到了狂欢节"无等级性、宣泄性、颠覆性、大众性"的特点，因此在研究一些受狂欢化作用影响的文学体裁与作家创作后认为，文艺复兴实质上是狂欢的古希腊罗马精神的复兴，"是意识、世界观和文学的直接狂欢化"[①]。深究文艺复兴的"狂欢化"，我们不难发现其背后的人文主义精神，"提倡人性、反对神性"的宗旨为"狂欢化"提供了一个充分的解说背景和充足的原动力，也即倡导人性解放、个性自由是文学狂欢化的落脚点，只有作为文学主人公的人性得到了充分的挖掘、个性得到了充分的张扬，文学的狂欢化才能落到点上。此外，"狂欢化"本身也是有着民俗的滥觞，而作为都市女性民俗的娱乐社交民俗、信仰心意民俗也有着"狂欢化、纵情化"的特征。以本文所论及的中国20世纪三四十年代活跃在上海的都市作家为例，他们不仅凭借都市的"异域情调"将女性的摩登演绎得淋漓尽致，并将"摩登"与"自由"较好地融为一体，发掘摩登背后的女性张扬的个性，而且还十分重视娱乐社交民俗、信仰心意民俗在其中所发挥的文学价值。

笔者认为，民俗的文学价值常常以民俗场景、民俗活动的方式渗透于文学活动之中，一方面它们作为文学活动的载体，贯穿着事件发生的主要情节，是作品人物活动的主要场景；另一方面它们在承载人物活动的同时，也常常反作用于人物的言行，使人物的言行在这一特定的民俗场景、民俗活动中区别于他人。都市海派作家笔下所呈现的娱乐社交、信仰心意等民俗，就为都市女性的出场及活动设置了重要的场景，也使这些都市女性成为新感觉派或市民小说作家笔下独特的"这一个"。都市女性的娱乐社交民俗呈现出"时尚"与"现代"的特征，女性参与看现代戏、跳西洋舞、打麻将，这些都是上海开埠之后涌现出来的社交民俗，而这些时尚的民俗也为上海女性的摩登营造了时代的气氛。都市女性在参与这些时髦的活动时，其内心的狂欢化程度是不言而喻的，无论是看戏时有说有笑、结伴而行的情景，还是跳舞时与异性俯首倾诉、近距离交流的场合，抑或打麻将时进退自如、掌控自由的境地，都充分地体现出女性的"自由"与"狂欢"。女性在参与这些民俗活动的同时身心得到了高度的自由及愉悦，这是一般人所不能体会到的。虽然女性的这种"中国式的狂欢"在

---

① [俄]巴赫金:《拉伯雷的创作以及中世纪和文艺复兴的民间文化》，文学艺术出版社（莫斯科）1990年版，第300页。

外在形式上难以与欧美国家的狂欢活动相媲美，但其内在本质却是相似的，那就是充分注重对女性人性的解放与个性的张扬。即便是都市女性在参与一些信仰民俗活动时，其内心也达到了相应的自由度，在烧香拜佛、神灵信仰的寄托下，女性内心的苦闷与抑郁得到了应有的解脱、释放，这是另外一种意义上的"自由"。如果说都市女性娱乐社交民俗制造了一种外在的"狂欢化"，那么都市女性信仰心意民俗则从内在层面加深了对女性"狂欢化"的理解，两者相辅相成，有机地融合于都市女性这个特殊的群体里。

"以狂欢化思维方式来颠覆理性化思维结构，运用超语言学的方法，重视语言环境和话语交际分析，走出传统语言学研究的框架。"① 这是朱立元教授对巴赫金狂欢化诗学理论的评述。其中的"狂欢化思维方式"使我们联想到中国新感觉派小说在借鉴世界性的现代主义思潮中所做出的努力，它利用现代派小说的"新、奇、怪"的表现手法及心理分析、意识流、蒙太奇等创作方法，在都市女性民俗的语境下较好地展示出了女性的"狂欢"心理。

第三节　江南女性民俗的文学内部探析②

对于江南女性民俗的文学内部研究，我们认为应该注重其文学活动内部几大要素的有机联系。弗莱强调，对各类文学作品的分析研究都应着眼于其中互相关联的因素，它们体现了人类集体的文学想象，它们又往往表现为一些相当有限而且不断重复的模式或程式。③ 纵观江南区域内反映乡土女性民俗与都市女性民俗的两类作品，它们各自在文学表现空间内所刻画的女性形象并非是个别、特殊的，而是集体、普遍的现象，并且这两类女性民俗形象在不同的江南作家笔下也是反复出现、重复再现的。我们运用"文学一体化"的视角对江南女性民俗进行整体观照，这不仅有利于我们全面、互动地考察江南女性民俗的文学内部因素，而且还有利于我们更为独特而深入地分析其文学的内在本质。

---

① 朱立元主编：《当代西方文艺理论》，华东师范大学出版社1997年版，第266页。
② 本节相关内容经修改形成论文《女性民俗：一种文学形象研究的新视角——以现代文学江南作家创作为例》，《文艺争鸣》2013年第6期。
③ ［加］弗莱：《批评的解剖》，陈慧等译，百花文艺出版社2006年版，第3页。

一 地域化的江南女性文学原型

作为20世纪上半叶的中国女性在中国文化文学走向启蒙、经历转型的过程中扮演了特殊的角色，她们或作为被启蒙、被关注的民俗群体，或作为主动参与民俗活动的直接见证者。不管是处于主动或被动的地位，"女性"这一特殊的群体都与"民俗"发生着千丝万缕的关系。女性的血脉贯通着民俗的质素，女性的身上散发着民俗的气息，透过聚焦在女性群体之上的女性民俗，我们不仅可以看到独具审美气质的女性民俗形象，而且可以触摸到女性深层的民俗心理，从而较好地理解现代文学江南女性形象所蕴含的独特的人生观、社会观以及价值观。

为了透析江南女性民俗的内部特质，我们试引入原型（archetype）这一概念。"原型"最早是由荣格提出的，它是构成集体无意识的最重要的内容。在荣格看来，原型是一切心理反应的具有普遍一致性的先验形式。对这种先验形式，可以从心理学、美学、哲学、神话学、伦理学等不同方面去理解。[1]而文学原型不仅仅是对于某种模式比如神话母题的重复，它还是原型生成的内在动力的集中喷发；文学原型也不只是集体无意识对于作家的一种驱使，它还是原型心理在创作中制约与突破的角逐。文学是现实的反映，作为"文学原型"的江南女性又是如何进入现代文学江南作家的创作视野并成为他们的"集体无意识"呢？

不少资料记载了20世纪三四十年代江南女性的婚姻状况。陈华文教授在《浙江民俗史》中列举了民国时期的浙江婚姻习俗，其中提到抢亲、童养媳、典妻婚、冥婚、转房婚等独特的婚姻形态，并指出冥婚的其中一种方式，"定亲后男方病死，新娘与一幼女所捧亡夫之木主拜堂，并与木主共寝"[2]。典妻婚俗比较独特，仅在中国江浙一带存在，早在元朝时吴越典妻雇女的风俗就比较盛行，"议得吴越之风，典雇妻子成俗已久"，"江淮薄俗，公然受价将妻典雇与他人，如同夫妇"[3]。古老的典妻习俗一直沿袭到新中国成立前。这些足以证明当时江南落后的婚姻形态对女性的摧残和伤害。正是江南作家深刻地洞悉了江南女性婚姻之惨痛，才把目光聚焦于深受婚姻陋俗迫害的江南女性的深度焦虑之中。"婵阿姨、曹七

---

[1] ［瑞士］荣格：《心理学与文学》，冯川、苏克译，生活·读书·新知三联书店1987年版，第5页。

[2] 陈华文等：《浙江民俗史》，杭州出版社2008年版，第361页。

[3] 顾久幸：《长江流域的婚俗》，湖北教育出版社2005年版，第262页。

巧、白流苏、苏怀青"等都市女性的不幸遭遇是对当时家族婚姻、宗法制度的控诉。都市女性尚且如此,更不用说在封建宗法制森严的江南乡村了,像"祥林嫂、春宝娘、二姑姑、汪大嫂"等乡村女性不是成为婚姻陋俗的直接牺牲品,就是成为婚姻陋俗的间接传播者。乡村女性与都市女性遥相呼应,共同控诉着婚姻制度对于女性原型的扭曲,并试图共同建构起江南女性独特的文学原型,在此过程中寻找永恒的、普遍的人性归宿。

此外,在心意民俗方面,像鲁迅笔下的"华大妈"、许钦文笔下的"有金嫂""彩云"以及王鲁彦笔下的"菊英娘"等女性都对江南的民间"仙方"钟爱有加,甚至到了执迷不悟的地步。事实上,这些文学形象都有着生活的原型。新中国成立前,江南民间女性愚昧无知,互相效仿,将香灰供于菩萨前,求菩萨赐药于香灰,持回让病人吞服。周作人在《风俗调查·二》中对所谓民间的"仙方"有过这样的描述:"越中神庙,大都有仙方。……又有所谓仙丹者,以神前香灰为之,服之愈百疾,每包三五文,或师姑携赠人家,而受报焉。服者对天礼拜,以水送下。"[1] 可见,20世纪上半叶的江南女性对民间"仙方"的崇信及对巫术的迷信已经到了不可救药的地步,难怪那些具有启蒙意识的现代文学江南作家要把笔触伸向那些愚昧无知的妇女群体。

程金城对文学原型与文艺本体的关系有着独特的认识,他认为:"原型在文艺史中的模式化、反复性和不断置换变形表明,文艺原型作为一种特殊的超越时空范围的独特载体,使人类文艺活动的取向和追求得到规律性表现,从而使人性的相通性普遍性得到突现,使人性的历史生成、发展变化和承传通过感性方式得到反复显现。"[2] 就江南女性而言,文艺原型作为超时空的独特载体具备了更丰富的内涵,从祥林嫂、春宝娘、菊英娘、汪大嫂、二姑姑到曹七巧、白流苏、婵阿姨、苏怀青、十七嫂,女性民俗典型的刻画经历了20世纪"20年代—40年代""乡村→都市"的时空跨越,这些文学原型虽然各个不同、生动鲜活,但她们却以"模式"和"本能"的方式在文艺活动中呈现出了普遍的人类的情感。在笔者看来,这种普遍的人类情感的获得应该是追求人性因素的永恒与普遍、人类心灵的拓展与升华以及人类精神需要的发展与变化的过程,而最终形成的心理原型则是过程之后的积淀。现代文学江南作家的创作本能驱使着他们塑造出诸多乡村、都市女性形象,而这些文学原型的背后不能不说是融会

---

[1] 张永:《民俗学与中国现代乡土小说》,上海三联书店2010年版,第73页。
[2] 程金城:《原型批判与重释》,东方出版社1998年版,第286页。

着作家的心理原型。

　　荣格指出,"集体无意识"不是个别的,而是普遍的。它与个性心理相反,具备了所有地方和所有个人皆有的大体相似的内容和行为方式。① 笔者认为,荣格的这种"集体无意识"从更深层面阐释了江南作家构建女性共有的心理原型、寻找女性共同的人性光辉的动因。变异的婚姻形态像一把把冷酷无情的"黄金枷锁"锁住了江南女性的自由和幸福,她们在窒息的空气里与命运进行着绝望的抗争。而对异性的向往和追寻则标志着江南女性爱欲的觉醒过程,是她们对自我人文关怀的外在流露,也从另一个侧面改写了作家笔下传统的、木讷的女性婚姻角色。对江南婚姻的那种最深层、最原始的共同感受构成了江南女性的"集体无意识",而这种"集体无意识"又被敏锐的江南作家攫取,成为他们创作的"集体无意识"。因此,沿着"原型—文学原型—心理原型"的轨迹逐步深入探寻江南女性民俗的文学内部,可以从更深的层面真正理解文学创作和欣赏过程中所包含着的普遍人性与个体特征、意识与无意识、承传与创新等的辩证关系。

二　文学叙述模式的人类学解构

　　文学原型是在文学作品中反复出现的意象,它的背后有着心理原型的深层作用。在本文中,这种原型论说可以解释不同江南作家笔下出现的反复、相似的女性文学原型以及共同的作为集体无意识的心理基础。那么,江南作家关于女性民俗的文学创作如果作为"一体化"的文学活动,其内部是否也存在着互动、交融、轮回的关系?超越时空的乡土女性民俗与都市女性民俗又是在何种文学层面上体现出江南叙事特点的?

　　"文学的叙述方面乃是一种重复出现的象征交际活动,换句话说,是一种仪式。"② 弗莱精辟的论述给我们两点启示:其一,文学是一种仪式,作为仪式的文学应有一个循环运动的基本过程,是对作为整体的人类行为的模仿。其二,文学也是一种象征性的交际活动,有其独特的叙述和表意方式,互动的、多维的审美交流。笔者认为,江南作家女性民俗创作的文学叙述模式也具备着相应的特点:

---

① [瑞士]荣格:《心理学与文学》,冯川、苏克译,生活·读书·新知三联书店1987年版,第52页。

② [加]弗莱:《作为原型的象征》,叶舒宪选编:《神话——原型批评》,陕西师范大学出版社1987年版,第159页。

首先，文学是一种仪式，以重复出现的模式呈现。弗莱在《批评的解剖》一书中将整个文学视作是由春季、夏季、秋季、冬季组成的类似自然循环的叙事结构，分别相对应喜剧、传奇、悲剧、嘲弄和讽刺。① 在此基础上，弗莱还从宏观上考察文学作品，将文学视为有机的、完整的一体，而每部文学作品只是这个"有机体"中的其中一个细胞。细细推究我们不难发现，江南女性民俗在文学活动中也是以"仪式"的方式展演着。倘若将江南区域内的女性民俗视为一体，那么乡土女性民俗与都市女性民俗之间的互动就会是一个类似大自然的"循环"。这种"循环"一方面体现为空间的融通，"乡村"与"都市"仅是两种借以论说的文学话语体系，并非绝对的空间上的区别与割裂，有时两者在一定的语境下可以适当地重叠、交会；另一方面，这种"循环"也体现在民俗的基调上。一般而言，现代文学江南作家对于乡土女性民俗多采取批判、揭露的文学表现方式，更倾向于弗莱所谓的"悲剧、嘲弄和讽刺"，其中所刻画的女性人物形象也多以"悲剧"主角的身份出现；而对于都市女性民俗的文学书写，作家们的笔调显然要柔和、随意得多。与乡土女性民俗所不同的是，都市女性民俗不是作为"内容"而是作为"背景"来表现的，这也就是为什么读者在阅读有关都市女性民俗的作品时往往不能非常明显地、直接地觉察到"民俗的存在"与"女性人物关系"的原因所在。换言之，都市女性民俗更多地倾向于表现"喜剧、传奇"，因此它常常以"狂欢化""摩登"的面貌现世。按照弗莱的批评理论，那些"喜剧、传奇、悲剧、嘲弄和讽刺"分别相对应的是春季、夏季、秋季、冬季，况且乡土、都市两种类型的女性民俗在各自展演的过程中均伴随着不同形式的民俗仪式，也即它们都十分重视民俗在刻画女性形象中的主导作用，于是春夏和秋冬的自然循环便构成了一场特殊的"文学仪式"。

其次，文学是一种象征性的交际活动，它有着自己独特的叙述和表意方式，并与读者构成互动的、多维的审美交流。"象征一般是直接呈现于感性观照的一种现成的外在事物，对这种外在事物并不直接就它本身来看，而是就它所暗示的一种较广泛较普遍的意义来看。"② 就江南女性民俗而言，文学的象征更多的是建立在其"仪式"的意义上。具体地说，春季和夏季是象征具有"喜剧、传奇"倾向的都市女性民俗，而秋季和冬季则是象征具有"悲剧、嘲弄和讽刺"意味的乡土女性民俗。当然，

---

① 参见［加］弗莱《批评的解剖》，陈慧等译，百花文艺出版社 2006 年版，第 232—350 页。
② ［德］黑格尔：《美学》第二卷，商务印书馆 1981 年版，第 10 页。

象征也是审美意象最基本的表现手段。按照童庆炳的说法，文学意象实际上都是观念意象，那种表现审美理想充分的意象就是审美意象。[①] 文学作为象征性的交际活动自然也十分注重"审美意象"的运用。专注于乡土女性民俗创作的作家由于更多的是采取批判揭露的现实主义创作手法，其笔下的审美意象也如秋冬时期的自然现象是压抑的、低沉的，因而也呈现出一种"悲剧式"的美感，于是就有了祥林嫂、春宝娘、菊英娘、汪大嫂、二姑姑等女性形象。相反，以都市女性民俗作为人物活动背景的作家由于采取了客观叙述的口吻，兼以浪漫主义、心理分析等创作手法，其笔下的审美意象便如春夏时期的阳光是热烈的、奔放的，有时也呈现出"怪诞、畸形"的审美意蕴，如同曹七巧、白流苏、婵阿姨以及那些都市中的"恶之花"。

文学是一种重复出现的仪式，也是一种象征性的交际活动。我们在对江南女性民俗的文学叙述模式进行分析解构的同时，也深刻体会到其内部所蕴含的具有江南叙事特点的女性心意民俗，这是对文学叙述模式的深层解构。心意民俗处于民俗的内核状态，是民俗思维的核心，因此从心意民俗中也往往能透视出一个族群内在的和外在的一些东西。江南女性心意民俗沉淀于江南女性这一群体的心底，构成了江南女性特定的深层心态和思维模式，呈现出江南独有的色调与韵味，即"婉约性""两难性""妥协性"的三者合一。

"一种文化就像是一个人，是思想和行为的一个或多或少贯一的模式。每一种文化中都会形成一种并不必然是其他社会形态都有的独特的意图。"[②] 以"女性民俗"这种独特的文化形态为切入口对现代文学江南女性形象进行解析，让我们得以从文学原型和文学叙述模式角度对江南女性民俗作深层次的文学考察，也让我们得以触摸到女性文学原型背后所潜藏着的心理原型，体会到那种具有江南美学意蕴的女性心意民俗。那些深深打上江南地域、文化、民俗"烙印"的女性民俗自然而然地镌刻在了文学女性形象之上，因此无论是江南乡村还是都市的女性文学民俗形象在中国现代文学史上都是独一无二的。现代文学江南作家正是找准了"女性民俗"的切口，以一种新的视角关注女性、关注现实，给当下文学创作及研究提供了有力的启示！

---

① 童庆炳：《文学理论教程》，高等教育出版社1998年版，第201页。
② [美]露丝·本尼迪克特：《文化模式》，王炜等译，社会科学文献出版社2009年版，第32页。

小结：本章主要论述江南女性民俗文学展演的特质。江南女性民俗文学展演具有乡村都市二元化、文学原型地域化、文学叙述仪式化的特质。"乡村"与"都市"作为两个民俗展演空间，其特点分别表现为精神家园的能指与所指、摩登舞台的日常展演。与乡村有着密切联系的现代文学江南乡土作家书写了跟婚姻礼俗、生育礼俗、信仰民俗等相关的文学民俗群像，以外显的民俗仪式为载体刻画女性形象，并借助内隐的民俗意念深层次地揭示出女性的内心，民俗仪式与民俗意念分别作为"能指"与"所指"共同作用于作为民俗主体的女性，从而完成对乡土女性民俗那种外在/内在、物质/精神的二元对立关系的书写。与此同时，都市女性民俗在海派市民作家、新感觉派作家等的演绎下，借助"都市"这个摩登舞台也开始了其日常的展演。娱乐社交民俗、信仰心意民俗是都市女性民俗的两大内容，而在此基础上所显示出来的"摩登与狂欢"正是都市女性民俗的本质所在。都市为这个立体的人生舞台提供了充足的文化文学空间，都市中时尚的民俗活动为女性的出场提供了一个合适的平台，而都市中的女性则是这场演剧的主角。在对乡土、都市两种民俗形态解读梳理的基础上，分别从文学原型、文学叙述模式等视角对江南女性民俗的文学内部进行考察。通过归纳与分析我们发现，文学原型也相应融会着江南地区女性特有的心意民俗，而且文学叙述模式也倾向于弗莱所谓的四季更替的仪式化特点，而相应地呈现出乡土式的"悲剧、讽刺"和都市化的"传奇、摩登"这两种格调。

第五章　女性民俗文学批评的理论建构

中国现代文学与民俗学的结缘为从民俗学视角审视文学提供了一个合理有效的切口。现代文学与民俗学在发展阶段[①]、历史语境[②]、作家构成[③]等方面存在着较大的相似性与重合性，两者因此呈现出互相交融发展的良好态势。在文艺民俗批评的基础上加入"女性气质"的元素，一方面为文艺民俗批评理论的深入开掘做出努力，另一方面也使女性文学批评的理

[①] 钱理群、温儒敏、吴福辉先生认为，中国现代文学经历了三个"十年"：第一个十年（1917—1927）、第二个十年（1928—1937.06）、第三个十年（1937.07—1949.09）。参见钱理群、温儒敏、吴福辉《中国现代文学三十年》（修订本），北京大学出版社1998年版。刘铁梁先生认为，中国现代民俗学发展可以归结为以下三个阶段："发起阶段"（1918—1926）、"形成阶段"（1927—1937）、"缓进阶段"（1937—1949）。该观点出自论文《中国民俗学发展的几个阶段》，《民俗研究》1998年第4期。可见，中国现代文学与民俗学所经历的发展阶段极其相近。

[②] 陈勤建先生在《文艺民俗学》一书中指出："20世纪初，中国学界从西方引入民俗学科时，呈现了民俗学的民间文学化和民俗的文学化两个侧面的民俗学文学化倾向，构成了中国民俗学独特的风景线。……社会的使命感，国民性改造的共同议题，新文化、新文学运动的冲击，使中国现代民俗学走上了文学化倾向的道路。"参见陈勤建《文艺民俗学》，上海文化出版社2009年版，第15—18页。无独有偶，张永先生在《民俗学与中国现代乡土小说》一书中也认为："从本质上说，中国民俗学和五四新文学是启蒙主义文化思潮在中国的具体表现，必然地成了新文化运动的重要组成部分，特别是新文学作家更是把审视民族文化和民众心理视为思想启蒙的核心价值取向。"参见张永《民俗学与中国现代乡土小说》，上海三联书店2010年版，第2页。由此可以推断，中国民俗学与现代文学是在相同的历史文化语境中发展起来的。

[③] 关于中国现代民俗学流派的构成，刘锡诚先生在《中国民间文艺学史上的流派问题》一文中有具体的概括：以鲁迅、周作人、胡适、茅盾为代表的"文化人类学派"；以诗人闻一多为代表的"民族学派"；以郑振铎、赵景深为代表的"俗文学派"；以解放区何其芳、周文、吕骥、柯仲平等人为代表的"延安学派"等。参见《海南师范学院学报》2004年第2期。此外，我们从1920年北京大学成立的歌谣研究会的主要负责人（刘半农、沈尹默、周作人、钱玄同、沈兼士等）这一材料中也可看到现代文学作家参与民俗学的热情。

论得以补充与丰富。本书在"语境论—作家论—作品论—文学本质论"的基础上试图构建一种新的理论模式，该理论呈现三维的"立锥体"式结构，其基座是"女性民俗文学批评"理论，向上延伸的三个侧面分别由"女性民俗的文化文学融合论""女性气质的民俗—原型批评论""女性作为民俗主体的文学价值论"构成。整个"女性民俗文学批评"理论受到文学、民俗学、人类学、女性学、美学特别是文学人类学、文艺民俗学等学科的影响与观照，因此是一个多层面、多维度、多视角的新型理论建构。

第一节 女性民俗的文化文学融合论

泰勒指出："所谓文化或文明，就其宽泛的民族学意义来讲，是一复合整体，包括知识、信仰、艺术、道德、法律、习俗以及作为一个社会成员的人所习得的其他一切能力和习惯。"[①] 在中国历代文学发展史上，文学与文化的关系十分密切并且源远流长。文学作为文化的重要组成部分，诞生于文化的母体，也流淌着文化的血液。文化与文学的关系是"母体"与"子体"的关系，有什么样的文化模式就有什么样的文学形态，两者是相辅相成、相互作用的。因此，文化精神的演变也决定着文学形态的演变，反之，一个时期的文学形态也会反作用于文化精神，这种反作用主要体现在文学对文化的"正迁移"或"负迁移"。

当今学者也充分认识到了文学与文化的重要关系，梅新林指出："探讨中国文学古今演变，不仅要以文化演变为参照系，而且要通过彼此精神脉络的寻绎、复原与重释而趋于更为内在、更为本质的学理境界。"[②] 朱德发深入阐释了文化与文学的内在本质性关联："从精神层面考察传统文化与现代文学内涵的趋同性诚然重要，但是从主体思维方式的角度深入传统文化与现代文学关系的探究却是抓住了根本的根本。"[③] 由此可见，文化与文学的关系非同寻常，两者有着同源同构的血脉。就本书研究主体"女性民俗"而言，其身上也交融着文化与文学的因子，我们不妨从文化、文学两方面对"女性民俗"进行学理的剖析与论述。

---

① [英]泰勒：《原始文化》，连树声译，广西师范大学出版社 2005 年版，第 1 页。
② 梅新林：《文化视野中的文学演变研究》，《河北学刊》2009 年第 2 期。
③ 朱德发：《深化传统文化与现代文学关系研究的沉思》，《东岳论丛》2010 年第 1 期。

一 女性民俗的文化内涵阐释

民俗,作为文化的一个分支,是一个国家或民族中广大民众所创造、享用和传承的生活文化。民俗既然是一种文化,那么按照结构主义的理论,民俗的文化意义也可以通过民俗的结构被显示、表达出来。在文化研究上,结构主义重在探索一个文化意义是通过什么样的相互关系(也就是结构)被表达出来的。

阿兰·邓迪斯在比较了普洛普和列维—斯特劳斯的民俗结构后认为,普洛普主要是从文学而不是从心理学的角度去研究结构类型,倾向于把结构类型的研究看作是以结构类型本身为结果的;而列维—斯特劳斯则非常注意把结构类型与世界观联系起来,把结构模式与整个社会相联系。[1] 为此,他十分推崇列维—斯特劳斯的结构主义方法,并把民俗结构分析作为认识人的本质和洞察世界观的主要手段。

以笔者之见,倘若将"女性民俗"也作民俗结构的分析,则可以从更深层的意义上去认识女性的本质和女性世界观。陈勤建教授曾用结构主义的方法对民俗的本性进行了分析,他认为民俗最小的结构单位是"风一般相沿成习的文化意识的反映和表现",即"风习文化意识的综合表现"。[2] 民俗还与物质资料生产、种族繁衍生产形成固定的三角形结构。女性民俗在其发生、发展过程中,不可避免地要与外部世界的各种因素发生不同关系,它体现着民俗的共性,同样具有"三角形"的稳定内在结构。因此,我们在考察文学中的女性民俗时也必然要联系到它背后的社会、文化等因素,这样的解读才会更全面、更深刻。

当然,女性民俗除了拥有民俗的共性外,它在更大程度上体现出民俗的性别特征。女性民俗作为具有性别倾向的民俗,在某种意义上也揭示了民俗内部的深层结构,加之其普遍性、抽象性的特点,因此我们也能从中洞悉女性的本质及女性与世界的关系。本书中所涉及的关于女性婚姻、生育、信仰、娱乐、社交等民俗都是特定阶段特定群体的产物。作为20世纪上半叶的中国女性在中国文化文学走向启蒙、经历转型的过程中,扮演了特殊的角色,她们或作为被启蒙被关注的民俗群体,或作为主动参与民俗活动的直接见证者。不管是处于主动或被动的地位,"女性"这一特殊

---

[1] [美]阿兰·邓迪斯著,王炽文校:《结构主义与民俗学》,吴绵译,李惠芳编选:《民俗学理论研究参考资料》,胶印本,1984年12月,第39—40页。
[2] 陈勤建:《中国民俗学》,华东师范大学出版社2007年版,第79页。

的群体都与"民俗"发生着千丝万缕的关系。女性的血脉贯通着民俗的质素，女性的身上散发着民俗的气息，透过聚焦在女性群体之上的女性民俗，我们不仅可以看到独具审美气质的女性民俗形象，而且可以触摸到女性深层的民俗心理，从而较好地理解中国现代文学女性形象所蕴含的独特的人生观、社会观及价值观。

具体地说，乡土女性民俗折射出了乡村女性群体坚忍顽强、与命运抗争的积极的人生观，她们中的绝大部分在婚姻陋俗、信仰民俗的阴影笼罩下依然做出顽强的反抗，如祥林嫂以头破血流的代价诉说"逼醮婚"的残忍；春宝娘虽无外在的、强烈的举动，但在内心里却对"典妻婚"进行着深深的控诉；二姑姑在箓竹山庄偷窥新婚夫妇的行为更是对"牌位婚"采取的变异的反抗。当然，乡土女性民俗也让我们看到了部分乡村女性在遭受困境后仍对命运抱有一丝憧憬、理想的可喜之情，这里有菊英娘为女儿操办"冥婚"时的些许兴奋，有汪大嫂为自己与汪二结为"叔嫂婚"的羞涩与宽慰。而与此相对的都市女性民俗则在娱乐民俗、社交民俗、信仰心意民俗等方面反映出了都市女性独特的价值观，与"乡村"这个民俗空间所不同的是，"都市"提供给了女性更多现代化的生活，使女性在参与摩登民俗的同时实现女性自我的价值。在婚姻民俗方面，白流苏、苏怀青采取了与传统乡村女性截然不同的方式，大胆追求、选择自己理想的配偶；即便是曹七巧、婵阿姨等虽没有直接表露出来，但却在婚姻的心意民俗上表达得淋漓尽致。在都市女性看来，理想的婚姻是她们获取人生价值、追求理想生活的根本保障。而娱乐、社交民俗则更是一种让都市女性寻求自由空间、实现自我价值的重要载体，虽然也有阴暗、丑陋的一面，但毕竟是都市里涌现的一道独特的"民俗风景线"。至于信仰民俗，都市女性在神灵信仰、烧香习俗、都市庙会、民间俗信等方面的举动也充分显露出了她们作为都市市民的"凡俗"心境，在凡俗中演绎心灵的"狂欢"，让凡俗之心在自由中得到飞扬。

二 女性民俗的文学意蕴构成

"女性民俗"最早源于民俗学界，主要是指女性在自己的历史发展过程中逐渐形成、反复出现、代代相习的生活文化事象。将"女性民俗"有机地融入文学、文艺中去，就能使之成为构建文本、阐释文学现象的独特路径。"女性民俗"从民俗到文学的过渡，可以显示其宽泛、多维、立体的内涵，也让我们看到女性民俗在文化、文学层面并非各自独立，而是互相影响并融为一体的。马林诺夫斯基关于"文化功能主义"的理论也启示我们，文化是一个整体，文学是其中的一种文化现象，如果将其置于文化的大背景中进行考察，将更加有利于文学意蕴的分析与文学价值的发掘。基于此，我们将从主体性维度、审美性维度、文学性维度三个视角对文学层面上的"女性民俗"做一分析。

1. 主体性维度

以"女性民俗"作为切入点对现代文学江南作家笔下的女性形象进行分析，我们认为选择主体性维度是非常重要的。主体性维度就是坚持人本主义的思想，在文学中以塑造典型人物为主要手段，作品所营造的氛围、构建的场合及人物的对话、行动等均是为凸显典型人物而服务的。从文学的艺术性看，文学之所以能感染人、打动人，是因为作家在文学作品中塑造了活生生的人，真切地抒发了人的感情，反映了人的内心思想。倡导"文学是人学"的钱谷融先生认为，高尔基把文学当作"人学"，就是意味着：不仅要把人当作文学描写的中心，而且还要把怎样描写人、怎样对待人作为评价作家和他的作品的标准。[①] 可见，对于文学而言，"人"是其描写的主体、表现的中心。在现代文学江南作家的文本里，"女性"无疑成了作家们聚焦的对象和描写的中心。他们将特定的女性民俗与女性的社会活动、个人信仰等有机地结合在一起，好像民俗就是从女性身上滋生出来似的，有着深入而茂密的根系。不仅如此，作家们还独树一帜地将这些具有女性倾向的民俗与女性的文学典型描写融为一体，女性在民俗与文学互为映衬的语境里实现了主体性的提升与跨越。

马林诺夫斯基在《文化论》中指出："人是一个制造工具、使用工具的动物，是一个在团体中能够传达交通的社员、一个传统延续的保证者、一个充为合作团体中的劳作单位、一个留恋着过去和希望着将来的怪物。"[②] 这就把"人"与动物根本区别开来，而用以区别人与动物特征的正是"文化"这种东西。文化虽然产生于人类的生物需要的满足，但它的本质却让它高于禽兽，与其他的动物截然不同，"这并不是由于文化给人类以其所能有的东西，而是指示给他看其所能奋斗追求的目标"[③]。女性民俗作为一种文化现象，其在文学描写人、刻画人的过程中也扮演了类似的"角色"，它使文学中的女性成了一个民俗的传承者、扩布者、受害者与羁守者。更为重要的是，女性民俗也让传统的文学女性典型成为一个

---

① 钱谷融：《论"文学是人学"》，《钱谷融论文学》，华东师范大学出版社2008年版，第49页。
② [英] 马林诺夫斯基：《文化论》，费孝通译，华夏出版社2002年版，第100页。
③ 同上。

真正的"人",并体现出其内在真正的、朴实的"人性"。"研究文化使我们对于人性能有更深刻的了解——这里所谓人性是指被文化布局所影响的而言。世间并没有'自然人',因为人性的由来就是在于接受文化的模塑。"① 从这种意义上说,女性民俗赋予了文学中的女性典型以真正的"人性"基因,女性在民俗的熏染和开化下体现出了其独特性与典型性,并在文化的场域里实践了自己的"主体性"维度。

2. 审美性维度

高天星先生在论及民族审美心理意识与文化精神时指出:"个体要严格地遵从群体,对一个群体定型的风俗,人人可观,人人可享,人人要恪守,个体获得的美感是在一种群体共同体验前提下获得的。"② 这表明了民俗群体内的个体对"美"有一种认同感和契合感,也即民俗审美心理具有群体性、普遍性的特质。正是民俗审美心理的这种"普遍性、群体性"特征使得现代文学江南作家不约而同地把创作的目光投向了江南"女性民俗"这块原始而又神秘的处女地,他们希冀以耕耘这块"处女地"为契机更好地在文学领域内发现女性、启蒙女性,从而解放女性。从江南作家深层的民俗审美心理看,这些渗透着女性民俗的文学作品是充满"惊奇感"的一种心理活动的反应,也是伴随着艺术创造和审美活动而产生的心理表现。所谓"惊奇感",黑格尔这样认为:"艺术观照,宗教观照(无外乎说二者的统一)乃至于科学研究的一般都起于惊奇感。人如果还没有惊奇感,他就还是处在蒙昧状态,对事物不感兴趣,没有什么事物是为他而存在的,因为他还不能把自己和客观世界以及其中事物分别开来。"③ 笔者认为,于现代文学江南作家而言,这种"惊奇感"在更大程度上可理解为他们受新文化运动的启蒙而产生的对文学的自觉意识,在文学启蒙创作与民俗自觉意识不断互动、相互推进的过程中,作家们的"惊奇感"渐趋理性化、思辨化,并最终在文学创作中萌生了普遍性的民俗审美心理,一种基于"女性民俗"文学创作的民俗审美心理。当然,这种民俗审美心理的产生也体现着人对主体与客体间对立而又统一的认识,由个体、物态的向普遍、观念的一种过渡。"我们无论从民俗出发或从艺术出发,其目的都是为了探讨两者间的审美关系以及对文艺作品欣赏

---

① [英]马林诺夫斯基:《文化论》,费孝通译,华夏出版社2002年版,第106页。
② 高天星等:《民族审美心理意识与文化精神》,《民俗研究》1995年第4期。
③ [德]黑格尔:《美学》(第二卷),朱光潜译,商务印书馆1979年版,第22页。

第五章　女性民俗文学批评的理论建构　173

的作用。"① 从这种意义上说，文艺民俗学中的审美性维度也成为衡量文艺作品的重要尺度之一。

　　文艺民俗学的审美性维度也深刻地体现在"人的觉醒"上。从文学发展的历史看，在文化思想相对比较自由而开放的魏晋时代产生了一种真正思辨、理性的"纯"哲学，同时也产生了一种真正抒情、感性的"纯"文艺，这与歌功颂德、讲求实用的两汉经学、文艺有着本质上的区别。在这种自由之风的吹拂下，屈从于神学目的论和谶纬宿命论的两汉民众在思想上开始了全面的觉醒，"人的觉醒"也由此触发了文学的全面复苏，正如李泽厚先生所言："这种觉醒，却是通由种种迂回曲折错综复杂的途径而出发、前进和实现。文艺和审美心理比起其他领域，反映得更为敏感、直接和清晰一些。"② 可以说，魏晋文学的内容因为"人的觉醒"的加入而更加具备了美学深度。从建安风骨、正始之音直到陶渊明的自挽歌，作家、诗人在作品中所流露出来的对人生、生死、苦难的慨叹不但没有让我们觉得心衰气丧，反而获得一种对人生、命运的深度的积极感情，这种情感体验就是审美认识的过程。在这一点上，江南作家与魏晋文人在"文学审美"的表现上有着异曲同工之妙。现代文学江南作家十分敏锐地感知到在当时时代环境下文学与民俗相融相通的关系，故以"女性民俗"为钥匙打开了通向女性内心世界的大门，这无疑对于女性的觉醒、人性的发现有着重要的意义。更为重要的是，江南作家在运用"女性民俗"塑造女性、刻画女性的过程中，赋予了女性以一种普遍性的民俗审美形象，而这种形象又是来源于生活、经过高度概括的艺术典型，因此就有着普遍性、代表性的意义。

　　女性民俗审美形象不管是崇高的还是卑微的，抑或壮美的还是阴柔的，均散发出不同的审美气息，体现出内在的审美本质。这种审美本质与其说是女性自身所具有的，不如说是作家经过艺术创造所赋予的，它较好地反映出中国女性从"蒙昧"走向"觉醒"的心路旅程。"审美高于认识和伦理，它不是理性的内化（认识）或理性的内聚（伦理），而是情理交融，合为一体的积淀。"③ 在 20 世纪上半叶中国文化文学处于转型的特殊时期，中国女性在怀疑和否定旧有传统标准和信仰价值的条件下，对自己的人生、命运、意义进行了重新发现、思索和把握，这一切对于关注女性

---

① 朱希祥、李晓华：《中国文艺民俗审美》，上海文化出版社 2009 年版，第 40 页。
② 李泽厚：《美的历程》，天津社会科学院出版社 2001 年版，第 147 页。
③ 李泽厚：《历史本体论·己卯五说》，生活·读书·新知三联书店 2003 年版，第 263 页。

的现代文学江南作家来说，他们并非从认识和伦理的视角而是从"审美维度"展开去深入剖析的，这是对文学审美性的本质的、深层的理解。

3. 文学性维度

以文学性维度来讨论"女性民俗"应该关注其文学价值性的问题。过去我们一直在关注文学，但很多情况下关注的并不是"文学价值"，而是文学之中的政治价值、道德价值以及文化价值等。笔者认为，作为一种价值形态，文学之所以成为文学的根本原因还在于文学本身的价值，而非附属于文学的有关政治、道德或文化方面的价值。刘淮南在《对文学价值的本体性思考》一文中提出文学价值应该进入文学理论的本体层面，这是因为"对于作为价值形态的文学和文学研究，是离不开价值论的视角的，或者说，价值论的视角本来就是文学理论的基本视角"[1]。这种眼光是非常独到的。他进一步指出文学价值研究所应包括的两个方面：一是文学价值与非文学价值的不同，也即关于文学自身的属性；二是关于文学价值的层次划分与具体定位。在笔者看来，上述提出的关于文学价值的观点有其合理性与深邃性。不过，文学作品要真正体现其内在的文学价值，除了上述提到的因素外，还跟"文的自觉"及"文学的内外要素"有重要的关系。

其一，文的自觉。鲁迅说："曹丕的一个时代可说是文学的自觉时代，或如近代所说，是为艺术而艺术的一派。"[2] 相对于"为政治而艺术"或"为社会而艺术"等的派别，"为艺术而艺术"可谓是文学的非功利性的纯正表现，在这种艺术观的指引下，文学价值可以得到最充分的体现。如果说"人的觉醒"给魏晋时期的文学注入了新的内容，那么"文的自觉"则是该时期文学体现其真正价值的核心所在。两者有机结合，形成了魏晋时期自由而独特的文风。从曹丕的《典论·论文》到陆机的《文赋》再到刘勰的《文心雕龙》，无一不体现出这些文学批评家对当时文学形式的重视与追求。总体而言，魏晋南北朝文学批评所重视、所探讨的主要是与文学审美功能、审美性质有关的各种问题，如论创作、论文体、论作家创作、论文学的发展与创新等，魏晋时期这种对文学形式的重视实则就是对文学价值本身的重视。因此，从文学史的角度看，"文的自觉"往

---

[1] 刘淮南：《对文学价值的本体性思考》，严昭柱、董学文主编：《哲学和美学的根基》，北京大学出版社2010年版，第300页。

[2] 鲁迅：《魏晋风度及文章与药及酒之关系》，《鲁迅杂文全集》，河南人民出版社1994年版，第291页。

往能使文学的价值得到更大程度的体现。同样，在对江南现代文学范畴内的女性民俗进行文学批评时，我们应更多地从小说本体研究、文学审美功能等维度展开，而不是过多地讨论其政治、道德方面的价值。只有将"文的自觉"落到实处，才有可能谈文学价值的问题。

其二，文学的内外要素。有学者认为，像语言的表现力，形象的生动性，文体的完善性，构思的新颖性，情感的真挚性，意蕴的深广性等批评标准很难将一般文本与经典文本区别开来。[1] 其实不然，在笔者看来，一部优秀的、经典的文学作品至少应该具备生动、典型的文学形象，真切、朴实的文学情感，还有新颖的文学构思、独具表现力的文学语言，这些都是构成"经典"的重要元素和必备条件。而经典作品中的这些重要文学元素又是一般文本或低劣文学作品所缺乏的，并非不能作为区别一般文本与经典文本的批评标准。当然，文学价值的评判除了以文学形象、文学情感、文学构思、文学语言的层次为参照标准外，还可以在与其他学科的关联价值上间接体现出来。以本书所论述的对象"女性民俗"为例，它在现代文学范畴内所涉及的一系列跨学科、跨边界的研究就充分体现出其文学的价值性，主要表现在：其一，文学与女性学。将"女性"作为一个活生生的、有思想的个体进行研究，这是文学与女性学的共同任务，在文学中更多地体现为对"女性文学形象"的塑造及"女性内在心理"的刻画上。其二，文学与民俗学。"民俗即人俗"的观念与"文学是人学"的观念不谋而合，而这正是文学与民俗学共同的契合点，这对于女性"人性"的挖掘是大有好处的。其三，文学与人类学。文学与人类学的联姻便是"文学人类学"，它以运用人类学的视野、方法和成果于文学领域的研究、批评为其显著特色。[2] 从文学人类学的视角关注"女性民俗"，可以揭示女性民俗存在的本质和一般规律，揭示女性民俗文学展演所蕴含的丰富的社会、历史、文化和人性意蕴。可见，如果从上述跨学科的角度去思考"女性民俗"的文学性，也将能丰富并发展它本身的文学内涵与价值。

综上所述，从文化与文学双重视角对"女性民俗"进行再认识，这不仅有利于女性民俗文化内涵的深度发掘，而且有利于女性民俗文学意蕴的多维解析。文化好比是女性民俗的"外壳"，使我们得以从民俗的浅层

---

[1] 参见刘淮南《对文学价值的本体性思考》，严昭柱、董学文主编《哲学和美学的根基》，北京大学出版社2010年版，第303页。

[2] 方克强：《跋涉与超越》，上海文艺出版社2007年版，第17页。

与深层结构对具有性别倾向的女性民俗作具体的民俗文化意义的阐释；而文学则是女性民俗的"内核"，主体性、审美性、文学性则是其内核的主要构成部分。由此可见，文学层面的女性民俗是本文的重心与落脚点，从文化的角度关注女性民俗最终也是为研究女性民俗的文学化倾向服务。女性民俗文艺视野的开拓给我们构建文本、阐释文学现象提供了独特的路径，为促进文学本质内容、内在形式的深度研究做出了积极的贡献！

第二节 女性气质的民俗—原型批评论[①]

20世纪后期的中国文学由于受到社会、政治、经济、文化诸因素的影响已面临严峻的挑战，"艺术死亡""文学终结"一度成为学界的流行语，文艺学、文学、美学等因此开始重新寻找自己的定位并思考自身的价值。在跨学科、学科整合的大背景下，"人类学"以其巨大的包容性和开放性给文艺、文学的发展带来了历史机遇。美国人类学家詹姆士·克里福德（James Clifford）指出："在整个20世纪，人类学的研究和文学艺术的研究之间的关系始终非常密切，值得作全面探讨。"[②] 这无疑表明，文学与人类学的结缘将给文学研究带来新的重大的转机。正是在文学与人类学融通互动的大语境下，"女性气质"的民俗—原型批评才有了构建的可能。本节试图对女性气质的民俗—原型批评建构的理论背景及在现代文学中的运用作深入的分析，并进而对其在文学中的存在意义及功能实质作合理的评判。

一 女性主义与原型批评建构的理论渊源

原型批评作为一种文学研究的途径和方法，曾因一度取代欧美学界的新批评而风靡一时，在现代西方文艺学史上占有重要的地位。它起源于20世纪初的英国，在第二次世界大战后盛行于北美，20世纪80年代在中国学界纷纷引入西方理论与方法之时，原型批评也随之被引介到中国，并开始了本土化的生长与发展。第一个接过西方原型批评"接力棒"的中

---

① 本节相关内容已形成论文《女性气质的民俗—原型批评论——以现代文学江南女性形象为批评范例》，《文艺理论研究》2012年第5期。

② 叶舒宪：《文学与人类学》，社会科学文献出版社2003年版，第41页。

国学者是叶舒宪,《神话——原型批评》及《探索非理性的世界》[①]的相继出版标志着原型批评理论正式开始进入中国文学批评界的视野。在叶舒宪看来,"原型批评"最初流行的称谓是"神话批评"(myth criticism),泛指那种从早期的宗教现象(包括神话、仪式、禁忌、图腾崇拜等)入手探索和阐释文学现象,特别是文学起源和文学体裁模式构成的批评方法,因而也称为"图腾式批评""仪式批评"或"神话仪式学派"。[②] 而关于原型批评的理论渊源,叶舒宪认为它主要受益于以弗雷泽为代表的文化人类学、以荣格为代表的分析心理学和以卡西尔为代表的象征形式哲学。

然而,真正对中国文学的原型批评产生重要影响的是加拿大弗莱关于"文学原型"的批评理论。弗莱的文学原型批评理论在本质上渗透着人类学的思想,他将"文学原型"创造性地理解为"在文学中反复使用并因此而具有约定性的文学象征或象征群",这是独具慧眼的。从弗莱的宏论中我们也可以得到启示,无论是西方文学还是中国文学,它们作为一个有机的整体都根植于各自的原始文化,要探寻文学的最初模式就必然要溯源到各自的神话与民间传说乃至宗教仪式上,因为"神话是所有文学中最传统化的部分"[③]。正因为如此,中国20世纪初期的学者鲁迅、茅盾、闻一多、郑振铎等都不约而同地运用人类学方法对中国神话、古典文学、民间文艺等进行研究,这些可以视作"原型批评"在中国语境中的早期文学实践。后来的学者叶舒宪、程金城等更是有意识地运用西方的原型批评来重释中国文学的内在本质,如叶舒宪从中国古代祭祀组歌中发现至关重要的时(四季)空(四方)认同的中国文学原型"循环模式",程金城将西方文化中的"原型"与中国古代的《易经》和"道"相关联,从而

[①] 关于此两书的基本情况是:叶舒宪选编:《神话——原型批评》,陕西师范大学出版社1987年版;叶舒宪:《探索非理性的世界》,四川人民出版社1988年版。《神话——原型批评》一书分为上、下两篇,选编了弗雷泽、荣格、弗莱、威尔赖特、列维—斯特劳斯、鲍特金、费德莱尔、伊藤清司等人的著作。该书从"神话——原型批评的理论渊源、原型概念的由来和发展、原型批评理论的体系化及原型批评方法的不同倾向"诸方面对这一批评流派的理论与实践作相关介绍并进行概括评价。《探索非理性的世界》一书共分六章,分别为导言、原型批评的理论渊源、原型批评的理论体系、原型批评方法的应用、方法的综合运用的实例——人类第一部史诗解读、小结。该著是作者进行原型批评理论中国化实践的开始,同时也客观地分析了原型批评的特点与局限。

[②] 叶舒宪:《探索非理性的世界》,四川人民出版社1988年版,第12页。

[③] 叶舒宪选编:《神话——原型批评》,陕西师范大学出版社1987年版,第19页。

得出"原型是体验性的，是对于宇宙生命本体与人类生命本体的体验感悟的理性把握"①的结论。不仅如此，程金城还特别指出，以《诗经》之"兴"、以《易经》之"象"为传统的象征系统，它们"与原型批评的特点在某些方面具有天然的联结，也就是说，原型批评对中国文学有很强的适用性"②。这种论断无疑有力地推进了原型批评在中国的文学发展进程。

　　值得注意的是，20世纪80年代在中国学术界引入西方原型批评理论之际，另一种西方著名的理论——女性主义也被轰轰烈烈地介绍进来，"女性主义"与"原型批评"两种理论在中国的成功着陆为"女性主义原型批评"理论在中国的逐步扎根奠定了宽泛的语境基础，也预示着"女性主义原型批评"在中国理论界的未来希望之旅。随着西蒙娜·德·波伏娃的《第二性》（1986）、贝蒂·弗里丹的《女性的奥秘》（1988）、弗吉尼亚·伍尔夫的《一间自己的房间》（1989）、玛丽·伊格尔顿的《女权主义文学理论》（1989）等西方女性主义经典著作在中国的翻译出版，"女性主义"在中国批评界已成为一个鲜明而独特的"符号"。1992年，张京媛主编的《当代女性主义文学批评》更是宣告了"女性主义"在中国的合法地位。正是在这样的理论交融、中西互照的语境下，"女性主义原型批评"理论在中国批评界发出了它微弱的"声音"。1990年《上海文论》第3期刊登了由美国学者卡莉·洛克撰写的《妇女——神话的创造者》一文，第一次从正面译介了国外的女性主义原型批评，正如译者所述："女性主义原型批评是一种极富吸引力的批评样式。目前，我国对西方女性主义文学批评介绍了不少，但有关女性主义原型批评方面的内容却几近于无。"③言外之意，"女性主义原型批评"的到来对于当时中国文学批评界具有"革命性"的意义。其实，差不多在同一时期，由挪威学者陶丽·莫依撰写的关于女性主义文学批评的文章也被翻译到中国，分别是《阁楼里的疯女人》④和《女性主义文学批评》。⑤这两篇文章在不同程度上提及了跟女性主义原型批评相关的"女性气质"等问题，因此也

---

① 程金城：《原型批判与重释》，东方出版社1998年版，第327页。
② 程金城：《西方原型美学问题研究》，黑龙江人民出版社2007年版，第135页。
③ ［美］卡莉·洛克：《妇女——神话的创造者》，董俊峰译，柏棣主编：《西方女性主义文学理论》，广西师范大学出版社2007年版，第59页。
④ ［挪威］陶丽·莫依：《阁楼里的疯女人》，赵拓、李黎、林建法译，《上海文论》1989年第2期。
⑤ ［挪威］陶丽·莫依：《女性主义文学批评》，陈本益摘译，《文艺理论与批评》1990年第6期。

可以被看作是"女性主义原型批评"在中国的"元文本"。

那么，究竟什么是"女性主义原型批评"？它的精神实质又是什么？笔者经过一番考察认为"女性主义原型批评"至少应具备以下三个特征。

第一，"女性主义原型批评"是对传统原型批评的反叛与颠覆。传统的原型批评强调原型是"永恒的、不变的"，而"女性主义原型批评"所注重的神话原型是基于女性不断变化的集体经验，因而也是流动的、没有等级的、非竞争的自我意识与自然意识。妇女总是在创造新文化神话，在这一创造的过程中妇女们也总是把自我意愿、个体想象融入其中，因此创造神话的过程是当代妇女集体的、历史的自我界定的过程，这些所创造的新文化神话则是女性躯体与思想不断融合、变化发展的有机整体。可见，"女性主义原型批评"在实践中以有效的方式向荣格提出了挑战。

第二，"女性主义原型批评"注重女性气质的模式。"女性气质"是一种文化建构，是女性主义用以区别"女性"的一种关于人类性别和愿望的非本质的理论。"女性"和"男性"是一起作为性差别的纯粹生物学方面而保留的两个名词；而"女性气质"则是一种由文化和社会规范所强加的性别模式和行为模式，是代表教养的，是一种文化建构。西蒙娜·德·波伏娃在《第二性》中指出："女人不是生而为女人的，而是变成女人的。"[①] 这正是女性主义用以批判父权制的理论根据。从"女性气质"的批评角度看，父权制的压迫就在于将"女性气质"的社会规范强加在所有生物学的女人身上，使原本作为一种文化建构的"女性气质"不知不觉地落入父权制的圈套，并进而被其利用。"女性主义原型批评"就是要拯救这种畸形的性别模式，让"女性气质"不再成为父权制的"利用对象"，而以女性特有的自然本质、天生气质、女性创造力来争取女性的主体地位。

第三，"女性主义原型批评"对"女性气质"的建构是建立在社会性别理论基础之上，是对女性身体、思想、行为的一种全新建构。在福柯看来，性别不是天生的，男人、女人的形成都是与权力共存共变的。换言之，无论是女性气质还是男性气质，它们都是话语的产物，也是社会历史的产物。"话语作为社会环境的媒介，或者说作为社会政治、经济和文化的工具，受到当时社会环境的驱使，话语开始为人们营造规范和制度。"[②]

---

① [法]西蒙娜·德·波伏娃：《第二性》，陶铁柱译，中国书籍出版社1998年版，第37页。
② 董金平：《话语与女性气质的建构——二十世纪以来中国女性气质变迁分析》，《江淮论坛》2007年第2期。

在男权社会中，男性的政治话语有力地掌控着女性的命运，使女性无论在身体还是在思想、行为上都受到各种无形的羁绊。在这样强势、对立的话语中，女性的身体成为男性欲望的对象，女性的思想和行为也不断受到男权标准的束缚与限制，"男主外，女主内"、"女子无才便是德"等种种道德规范套在女性头上，女性因而成为屈从于男性话语的"牺牲品"。"女性主义原型批评"正是敏锐地觉察到了男权话语对女性建构的负面影响，因而寻求一种新的途径，利用女性主义的利器以全新的视角对女性的身体、思想、行为进行一种创造性的建构，而这种女性气质的建构又恰到好处地融合了民俗原型批评"重意象、求一体"的特征，因而是值得探讨与研究的。

二 女性气质的民俗—原型批评之文学观照

西蒙娜·德·波伏娃指出："不论是历史现实还是事物本性，实际上都不是一次性给定的，因而不是固定不变的。"[①] 话语的建构亦是如此。无可置疑，社会环境对女性话语的建构起着主导性的驱使作用。在男权统治的社会，女性的话语处于被奴役、被压抑的地位，男性起着绝对的主导作用，中国几千年的封建社会便是这样一部女性话语"被强暴"的历史。然而，随着时代的变更和社会环境的变化，女性的话语建构也呈现出复杂化、多元化的趋势，即使在同一个国家地区，由于不同阶段社会环境的变化而导致建构"女性气质"的话语主体也是不同的。对于中国20世纪以来女性气质建构的不同话语主体，有学者曾做过如下划分：20世纪中上叶——文化话语对女性气质的建构；新中国成立以来至"文化大革命"结束——政治话语对女性气质的建构；改革开放以来——经济话语对女性气质的建构。[②] 笔者认为，这种划分方法从时间跨度上较为清晰地展示了中国20世纪以来女性气质建构的发展轮廓，有一定的可参考价值。然而，此划分法也暴露出其较为严重的"政治化"倾向，并且对于文化、政治、经济话语的界定也过于绝对化。其实，在社会发展的每一阶段，影响女性气质建构的话语因素绝不是单一、孤立的，它们是相互交织、相互影响的，但在复杂因素的背后总会有一种话语起着主导作用，这可以说是社会学层面上的女性气质建构。在此基础上，文学层面上的女性气质建构还受

---

① [法]西蒙娜·德·波伏娃：《第二性》，陶铁柱译，中国书籍出版社1998年版，第14页。
② 参见董金平《话语与女性气质的建构——二十世纪以来中国女性气质变迁分析》，《江淮论坛》2007年第2期。

到文学自身发展的影响与制约,"作家、作品、世界、读者"等因素是不可绕过的一系列问题。

综观中国文学发展史,文学进步与启蒙思潮息息相关,尤其是20世纪上半叶的中国文学受民俗启蒙思潮的影响甚大,一时间形成了"民俗与文学"互动发展的良好局面。在此语境下,现代文学江南作家选择以"女性民俗"为切入口进行女性形象的创作,实则是将"民俗、人俗、人学"进行创造性的理解与整合,在此基础上所刻画的现代文学经典女性形象是真实、原始而富有活力的。作为一种具体的批评示范,现代文学江南女性形象无疑是合适的、典型的。按照女性气质建构的相关理论,现代文学江南作家以"女性民俗"为突破口所塑造的一系列江南女性文学形象,其外在形象背后所蕴含的"女性气质"同样受到社会学层面和文学层面两方面的影响。

从社会学层面上看,20世纪上半叶的中国女性正处于中国社会、文化的转型期,话语主体的变迁也不同程度地影响着女性气质的建构。辛亥革命的政治影响、新文化运动的思想启蒙、国外文化思潮的冲击等都成为建构当时女性气质的重要的影响性因素。"三纲五常""三从四德"的传统话语使女性已习惯于自己"被压抑"的角色,而蔑视封建礼法、提倡男女平等的"鉴湖女侠"秋瑾的横空出世,使女性气质的重构变成了可能。她反对妇女缠足,提倡放脚;反对妇女终日习女红,倡导骑马习武。从传统的家庭妇女到走向社会的时代新女性,秋瑾的言行举止给予我们更多的启示,即"现代思想对传统文化的改造"是女性气质得以变更的重要原因。当然,除了中国现代启蒙思想的影响外,各种外来思潮也是影响20世纪上半叶中国女性气质建构的重要因素。五四以来,西方科学、民主的话语使该时期的新女性气质与中国传统妇女的形象气质截然不同,追求自由、提倡科学,反叛世俗、倡导人性,在中西多元复杂的语境下,女性气质的中国化建构完成了其最初的蜕变与升华。可以说,中国的女性就是在这样特殊的历史语境和文化转型期建构起了自己独特的女性群体气质,这是一种新与旧、传统与现代、本土与外来的"混合物"。而这种社会学意义上的"女性气质"建构势必对该时代的文艺创作产生重要而深远的影响。

马克思主义能动的反映论文艺观一方面强调"作为观念形态的文艺作品,都是一定的社会生活在人类头脑中的反映的产物",另一方面又强调作家头脑的加工作用。[①] 这种辩证、客观的文艺观同时提供给了我们深

---

① 吴中杰:《文艺学导论》,复旦大学出版社2002年版,第21页。

入认识文学层面的"女性气质"建构的锁匙。现代文学江南作家对于其作品中女性典型人物的选择是经过深思熟虑的，一方面，他们以社会生活为基础，从文学艺术的"唯一源泉"中寻找艺术典型的生活原型，包括对社会转型期女性及"女性气质"的深刻体认；另一方面，现代文学江南作家也有着自己独特的思想与意识，他们希望生活原型通过自己的艺术创作使之集中与升华，同时也更具典型性与普遍性。这样，现实中的江南女性及"女性气质"也融入了作者个人的艺术创造，作者将自身的体验、经历、学识、观念等渗透于文本，对其笔下的女性形象及"女性气质"有着创造性的独特见解，文学层面上的女性气质也由此被建构起来。

周永明在《原型论》中指出："文学典型形象的意义只能在特定的时空历史环境中获得，而原型形象则普遍得多，能够经得起时间考验的典型形象往往有某些原型的因素，此时，在具体的意义上讲，典型形象就是某一种原型在特定的文化场中所呈现出的特殊的原型态；从抽象的意义上讲，典型形象本身也可以代表一种具有普遍意义的原型。"[1] 这种将文学典型形象与原型形象有机联系起来的论断是十分有见地的，是文学与人类学结缘的具体化体现。值得注意的是，现代文学江南作家通过挖掘女性身上的婚姻、生育、信仰等女性特征鲜明的"民俗"，从而去表现女性生命内核、塑造女性人物形象、深化作品主题思想。"女性民俗"正是融通连接女性典型形象与原型形象的必不可少的"纽带"。因此，我们从现代文学江南作家所刻画的系列女性文学典型形象之中可以寻找摸索出一条富有民俗意蕴的"原型"发展轨迹，笔者试结合"女性气质"的民俗—原型批评作如下分析。

首先，现代文学江南作家在创作小说时无形中受到江南民间传说女主人公的影响，小说中作为原型的主题、情节、人物性格与民间传说的相关因素有着密切的关联。段炼将文学原型的种类归并成六大类，即集体无意识、原始仪式和图腾崇拜、古代神话和圣经故事、民间传说、文学名著、人类思维和行为的基本模式。[2] 这使我们联想到现代文学江南作家以"江南民间传说"为文学原型的创作。《白蛇传》《孟姜女》《梁山伯与祝英台》及《牛郎织女》被称为"中国四大民间传说"，而其中《白蛇传》《孟姜女》《梁山伯与祝英台》三大传说的中心就在吴越地区（或今天所说的江南地区），可以说是吴越独特而浓郁的地域文化孕育了这些传说。

---

[1] 周永明：《原型论》，《文艺研究》1987年第5期。
[2] 段炼：《论原型批评》，《文艺理论研究》1988年第4期。

三大传说之所以能广泛流传于江南大地，除了传说本身所具有的审美因素外，还有一个重要的因素就是三大传说的女主人公形象之中处处融合着吴越民俗的印记。祝英台"女扮男装""抗婚殉情"，孟姜女"裸浴结亲""千里寻夫"，白娘子突破人神界限大胆追求爱情，三位女性身上集结着坚毅、执着、善良、重情的品质，这也可以视作吴越"好勇轻死"之风在这些女性身上的体现和延续。此外，传说中所反映出来的主题，如抗拒权威、提倡男女平等，以及对爱情与自由的执着追求，对人性解放的极力推崇，这些也都被作为文艺创作的"原型"保留下来。现代文学江南作家自然深谙这些民间传说的主题、思想、情节、人物等因素，因此他们在进行创作构思时难免会将这些作为"原型"的主题思想、人物精神等幻化移植到自己笔下的女主人公身上，于是便有了奋力抗婚的"祥林嫂"（鲁迅《祝福》）、大胆执着追求爱情的"白流苏"（张爱玲《倾城之恋》）、提倡男女平等的"苏怀青"（苏青《结婚十年》）。与此同时，像《为奴隶的母亲》（柔石）、《菊英的出嫁》（王鲁彦）、《三年》（郑振铎）、《春阳》（施蛰存）、《菉竹山房》（吴组缃）、《拜堂》（台静农）、《阿凤》（叶圣陶）等一组江南作家的小说通过揭露控诉一幕幕婚姻、信仰陋俗，从而呼唤人性的自由与解放，倡导对女性主体的理解与尊重。如果说江南三大民间传说的女性化倾向是对男权话语反叛的"符号"，那么这种"符号"又何尝没有在现代文学江南作家那里得到延续与渗透呢？

其次，现代文学江南女性形象也凝聚着母亲原型、寡妇原型及恶妇原型。按照荣格的观点，父亲原型和母亲原型是人类集体潜意识中比较常见的一对原型。父亲原型往往象征着"权威、尊严及力量"，而母亲原型则代表着"慈祥、救助与护佑"。在古今中外众多的文学作品中，母亲原型以其普遍性、象征性的特点更易被创造与流传。宇宙自诞生以来就与女性结下了不解之缘，西方的"夏娃传说"与中国的"女娲造人"记载着女性创世的丰功伟绩。女娲神话这一母系社会的文化遗物赋予了"母亲原型"以最初的特征，即生殖繁育与慈爱护佑。"母亲原型"在古今中外的民间故事或文学作品中都大量地、反复地出现，有的以母神原型出现，像汉民族的七仙女、田螺姑娘、白娘子、观音菩萨、送子娘娘、麻姑、妈祖等，藏族和蒙古族中流传的龙女故事，纳西族的盐水女神、怒族的女兽神，以及在世界许多民族间流传的天鹅处女型故事等均属此类；有的以世俗母亲的原型出现，如高尔基的《母亲》，赛珍珠的《母亲》，中国作家艾青的《大堰河——我的保姆》、张洁的《世界上最疼我的那个人去了》，中国民间故事《沉香救母》等，这些"母亲原型"所体现的是勤劳、善良、坚韧的爱与美的化身。周永明指出，在非神话时代，以往神话时代的神话和原型可以继续存在，可分为两种情况：一是古代神话人物和故事直接转化为原型；二是原有的神话发生转化，故事本身及其人物产生了新质，原型和过去形象没有多大关系。① 笔者认为，现代文学江南作家头脑中的"母亲原型"正是由古代神话人物和故事直接转化而来的，是沉淀在自己潜意识中的一种情感，它不会随着时代的变换而被抹杀。但与此同时，"母亲原型"也会在特定时代环境下发生一定转化并产生新质，于是母亲护佑孩子、慈爱善良的原型就被深深地镌刻在了春宝娘、菊英娘、得银娘、祥林嫂等母亲的形象之中。这些"母亲原型"既是现代文学江南作家个人艺术创作的情感寄托，更是汉民族共同的对母亲崇敬的集体无意识的反映。郑元者教授指出，在图腾形象的"人形化"中，原始人的精神世界赫然地萌生着生命力量的"升华感"，这不能不说是一种原始的崇高感。② 从远古神话中的母亲原型到江南作家笔下的母亲原型，这种原始的"崇高感"在文学的历史隧道中被传承与延续着，这使得文学中的江南女性形象拥有一种原始的生命力量。

  按照斯蒂·汤普森《世界民间故事分类学》的理论，母神原型也会在一定条件下置换变形为巫婆和女妖。中国民间故事如回族的"吃人婆"故事、藏族的"狼妻"故事，还有古代文学中的"女妖""女鬼"形象，世界各民族流传的《小红帽》中的"狼外婆"故事、《白雪公主》中"恶毒王后"的故事及希腊神话中"美杜莎"的形象等，均是母亲原型置换和变形的结果。这种情况反映在现代文学江南作家那里，便是一系列寡妇原型及恶妇原型的出现，寡妇原型有二姑姑（吴组缃《菉竹山房》）、莲（郁达夫《迟桂花》）、婵阿姨（施蛰存《春阳》）、白流苏（张爱玲《倾城之恋》）、十七嫂（郑振铎《三年》）等，恶妇原型有曹七巧（张爱玲《金锁记》）、阿凤母（叶圣陶《阿凤》）、大娘（柔石《为奴隶的母亲》）等。然而我们发现，这些寡妇原型和恶妇原型均不同程度地渗透着"女性民俗"的因子，那种女性特有的民俗身份及民俗心理被牢牢地定格在"寡妇"与"恶妇"身上。当然，这些为世俗所不容的原型或多或少也融会着作家的同情、怜悯之心，是作家在特定时代环境下的创作心绪的外现。

  再次，作为原型的民俗意象是现代文学江南作家用以透视女性内心的

---

① 周永明：《原型论》，《文艺研究》1987年第5期。
② 郑元者：《图腾美学与现代人类》，学林出版社1992年版，第157页。

一种艺术手段。原始意象是对人类集体声音的一种展示，是人类探寻生命源头的途径。荣格曾言："谁讲到了原始意象，谁就道出了一千个人的声音。"① 而傅道彬则认为："中国文化的原型系统是兴与象。《诗》之兴与《易》之象是中国艺术和中国哲学对原型最古老的理论概括。"② 可见，原始意象对于中国文化文学来说并不陌生，原始意象在某种意义上拥有了更为广阔的中西贯通的生长语境。现代文学江南作家对作为原型的民俗意象的化用已到了出神入化的境界，这对于小说女主人公性格的刻画是很有帮助的。以"蝴蝶"的民俗意象为例，《菉竹山房》中"蝴蝶"的意象在文中多次出现，从最初的绣蝴蝶姑娘"绣的各种姿态的美丽蝴蝶"到二姑姑菉竹山房唱和诗边沿上绣着的"密密齐齐的各色小蝴蝶"，"蝴蝶"意象所蕴含的女性气质已发生了根本性的变化。如果说绣蝴蝶姑娘眼里的蝴蝶是"柔美"的象征，那么久居菉竹山房的二姑姑眼里的蝴蝶则是"诡异"的符号。同一个意象之所以发生如此大的气质转变，还要归因于二姑姑那突如其来的命运打击及封建礼教对女性婚姻的戕害。"蝴蝶"意象在中国传统文化中由来已久，民间传说《梁山伯与祝英台》中"化蝶"的场景即使是凄美的，但也寓意着"有情人终成眷属"的美好期望。"蝴蝶"这种最初的民俗含义被保留、传承下来，并被运用到文艺创作之中。在《菉竹山房》中，"蝴蝶"作为民俗意象的原型意义自然也被作者吴组缃化用到了文中，以衬托二姑姑与心上人"阴阳两隔"的凄惨境况。不过，笔者发现，由于原型场的不同，民间传说中的"蝴蝶"意象在现代小说中也发生了一些变化。"原型场指的是原型存在的特定环境。原型场是我们虚构的一个时空。原型在不同的原型场中表现出不同的状况。"③可见，现代意义上的原型也是发展、变化的，而并非像荣格所说的是固定不变的，这也正是女性主义原型批评所倡导的辩证、发展的原型观。

此外，现代文学江南作家的作品里以"花"作为女性的原型象征也是不少见的，如郁达夫的《迟桂花》及女主人公"莲"，许地山笔下的"春桃"、张爱玲笔下的"王娇蕊"等。方克强教授指出："花的妩媚柔弱也与女性的气质外貌有某种相似性，易于激发相关的想象。更重要的是，花可能曾经是母系制社会的图腾。因此，花与女性互渗的意象，蕴含着一

---

① ［瑞士］荣格：《试论心理学与诗的关系》，叶舒宪选编：《神话——原型批评》，陕西师范大学出版社1987年版，第101页。
② 傅道彬：《晚唐钟声——中国文学的原型批评》，北京大学出版社2007年版，第10页。
③ 周永明：《原型论》，《文艺研究》1987年第5期。

种普遍的人类意识，至少在大多数民族中，花是作为女性的原型性象征出现的。"① 现代文学江南作家正是较好地利用了这些民俗意象作为原型，因此成功地刻画出了一系列女性人物的鲜明形象。

三 女性气质的民俗—原型批评之功能与实质

经过现代文学江南女性形象的多维诠释，女性气质的民俗—原型批评已基本具备了构建的雏形与理论的土壤。这一理论的构建与形成对于从"女性民俗"视角研究现代文学江南作家的创作也具有十分重要的原创性的意义，该理论的功能与实质也在互动的语境中得到进一步凸显。

第一，女性气质的民俗—原型批评注重普遍性与整体性，将"女性民俗"视作江南地域文化的镜子，并注重其内部精神生态意义的开拓。鲁枢元教授指出，精神生态就是人的精神与自然生态整体之间的关系，"自然生态的破坏与人类精神的颓败、与文学艺术精神在现代社会中的消亡是同时展开的"②。女性气质的民俗—原型批评十分注重这种精神生态意义的开掘，它以"女性民俗"为切入口，较好地把握住了女性与自然本源同构的内在重要联系。女性与自然之间深刻而渊源的关系可以追溯到父系社会之前的创世母神的崇拜之中，况且两者在对生命的孕育、创造、抚养方面有着十分相似的过程与本质。有学者专门对此做了研究，并认为女性与自然的本源同构这一思想原型的意涵基本表现在以下三个方面：一是基于生育繁衍的母亲形象的生物性相似；二是地—母同生共构思维；三是女性对自然的支配力。③ 可以这样认为，"女性民俗"的提出也正是基于女性与自然的这种水乳交融、互渗相通的内在本源联系。民俗是自然界中最本真的一种生活文化，它感应着自然发展的基本节奏，折射出自然进程的基本面貌，因此是地域文化的一面真实的"镜子"。"女性"与"民俗"的结合诞生出"女性民俗"这一宁馨儿，它既是女性与自然本源同构关系的重要展现，同时也昭示出其本身特有的精神生态意义。尤为重要的是，女性气质的民俗—原型批评正是注意到了"女性民俗"这一概念所蕴含的自然性、原始性、生态性的宽泛意义，因此借助神话原型批评这种文学批评样式，将文学作品中渗透交织于女性人物身上的女性民俗还原

---

① 方克强：《我国古典小说中原型意象》，《文艺争鸣》1990 年第 4 期。
② 鲁枢元、夏中义：《从艺术心理到精神生态》，《文艺理论研究》1996 年第 5 期。
③ 刘颖：《女性与自然的本源同构：生态女性主义的思想"原型"》，《安徽师范大学学报》（人文社会科学版）2010 年第 1 期。

到自然中，从而揭示人的精神状况与自然整体精神之间的普遍性、整体性关系。这些都是符合生态精神及其思想的，是对文学作品内部精神生态意义的深入开掘。

第二，女性气质的民俗—原型批评同时也十分注重个体性与特殊性，"女性民俗"作为论述的基点充分折射出了作家创作的内在气质与个体差异，彰显独特的文学典型。原型批评从"宏观"的视角出发把一些潜隐在作品本文背后的东西挖掘出来，深化读者的文学经验，从根本上把握作品的本质，这是原型批评与其他批评方式最大的区别之处，也是该批评方法被引起重视并得以流传的重要"法宝"。然而，我们也应看到原型批评方法所存在的缺陷。因此，我们在运用原型批评方法时就必须处理好"原型"整体与"作品"个体之间的关系，既不能像荣格和弗莱那样过分强调集体无意识和文学传统，也不能把鲜活的艺术作品一味地还原为种种原型模式中的实例，而应将作为创作主体的艺术家的能动性与个体气质凸显出来，突出他们在文艺创作中的主体地位与主体意识。事实上，作家主体意识的重要性在我们文学史中已有清晰的呈现，从中国的"十七年文学"到20世纪80年代的新时期文学，随着作家主体创作意识的不断提升，公式化、概念化的作品也相应逐渐减少。吴中杰先生也十分注重对创作主体的创造能力的评价，他认为作家的创造能力主要由观察力、审美力、想象力和表现力等构成[①]，这是创作主体之所以能在创作过程中发挥重要作用的关键所在。以笔者之见，女性气质的民俗—原型批评能较好地处理"原型"整体与"作品"个体之间的关系，既保持原型与传统、原型与整体之间的既有血统，也能将创作主体鲜活的思想与文学作品有机结合起来进行批评。这样做的好处是充分重视了创作主体的能动作用，将作家的个体气质、文学经验、世界观、文学观等作为分析文本"独特性"的重要因素，从而强调文学作品的个体性与特殊性，以突出作品中鲜明的女性文学形象。

第三，女性气质的民俗—原型批评注重将荣格的心理原型与弗莱的文学原型有机融合，并对女性人物的内心进行批评，从而丰满文学形象并创造审美愉悦。一部文学作品的优劣与否，除了具备"原型"因素外，还有一个很重要的因素就是文学艺术的审美特性。优秀的文学作品常常能让读者对其丰满的文学形象产生强烈的视觉冲击并给人以审美的愉悦享受；低劣的作品则不然，读者不但不能从中感受到审美愉悦，而且在形象的生

---

① 参见吴中杰《文艺学导论》，复旦大学出版社2002年版，第94—102页。

动性、性格的典型性、情感的真切性以及形式的独创性方面大打折扣。"文艺批评中美的标准是衡量作品艺术水平高低的尺度。"① 真正优秀的作家或优秀的文艺作品总是能深刻地反映现实生活，既具有强大的思想性，同时又具有高度的艺术性，而"审美特性"便是作品艺术性的重要体现。女性气质的民俗—原型批评将文学作品的"审美特性"放置于批评的重要位置，强调审美对于女性的日常化意义，将民俗审美心理引入女性人物内心分析机制，也从接受美学的视角重新阐释女性民俗的深层美学意蕴，这一切都源于该批评方式对女性与审美的人本主义认识。只有把"人"作为艺术作品的主体，并且充分调动艺术家自己和读者的全副意识、意志和情感力量，才是对"艺术作品必须向人的这个整体说话"的本义的理解。也只有在这个层面上，艺术作品也才能真正达到审美的境地。女性气质的民俗—原型批评特别强调女性作为"人"的一面，充分尊重女性的主体性，坚持文学的人学维度，并在此基础上突出女性的性别优势与特征，将女性作为"美"的化身置身于文学场景，对女性人物从外在民俗形象到内在民俗性格都开掘得十分深刻，从而给人以美的享受与愉悦。较之原型批评与精神分析批评，女性气质的民俗—原型批评更加重视审美特性，弥补了传统原型批评的缺陷②，是对以审美为特征的文艺活动的一个重要贡献。

我们从上述三方面对女性气质的民俗—原型批评的功能与实质进行了较为粗浅的论述，从中可以看到，女性气质的民俗—原型批评既能保留西方原型批评的种种优点，又能在一定程度上克服原型批评所存在的缺陷，特别是在普遍性、个体性、审美性方面渗透着中国本土化的因子，因而是民俗—原型批评在中国女性文学批评领域的一次尝试与突破。这对于女性个体形象独特性的凸显抑或女性内在思想性格的开掘应该具有先锋的意义与发展的前景。

---

① 吴中杰：《文艺学导论》，复旦大学出版社2002年版，第240页。
② 吴中杰在评价原型批评方法时这样说道："由于原型批评家们过分注意于考古，又使文学批评变成神话批评，他们把反映现实生活的艺术形象都和古代的原型联系起来，往往有牵强附会之嫌。而且，它与精神分析批评一样，忽略了美学评价，这对以审美为特征的文艺活动来说，总是一个重大的缺陷。"参见吴中杰《文艺学导论》，复旦大学出版社2002年版，第256页。

第三节　女性作为民俗主体的文学价值论

女性与民俗有着十分密切的关系。民俗文化是影响女性生活的重要历史因素，无论是表层民俗事象还是深层民俗心理都会在不同程度上左右、规范女性的日常行为与思想；当然，女性也是民俗文化建构的重要参与者，她们在民俗文化的传承过程中扮演着重要的角色，同时也受到传统力量与习惯势力的种种束缚。女性与民俗这一对既矛盾又统一的事物在漫长的历史进程中历经洗练，终于以"女性民俗"的崭新面目出现于世人之前。"女性民俗"经过现代文学江南作家的演绎使其富于深邃的文学意蕴，而经过文学批评家的再创造便更加具备了跨学科的含义。女性作为民俗主体的文学价值论正是在女性民俗文学批评的意义上建立起来的。文学意义上的女性民俗尤其重视文学描写对象的"女性"的民俗主体地位，本节便是在论述女性作为民俗主体的同时并进而发掘概括其与文学相关的生态价值、人性价值与学科价值。

一　生态价值：女性民俗演进的"导航灯"

生态价值对于女性民俗的发展、演变至关重要。从民俗与文学共建的层面看，挖掘女性民俗的生态价值是其文学生命力延续的重要手段。在笔者看来，关注女性民俗的生态价值首先必须关注女性在民俗中主体地位的确立与否。因为生态价值重在考量系统内部主客体之间的关系，而主体地位的确立使得女性民俗的生态价值得以充分展现。

在女性历史发展的长河中，"女性作为民俗主体"的观念随着女性社会地位的改变而改变。中国古代存在着相当长的女性崇拜时期，在道家思想中"阴性"是优先的属性，中国古代盛行的"鱼祭""蛙祭"等仪式也是先民渴求生殖功能、实行母性崇拜的重要体现，这就使得当时女性在日常民俗文化中拥有了重要的、主体性的地位。然而，在漫长的封建社会里，由强大的父权制确立起来的男性话语在社会文化建构中占据了上风，此时女性的"主体地位"不再拥有，她们只是被作为男性的"附属品"、延续男人姓氏的"生殖工具"而被纳入父系家族。女性这种从属、附庸的角色也使她们在民俗生活中失去了相应的地位，她们不但没有成为民俗文化的主要建构者，反而处处受到各种民俗的禁忌，包括岁时生产禁忌、生活禁忌、孕产育婴禁忌、婚姻禁忌等①。"用现代文明的观点看来，禁忌是一种空幻，是一种非理性的荒谬，但是发端于原始社会而延续、发展在封建社会的种种禁忌却约束着也塑造着女性。"② 正是由于诸多女性禁忌的存在，女性在很长一段历史时期都是处于民俗文化的"失语"状态，直到具有启蒙、明智功能的新文化运动将女性从懵懂、迷茫的失语状态中拉回，女性才有了摆脱民俗禁锢的可能。伴随着新文学运动的兴起，女性的民俗主体地位重又被纳入男性关注的视野，女性民俗也因此得以在文学的语境中展开深度的阐释。

正是在这样的历史语境下，女性民俗在文学层面上才有了讨论生态价值的可能性。女性民俗的生态价值在文学中主要体现在自然生态价值和文化生态价值上。

在以"女性民俗"为主要叙写对象的现代文学文本中，对"自然"的尊重与美化成为文本不可或缺的一部分。以《迟桂花》为例，"我"在赴则生家的途中及与莲妹游山期间多次写到翁家山的自然景色，像屋前屋后山坡上的杂树、月光下的翁家山、翁家山早晨的花草露水、秋虫的鸣唱、桂花的自然清香等。这些自然景物流露出作者内心的思想，也闪现着作者对异性的特殊感情，作者意在衬托、刻画一个被"寡妇"的民俗身份所浸染幻化而成的"莲"的女性形象。"一切景语，皆情语也"，作为烘托、渲染女性民俗的这些自然景物无疑带上了特殊的含义，它使女性民俗的出场呈现多元化、立体化的态势。这种对自然的人文描写一方面显示出作者独特的"自然观"，另一方面也使我们更加确信女性民俗源于自然、回归自然的生态价值。需要指出的是，女性民俗文本中所涉及的自然生态价值与生态文学中的自然也有着质的区别。"在生态文学语境中，自然已不再是人化的自然或人的对象化，而是与人互为主体或背景并共同形成生态系统的整体性。"③ 可见，在生态文学中，"自然"已升格为和"人"一样的主体地位。而女性民俗文本中所涉及的"自然"虽然也融会着人文的因素，但却是起着辅助、烘托的作用，它具备了文学与民俗学双

---

① 如正月初一至初五妇女是不能出去串门的，名曰"忌门"；供神祭祖的酒菜一般不能由妇女摆放；在沿海地区女人不能随便上渔船；女性怀孕临产不能回娘家居住；女人出嫁时要"哭嫁""迈火盆"，以防将晦气带入婆家，等等。
② 邢莉主编：《中国女性民俗文化》，中国档案出版社1995年版，第405页。
③ 秦剑：《从"人的文学"到"生命的文学"——论生态文学的伦理价值诉求》，《渤海大学学报》（哲学社会科学版）2007年第5期。

重的含义，作为建构、阐释女性民俗的文学生态场景而存在着，并最终服务于女性民俗的文学展演。

除了自然生态价值外，女性民俗在文学中更多的是体现在文化生态价值上。美国女性主义伦理学家卡洛琳·麦茜特认为："妇女与自然的联系有着悠久的历史，这个联盟通过文化、语言和历史而顽固地持续下来。"[①]妇女借助于文化将自己的核心策略建构起来，并从中体现自己的文化生态价值。在西方语境中，女性主义民俗学已经将女性民俗的文化生态价值研究摆到重要的位置上来。而在中国语境里，女性民俗生态价值除了延续道家"天人合一"的生态智慧外，也十分注重对系统内部各元素之间关系的协调与统一。我们试以"民俗磁场"模式来说明女性民俗文化生态价值在文学民俗学领域的体现。这里的"民俗磁场"就是女性民俗展演的江南生态语境，而"江南作家""女性民俗"作为两个基本的元素同处在这个民俗磁场中，磁场内的相吸或相斥完全取决于这两个元素间的相互作用。一般来说，受海派文化影响较多的江南作家对女性民俗也相应具有更大的包容性，他们普遍倾向于选择赞美型、写实型的女性民俗认知方式；而那些受吴越务实、进取精神影响的乡土派或左翼江南作家在选择女性民俗作为创作题材时，倾向于以批判、揭露的认知方式去处理。可见，不同类型的江南作家在选择、处理女性民俗的态度或方式上也有着根本性的差异，而这种差异的存在正是造成民俗磁场内部"江南作家"与"女性民俗"相吸或相斥局面的重要因素。民俗磁场的和谐统一也彰显出女性民俗文化生态系统的张力，文化生态价值也由此得到进一步体现。

二 人性价值：女性民俗变奏的"主题曲"

文学是人学，文学的存在方式最终取决于人的存在方式，文学人物的一切活动也必须以人性为依据，由此我们认为，人性是文学的核心。朱立元教授也指出："人性应当既是文艺创作与鉴赏的核心问题，也是文艺理论有关人学研究的核心问题。"[②] 人性在文学中的重要地位也决定了笔者探讨女性民俗人性价值的必要性与重要性。

在中国文学语境内探讨女性民俗的人性价值，首先应该回顾一下文学史上对"人性"相关问题的讨论。在当代中国，人们对人性问题有着一种特殊的敏感，敏感的现实背后隐藏着深刻的历史因素。20 世纪 30 年

---

① [美]卡洛琳·麦茜特：《自然之死》，吴国盛等译，吉林人民出版社 1999 年版，第 1 页。
② 朱立元：《选择、激活、对接——以人学问题为例》，《学术月刊》2008 年第 1 期。

代，以鲁迅为首的左翼作家与以梁实秋为主的新月派之间展开了一场关于"人性与阶级性"的论战。双方争论的焦点并不在于肯定或否定"人性"的存在，而在于"梁实秋等人是以人性的普遍存在论来反对阶级论"①。我国以往出版的一些现代文学史大都是"抑梁扬鲁"的。笔者认为，这场论争涉及关于文学的本质、功用、价值等问题，不能简单地用孰是孰非的判断来下结论。况且近年来的文学史料与文学批评也用更加辩证、客观的视角去看待这个文学历史问题，如黄修己教授在《中国新文学史编纂史》中指出："否定人性论是20世纪30年代左翼文学运动的重大理论错误之一，其严重的后果超出了文学。文学要表现人，故习称为'人学'。其实人文社会科学都是以人为研究对象的，总体上说都是'人学'。所以，在主张文学的阶级性时，完全不必去否定人性。人具有多重属性，人性和阶级性都是人所具有的。"② 30年代的这场"人性论争"可谓是揭开了中国现当代文学"人性"大讨论的序幕。1942年，毛泽东《在延安文艺座谈会上的讲话》对"人性论"进行了大规模的批判，而且明确把批判矛头指向"作为所谓文艺理论基础的'人性论'"③。新中国成立后，在一次次的政治浪潮中，包括人性论在内的所谓"资产阶级反动理论"又被列入了上纲上线的全民大批判运动，这场运动在"文革"时期达到了顶峰。70年代末至80年代末的中国文坛，随着"伤痕文学""反思文学"的陆续出现，关注人性、尊重人性重新又被提上历史舞台，"人"的意识在文学中得到复苏与觉醒。然而好景不长，90年代的中国受全球经济化浪潮及西方消费主义思潮的影响，文学中的"人性"问题像"迷失的羔羊"误入歧途，这突出地表现在文学创作中感官欲望与享乐主义的大肆泛滥，"身体写作""下半身写作""私人化写作"占据了文坛的空间，颠覆了文学的审美，更向原真的"人性"发起了严峻的挑战。

  上述对"人性"问题的历史梳理让我们深切地意识到，中国现当代文学应将"人性"作为重要的文学因素去书写，文学作品也应该反映人性的复杂性。而且从当下的文学现状看，"人性"的深刻性问题也应该始终是它们努力和追求的目标。其实，早在20世纪初，以"启蒙思想"为主要特征的新文学运动已经发出了"倡导人性、追求自由"的呐喊，但在后来的文学进程中由于历史及政治原因，"人性"的旗帜未能高高扬

---

① 钱理群等：《中国现代文学三十年》（修订版），北京大学出版社1998年版，第203—204页。
② 黄修己：《中国新文学史编纂史》（第二版），北京大学出版社2007年版，第291页。
③ 毛泽东：《在延安文艺座谈会上的讲话》，《毛泽东选集》，人民出版社1967年版，第827页。

起,上述关于"人性"的曲折历程便是明证。可以说,中国现当代文学有很长一段时期都陷入了人性"失落"或"瘫痪"的状态,作为现当代女性文学自然也难逃此劫。在强大的政治话语或男性话语面前,女性只能以"弱者"的身份出现。然而可贵的是,在历史的缝隙中,女性以顽强、旺盛的民俗生命力出现在文学文本里,"女性民俗"是贯通在她们身上的血脉,民俗的思想与行为烘托出她们内在的民俗性格。这些民俗语境中的女性有着"文学"与"民俗"双重的人格,她们的出现正式宣告了女性对失落的人性价值的寻找与重建,因此具有重大的文学史意义。

需要指出的是,这些与"女性民俗"水乳交融或息息相关的文本中的女性主要出自两个方面:一是女性作家笔下的女性,她们有着较为独立、现代的思想,如"苏怀青""白流苏",这些女主人公身上所渗透的婚姻民俗也折射出作家苏青、张爱玲的个体思想;二是男性作家笔下的女性,她们常常作为"被启蒙"的对象出现于文本,如"春宝娘""祥林嫂""菊英娘",作者通过批判那些贯通于、依附于她们身上的女性民俗以达到启蒙国民、教育民众的目的。然而不管怎样,两类作家笔下的女性民俗形象都充分展现了其深刻、本真的人性价值,是对人性回归的最好诠释。一般而言,文艺作品中的女性民俗都从正面展示了一般的、普遍的人性,表现其人性美、人性善的一面,正如有学者指出的那样:"文艺在关怀人的生存和命运、展示人性的善恶、打动人的情感、沟通人们的心灵、净化和改善人性、使人性获得自由全面的发展、塑造美好健全的灵魂、协调与和谐人际关系等方面,进而在构建和谐社会方面,更是有着其他种种方式(包括其他文艺方式)所无法取代的独特功用。"[①] 但是,文艺作品中的女性民俗也并非仅仅表现人性善的一面,相反对人性负面的审视同样是一种独特的审美选择。张爱玲对"曹七巧"扭曲的人性欲望的展示、吴组缃对"二姑姑"偷窥恶行的揭露均能产生同样效果的艺术震撼力与感染力。

在笔者看来,女性民俗对"人性"不同侧面的价值展示应归功于其内部的"女性民俗肌理"。女性民俗肌理具有"内生性"的特点,从外到内层层深入,直抵内核。最外层是生物学意义上的"女人",是与男性并存的社会性别群体;再进一层是具有文化学意义上的"人",从"女人"到"人"体现着人性的觉醒过程;而最里面一层则是民俗学意义上的"人性",它蕴含着人的自然与社会的双重属性,是人的生命的内核与体

[①] 朱立元:《选择、激活、对接——以人学问题为例》,《学术月刊》2008年第1期。

现，因而也是一般的、普遍的人性。江南作家正是层层剖析、丝丝入扣地去书写其笔下的"女性民俗"，因而将"女人→人→人性"的文学过程刻画得十分深刻，达到了女性人性展示的最高境界。从文学史的角度看，对女性民俗人性价值的挖掘与重视既体现了现代文学江南作家人本"女性观"的确立及民俗审美观念的现代性，同时也体现了20世纪中国文学人性发展的基本趋势。

三 学科价值：女性民俗文学批评的发展前景

"女性民俗文学批评"是在文艺民俗学批评的基础上加入"女性气质"的元素，是文艺民俗学批评带有性别倾向的学科，也是女性文学在民俗学领域的拓荒。"女性民俗文学批评"理论的直接来源主要是国内的文学人类学、文艺民俗学与国外的女性主义民俗学、女性主义文学批评等。

"文学人类学"是"女性民俗文学批评"理论的最直接借鉴。文学人类学是文学与人类学的交叉学科，文学研究的人类学向度为传统的文学研究方法注入了学科的生机与活力。我国的文学人类学是在西方文化人类学诸理论学派的基础上发展起来的，文学人类学批评在中国语境内的最早运用应该要追溯到茅盾、闻一多等学者[1]。茅盾在20世纪20年代曾致力于神话研究，这从他的专著《中国神话研究ABC》《神话杂论》《北欧神话ABC》[2]等可见一斑。茅盾自己在著作的《序》中也曾如此坦言："作者并不忘记在此编的著作时，处处用人类学的神话解释法以权衡中国古籍里的神话材料。"[3]继茅盾之后的闻一多更是把文学人类学的研究方法运用到更广阔的文学领域，并把研究对象扩展到民间文学、古典文学。闻一多在给友人的信中这样提及他的研究方法："我的历史课题甚至伸到历史以前，所以我研究了神话，我的文化课题超出了文化圈，所以我又在研究以原始社会为对象的文化人类学。"[4] 文学人类学批评在中国语境的再次出现是20世纪80年代中后期，当时像《文艺报》《文学评论》《文艺争鸣》

---

[1] 方克强教授在《新时期文学人类学批评述评》一文中指出文学人类学批评滥觞于茅盾、闻一多，因此他把20世纪80年代中期兴起的文学人类学批评看作是一种复兴。

[2] 茅盾的相关专著有：《中国神话研究ABC》（署名玄珠，上海：ABC书社1929年版），《神话杂论》（署名茅盾，上海：世界书局1929年版），《北欧神话ABC》（署名方璧，上海：世界书局1930年版）等。其中分量最重的当属《中国神话研究ABC》（参见《茅盾全集》第28卷）。玄珠、方璧是茅盾先生曾使用过的笔名。

[3] 茅盾：《神话研究》，百花文艺出版社1981年版，第225页。

[4] 《闻一多全集·第三卷》，生活·读书·新知三联书店1982年版，第638页。

等主流杂志纷纷刊登文学人类学批评文章，同时一些中青年学者、评论家以及他们的论著也如雨后春笋般涌现，比较有代表性的是叶舒宪的专著《探索非理性的世界》《中国神话哲学》等，以及方克强关于"原型题旨、原型模式、原型意象"的系列论文等。特别是方教授提出的关于文学人类学批评的三条原则①，对于文学人类学初期理论框架的形成有着重要的作用，也使后继的批评者对文学人类学的时空向度有了更深入的理解。文学人类学批评发展至今，以其整体性、独特性的特点成为新时期文学研究的重要方法，也给新兴分支理论——"女性民俗文学批评"的创立提供了诸多理论的借鉴，尤其在宏观与微观、共时与历时、文化与文学的运用上有着非同一般的指导意义。

如果说"文学人类学"学科理论为"女性民俗文学批评"理论的构建提供了宏观、整体的视角借鉴，那么"文艺民俗学"学科理论则提供了更为直接、更为有效的方法论意义上的借鉴。20 世纪 80 年代中后期，国内陈勤建、宋德胤、秦耕等学者各自提出文艺民俗学的设想与思路并出版相关专著②，其中以陈勤建教授的《文艺民俗学导论》最为重要。该书从文艺学的创作审美着眼，结合民俗与文艺的关系研究文艺民俗学的产生、人性文化在民俗学上的展现、文艺审美的民俗作用、原始文艺中的民俗中介、民俗文化的历史传承、创作与民俗以及艺术思维中的民俗心理等问题，并提出了文艺民俗学学科的基本理论。从中国现当代文艺批评看，国内有一些学者曾经进行过个别的、具体的文艺与民俗关系的研究，但多年来一直缺乏系统性的、整体性的文艺批评著作。而陈勤建教授《文艺民俗学导论》的诞生可谓是给当时的文艺批评界吹进了一股清新之风，从文艺学和民俗学契合的视角创造性地探讨了文艺与民俗的关系，是一部文艺民俗学的奠基之作。正如作者所言："本书提出了以'人俗'为基点的现代民俗观念，从深层的结构观察文艺民俗学的建构，在于民俗与文艺有着天然的血缘联系，内在的统一性。文艺学以人为自己的主要描写对象，民俗学则以人的民俗为自己的研究对象。"③ 文学作为文艺的一个分

---

① 参见方克强《跋涉与超越》，上海文艺出版社 2007 年版，第 25 页。他提出的三条原则分别是：第一，原始与现代相联系、中外各民族相比较的宏观文学视野和研究态度；第二，共时性方法与历时性方法并重；第三，文化方法、心理方法与文学本体方法的融合。
② 相关著作有陈勤建：《文艺民俗学导论》，上海文艺出版社 1991 年版。宋德胤：《文艺民俗学》，北方文艺出版社 1991 年版。
③ 陈勤建：《文艺民俗学》前言，上海文化出版社 2009 年版，第 1 页。《文艺民俗学》是在《文艺民俗学导论》基础之上的深化与拓展。

支也感应着"文艺学"与"民俗学"联姻后带来的诸多益处与发展前景，由此促成的文学民俗学学科的确立也正是以"人""人俗""人性"等为切入口的。而"女性民俗文学批评"正是要站在文学民俗学的学科平台上，吸收文学民俗学的精华，并注入性别意识，创建具有女性特色的民俗文学批评理论。

关于"文学民俗学"，在笔者之前也曾有学者提及过。张永认为："文学民俗学研究并不是文学文本中民俗事象的简单罗列，而是运用民俗学理论对中国现代作家、文学创作、文学现象、文学思潮展开多方面论述，揭示为人所忽视的文学景观和审美视界。"[1] 继而他以现代文学研究为例，指出现代文学民俗学研究思路所大致包含的几个方面，即民俗与作家的关系，民俗与社会、文化的关系，民俗与文本的关系以及民俗对文学思潮、文化诗学的意义等。笔者认为，张永教授所概括的"文学民俗学"学科定位具有较强的理论性与系统性，然而对于文学民俗学研究思路的概括却稍显笼统和简单，没能很好地突出"文学民俗学"理论的研究特点与内容。鉴于此，笔者对"女性民俗文学批评"理论内涵及研究范畴的概括在上述基础上有所创新。

"女性民俗文学批评"就是运用国内外民俗学、女性主义的相关理论、方法，着眼于文学层面的"女性民俗"意义的开拓与构建，对文学作品中女性的民俗生命与文学内核有独特的阐释与理解，并以此来剖析女性典型形象的典型性格，从而深化作品的文本、民俗意义。"女性民俗文学批评"所涉及的研究范围包括女性形象与女性民俗的关系、作家性别与女性民俗的关系、地域文学与女性民俗的关系、文学史与女性民俗理论、女性民俗的原型批评、女性民俗的生态批评、女性民俗的跨学科研究等。在具体批评方法上，"女性民俗文学批评"特别注重对文学中女性人物的女性民俗的挖掘，以此加强人性刻画、深化作品主题，是文学、民俗学、女性学等有机融合的一个跨学科理论。

由此可见，"女性民俗文学批评"理论的特点与价值体现如下：

1. 跨学科性

"女性民俗文学批评"具有跨学科性的特点，它融文学、民俗学、女性学、人类学等学科知识于一体，因而在学科价值的体现上也呈现多元化、多维度的趋势，这正符合当前学科融合、文化多元的时代潮流。

---

[1] 张永：《民俗学与中国现代乡土小说》，上海三联书店2010年版，第21页。

2. 批判性

"女性民俗文学批评"立足女性立场，批判男权传统，以女性视角解读文学中的民俗，并具有"去中心""弃边缘"的倾向，女性中心价值和人性美学维度在学科中得以体现。

3. 本土性

"女性民俗文学批评"将社会性别视角引入中国本土，借鉴已有的女性人类学、女性社会学、女性伦理学、女性主义文学等学科研究方法，坚持与倡导民族化、本土化的价值观，以"民族"特色融入与接轨"世界"文化。

小结：本章主要讨论"女性民俗文学批评"理论的建构。经过语境论、作家论、作品论、文学本质论的层层铺垫，"女性民俗文学批评"理论的构建也因此具备了深厚的基础。本章从三个侧面对此理论进行建构，分别是：女性民俗的文化文学融合论、女性气质的民俗—原型批评论、女性作为民俗主体的文学价值论。首先，从文化与文学两个视角对"女性民俗"进行再认识，这不仅有利于女性民俗文化内涵的深度发掘，而且有利于女性民俗文学意蕴的多维解析。文化好比是女性民俗的"外壳"，使我们得以从民俗的浅层与深层结构对具有性别倾向的女性民俗作具体的民俗文化意义的阐释；而文学则是女性民俗的"内核"，主体性、审美性、文学性则是其内核的主要构成部分。其次，女性气质的民俗—原型批评是原型批评、女性主义理论在中国境内本土化联姻的结果，运用这种理论对现代文学江南作家笔下的女性形象进行观照，我们发现，江南女性形象凝聚着母亲原型、寡妇原型及恶妇原型，小说中作为原型的主题、情节、人物性格与江南民间传说中的女主人公有着密切的关联，作品中的民俗意象也是现代文学江南作家用以透视女性内心的一种艺术手段。女性气质的民俗—原型批评注重普遍性与整体性、个体性与特殊性、文学艺术的审美特性，因而对于女性文学批评具有重要的意义。最后，女性作为民俗主体的价值论是在女性民俗文学批评的意义上建立起来的，文学意义上的女性民俗尤其重视文学描写对象的"女性"的民俗主体地位，因此我们从生态价值、人性价值、学科价值三个方面便可较为全面、深入地认识女性民俗的文学价值。其中值得一提的是，"女性民俗文学批评"着眼于文学层面的"女性民俗"意义的开拓与构建，对文学作品中女性的民俗生命与文学内核有着独特的阐释与理解，该理论的形成及其在学科层面上的价值体现对于整个理论的构建有着重要的基础性的意义。

第六章　江南女性民俗文学展演的当代研究

在前几章里，本书相继论述了女性民俗文学展演的生态语境、展演路径、展演过程及其文学展演特质，并进而提出了"女性民俗文学批评"的理论构想。这一系列问题从提出到展开基本都是围绕"现代文学江南作家的创作"。江南作家们的创作一方面反映并折射出了当时中国社会对女性民俗的基本态度与认识，然而另一方面，我们从现代文学江南作家笔下所反映出的女性民俗历史面貌中也可以看到它们与当代社会的丝丝关联。

女性民俗是"女性群体"与"民俗现象"的有机结合体，是融汇在女性身上的思想与行为的民俗凝聚物，它有着群体性、时代性、传承性的特征，因而它在某种意义上成为"女性"这个社会群体在特定历史阶段的生命标识。女性民俗在女性发展的历史长河中有着不可忽视的作用，无论是在民国时期还是新中国成立前后，它都对中国女性的发展以及女性文学的全面繁荣产生了重要的影响。

第一节　女性民俗与当代江南女性[①]

民俗文化与当代生活有着密切的联系。从生产劳作到衣食住行、从婚丧嫁娶到信仰禁忌、从娱乐游艺到民间艺术，无不渗透着民俗文化。这种"生活民俗"积淀着一个民族的历史文化、思维方式与民族精神，它是维系民族共同体或地域群体成员之间的重要的精神纽带。对于"女性"这个特殊的社会群体而言，民俗文化对她们的日常生活、成长发展等方面的影响似乎要超过男性群体，这是因为"女性"在千百年的中国封建社会

---

① 本节相关内容已形成论文《构建生命之美：女性民俗与当代江南女性》，《民俗研究》2013年第2期。

语境中曾扮演了与男性截然不同的被动、屈从的"民俗角色"。这种与女性的日常生活息息相关，或融汇交集于女性身上的生产生活民俗、心意信仰民俗等可以归之为"女性民俗"。在笔者看来，女性民俗在江南女性的个体成长过程中主要起着规范、调节的作用，但与此同时，女性民俗也在某种程度上促进了江南女性的全面发展，构建了江南女性的生命之美。笔者试从女性个体生命民俗、女性生产生活民俗、女性信仰禁忌民俗三个视角去探究当代江南女性民俗的时代印迹、现代审美以及当代流变，从而进一步论述女性民俗与当下社会内在、隐性的互动关系。

一 女性个体生命民俗的时代印迹

在任何一个社会中，人们对具有某一特定身份的人都有一定的行为期望，在这一期望之下，特定身份的群体便形成了一整套与之相关的行为规范。就女性而言，在传统的中国社会中，以儒家思想为主体的社会风尚把女人束缚在以"三从四德"为评判标准的贤妻良母框架内，女性的个体生命未能得到充分的尊重，女性的人性自由更是缺少自觉的张扬。20世纪初的新文化运动改变了传统女性的角色与地位，女性开始走向社会、发展自我，开始重新建构自己的性别角色。然而，不管女性的古今地位如何变迁，贯穿于女性个体一生的生命民俗是亘古不变的，生命民俗不会随着女性地位、性别角色、城乡空间的改变而改变，它是在女性内心潜藏已久的一种思想观念、一种行为准则。相对于外在的条文规范而言，生命民俗是柔性的、隐形的，它与女性的一生息息相关，从生育、养育到婚姻、丧葬，这些记录着人生印迹的生命民俗潜移默化地左右和影响着女性的思想、行为。

为了更好地了解生命民俗对中国当代女性日常生活的影响，笔者就此专门进行了一次问卷调查。本次问卷调查的主要对象是生活在江南地区的当代女性，所选的样本具备了广泛性、典型性的特点。① 本次问卷调查的目的是关注女性民俗与当代江南女性之间的重要关联，即女性民俗对当代江南女性的日常生活影响如何？女性民俗在江南女性成长过程中究竟占据

---

① 本次问卷调查主要集中在江南区域范围内的上海、宁波两个城市，参与本次调查的女性共88人，其中上海47人，宁波41人。调查群体按年龄主要分为两大类，分别是：40周岁以下的青年女性和40周岁以上的中老年女性。在青年女性群体中，涉及的类别有学生（含本硕博）、教师、文化工作者、社区工作者、企业人员等；在中老年女性群体中，主要涉及教师、社区工作者、企业员工、退休工人、农村妇女等。本次问卷分一卷和二卷。

了什么样的重要地位？

问卷中涉及了关于女性个体生命民俗的调查，如女性对生肖运程、婚配属相、无春年、本命年的看法；女性对诸如吃新娘茶、闹洞房、坐月子、满月酒等婚姻、生育习俗的认识，女性对当今社会诸如人体彩绘、代孕、二奶、小三等现象的态度等。一般而言，这些民俗都是女性个体在成长过程中所要经历的，因而女性个体对这些民俗的感受与认识也是最为直接、最为真切的。

从问卷调查结果分析中我们可以看到，不管是城市女性还是农村女性，她们对"生肖运程""婚配属相""无春年""本命年"等传统民俗都有着独特的、真切的认识。然而，这些生命中的个体民俗对当代江南社会老、中、青三代女性的影响却是不尽相同的。对于"生肖运程"，参与调查的江南地区的老、中、青女性几乎有一半以上的人相信生肖与命运、运气等的关系，只有极少部分的人完全不相信。对于"婚配属相"，有部分女性十分讲究婚姻双方属相要相配，但绝大多数女性对于婚姻中的属相相配并不在意，相较而言，中老年女性在婚配过程中受属相因素的影响略为明显些，而青年女性则更注重婚姻中的情感。婚配生肖"八字"是汉族古已有之的一种俗信，认为属相与人的才能、品性与命运息息相关，生肖之间的相生相克就成了婚配中的讲究和标准。除了经济、社会、情感等因素外，"合八字""避六冲"也成为择偶成功与否的重要因素，这种根深蒂固的观念不可避免地对当代江南女性特别是中老年女性的民俗观产生了重要影响。在"无春年"与"本命年"的问题上，江南地区的青年女性显然表现出了比中老年女性更为现代、开放的理念。大部分的中老年女性对无春年比较忌讳，认为结婚最好能避开无春年；而绝大多数的江南青年女性则并不介意无春年，而是根据个人的情况及现实的需要去办事。此外，中老年女性对本命年穿红色内衣裤的认同度更大，并相信避邪之说；而有较大一部分青年女性对此并不讲究。从这些具体的个体生命民俗中，我们可以初步得出这样一个结论：不同年龄阶段的江南女性对民俗的认同、接纳程度并不一致，中老年女性对于生命民俗的本质认识更为深刻、彻底，而青年女性在对待传统生命民俗的态度上则更多地融入了现代的意识。

从现代民俗学的角度看，江南青年女性与中老年女性在对待生命民俗上所体现出的认知差异，其实也反映了民俗在不同时代女性群体身上的变迁。对于20世纪70年代以前出生的女性而言，由于国家、社会、民族、环境等种种原因，她们的思想较为保守，对传统的东西大体持遵从、应和的态度，体现在民俗上即是一种认同、接纳的态度。而 70 年代以后出生的青年女性，由于政治、经济、媒体等的广泛影响，国外思潮及消费主义在较大程度上占据了她们的思想空间，她们的思维方式及观念行为既有现代、开放的一面，同时又没有完全脱离传统观念的影响，因此青年女性对待民俗的态度更倾向于传统与现代、保守与激进的"混合体"。由此可见，这两类江南女性对待生命民俗的认知差异也充分地表明了女性个体生命民俗在不同时代的变迁。

对于女性而言，个体生命民俗不仅见证了女性个体文化发展的时代印迹，而且从某种意义上模糊了女性之间的城乡差别、上下差别。在本次的女性民俗调查中，我们发现，当代江南女性对诸如"吃新娘茶"①"闹洞房""坐月子""满月酒"等传统的婚姻、生育习俗至今还记忆犹新，这些习俗不同程度地在城市或乡村的日常生活中保存和延续着。对于已婚的青年或中老年女性来说，她们中的绝大多数经历过"吃新娘茶"或"闹洞房"的习俗，这表明"吃新娘茶"或"闹洞房"这些婚姻礼俗在当今社会越来越受到重视。在对待"坐月子"的态度上，江南地区无论是城市还是农村的青年、中老年女性都不约而同地对这种传统的女性民俗持肯定、认同的态度，认为这种"坐月子"习俗的保留对女性的身心健康及发展很有必要。而对于"满月酒"或"周岁"生日宴，尽管这两个年龄阶段的女性群体境况迥异，但城乡却表现出了惊人的一致，差不多有一半的青年女性在其出生时父母替她们办过"满月酒"或"周岁"生日宴，而 20 世纪 70 年代以前的中老年女性就没有那么幸运了。"满月酒"这种习俗是家族、社会对孩子诞生的重视程度的外在表征，这表明随着时代的进步、生男育女观念的变化，女性婴孩在江南城乡各地受重视的程度也日益提高。民俗一般有城、乡之分，而女性的个体生命民俗则显示出民俗的城乡差异正在逐渐缩小，甚至消失。忽略了民俗城乡的差异以及女性地位的差异，使得女性民俗更凸显出生命的原始色调与本真意蕴。

此外，在笔者看来，江南女性的个体生命民俗在现代化、城市化的进程中也显示出了其独特的一面。中国本土纯粹的、封闭的乡村民俗环境已经逐步消失，取而代之的是多元的、开放的"乡村—城市"一体化的民俗环境，城市白领对朴素、生态的女性民俗持欣赏和利用的态度，女性民俗逐渐成为大众女性群体和精英女性群体所共同需求的人文文化成分。本

---

① "吃新娘茶"是一种婚姻习俗，指新娘捧茶给家族里的长辈喝，长辈接过茶并拿出红包作为赠礼。

次女性民俗调查为此特别涉及了与城市化相关的"人体彩绘①、代孕②、二奶、小三"以及其他一些对婚姻家庭的态度等新兴的事物，这些新事物的背后或多或少地隐含了传统女性民俗的因子。例如，人体彩绘最早源于原始部落的"图腾"，而俗称"借腹生子"的代孕与古代及近代中国的"典妻"习俗似乎有着相似之处，二奶及小三又与旧社会的"纳妾"习俗有着一定的渊源。正是女性民俗在时空跨越上的延续性特点使得当代的女性问题还留存着传统民俗的印迹，当代女性对这些社会新事物的态度较好地折射出了她们的现代民俗观。在笔者看来，江南女性的现代民俗观还是相对正统和理性的，对于代孕、二奶、小三等现象，绝大多数的青年、中老年女性持否定态度，尤其是"代孕"，没有人认为代孕是一种新的观念，新的趋势。由此可见，当代女性对于传宗接代的血缘关系十分看重。在旧社会，"典妻"与"纳妾"蔚然成风，这些陋俗直接伤害的是女性群体，在强大的封建男权制度下，女性成为无力反抗、沉默寡言的一个群体，而她们内心作为"人"的尊严依旧强烈地存在着。当传统女性一跃成为"时代女性""半边天"时，她们内心这种原始的冲动与欲望便瞬间爆发出来，体现在问卷上便是对这些社会新现象的较为强烈的否定态度。对于"人体彩绘"，部分女性从现代艺术的角度勉强能接受，也有的将此视作现代版的"图腾"。

"美国人类学之父"博厄斯认为，民俗是文化的一面镜子，他提出，一个民族的民俗就是这个民族的自传体民族志。这就意味着，尽管民俗可能是打开过去的一把钥匙，它同样反映了现在的文化，因而也是打开现在的一把钥匙。③ 由此可见，民俗研究已经在时间跨度、研究对象上有了实质性的转变，从"过去"向"过去和现在"转变，从"遗留物"向"遗留物和功能因素"转变，这种转变对于民俗参与现实功能的发挥有着十分重要的作用。从上述江南女性个体生命民俗的代际差异、城乡合一、现代化进程等多个侧面，我们透视到了女性生命民俗历史变迁过程中的时空、环境差异等因素，同时也使我们深切地体会到了女性生命民俗所折射出的一个民

---

① "人体彩绘"又称纹身彩绘，即在光滑的皮肤上，用植物颜料绘出一件美丽的华服，具有特殊的美感。人体彩绘的雏形是源于土著人身上的图案。
② "代孕"是指将受精卵子植入孕母子宫，由孕母替他人完成"十月怀胎一朝分娩"的过程，俗称"借腹生子"。
③ [美] 阿兰·邓迪斯：《美国的民俗概念》，阿兰·邓迪斯：《民俗解析》，户晓辉编译，广西师范大学出版社 2005 年版，第 40 页。

族的文化传承与流变。女性生命民俗的流变历程表明，女性自身在历史发展过程中，"传统"与"现代"始终是促使其螺旋式上升的矛盾统一体。

二 女性生产生活民俗的现代审美

董晓萍在谈到现代化时期"民俗"的特点时指出：①城市化不是民俗的对立物，而是一个民俗权利的意识化过程；②中产阶级从历史意识、个性风度和审美欣赏的现实出发保护民俗，并把享用民俗当作一种区别于统治阶级的生活方式；③增加了保护民俗的技术手段，但不是说技术能直接表达民俗。① 笔者认为，江南女性的生产、生活民俗不仅体现出了上述现代民俗城市化、审美化、技术化的共性特点，而且还有其十分鲜明的独特之处，它是女性日常生活的文化缩影，也是女性寄托理想的审美载体。

女性的生产民俗有着重要的社会学意义。"男人和女人有着不同的性别特征，他们从根本上制约着、规范着人类社会的生产生活方式，而后者又在一定程度上反作用于人类自身的进化过程，结果更加强调了男性气质和女性气质，使男女有别。"② 人类社会从新石器时代起处处留下了女性的印迹，女性在原始农业、养畜业和手工业等领域起着举足轻重的作用，于是便出现了像"采集、狩猎、农耕、纺织、制陶、酿酒"③ 等一系列具有女性特色的生产民俗活动。这些生产民俗活动随着时代的发展和社会的进步，有的已经不复存在了，有的却经过变异形成了现代意义上的女性生产民俗。例如，古代妇女的"采集"生产民俗是现当代女性"逛街购物"行为的滥觞。"采集"和"逛街"有着某种相似之处，古代妇女采集的东西主要分为食物、衣物两大类，妇女的采集活动曾在解决人们的衣食之源上起过积极、有效的作用。如今的"血拼一族"也主要是女性，"逛街购物"是女性为解决自身或家庭衣食问题的民俗行为，采购的东西也主要

---

① 董晓萍：《现代民俗学讲演录》，广西师范大学出版社2007年版，第47—48页。
② 邢莉主编：《中国女性民俗文化》，中国档案出版社1995年版，第44页。
③ 邢莉在《中国女性民俗文化》一书中较为详细地阐释了这几种女性生产活动，使我们对古代女性的生产民俗有一个较为全面、客观的理解。据她考证，最初的狩猎是全体氏族的集体活动，男女都要参加，但有男女分工，妇女在狩猎时参与放火、追赶、围攻等活动，此外妇女还擅长兽皮、鱼皮的加工生产。土家族信奉的最大的神是狩猎女神，叫"媒嫦"，这也说明妇女是远古时期狩猎的重要参与者和组织者。此外，在制陶方面，从现有的人类学知识分析，制陶分为三个阶段：手制法，慢轮加工，陶车拉坯。其中，前两个阶段技术较强的工作都是由妇女承担的。另外关于酿酒，邢莉认为，酒的兴肇者是女人。古代流传的"帝女之说"（一说为舜之女，一说为天帝之女）也说明最早酿酒的也为女性。

以食品和日用品为主，并进行加工制作。从现代民俗学的角度看，这也是当代女性从事的一项十分重要且有意义的生产民俗活动。再如，古代妇女所从事的"农耕"和"酿酒"劳动也沿袭至今，当今江南有些农村妇女也适当干些农活，在农闲之余还在家酿酿酒，享受着劳动的愉悦。女性民俗问卷调查还显示，当代江南青年女性从事的生产活动基本以"单位上班"和"做家务"为主；而中老年女性除此以外，还有较为丰富的个体生产活动，如打毛衣、做衣服、绘画、练琴等，这些也是传统女性生产民俗在现当代社会的传承。在笔者看来，江南地区像"打毛衣、刺绣、做衣服"等现代女性从事的日常性活动与源远流长的江南妇女纺织习俗是分不开的。出生于松江府乌泥泾镇的黄道婆（今上海市华泾镇）是宋末元初知名的棉纺织家，由于她在棉纺织工具和纺棉技术方面的推广传播，使昔日"土田贫瘠，民食不给"的乌泥泾变成了"家既殷实，转货他乡"的棉业重镇，从此松江也成为我国棉纺织业的中心。可见，当代江南女性所从事的打毛衣、刺绣、做衣服等生产民俗确实与当初黄道婆在纺织业上的影响有着不可分割的渊源关系。然而，有些女性生产民俗因年代久远、社会环境变迁等原因已经被淘汰。如宁波江北区慈城镇的女性"堕民"，她们从事的是"送娘子"[①]的行业，这一行业距今已有六百年了。"送娘子"是一个综合性、技艺性的角色，这一由女性从事的特殊的行业在当今社会已荡然无存，取而代之的是现代婚庆礼仪、美容美体这些新兴的事物。

当然，除了日常生活中的生产民俗之外，当代江南女性的生产民俗还体现在一些女性民间手工艺上。这些具有江南特色的女性生产民俗成为寄托女性俗世理想和建构女性生命之美的审美载体。以浙江宁波鄞州区为例，该区至今仍保留着一些具有地方特色的女性民间手工艺，如金银彩绣[②]、虎头鞋制作、民间彩线刺绣、香包制作、抽丝织绸等。唐宋以来浙东即以

[①] "送娘子"简称送娘，俗称堕贫嫂，是结婚时跟在新娘身后用以张罗的妇人，送娘也常常成为婚宴上取笑、耍弄的对象。送娘一旦被东家雇请，其职责有帮助东家筹办嫁妆，教姑娘行新婚礼俗和代送新娘过门等。俗话说："小姑开面第一次，大嫂绞面月一次。"送娘除了在婚宴上要为新娘开面化妆外，在平时也要被大户人家的女主人雇用去做绞面，相当于现在的美容。也有被请去给小孩剃满月头的。具体内容参见王静《中国的吉普赛人：慈城堕民田野调查》，宁波出版社 2006 年版。

[②] 金银彩绣，又称"金银绣"，即以金银丝线与其他各色丝线一起，在丝绸品上绣成的带有不同图案的绣品。20 世纪 60 年代初，宁波工艺美术界将其与朱金木雕、泥金彩漆、骨木镶嵌三个以金银为原材料的著名工艺合称为"三金一嵌"。宁波的金银彩绣风格独特、色彩浓郁，其内容和题材也十分丰富。参见陈素君编著《鄞州传统手工艺》，宁波出版社 2010 年版，第 22 页。

"鱼米之乡"闻名全国,"家家织席、户户刺绣"的传统使得当时的富贵小姐、百姓女子纷纷以习"女红"为美德,于是金银彩绣便在宁波代代相传,像民间日用品中的龙凤被、虎头鞋帽、椅披、戏曲服饰、会庆装饰等都处处凝聚着金银彩绣的精美工艺,浙东女子也正是在享受刺绣的愉悦中建构起了自己的审美理想。虎头鞋制作也是宁波女子擅长的民间工艺,宁波一带在很长时期内流行着"阿姑做鞋送侄子","小孩子穿虎头鞋能驱邪避灾"的说法,虎头鞋生动活泼的观赏价值以及驱鬼避邪的实用功能使其被列入宁波非物质文化遗产保护项目。此外,上海的"顾绣"与苏州的"苏绣"同样也是江南女子表达爱意、抒发情怀的绝美物品,江南女子正是在一针一线的勾画中寄托着自己的情趣爱好与俗世理想。

女性民俗与现代生活的水乳交融除了体现在女性生产民俗外,也十分典型地体现在女性生活民俗上。女性生活民俗是一个民族传统观念的外化,它可以让成员间彼此产生身份的认同感,可以强化其宗教信仰、伦理观念,增强成员间的内聚倾向力。由于物质生活民俗包括饮食、服饰、居住、建筑及器用等方面的民俗,[1] 因此按照笔者的理解,女性生活民俗也应涵盖衣、食、住、行等方面的内容。江南女性的生活民俗首先体现在那些具有女性特色的饮食民俗上,如绍兴地区的"女儿红"酒[2]、桐乡乌镇的"姑嫂饼"[3]、宁波女儿送给父母的"六十六块肉"[4]。无论是"女儿

---

[1] 钟敬文主编:《民俗学概论》,上海文艺出版社1998年版,第73页。
[2] 著名的绍兴"花雕酒"又名"女儿酒"。据传绍兴一员外老来得女,剃头酒大宴后将余酒埋于桂花树下,十八年后女儿出嫁之时掘陈酿以宴宾客,顿觉芳香沁脾。此后千百年间,远近人家生了女儿时,就酿酒埋藏,嫁女时就掘酒请客,古绍兴一带逐渐形成"生女必酿女儿酒,嫁女必饮女儿红"的习俗。
[3] 乌镇姑嫂饼是浙江桐乡乌镇的传统糕点,比棋子略大,油而不腻,甜中带咸。据《乌青镇志》记载,据说在一百多年前,乌镇方家名叫"方天顺"的夫妻茶食店,秉承祖上制作酥糖的好手艺。因其配方独特,制作精心,深受乡民喜爱。为了保持独家经营,方家制定了关键技术传媳不传女的家规。有一次,方家的姑娘因为嫉恨嫂嫂,在嫂嫂事先配制的粉缸里顺手撒下一包盐,没想到"弄巧成拙",第二天生意火爆。在父母的说和下,一家人不计前嫌,改进配方,并取名"姑嫂饼",从此闻名天下。
[4] 宁波人有个约定俗成的习俗,就是有女儿的人家,在父母66岁那一年,做女儿的要烧制六十六块肉给父母享用,以报答父母的养育之恩。送肉时要买五花肉,切好煮好后挑出大小均等的66块,上面放上香葱,然后在蒸好的八宝饭上放上一只红枣和两根全头全须的龙头烤,从父母家的窗口或门道递进去,父母要一餐把它们吃完,寓意"增福增寿"。以前的老人以吃了女儿送的六十六块肉为荣,表示自己长寿有福气能吃到女儿送的肉。现在老人们都普遍长寿了,但这一旧俗依然流传至今。

红"还是"姑嫂饼",江南女性的聪颖与才智巧妙地渗透于传统的技艺中,我们在品尝与揣摩之余不得不慨叹于其称谓的精到。而"六十六块肉"更是体现出江南女子孝敬父母、尊老爱老的温淑贤惠的品格。应该说,这些浸染着女性民俗的江南特色食品传递出的不仅是一种温婉幽雅的江南风格,更是一种江南女子柔中带智、聪慧伶俐的精神气质。

服饰民俗也充分地体现出江南女性生活民俗柔美、精致的特点。传统意义上的江南女子工于"女红",霞帔、肚兜、绣鞋、手帕、荷包、香袋都显示出其别具一格的江南风韵。笔者近来在宁波宁海的"十里红妆"江南民俗馆采风时特别见到了馆主从江南民间搜集来的"凤冠霞帔"①"三寸金莲"、肚兜、荷包等女性服饰,这些绣品图案精美、色彩鲜明,多为江南女子丝丝针线缝制而成。在笔者看来,这些服装与饰品之所以出自江南女子之手并为江南女子所青睐,主要有以下四方面的原因:一是江南自古是鱼米之乡,盛产丝绸,这为江南女性服饰提供了充足的材料来源;二是这些女性服饰在江南地区能真正发挥其实用功能。在"缠足"之风盛行的古代社会,作为历来讲究礼制的江南社会自然也循规蹈矩,于是江南女子在被设定的道德礼制下不但亲自绣出"三寸金莲",而且还要被迫展示那种"畸形的美";三是由江南特殊的地理环境与气候所致。江南地区多雨湿润,房间内若放置一包天然的除湿香料,自然会感觉心旷神怡,于是用以避邪祛湿的荷包自然成为首选;四是江南地区向来盛行的"女红"为这些女性服饰的诞生提供了技术上的保障。民国初年,江南一带城市集镇中组织了"女红社",集体工作,统一销售,比传统女红迈进了一大步。但当时富家小姐依然足不出户,恪守闺房。江南这一服饰民俗历经岁月的洗礼,存精华而去糟粕,至今还保留了一些肚兜、手帕、荷包、香袋、丝巾、丝绸旗袍等服装或饰品,这些氤氲着民俗气息的作品融入现代经济大潮,成为江南独具特色的一朵"奇葩"。

"审美活动作为生命的最高存在方式,是指人在追求生命意义和人生价值生成过程中与对象交融所形成的境界,是自身终极价值的实现。只有此时,人们才真正感受到'万物皆备于我'和'天人合一'的审美时空境界,它使人生意义充盈、完美,并最终实现对悲剧的超越。"② 从这种

---

① 旧时江南女子结婚时须"凤冠霞帔",这霞帔就是新娘结婚这一天的重要装饰,它是女性颈肩之间的装饰物,形状有四合如意、六合如意、万合如意几种,以花鸟人物、山水景致、吉祥图案为内容。参见何晓道《十里红妆女儿梦》,中华书局 2008 年版,第 29 页。

② 赵德利:《生命永恒:文艺与民俗同构的人生契点》,《宁夏社会科学》1997 年第 6 期。

意义上说，江南女性的生产生活民俗作为一种审美的存在已超越了民俗本身的意义，它是女性追求生命之美、实现自我价值的途径。女性生产生活民俗从古代到现代的传承、流变或消失，取决于民俗本身的现实意义，对民俗现世功能的发掘与对民俗审美价值的构建是同等重要的，因为对于女性生产生活民俗而言，实用是一种美，美也是一种实用。

三　女性信仰禁忌民俗的当代流变

日本现代民俗学家后藤兴善指出，民俗研究的最重要问题是要透过事象、民间传承的表面，来探索隐藏在它们最深处的内涵。[1] 笔者认为，后藤教授所说的"最深处的内涵"应该是指那些深藏于人的内心的民俗信仰。民俗信仰是人们通常所说的"民间信仰"，是民众在长期的历史发展过程中自发产生的那套行为习惯、仪式制度和神灵崇拜观念。从民俗的类别来看，它也是一种信仰民俗。信仰民俗对当代生活产生着不可忽视的影响，了解当代女性信仰民俗的流变也是我们认识女性、发展女性的重要途径。

当代女性的信仰民俗较为典型地体现在观音信仰、婚俗信仰、贞孝信仰等方面。这些女性信仰民俗从古至今并非一成不变的，而是有着一条源远流长的发展线索。观音信仰最早起源于印度，大约是在公历纪元后不久逐渐传播到整个亚洲地区。在我国唐朝时期，观音信仰已有了相当广泛的传布。宋代以后的近世社会，观音信仰已渗透流行到所有阶层，与一般民众的生活也发生着极其紧密的关联。观音的神职功能是多方面的，她既可以护佑人间风调雨顺、保佑人们健康长寿，还可以是人们避凶趋吉、化险为夷的祈祷对象。更为重要的是，观音在送子、育子、救助产妇等功能上极其灵验，因而得到妇女们的崇拜与笃信，这也是观音成为当代中国女性民俗信仰的重要缘由。女性民俗文化问卷调查也显示，不管是当代的中老年女性还是青年女性，她们平时最信奉的女性神灵绝大部分是"观音"，也有部分女性选择"灶神""子孙娘娘""厕神""蚕神"等女性神灵，信徒中以女性家族成员居多。然而，由于社会意识形态的多样化及其他诸方面的原因，当代江南女性特别是青年女性对观音的崇拜与信仰日趋实用化、功利化，只有当她们某方面的需求与观音的神职功能相吻合时，她们才会去祭拜观音，因此祭拜观音也成了当代江南女性一个"不定期"的行为，这也从一个侧面体现出了女性信仰民俗的当代特点。浙江舟山的普

---

[1] ［日］后藤兴善：《民俗学入门》，王汝澜译，中国民间文艺出版社1984年版，第76页。

陀山是观音菩萨的道场，据调查，当代江南女性通常选择在三次隆重的观音法会日①前去祭拜，祭拜的形式有水陆法会、普佛、坐夜、拜山②等。女性在对观音虔诚信仰的实施过程中调节了内心的平衡，表达了内在的想法，同时也寄托了个人美好的愿望。

在笔者看来，中国女性的观音信仰成为当代女性日常生活的主要精神支柱，这并非一朝一夕的事情。其实，早在远古时期中国民俗就逐渐形成，它们以原始思维为基础，形成包括女性崇拜、女巫信仰在内的各种信仰民俗。由于史前的女巫在生产、生育、祭祀诸方面均起着十分重要的作用，她们是生产的组织者、生育的保护者和祭祀的主持者，因此在中国较长的历史时期内女巫信仰成为主导社会民众的不可或缺的精神寄托。不难发现，史前女巫作为"生育的保护者"的神职功能与现代观音信仰民俗中"送子育子"功能不谋而合，两者有着跨时空的相似点与契合点。应该说，在女性发展的历史长河中，生育繁衍作为女性主要的职责一直贯穿于女性的日常生活，因而关于生产养育的信仰民俗也成为历代女性最重要的信仰之一，从女巫信仰到观音信仰的流变就很好地说明了这一点。

民俗既有着传承性、延续性，但同时也有着很强的时代性。从远古民俗、古代民俗到中古民俗、近世民俗再到现代民俗，各个时代呈现出各自的民俗特色。女性的婚俗信仰、贞孝信仰在这一时代的进程中也发生着巨大的演变，我们亦不妨从现代社会中去探寻它们发展的轨迹。张紫晨先生对现代民俗有着深刻的认识，他指出："现代民俗具有现代文化之融合及思想解放的特点，主要是辛亥革命以后，以至现当代之习俗。总的趋势是封建性减弱，现代性增强，带有文明改良之性质。但有些旧俗仍在继续。时常有旧俗中有新的因素，新俗中又有旧的形式来表现等复杂的情形。"③可见，现代民俗是新旧民俗的"复合体"，体现着由传统向现代过渡的特点。就婚俗信仰而言，旧式婚俗中的封建性和权威性对女性有着极大的伤害，童养媳、抢婚、典妻、牌位婚、守节等一系列封建规范与礼俗成为旧时妇女自由婚姻的"绊脚石"。五四新文化运动对这些不合理的婚姻礼俗

---

① 这三次法会分别是：农历二月十九为观音诞生日，六月十九为观音成道日，九月十九为观音涅槃日。

② 水陆法会主要是超度地方上的孤魂野鬼；普佛主要是超度自己亲属的亡灵；坐夜亦俗称"坐山"，圆通殿内烟香缭绕、灯火通明，信徒齐集于殿内坐而诵经，以女性居多；拜山是法会后信徒们经香云路而往佛顶山，三步一拜、九步一叩的场面十分壮观，香客中以女众居多。详见邢莉主编《中国女性民俗文化》，中国档案出版社1995年版，第388—390页。

③ 张紫晨编：《民俗学讲演集》，书目文献出版社1986年版，第332页。

提出了改革的要求,于是妇女积极响应,反抗包办婚姻、追求自由恋爱之风在社会中逐渐形成。经过近一个世纪的发展与演变,原来封建、传统的婚姻陋俗已被现代、文明的婚姻良俗所替代。由当代女性民俗文化问卷调查显示,像"抱上轿、闹房、行献茶见面礼、坐月子、满月礼"等与女性息息相关的婚育习俗至今还在江南乡村或城市沿袭,这些经过改革或演变而成的现代婚育良俗既在一定程度上满足了中国人传统趋吉心理的需求,又对促进女性个体身心发展、创建现代和谐家庭有着重要的意义。

婚姻是社会生活的重要组成部分,也是人类缔结姻亲、繁衍后代的重要方式。婚姻以其"日常性、普遍性"的特点而备受人们关注,女性与婚姻的关系也是女性个体发展不可或缺的一部分,因此研究女性的婚俗信仰、改进女性的婚俗观念从某种意义上来说也是促进家庭与婚姻和谐、进步的重要手段。上述所说的婚姻良俗的沿袭固然很重要,然而当代女性的婚俗信仰最核心的还是体现在那些独具地方特色的民间观念上。浙江宁波鄞州有一座"梁山伯庙",那里的香火一向极盛,女香客中大多为求婚姻而前往,因为宁波一带流行着这样一句俗谚:"若要夫妻同到老,梁山伯庙到一到。"还有一首歌谣也表达了同样的意思:"梁山伯庙去烧香,拜拜多情祝九娘;少年夫妻双许愿,不为蝴蝶即鸳鸯。"[1] 有人曾经对八月初八去梁山伯庙的近3万人做了一个调查,初八日朝圣大多是婚恋中男女为了表达爱情忠贞、向往美满婚姻而去的,一些中青年夫妇则为祈愿白头偕老、家庭和睦。这正如梁祝文化研究专家周静书先生所言:"在普通大众心目中,梁山伯庙的庙志是以婚姻为主题的,这就更加符合人们的心愿,也是梁山伯庙香火兴旺的根本原因。"[2] 类似梁山伯庙的民俗物象以及与之相关的代代相传的婚俗观念,无疑对于培养江南女性忠贞不渝的爱情观有着极为重要的影响。在贞孝信仰方面,也有相关的民俗物象。宁波江北慈城为纪念三娘而掘的"三娘井"[3],绍兴上虞为孝女曹娥而立的

---

[1] 陈勤建、王恬:《吴越民俗文化与民间文学》,吉林摄影出版社2002年版,第199页。
[2] 周静书、施孝峰:《梁祝文化论》,人民出版社2010年版,第95—96页。
[3] "三娘井"是一口"孝井",其背后是一个关于慈母孝子的故事,此故事的来源就是宁波江北慈城冯家。据记载,明代官至刑部尚书的冯岳年幼时,误传其父客死在异乡,其母因伤心早亡,年幼的他就由三娘(其父的小妾)抚养成人。宁波俗语曰"六月的日头,后娘的拳头",但冯岳的后娘却慈爱胜似亲娘。后来,冯岳为让三娘取水方便,专门在院子里挖了一口井。相传当地大旱时,三娘无偿向乡亲们开放自己的井,供乡亲们汲水,因此"三娘井"在当地远近闻名。

"曹娥碑"①，徽州地区为徽商妇所造的"贞节牌坊"② 等都是贞孝信仰的现代留存。尽管这是历史的遗迹，有些信仰民俗一度成为束缚妇女的陋俗并曾遭贬责，但作为历史文化的"镜子"，它们反过来也为弘扬当代女性文化、点亮当代女性精神发挥了不可磨灭的作用。事实证明，这些独具地方特色的女性贞孝文化经过改良与变革，是可以成为弘扬社会人文精神的"催化剂"的，像宁波江北慈城借助慈孝之风所开展的"中华慈孝行"活动在当代产生了广泛的社会影响，这充分说明了女性信仰民俗在当代流传普及的功能与效用。

笔者认为，就女性的信仰民俗而言，除了研究其一般意义上的民间信仰内容之外，女性的禁忌民俗也是不可偏废的一翼。因为女性禁忌是渗透于女性日常生活中的一个普遍、共有的民俗文化现象，它是规范女性言行举止的一种无形的精神束缚，承载着女性独有的信仰、心意民俗文化。女性禁忌是一种无行为表现的心意民俗形态，也是一种十分复杂的女性民俗认知心态，它产生于遥远的古代，绵延于现代文明社会。传统封建社会中的中国妇女有着种种禁忌，诸如服饰禁忌、行为禁忌、婚姻禁忌、孕产禁忌等，这些禁忌民俗像一条条无形的绳索羁绊着女性对生命自由的追求。在日常生活中，像"笑不露齿，走不动裙""男不拜月，女不祭灶"③"男人鼾田庄，女人鼾空房"④ 等禁忌也无形中规范束缚着女性的行为，使她们难以行动自如。在婚育习俗方面，传统社会对女性的禁忌更是严格之至。例如，择偶禁忌对女性的影响很大，很多地方忌讳与高颧骨的女性谈婚论嫁，因为俗谚云："男人两颧高，生来志气高；女人两颧高，杀夫不用刀。"此外，女性属相也是对方择偶的重要标准之一，若是"属羊女"则经常会遭拒绝，因为民间有"羊命贫寒"的说法。女方亲友送新

---

① 曹娥碑，是东汉年间人们为颂扬曹娥的美德、纪念她的孝行而立的石碑。曹娥（130—143），是浙江上虞皂湖乡曹家堡人。父亲曹盱，系巫祝，能"抚节按歌，婆娑乐神"。东汉汉安二年（143）五月五日，曹盱驾船在舜江中迎潮神伍君，不慎落水身亡。其女曹娥时年14岁，沿江号哭日夜寻找父亲尸体，最后伤心至极投江而死。曹娥这个孝女的故事便从此闻名江南一带。
② 徽商是中国历史上一个十分有实力的商帮。徽商妇，作为徽州历史上最为卑微又最悲壮的角色，为这段辉煌的地方商业史画上一个尴尬的注脚。在象征徽州文化的林立的牌坊中，以表彰妇女贞节为最多，几乎占到一半，其中商人妇占了绝大多数。据记载，自唐宋以来歙县建有的牌坊达400多座，至今留存下来的仍有104座，居中国各县之最。
③ 这是因为女人祭灶神要亵渎神明。
④ 这是说女人打鼾不吉利，要死丈夫。

娘出嫁时也有很多禁忌,如送亲的人中必须是"全活人",忌寡妇、孕妇送亲。有学者指出,在浙江温州至今还保留着类似的禁忌婚俗,送亲的人必须全是男性亲属,忌讳女人在迎娶中出面,女性亲属包括至亲的母亲、姐妹都直接到酒店等候,而回避直接去新房。① 浙江宁波新人结婚时嫁妆中都有"子孙桶"②,结婚前夜新郎与一个童男同睡,童男得到子孙桶里的东西及红包并在桶里撒尿,寓意"多子多孙"。而女童是根本不能触碰"子孙桶"的,否则会给这家带去秽气。由此可见,传统社会对女性方方面面的禁忌已经深入到民众的日常观念中,成为控制女性命运的残酷的"枷锁"。而某些传统女性禁忌也已延续到现代社会,成为影响女性发展的负面因素。

本尼迪克特指出:"世间流行的传统习俗就是大量的琐细行为,这比任何个人在个体行动中(无论他的行为有多古怪)所能展开的东西更令人惊讶不止。……至关重要的是,习俗在经验和信仰方面都起着一种主导性作用,并可以显露出如此众多殊异的形态。"③ 可见,本尼迪克特十分注重传统习俗对于世人信仰所起的主导性作用。女性的禁忌民俗作为一种根深蒂固的传统习俗,体现在女性日常生产生活的很多领域,它们对女性的人生信仰起着重要的规范、调节、主导的作用。在我看来,千百年来女性禁忌民俗的形成也有着强大的社会原因和文化根基,女性在封建社会中一直作为男性的"附属品"而存在,女性的欲望得不到正常的满足,社会对女性欲望的严厉掌控也助长了禁忌民俗的肆意泛滥。当代社会随着女性欲望的逐渐复苏及女性意识的不断增强,一些落后、鄙俗的女性禁忌已经被扔进了历史的"废墟",女性获得了前所未有的生命之美,在大量女性禁忌消亡的过程中凸显出女性对生命的热爱与追求。然而,不可否认的是,在当代社会,尽管许多女性禁忌已被消解或废除,但我们仍可以隐隐感受到传统根深蒂固的观念对现代女性的偏见与压抑。但不管怎样,女性的禁忌民俗从古至今的流变也反映出女性建构自我话语权的心路历程。禁忌民俗从形成到消亡过程也是女性欲望不断张扬、主体意识不断得到确立

---

① 参见吴翔之《民俗视野中的女性话语建构——以女性禁忌民俗为例》,《江西社会科学》2011年第4期。
② 子孙桶里面放红枣、长生果、桂圆、荔枝、百合、莲子等干果,寓意"早生贵子""长生不老"和"多子多福";再放五只红鸡蛋,象征"五子登科"。现代结婚时一般再加一个红包放在子孙桶里。
③ [美]露丝·本尼迪克特:《文化模式》,王炜等译,社会科学文献出版社2009年版,第1页。

的过程，而这种"张扬"与"确立"正是当代女性建构自我、寻求理想的前提与基础。

从上述女性个体生命民俗、生产生活民俗、信仰禁忌民俗的历史流变中，我们发现，女性个体生命民俗的传承与流变体现出江南地区女性眷顾传统、返璞归真的生命意识；女性生产生活民俗是江南女性日常生活审美化的真实呈现，在那些延续吴越传统、颇具江南温婉意蕴的生产生活习俗中闪烁着江南女性的智慧；而女性信仰禁忌民俗的传承及消亡则反映出江南女性个体精神建构的曲折性与复杂性，当代江南女性的信仰禁忌民俗正是在吴越"好淫祀、重鬼神"的民风中逐渐形成的。

民俗有良俗与陋俗之分，女性民俗也是如此。"良与陋之间只能是相对的。而且在演变中，有些民俗由良而陋，又可由陋而良，有些民俗虽为陋俗，经过演变和改革亦可变为良俗。"① 良俗与陋俗之间那种互动、辩证的统一关系为我们考察当代女性民俗提供了宝贵的视角。对女性民俗的合理扬弃有利于提升当代女性的内在潜质，发挥女性民俗应有的当代社会功能。为了更好地利用并发挥女性民俗的当代价值，我们要尽可能地发掘女性民俗中的真、善、美，对于女性民俗的宣扬也要从尊重与热爱女性的生命、注重女性真实的情感沟通、提升女性内在的审美情操出发，发掘女性个体的潜能，激发她们无限的创造力，这样女性民俗才有可能融入社会、发挥价值，真正成为架构传统与现代、女性与社会的内在精神桥梁！

第二节 女性民俗的现当代文学发展

女性民俗作为民俗文化的重要组成部分，与中国现当代文学发生着直接的、不可忽视的内在联系。经过现代文学江南作家这一特殊群体的文学演绎，特殊时空下的女性民俗与其作品文本中的女性民俗有机融为"整体"，从而成为中国现代文学中独树一帜的"文学地标"。从这种意义上说，女性民俗是研究中国现代女性文学的一个重要的"资料库"、一块颇有新意的"垫脚石"，同时也对当代女性文学的研究有着方向性、标识性的指导意义。基于文学的融通性与传承性特点，本章以"女性民俗"为坐标，考察其在中国现当代文学女性书写中的发展状况，从而进一步探讨女性民俗对于中国现当代文学特别是女性文学史建设的重要意义与价值。

---

① 张紫晨编：《民俗学讲演集》，书目文献出版社1986年版，第232页。

一 民俗与启蒙的互动

中国现代民俗学的发生发展与五四新文化思想启蒙运动有着同根同源、相依相存的内在联系。两者有着各自的思想内涵与发展体系,但却以"民间文艺""民间文学"为共同的战斗领域,并且在"启蒙大众""启迪民智"等方面有着异曲同工之妙。中国新文化运动初期北大歌谣研究会及《歌谣周刊》是当时民俗学研究的重要阵地,其创办初期所设立的宗旨充分体现出了新文学主将们意将民俗作为启蒙手段的学术意图。郑振铎于1938年写就的《中国俗文学史》是继鲁迅1923年《中国小说史略》之后的早期俗文学研究的重要成果之一。在该书中,郑振铎先生全面、系统、完整地勾勒了五四运动以前中国民俗学的发展轮廓。可见,当时的学人已充分认识到了民俗的重要性,并欲将之与文艺文学相结合,从而成为启蒙大众、启迪民智的重要途径。

民俗与启蒙互动的语境也为该时期"女性民俗"的文学发展与繁荣创设了有利的外部环境。《歌谣周刊》创办成立后,许多学者在该刊及相关刊物上发表了诸多女性方面的文章,如顾颉刚关于"孟姜女故事"的研究,董作宾的《看见她》,以及黄石的关于"女性民俗"的研究等。特别是黄石,他运用宗教学、人类学、民俗学、心理学等多学科交叉的方法,对现实中存在的女性民俗事象作了深入的研究,因为他深刻地认识到:"要改造社会,非从社会基本制度入手不可,而要改造家族制度,更非明白家族制度的历史不可;还有一层,妇女与家庭向来有深切的关系,欲女子解放成功,更非首先推翻家族制度不可!"[①] 正是出于这样的社会责任与学术思考,黄石写就了诸多关于女性民俗的启蒙之作。可见,黄石是真正认识到了妇女命运与民俗启蒙之间的内在重要联系。

在黄石、顾颉刚、董作宾、钟敬文等学者的身体力行下,当时三大民俗刊物——北京大学的《歌谣周刊》、中山大学的《民俗周刊》以及杭州中国民俗学会的《孟姜女月刊》纷纷刊登了一些关于女性民俗研究的文章。此外,像《妇女与儿童》(《孟姜女月刊》的前身)、《新女性》《妇女杂志》等一些曾经登临历史舞台的女性研究刊物也再度进入学者关注的视野。"学者""女性""刊物"等这些原本不太相干的元素在特定的民俗发展阶段重新组合建构,成为思想启蒙的"大熔炉"。值得注意的

[①] 赵世瑜:《黄石与中国现代早期民俗学》,《二十世纪中国民俗学经典·学术史卷》,社会科学文献出版社2002年版,第222页。

是，这股女性民俗思想启蒙之风也熏染了当时的新文学作家，特别是浙江新文学作家们在民俗与启蒙的互动语境下进行改造社会、启蒙妇女的创作，而创作的民俗化倾向又使他们把目光集中在了"女性民俗"这一焦点上。①像鲁迅、周作人、茅盾、郑振铎等作家，其早期的小说或散文都不约而同地、有意识地关注了女性及融会在女性身上的相关民俗，他们本人也有相应的民俗方面的根基②，应该说这些作家以民俗切入文学从而改造国民的意识是十分强烈的。鲁迅在《习惯与改革》一文中直截了当地指出，现代社会的改革者"倘不深入民众的大层中，于他们的风俗习惯，加以研究、解剖，分别好坏，立存废的标准，而于存于废，都慎选施行的方法，则无论怎样的改革，都将为习惯的岩石所压碎，或者只在表面上浮游一些时"③，这也可以作为鲁迅等作家注重文学与民俗、民俗与改革的内在动因。新文学作家们带着这种批判、改造的目光去叙写文学中的民俗，去刻画被民俗浸染的女性文学形象，自然是十分深刻而有意蕴的。

从五四新文化运动到抗战前期，中国的民俗学虽然有过起起落落的小波折④，但总体发展趋势还是繁荣向上的。民俗对江南地区现代文学作家创作的影响是显而易见的，尤其是《孟姜女月刊》在华中地区的影响及势力蔓延至文学领域，为文学与民俗的相融合推波助澜，使当时的女性民俗文学创作盛极一时。然而，抗战爆发后，全国学术界包括民俗学、文学都受到了不同程度的打击，现代文学江南作家中的一部分人在这特殊的历史环境中担负起民族文学救亡的使命，如茅盾、郑振铎、王鲁彦、郁达夫、吴组缃等。而另一部分"中间派"作家则从个体的战争经验出发，转向对恋爱婚姻、日常生活、平凡人生、永恒人性的抒写与发现，其中以

---

① 关于浙江新文学作家"互动语境下的民俗启蒙与文学创作"已在本书第二章第三节有过详细论述，这里不再赘述。
② 如鲁迅的著作《故事新编》《中国小说史略》及有关杂文，周作人的《谈〈目连戏〉》《读〈各省童谣集〉》《儿歌之研究》《歌谣与方言》等一系列关于民俗、民间文学方面的研究文章，茅盾的著作《中国神话研究》和《中国神话研究 ABC》，郑振铎的著作《中国俗文学史》等都是文学民俗学方面的经典之作。
③ 鲁迅：《二心集·习惯与改革》，《鲁迅全集》（第 4 卷），人民文学出版社 1981 年版，第 223 页。
④ 杨堃指出，我国民俗学运动大致分为以下几个阶段：1. 五四运动以前的中国民俗学；2. 民俗学运动的起源：北大时期（1922—1925）；3. 民俗学运动的全盛时期：广州中大（1928—1930）；4. 民俗学运动的衰微时期：杭州中国民俗学会（1930—1935）；5. 民俗学运动的复兴时期（1936—1937）。参见杨堃《我国民俗学运动史略》，《二十世纪中国民俗学经典·学术史卷》，社会科学文献出版社 2002 年版，第 134—142 页。

张爱玲、苏青、施蛰存等为代表,他们笔下所展示的独特的女性形象及女性民俗有着世俗性、唯美性、现代性的鲜明特点,不同于浙江新文学作家那独具启蒙性、批判性、改革性的创作。

与此同时,"女性民俗"作为文学书写的特殊视角也被当时一些在华的外籍作家所关注。这里特别要提及的是以江苏镇江作为"第二故乡"的美国作家赛珍珠(Pearl Buck)①。出生于美国弗吉尼亚州的赛珍珠在其4个月时就随传教士父母来到中国,在清江浦、镇江、宿州、南京、庐山等地生活了近40年,对中国农村及农民生活有着深刻的认识,她于1934年写就的小说《母亲》②就塑造了一位忍辱负重、善良贤惠、坚强伟大的中国普通家庭的母亲形象,这位"无名母亲"的身上浸透着中国特色的女性信仰民俗、婚姻民俗、生育民俗、生产民俗等。可以说,"母亲"身上融会着作者赛珍珠的思想与影子,她对中国农村妇女命运的深刻思考是十分耐人寻味的。此外,赛珍珠在这部著作中还独辟蹊径地揭示出了中国传统妇女的心意信仰民俗,如对日常烦琐生活的负重、"家丑不可外扬"的忍耐、对子女家人的怜爱、性爱追求的渴望、被命运捉弄后的麻木以及命运轮回的无奈,等等。由此可见,"母亲"身上所体现出的女性心意民俗是广大中国劳动妇女的精神缩影,十分具有典型意义和普遍意义,同时也折射出别具一格的民俗审美意蕴。无怪乎,对赛珍珠深有研究的朱希祥教授也认为:"赛珍珠对中国文化和中国人的心理了解极深刻,还在于她作品中用艺术形象微妙地表达了中国人的心意信仰中的民俗审美的一些特殊而复杂的状况。"③

总之,在中国现代文学三十年中,民俗与启蒙的互动语境为女性民俗文学展演的繁荣创设了外部条件。在历史发展的不同时期,现代文学江南作家对于女性民俗与文学创作之间关系的体认呈现出了多样性、立体性的特征,无论是执着于启蒙、批判的社会人生,还是倾向于世俗、现代的日常生活,它们都不折不扣地打上了"女性民俗"的文学烙印,真实地展现了现代文学江南作家民俗创作的特色。

---

① 赛珍珠(Pearl S. Buck 或 Pearl Buck)(1892年6月26日—1973年3月6日),美国作家。她热爱中国,热爱中国文化,素有"中图通"之称。赛珍珠一生写了85部作品,主要代表作有三部曲——《大地》(1931)、《儿子们》(1932)、《分家》(1935),另有小说《母亲》(1934)等。《大地》相继于1932年、1938年获普利策小说奖和诺贝尔文学奖。
② [美]赛珍珠:《母亲》,夏尚澄编译,东方出版中心2010年版。
③ 朱希祥、李晓华:《中国文艺民俗审美》,上海文化出版社2009年版,第282页。

二 民俗与政治的博弈

现代文学三十年为女性民俗的生长与繁荣提供了一片温润的土壤，在之后的当代文学时期女性民俗则在不同的历史阶段经历了不同的变革，与政治、经济、社会、文学等因素发生着复杂而微妙的关系。而其中女性民俗与政治元素之间的博弈成为当代文学研究首当其冲要关注的一个问题。

1942年，毛泽东在《在延安文艺座谈会上的讲话》确立了"文艺是从属于政治的""文艺服从于政治"① 的理论原则，从此"为政治服务"就成了当代文学中一条至高无上的原则信条。在"十七年文学"以及之后的"文革"时期，由于政治性凌驾于文学性之上，当代文学一味盲从政治，失去了文学应有的特征。正如於可训教授所言："在这个过程中，当代文学也逐渐丧失了它的诸多艺术的功能，以至于常常用艺术形象去图解一些政治理论或政策条文，由'为政治服务'变成为具体的方针政策服务，成了政治的简单的'传声筒'。"② 当代文学这一鲜明的政治性特点也无形地规约着女性文学及其民俗意识的政治性倾向。

与此同时，民俗学意义上的"民"与"俗"其内涵也发生了相应的变化，"民"不再是普通的民众，而是具有特定身份的"工农兵"；"俗"也是那种经过特殊的意识形态过滤，重新整合的"新"工农兵文化，有较强的意识形态色彩。③ 在那个特定的时空下，民俗学范畴内的"民间文艺"获得了一个发展的契机，"大跃进新民歌运动"就是其中的一个典型。"工农兵学商，人人是诗人"，浪漫夸张、铺天盖地的诗歌伴随着"大跃进运动"迅速传遍全国。1958年4月14日，《人民日报》发表了题为《大规模地收集民歌》的社论说："这是一个出诗的时代，我们要用钻探机深入地挖掘诗歌的大地，使民歌、山歌、民间叙事诗等像原油一样喷射出来。"④ 遗憾的是，政治意识的全面渗透在很大程度上削弱了民间文艺中的原始精神。因此，当时的民间文艺与其说是生活的反映，不如说是政治的产物。

---

① 毛泽东：《在延安文艺座谈会上的讲话》，《毛泽东论文艺》（增订本），人民文学出版社1992年第4版，第54、55页。
② 於可训：《中国当代文学概论》（修订版），武汉大学出版社2003年版，第9页。
③ 陈勤建、毛巧晖：《20世纪"民间"概念在中国的流变》，《二十世纪中国民俗学经典·学术史卷》，社会科学文献出版社2002年版，第60页。
④ 《人民日报》1958年4月14日。

第六章　江南女性民俗文学展演的当代研究　217

当代文学及民间文艺的境遇也极大地影响着女性文学及相关的女性民俗意识的形成。立足于"十七年"文学的女作家在创作中取中性化或雄性化的姿态，无论是取材还是叙述方式都跟男作家们一样，她们写战争、革命、英雄、模范，激情豪迈的宣言使她们几乎丧失了女性文学应有的审美体验，也失去了女性自己的性别语言。有学者认为这一时期无"女性文学"，但也有学者将这一时期的女性创作视为一种女性文学的特殊形态——"准女性文学"，即不否认它在一定程度上仍具有女性文学的特质，在对社会生活和女性生活的文学表现中或隐或显地融入了女性的性别意识和审美体验。① 如果说十七年女性文学带有"准女性"特色的话，那么这种"准女性"毫无疑问的是体现在那些有着人性美、人格美的新女性形象，如"新媳妇"（茹志鹃《百合花》）、"江玫"（宗璞《红豆》）、"林道静"（杨沫《青春之歌》）等，因为从这些女性身上我们体会到了性别意识和审美体验带给我们的审美愉悦。细细品味这些融会着女性意识的作品，我们不难发现，这些女性身上除了一般评论所提及的"爱情""性别""情感""人性"等特质外，还有一种不为人察觉却又渗透于其中的"民俗"文化。正是这些不为我们读者所注意的"女性民俗"使作品中的女性形象有了一种新的突破与提升，从而达到人性美与人格美的境界。例如，《百合花》中新媳妇将带有百合花图案的唯一的嫁妆新被子含泪盖到"同志弟"身上，并抛去腼腆、羞涩之态为已牺牲的他擦身、缝衣，这一民俗行为中已自然地糅合了婚姻民俗与丧葬民俗。"嫁妆"是女性婚姻生活中最重要的物品，它积淀着女性对爱情婚姻的憧憬与向往，而新媳妇从对嫁妆新被子由"舍不得"到"慷慨奉献"的情感变化过程充分体现出她作为女人真实的人性之美。不仅如此，新媳妇还把自己心爱的嫁妆作为小战士离开人世的丧葬衣被。汉族"大殓、小殓"的丧葬风俗由来已久，本由死者家属操持的入殓风俗在这特殊的年代简化为新媳妇"擦身、缝衣、盖被"之举，百合花新被从"嫁妆"到"丧葬品"的功能变换正体现出新媳妇慈爱、善良、纯洁、美好的品格。这些融合渗透在新媳妇身上的女性民俗正是刻画女性形象、凸显作品主题的重要元素之一。从"女性民俗"视角去重新审视"新媳妇"的民俗形象，将会感受到意想不到的审美意蕴。

在"政治性"唯上的十七年文学中，茹志鹃、宗璞、杨沫等女作家能从女性意识及女性民俗的视角去塑造女性人物形象，实属难能可贵。然

---

① 参见陈千里《论十七年女性文学的"准女性"特色》，《天津师大学报》2000年第3期。

而，这个时期作家们的女性意识及民俗意识显然与现代文学三十年时期女性民俗的"启蒙"与"自觉"特点有着本质的区别，正如吴秀明教授所指出的那样："茹志鹃对爱情、友情等的描写上，她的女性意识多少也存在着思想上和美学上的欠缺，体现了主体的某种'不自觉'。"[①] 在笔者看来，茹志鹃的那种"不自觉"正是那个时代作家的通病，即群体意识高于个体意识，女性无真正的个体独立意识可言。显然，这种群体意识也是当时文学创作政治性、时代性、划一性的集中体现，全国范围内的群体意识也使文学丧失了地域性、文化性的差异，因此像茹志鹃那样江南地区的女性创作在思想与内容上与其他地区的作家并无二异。而"文革"时期，女性个体独立意识彻底消亡，除了以"样板戏"为代表的"政治文学"以外，还有就是以食指[②]为代表的处于"地下"或"半地下"状态的"知青文学"。而真正对后来的文艺发生过影响并作为孕育新时期文学思潮萌芽的，应属"知青文学"这股涌动的暗流。

总之，从新中国成立初期到"文革"结束的近三十年时间里，"文艺服从于政治"的最高原则使女性文学几乎丧失了其基本的文学属性，女性民俗也因而难以在文学的场域中进行"合理、自由"的展演，即使偶尔出现个别"戴着镣铐跳舞"的作家，也只是声嘶力竭的几声呐喊。在民俗与政治的相互博弈中，政治以绝对的优势掩盖了民俗的生机，而女性民俗犹如一簇凋零的野菊花，在经历长时间的衰竭后于时代的文学缝隙中绝望地生长着，似乎企盼着一个新的文学时期的到来。

三 民俗与风情的相融

20世纪80年代，中国在经历"文革"十年浩劫之后终于迎来了文学事业的复苏与发展时期。女性文学正是在这一特定背景下显示出了其勃勃的生机与活力，其所关注的文学对象、女性形象大多有着较为浓厚的民间叙事意味，并蕴含着独特的世俗人生哲理，这使女性民俗在当代女性文学的语境中又开始了一场"复兴运动"，其在当代文学史中的意义与价值不

---

① 吴秀明主编：《文学浙军与吴越文化》，浙江文艺出版社1999年版，第298页。
② 食指，原名郭路生，1948年出生，山东鱼台人，于"文革"期间插队务农，其间秘密写下不少有关知青生活的作品，于1982年公开发表。著有诗集《相信未来》（1988）、《食指·黑大春现代抒情诗合集》（1993）、《诗探索金库·食指卷》（1998），诗歌《海洋三部曲》（1964）、《鱼儿三部曲》（1967）、《这是四点零八分的北京》（1968）、《疯狗》（1978）、《热爱生命》（1979）、《我的心》（1982）、《落叶与大地的对话》（1985—1986）、《人生舞台》（1989）等。

新时期女性文学在本质上与"五四"启蒙主义女性文学有着同根同源的关系,即对女性的发现、对人性的关注。当时,一些论者对新时期女性文学进行了思想与意义方面的挖掘。陈素琰认为,新时期女性文学在思想性质上"当然是'五四'启蒙传统毫无疑问的继承,是'五四'精神在新时期的自觉展开"①。刘慧英则认为:"'五四'女性文学是建立在反传统意义上的个体觉醒,而新时期女性文学因为具有思想运动的基础,因此是更高意义上的性别觉醒过程。"② 而乔以钢则又有独特的见解:"新时期女性文学不仅拥有完整意义上的传统,而且还有在传统基础上的发展,因而它很快转化为女性文学面向未来的开放式的新传统。"③ 可见,新时期女性文学更加注重女性个体意识的觉醒,从女性作为普通人的日常琐事、家长里短到女性内心性别意识的增强、性爱心理的展现,无不体现出新时期女性文学承继并超越"五四"启蒙精神的价值关怀。

我们认为,新时期初期的女性文学更多带着旧日的"伤痕"和政治的"反思",因而也在凸显女性意识、反映女性内心方面存在着一定的缺陷。真正具有女性意识的作品应该是在1985年后出现的。1985年前后,当代文学的"转型"在走过"回收"阶段之后,日益主动地表现出与"十七年"的历史相剥离的倾向。那一年出现了诸如"文化热""方法论""寻根文学""二十世纪中国文学"等文学事件,这些都对新时期包括女性文学在内的文学思潮产生了整体性、本质性的影响。将文化研究与文学创作结合起来,发掘文学中的文化因素,抑或以文化的视角去考察文学现象,成了当时寻根作家们的共同倾向。"文化是一个绝大的命题。文学不认真对待这个高于自己的命题,不会有出息。"④ 可见,当时的寻根作家已充分认识到了文化参与文学的重要性,力图由此达到对生活和人的整体把握。与此同时,"方法热"也在文学领域骤然升温,文学研究与文学批评移植了社会学、人类学、心理学、语言学等学科的方法,其他像在西方文艺批评界影响广泛的文化批评、形式批评、心理学批评、社会历史批评等,也随80年代西学东输的浪潮纷纷涌入国内。"方法的更新,不仅意味着思维空间的开拓,也意味着心理空间的开拓。它有助于我们自由

---

① 陈素琰:《文学广角中的一个世界》,《艺术广角》1987年第3期。
② 刘慧英:《自我经历与女性文学》,《语文导报》1987年第2期。
③ 乔以钢:《中国当代女性文学的文化探析》,北京大学出版社2006年版,第7页。
④ 阿城:《文化制约着人类》,《文艺报》1985年7月6日。

广阔地去感受生活,思考生活,更好地发挥文学批评的功能"①,最先由文艺领域兴起的"文化热""方法论"也相继辐射到了民间文艺学领域,民俗与文化、人类学等有了共同的契合点,学界逐渐产生民间文化学、民俗文化学等新名词,并反过来在一定层面上影响和促进了文学的发展。

20世纪80年代中后期到90年代的女性创作就是在"文学、文化、民俗"相渗相融的大背景下展开的。当时,"寻根文学"与"先锋文学"兴起,女性作家作品叙述中的"他者"已不再是"历史"或"集体"本身,而是被"个人话语""人类文化""民俗事象"等替代,王安忆的《小鲍庄》,张辛欣、桑晔的《北京人》,残雪的《山上的小屋》等都是这方面的成功之作。王安忆可以称得上是"富有个性的民间叙事者",她在《小鲍庄》一文中通过对小鲍庄乡村世俗风情的理性观照,展示了原始生活状态下世人民俗心理的微妙变化。作品特别注重"小翠和文化子、建设子","疯妻、麻脸媳妇和鲍秉德","大姑、二婶和拾来"这三组"常态""异态"或"反态"②的人物微妙关系,女性的世俗心理在与男人的交往周旋中得以充分展示。王安忆的民间叙事是以寻常生活、世俗人事和细腻的民俗心理体验为特色,并特别强调对烦琐的日常岁月和平凡人生的关注,作品《流逝》《鸠雀一战》《叔叔的故事》等都是城市日常生活叙事的典型。而稍后的"三恋"系列小说凸显了强烈的女性性意识,是女性心意民俗的日常化、世俗化展示。王安忆对市民阶层的青睐、对世俗人生的关怀充分体现出她以"民间意识"消解政治"宏大叙事"的勇气和魄力。正如评者所论:"作为作家的王安忆,当她把探索的目光移向人与社会的关系的时候,其选择往往也是'边缘'化的,所撷取的大多也是大时代中的小故事,抑或一些未能直接进入'大历史','大空间'的小悲欢。"③ 稍后出现的"新写实小说"也以女性的视角叙写了日常生活民俗、市井细民常态,池莉的《烦恼人生》、方方的《风景》、范小青的《裤裆巷风流记》等从不同侧面反映出了普通百姓的世俗人生,其所涵盖的物质民俗、精神民俗均是以女性的独特眼光去缕析的,对于作品中

---

① 晓丹、赵仲:《文学批评:在新的挑战面前——记厦门全国文学评论方法论讨论会》,《文学评论》1985年第4期。
② 参见吴亮《〈小鲍庄〉的形式与涵义》,《文艺研究》1985年第6期。此文中提及"常态""异态"或"反态"的人物关系。
③ 陈惠芬:《神话的窥破——当代中国女性写作研究》,上海社会科学出版社1996年版,第101页。

女性人物的塑造也是颇有帮助的。

由此看来，新时期女性文学不仅将女性个体意识摆到重要的位置，而且还十分注重"女性与民俗"关系的处理。这种关系一方面体现在女性作家以民俗文化的视角去关注人生、描写世态；另一方面也可以从作品对女性人物的多侧面民俗观照见出，而对女性心意民俗的展示则成为刻画女性形象、深化作品主题的关键。乔以钢教授将20世纪80年代中后期到90年代女性创作的基本内容概括为以下五方面：关于女性的历史境遇与心灵成长；关于女性躯体与女性欲望；关于性别生存与人生；关于男性传统文化心理；关于女性之间的相互关系。① 这样的概括有助于我们较全面、完整地认识这个时代的女性创作，但却不免忽略了某些民俗的因素，使我们难以站在民俗的立场、以民俗的眼光去考察新时期女性文学形象。以笔者对该时期"女性与民俗"关系的考察而论，我们认为，20世纪80年代中后期到90年代中期，女性文学中的女性民俗正处于"复兴"阶段。"民俗复兴完全不同于民俗遗存。一种遗留物是以传统的连续为标志的。它是一条未曾断裂的历史之链在时间中留下的结果。但是，一种复兴却承续着传统中的某个断裂。它甚至可能在某个民俗实际上已经消亡之后才发生。"② 可以想见，20世纪80年代的女性民俗在文学的层面上也存在着断裂之后的"复兴"特质。现代文学诸多江南作家以"女性民俗"的视角去发现女性、启蒙女性，将女性的传统与反传统角色深深地镌刻在了文学史中；时隔近半个世纪，以王安忆为代表的新时期女性文学再度以浓厚的民间意识、深度的民间关怀张扬了女性一度被压抑的个性，书写了女性自己的话语体系。从文学史的意义看，这是继现代文学三十年后民俗在女性个体之上的又一次"复苏"与"觉醒"。

然而，这样的"复苏"进程却被20世纪90年代中期以后的"私人化写作"打乱了节奏。1995年，陈染小说《私人生活》的出版标志着以女性作家为写作群体的"私人化小说"的正式形成。不可否认，陈染的《私人生活》、林白的《一个人的战争》、徐小斌的《双鱼星座》等作品的出现给当时的女性文学注入了一股特有的活力，这些女性作家们以挑战传统文化的姿态大胆实践女性性别话语，女性个体意识得到了前所未有的张扬。然而，作品中对性爱自由的彰显、女性身体的展示以及所体现出的

---

① 参见乔以钢《中国当代女性文学的文化探析》，北京大学出版社2006年版，第54—58页。
② ［美］阿兰·邓迪斯：《美国的民俗概念》，阿兰·邓迪斯：《民俗解析》，户晓辉编译，广西师范大学出版社2005年版，第33页。

狭窄的题材范围、颓废的美感特征，似乎都打上了"反文化""现代性"的烙印。更为甚者，90年代后期陆续出现的"新生代"美女作家们的创作更是吸引了世人的眼球，像卫慧的《上海宝贝》、棉棉的《糖》以及一些"走红"的网络女性作家均融合了作家个体的经验，以独具个性的"奇异"风格占领着市场，给当今正统的女性文学以不可忽视的"沉重一击"。近年来，评论界出现的对"下半身写作""身体写作"的见解与担忧是不无道理的，它似乎在向当今文坛警示：女性文学创作需不需要以"文化"与"民俗"作根底？当代女性文学应该以怎样的姿态去面对读者并融入市场的竞争？女性文学在历史的潮流中又该何去何从？

从女性民俗的文学发展过程我们可以看到，"女性民俗"作为研究现当代女性文学创作的一个独特视角，它具备着多元、多维的质素，"女性民俗"本身就是女性学、民俗学、文学三者在特定语境下共同孕育的结果。从方法论的意义看，引入"女性民俗"这一概念实际上也就是引入了一种新的多学科交叉的研究方法，而这种研究方法的创新对于传统意义上的现当代文学研究特别是女性文学研究、区域作家研究无疑有着不可小觑的意义与价值，对于新时期女性文学的全面建设、女性群体的全面提升乃至对广大女性生存现状的切实关注都将有着广泛而深远的影响。

第三节 女性民俗：女性文学批评的本土化实践

女性主义文学批评诞生于20世纪60年代末期的欧美国家，这种批评方法十分关注性别在文学创作和批评中的重要意义，并以女性经验为视角重新审视文学史和文学现象，严厉抨击男性中心话语，以解构和颠覆的姿态以及鲜明的性别意识逐渐由边缘步入中心，成为风靡至今的女性文学批评方法之一。然而，由于女性主义文学批评在西方有其发展的根源和坚实的背景，因此一旦被"移植"到我国女性文学批评领域，便难免会出现"水土不服"的境况，理论批评与文学实践的脱节便是典型的问题。鉴于此，笔者认为，中国女性文学批评应充分关注并结合中国本土文学实际，创建具有本土化、民族化的女性文学批评话语，而"女性民俗"的提出不失为一个富有创造性及民族特色的"关键词"，在此基础上构建的"女性民俗文学批评"也在理论层面上充实了中国女性文学批评的框架，这是女性文学批评在中国本土的一次颇有新意的实践。

一　当代女性文学批评的误区与盲点

在当今文坛，"新生代"女性作家们那些所谓的"身体写作""下半身写作"虽然迎合了市场的需求，也得到了消费主义的认可，但却玷污了当代女性文学的"名声"，也给社会造成不可忽视的负面影响。那些美女作家打着"身体写作"的大旗，却将肉欲横流、声色犬马的生活方式搬移到文本，完全违背了西方女性主义所倡导的"身体写作"的初宗。"身体写作"最早是由法国女性主义者西苏提出来的，西苏独具前瞻性地指出："她通过身体将自己的想法物质化；她用自己的肉体表达自己的思想。"[①] 之所以能提出这样的观点是因为西苏深刻地认识到，在父权制社会中，女性一切正常的生理、心理欲望及应有的权利都被压抑和剥夺了，男性巨大的权威将女性一直隐蔽于"黑暗""无语""边缘"地带，而唯有写作才能让女性发出自己的声音，改变被奴役的现实境地。

西苏将女性写作定义为是一种"新的反叛的写作"，写作使女性实现她历史上必不可少的决裂与变革。从根本上看，西苏的女性"身体写作"体现为以下两个密不可分的层面：

第一，通过写她自己，妇女将返回到自己的身体，这身体曾经被从她身上收缴去，而且更糟的是这身体曾经被变成供陈列的神秘怪异的病态或死亡的陌生形象，这身体常常成了她的讨厌的同伴，成了她被压制的原因和场所。身体被压制的同时，呼吸和言论也就被抑制了。

第二，这行为同时也以妇女夺取讲话机会为标志，因此她是一路打进一直以压制她为基础的历史的。写作，这就为她自己锻制了反理念的武器。为了她自身的权利，在一切象征体系和政治历程中，依照自己的意志做一个获取者和开创者。[②]

在我看来，西苏的"身体写作"是与"女性言论"联系在一起的，"身体写作"并不是纯粹的肉体展示，而是用肉体表白女性的内心、表达女性的思想，其实质就是"实现"妇女解除对其性特征和女性存在的抑制关系，从而使女性重新获得原始力量，获得应有的欢乐、能力、资格与发言权。而"女性言论"又是女性改写自身"历史地位"与获取"女性

[①] 西苏：《美杜莎的笑声》，张京媛主编：《当代女性主义文学批评》，北京大学出版社1992年版，第194页。

[②] 同上书，第193—194页。

权利"的必要前提,因此我们也可以这样理解:女性写作就是以"身体"作为语言,并通过对男性崇拜统治的言论的挑战从而确立自己的地位、赢得自身的权利。正是因为"身体写作"的另一头连接着"女性权利",因此"身体"于女性而言不仅是一种欲望的展示、性别的诉说,更是一套沉默而神秘的象征符号体系。诚如卡西尔将"人—符号—文化"看作三位一体的哲学一样,女性主义者也是将"女性—身体—文化"视为一体,正是身体的这种"符号功能"建立起了女性之所以为女性的"主体性",并通过这种"符号现象"构筑了一个文化的世界。

然而,西苏对于"身体写作"这种内在本质的阐释并没能原汁原味地被"移植"到中国本土。20世纪80年代末期,随着中国学界的思想转型,西方文论被大规模地引入中国,其中就包括欧美女性主义批评理论,当时的中国女性文学创作与研究者本着实用主义的目的,以"拿来主义"的态度全盘接受包括"身体写作"在内的一切女性主义文学理论。体现在文学创作上,就是90年代初期开始女性文坛所涌现的"个人化写作""私人化写作"的思潮。陈染、林白、海男、徐小斌等女性作家"大胆"实践西苏的"身体写作"理论,将自己的经历、女性的身体作为"语言"写入文本,给当时沉闷的、封闭的女性文坛的确吹进了一股别样的清新之风。然而,表面的"拿来"并不等于内部的"消化","私人化写作"题材的局限及审美的不足使它终究不能真正领会并汲取西苏"身体写作"的精髓,"私人化写作"所招致的批评也就在所难免了。更为甚者,20世纪90年代后期开始出现的"新生代"女性作家则更是大大偏离了西苏"身体写作"的最初轨道,而是以感官的刺激、性爱的沉沦一次次地将"身体写作"进行"变形"与"扭曲","女性—身体—文化"三位一体的西苏哲学已被彻底解构,文化的支离破碎伴随着女性身体的"强暴"与"被强暴"而退出历史文本。"女性写作有其独特的区别于男性文化的语言,这是一种无法攻破的语言,这语言将摧毁隔阂、等级、花言巧语和清规戒律,它是反理性的、无规范的、具有破坏性和颠覆性的语言。"①从这种意义上看,20世纪90年代以后所出现的"私人化写作"抑或新生代美女作家们的写作充其量只是一种低级层次的"身体诉说",而绝非独特的区别于男性文化的真正的"身体写作"。

以笔者之见,中国当代女性文坛所出现的"身体写作"的创作误区与女性文学批评界的"偏爱"与"嗜好"是分不开的。换言之,女性文

---

① 邱运华主编:《文学批评方法与案例》,北京大学出版社2006年版,第227页。

第六章 江南女性民俗文学展演的当代研究 225

学批评在选择批评内容及评判批评价值时所采取的态度反过来也会影响女性文学的创作倾向。一些研究者片面地认为，女性主义批评应选择那些表达女性经验的文本，并将"女性主义文学"曲解为那些女性性别特征鲜明的"身体写作"。殊不知，当代中国的女性"身体写作"其内涵已发生了本质的改变，因而关注那些已"变味"或已"变形"的"身体写作"，实际上从一个侧面强化了"身体写作"的"知名度"与"影响力"，这不能不说是一种遗憾。当然，我们也不可否认，一些评论家在对待"身体写作"现象时也提出了自己独特的见解。邹巅在《性爱：当代女性文学的基点及其缺失》[1] 中既肯定性爱作为世纪末崛起的当代女性文学的基点，用以构筑全新的女性话语、彻底解构男权文化，又觉得女性作家缺乏对"大宇宙"中的"小宇宙"更广更深的发掘。林树明的《关于"身体书写"》[2] 则认为"身体"是一个复杂的存在，不能将身/心隔离开来，对于身体的书写要在文化/自然、文化/生理二元观内作解释。在对"身体写作"作深度解读的过程中，阎真、朱国华、陶东风等更是一针见血地指出了其在文坛存在的危害性。阎真认为，在中国"身体写作"已成了"性写作"的代名词，是一种低俗的写作姿态。[3] 朱国华认为，所谓"身体写作"其实就是修辞上委婉化了的色情文学写作，他很怀疑"身体写作"具有多大程度的问题性。[4] 陶东风更进一步揭示，文学文化界的"下半身"崇拜甚至包括整个小说界的所谓"身体写作"未尝不可以理解为中国传统文化和极"左"时代的禁欲文化不正常的身体观念在新的历史条件下的颠倒的恶性的表现。[5] 在当今中国女性文学批评界，类似这样对"身体写作"的评论还有很多，他们都从各个不同的角度阐述了身体写作的危害及问题，分析原因并提出建设性的意见。

这样，"身体写作"经由陈染们的"演绎"、卫慧们的"扭曲"后堂而皇之地进入批评者的视野，经过批评家们的"推波助澜"，"身体写作"也在批评界获得了可观的席位。然而，现在的问题是，批评界对"身体写作"的指责或匡正是否真的有效呢？对"身体写作"的批评是否真能引领当今女性文学创作走向全面的繁荣与纯洁呢？其实，一些颇有思想和

---

[1] 邹巅：《性爱：当代女性文学的基点及其缺失》，《理论与创作》2003 年第 2 期。
[2] 林树明：《关于"身体书写"》，《文艺争鸣》2004 年第 5 期。
[3] 阎真：《身体写作的历史语境评析》，《文艺争鸣》2004 年第 5 期。
[4] 朱国华：《关于身体写作的诘问》，《文艺争鸣》2004 年第 5 期。
[5] 陶东风：《"下半身"崇拜与消费主义时代的文化症候》，《理论与创作》2005 年第 1 期。

前瞻意识的优秀女性作家已经意识到了这一点。毕淑敏结合自己的创作经历深有体会地说:"如果是女作家,就不能去写整个人类的生存发展、那种致命的挑战,包括哲学和思考;如果你写这些,他们就会认为你是中性化——实际上我倒觉得这恰好是评论界一个很严重的问题。女性应该是什么样?只是写女人的那些很小的东西,那些私语,那些身边的事情,就是女作家的典范?这是他们对女性的歧视。我觉得这是剥夺一个女作家对这种重大问题发言的权利。"[①] 张抗抗也有同感:"女性主义批评当中已经形成了一统天下的意见,好像说女作家不用女性主义方法写作的话,她就是一个非常不合格的女作家。"[②] 张抗抗、毕淑敏等作家的这一番话显然是针对当今文坛女性主义批评"绝对化"和"狭隘化"的倾向而发的。

当今女性文学批评界的误区也引起了一些评论家的深刻反思。赵树勤指出,这种现象使女性批评陷入单一性别维度的本质主义误区,失去应对社会与文学复杂现象的能力,给女性写作带来误导和困惑。[③] 她还进一步指出,20世纪90年代女性写作中"身体写作""私人写作"出现的失误,多少与当代女性文学的批评导向有关,一些论者对女性私人经验写作的情绪化的激赏态度,使一些女作家,尤其是一些年轻女作者更深地跌入"身体"的陷阱。像赵教授那样对当今女性文学的前途表现出忧虑的批评家们,无疑持一种溯本清源、极负责任的态度,它根本性地指出了女性文学批评对象选择上的较为狭隘的视野以及某些研究者理论视域的局限性,给当下的批评界带来新的重要的启示。

二 女性民俗文学批评的实践与探索

西方女性主义文学批评在中国境内遭遇"尴尬"的这一事实,给我们国内的女性文学批评者敲响了警钟。当下的女性文学批评是一味地执迷不悟、将错就错,成为文学批评道路上的"迷途的羔羊",还是立足本土、关注现实,从中国文化文学的历史语境中寻求独具特色的资源与话语?这一艰难的抉择将影响到当代女性文学创作与批评的未来发展之路。

当一种"血液"被输入到其他的"母体"时很可能会产生一种排异反应,文化和文学理论的输入也是如此。西方女性主义文学批评理论与中

[①] 李小江等:《文学、艺术与性别》,江苏人民出版社2002年版,第169页。
[②] 同上书,第19页。
[③] 赵树勤:《误区与出路——当代女性文学创作及批评的反思》,《中国文学研究》2007年第2期。

国本土文化环境的确存在着不小的差异，屈雅君教授对此有着深刻的认识，她从两者的历史背景、意识形态背景、学术背景三方面分析了中西方文化不同的"水土"。屈教授认为，西方经典女性主义文学批评历程先"破"后"立"的运动轨迹显示出她们对男性文学史的批判性和颠覆性，而中国女性文学批评从"立"到"破"的路程则使她的总体风格显得较为冷静温和；此外，两者的文化背景和理论滋养也不一样，西方女性主义文学批评是在反英美"新批评"的背景下产生的，而中国当代的文学批评却受到显性的马克思主义社会历史批评以及隐性的中国传统"文以载道"的文学观念的滋养。[1] 正是这些本质上的差异使中国女性文学批评未能很好地"嫁接"并"移植"西方女性主义文学批评理论，因而也就出现了女性文学创作与批评上的偏误。

由此看来，中国女性文学创作与批评真正有效的范式只能从中国本土、中国语境中去寻找。"女性民俗文学批评"是笔者通过对中国女性文学历史的综合考察，并结合中国本土实际而提出的一个学术构想，它的理论来源主要是国内的文学人类学、文艺民俗学以及国外的女性主义民俗学、女性主义文学批评等。"女性民俗文学批评"以宽广的学科视角着眼于文学层面的"女性民俗"意义的开拓与构建，对文学作品中女性的民俗生命与文学内核有独特的阐释与理解，并以此来剖析女性典型形象的典型性格，从而深化作品的文本、民俗意义。"女性民俗文学批评"既是一个具有性别意义的理论，同时也具备着一定的方法论的意义，在对中国女性文学进行批评时，它弥补了国外女性主义文学批评方法的不足，以更加民族化、本土化的姿态融入文学批评界，成为一种新兴的"中国式"的女性主义文学批评方式。

"女性民俗文学批评"所关注的研究范围包括：女性形象与女性民俗的关系、作家性别与女性民俗的关系、地域文学与女性民俗的关系、文学史与女性民俗理论、女性民俗的原型批评、女性民俗的生态批评、女性民俗的跨学科研究，等等。我们从上述所关涉的对象可以看到，文艺学范畴的"女性民俗文学批评"已经开始了"人类学"的转向。这种"转向"是针对当前中国女性文学批评界文学理论的危机与匮乏而产生的，它为女性文学的深入批评带来了知识变革、理论视野的更新。加拿大的弗莱和德国的伊瑟尔共同把握着"文学人类学"的尺度，既坚持文学中心论，但同时又不排斥将人类学的理论、视野与方法运用于文学研究之中，有学者

---

[1] 参见屈雅君《女性文学批评的本土化》，《新华文摘》2003年第6期。

专门对此进行过研究。① 然而，弗莱和伊瑟尔关于"文学人类学"的理论并没能引起中国当代女性文学批评界的关注，也即中国女性文学批评并未将"人类学"的方法引入到文学批评中去，真正从文学内部结构中去发现人类、发现女性并进而发现文学的价值。这是一种"无意的疏漏"还是"方法的缺失"？笔者以为，正是中国当代女性文学批评界长期的"盲从心理"和"时空错位"导致了女性文学与人类学的失之交臂。当西方女性主义文学批评从社会性别的角度去研究文本时，我国的女性文学批评却未能从文学本身的要素入手，而是从社会、政治、历史等非文学因素方面打"外围战"；而当西方女性主义文学批评开始反省单一性别视角的局限，强调从性别、阶级、民族、种族等多种视角去考察女性身份时，我国的女性文学批评却依然"执着"于性别叙事，选择"身体写作"这一相对狭隘的内容作为主要批评对象，缺乏"大文化"的视野。这样的"错位"与"盲从"使中国女性文学批评终究不能走上具有自身特色的、富有活力的健康发展之路。

从西方女权主义批评的形成历史看，其理论思想主要来源于两个方面：一是 20 世纪 60 年代起社会学、文化学、新马克思主义、解构主义等西方文学理论的革新给女权主义批评提供了理论思路和批评方法上的多方面启示；二是西方女权主义先驱者的重要理论，诸如弗吉尼亚·伍尔夫的"双性同体"② 思想及西蒙娜·德·波伏娃的"女人形成论"③ 等都对后来的女权主义批评产生了重要的影响。正如西方女权主义批评有其文学理论、批评方面的思想来源一样，中国的当代女性文学批评也有自己的思想积淀与渊源，从谭正璧的《中国女性文学史》，到黄英（钱谦吾）的《中国现代女作家》、黄人影编的《当代中国女作家论》等，这些关于女性文学批评的历史著作都可以作为当代女性文学批评的极好的借鉴。不仅如

---

① 参见代云红《文艺学的人类学转向——来自西方文艺学视域中的理论思考及反省》，《文艺理论研究》2011 年第 6 期。
② 伍尔夫在《一间自己的屋子》中提出"双性同体"的思想，她说："在我们之中每个人都有两个力量支配一切，一个男性的力量，一个女性的力量。……最正常，最适意的境况就是在这两个力量一起和谐地生活、精诚合作的时候。"（伍尔夫：《一间自己的屋子》，生活·读书·新知三联书店 1989 年版，第 120 页）
③ 西蒙娜·德·波伏娃在其重要著作《第二性》中提出："一个女人之为女人，与其说是'天生'的，不如说是'形成'的。没有任何生理上、心理上或经济上的定命，能决断女人在社会中的地位，而是人类文化整体，产生出这居间于男性与无性中的所谓'女性'。"（西蒙娜·德·波伏娃：《第二性》，湖南文艺出版社 1986 年版，第 23 页）

此，当代女性文学批评还要立足本土，善于运用具有中国女性文学特色的批评方法对文学作品进行评鉴，这样才不会走上盲目跟风、人云亦云的歧途。而"女性民俗文学批评"理论的出现则在某种层面上实现了中国女性文学批评与本土接壤的历史跨越，它似一根穿越时空的金线，将散落于现当代文学领域的女性民俗形象有机地串联起来，从而实现由人物形象刻画到小说主题深化的"质"的飞跃。笔者试将这种文学批评方法运用于近些年由江南当代女作家执笔的"茅盾文学奖"作品，并以此探讨女性文学批评的相关问题。

浙江女作家王旭烽的《茶人三部曲》以及上海女作家王安忆的《长恨歌》等是2000年后涌现出来的"茅盾文学奖"优秀作品，这些由女性作家执笔的长篇小说的成功面世充分显示了当代女性文学创作辉煌的一面，它们与那些"媚俗化""感官化"的网络通俗女性文学形成截然不同的两道风景。笔者认为，创作是批评的基础，但批评有时也会反作用于创作。因此，对"茅盾文学奖"优秀女性文学作品的品鉴也可以从另一个侧面给当今媚俗化的女性文学创作以有益的启示。平心而论，当今女性文学批评界对《茶人三部曲》《长恨歌》等著作的评鉴均已达到了较高的水准，也从人物、叙事、审美、文化等各个不同的角度有过精辟的论述，但是，真正从"文学人类学"的角度对作品进行解读的却不多，对作品中的女性人物从"女性民俗"的视角进行批评的更是少之甚少，这就给我们运用"女性民俗文学批评"留下了充足的空间。

在"女性民俗文学批评"的视域下，我们发现，王旭烽的《茶人三部曲》在塑造女性文学形象上有着独特之处。无论是杭家林藕初、沈绿爱这一对能干、独立的婆媳，还是杭家女儿杭嘉草、杭寄草这一时代的"叛逆者"，作者王旭烽都赋予了她们丰富而复杂的性格特点，她们敢爱敢恨，执着热情、坚韧泼辣。特别是"林藕初"和"沈绿爱"婆媳俩有着相似的婚姻经历与遭遇，杭九斋与杭天醉父子俩的所作所为使她们对各自的"丈夫"失望至极，然而她们又把追求情爱与性爱作为"激活"生命的重要砝码，于是林藕初选择了吴茶清，沈绿爱也寄情于赵寄客。这两位坚强而富有柔情的女子一生都在实践着"为爱而生，为爱而死"的爱情准则，林藕初在吴茶清死后不久也离开了人世，沈绿爱在赵寄客被关进大成殿后也吞金自杀。值得注意的是，王旭烽在塑造林藕初、沈绿爱这两位女性形象时，其所表现出的对爱情的刻骨铭心与坚毅执着是深深地融会了作者对茶人品格及茶文化精神的真实体悟。茶有"阴柔、平静、温和"的特点，而作者却将这一特点恰到好处地蕴含在了她所钟爱的女茶人身上。作者将日常的选茶、配茶、制茶、贮茶等一系列具有江南特色的茶民俗文化以及茶缸、茶筛、茶盘等民俗器具以多维、立体的方式交织在女茶人身上，使女茶人的形象具有了茶的品格、民俗的意蕴以及江南的特色。不仅如此，当滚烫的水泡开郁绿的茶叶的那一瞬间，茶的"热烈、奔放、执着"的另一品性也大胆地展露出来，王旭烽正是巧妙地利用了茶的这一品性并将之水到渠成地幻化在林藕初、沈绿爱两位江南女子身上，于是"外柔内刚""外冷内热"的江南女茶人形象便生动地跃然纸上。如果说《茶人三部曲》的成功得益于作家的历史观、现实主义的传统、艺术的完整性等优势，那么吴越地域文化特色、鲜明的人物形象刻画则可谓是这部巨著的"点睛之笔"，其中鲜明而富有个性的女性民俗形象则更是"精品中的精品"。女茶人的生命之美与江南茶民俗文化有机地融为一体，这种融会在女性身上的民俗对于塑造女性典型形象、凸显作品地域民俗色彩乃至阐发作品深厚的民俗意义及民族精神都有着重要的影响与作用。

除了王旭烽的《茶人三部曲》之外，王安忆的《长恨歌》在坚守本土文化立场、深谙地域民俗精髓方面都做得异常出色，在整个文本的书写过程中始终贯穿着人类学、民俗学的眼光，特别是对文本中的女性形象进行刻画时，注重文学层面的女性民俗的构建，女性作家对作品中女主人公的民俗生命及文学内核有着独特的理解。如王安忆对《长恨歌》中女主角"王琦瑶"一生处境的安排就充分具备了"民俗学"的意义。王琦瑶是个"典型的上海弄堂的女儿"，她的一生都被作者安排在了都市民俗空间里，从"上海弄堂"到"爱丽丝公寓"再到"平安里"，民俗空间的变换使王琦瑶经历了与几个男人的恩爱情怨，然而都市民俗的摩登梦幻、沪上百姓的家长里短、女性命运的跌宕起伏……这一切成就了王琦瑶的"传奇人生"。"流言""鸽子""夹竹桃""雕花木盒"，这些积淀着民俗色彩的意象时常萦绕在王琦瑶周围，都市的心意民俗和精神民俗使王琦瑶终究摆脱不了都市的"魔阵"和悲剧的"心影"。可以说，都市的物质和心意民俗成就了王琦瑶的梦想，也毁灭了王琦瑶的生命。王安忆在《长恨歌》里牢牢坚守自己的文化立场、表达自己的民间意识，她选取自己熟悉的都市"上海"作为民俗背景，并将女主人公王琦瑶浸泡在这个都市民俗的"大染缸"里，使得王琦瑶作为一个都市女性的民俗形象浑身上下都充满了不同时代的上海都市民俗气息。因此从这种意义上说，王琦瑶的一生也是众多都市女性的一生，其早年的"繁华"余生的"落寞"体现出都市女性"飞扬并荒凉"的民俗生命历程。

而同样是女性的东北作家迟子建，由于地域文化的鲜明差异，其在表现女性的民俗生命时，和王旭烽、王安忆等江南女作家采取了截然不同的民俗空间和叙述方式，也塑造了别具一格的女性民俗形象。《额尔古纳河右岸》通过鄂温克族 90 岁的最后一位酋长夫人的回忆展开叙述，将鄂温克族独特的居住、饮食、交通、捕猎等习俗和盘托出，小说特别注重对"萨满民俗"的叙述，这是鄂温克族人内在的民俗信仰与精神文化。作者迟子建在作品中特别塑造了"妮浩"这位女性萨满的民俗形象，妮浩不顾一切地跳神祈雨，以牺牲自己孩子的生命为代价而跳神治病救人，这种女性形象是深刻的、富有启示的。生于长于黑龙江的迟子建对鄂温克族的精神认同和心灵融通是发自内心的，而这种认同正是通过作者从对女性萨满民俗形象的刻画、对萨满崇拜的生命感悟中得到体现与升华的。

从对王旭烽、王安忆、迟子建等女作家作品的分析中，我们更有信心地看到了"女性民俗文学批评"的发展前景。其实，对于女性形象与女性民俗、作家个体与女性民俗、地域文学与女性民俗等关系的考察都是"女性民俗文学批评"应该考虑的问题，这样我们就能更丰富、更立体地理解"女性民俗文学批评"这个理论的真正内涵，当然对于突破传统女性文学批评视野也是有着重要的方法论的意义。

三 女性民俗文学批评的当代影响及展望

现代文学江南作家在那个特定的时代里着力于"女性民俗形象"的刻画，他们借助于"民俗"这把启蒙的钥匙，从各个不同的角度发现了女性、启蒙了女性。以女性民俗生长的空间论，无论是孕育乡土女性民俗的江南农村还是滋生都市女性民俗的上海，它们都为女性的出场及活动创设了必要的条件。以女性民俗的表现形态看，婚姻民俗、生育民俗、信仰民俗以及都市里的娱乐社交民俗、信仰心意民俗等，均从民俗的内核或外围给予了文学作品中的女性形象以民俗的观照。女性是民俗的"化身"，民俗是女性的"灵魂"，两者在文学的时空中有机融为一体，女性形象因为民俗的注入而变得更加鲜明、突出，民俗的"启蒙功能"也因为深刻的女性形象而得以延展与传播，这里有：鲁迅笔下的"祥林嫂"、柔石笔下的"春宝娘"、吴组缃笔下的"二姑姑"、郁达夫笔下的"寡妇莲"、王鲁彦笔下的"菊英娘"、台静农笔下的"汪大嫂"以及苏青笔下的"苏怀青"、郑振铎笔下的"十七嫂"、施蛰存笔下的"婵阿姨"、张爱玲笔下的"白流苏"等。正是这一系列的现代文学经典女性形象使得"女性民俗"的启蒙功能得到最大限度的发挥。

韦勒克指出："文学不是一系列独特的、没有相通性的作品，也不是被某个时期的观念所完全束缚的一长串作品。文学当然也不是一个均匀划一的、一成不变的'封闭的体系'——这是早期古典主义的理想体系。"① 韦勒克的"透视主义"把文学看作一个整体,以此去看待20世纪中国女性文学的发展、流变,我们不但可以将现代女性文学与当代女性文学视作一个变化着、发展着的"整体",而且还可以将"女性民俗"视作是跨越时代的女性文学的共同质素。"女性民俗"尽管在中国20世纪不同的文学语境中有着不同的表现形态,经历了一系列的文学演变,却依然像一根"芯子"深埋于女性文学发展的内核之中。在这样的文学话语前提下,"女性民俗文学批评"也较为顺利地实现了从现代到当代过渡的可能。"女性民俗文学批评"是在通过对现代文学诸多作品中女性民俗的观照、女性形象的分析中还原历史还原文本,从而建构起这一具有中国本土特色的女性文学批评方法。"女性民俗文学批评"的方法既汲取了中国本土民俗批评的精髓,又借鉴了国外女性主义文学批评的思路,同时也始终融合着文学人类学、文艺民俗学的眼光,因而它总是能站在适当的高度对女性文学进行合理的观照,并进而整体性地评判其文学价值与社会影响。

在笔者看来,"女性民俗文学批评"的引入对既有的当代女性文学批评体系是一种挑战与革新,这种"创新"意义及对当代的影响主要体现在以下两方面:

第一,"女性民俗文学批评"建构起了真正的女性文学"人学"导向系统。古今中外的文艺理论家都对"文学的反映对象是人"这一论断有着极其相近的认识,费尔巴哈就明确指出:"艺术的至高对象,便是人。"② 法国存在主义者萨特也认为:"文学的主题始终是处在世界之中的人。"③ 文学以"人"为对象的这一事实为我们准确把握"文学是人学"命题的内涵构建了一个重要的维度。当然,"文学是人学"还不止于此,文学还必须以人为活动的主体,去表现人生或者去表现"美"的人性,只有生动地去表现真实的、具体的人性,文学才能体现出其深刻性和文学性。真正提出"文学是人学"命题的是苏联作家高尔基,20世纪50年代当这一理论传入我国时便引起了当时学者的关注,钱谷融先生撰写的《论"文学是人学"》一文便是代表之作。陈永志教授在解读钱先生提出的"人道主义精神"时,特别指出"以共同人性为基础""以人的解放与

---

① [美]韦勒克、沃伦:《文学理论》,刘象愚等译,江苏教育出版社2005年版,第37页。
② 北京大学哲学系:《18世纪末—19世纪初德国哲学》,商务印书馆1975年版,第571页。
③ 萨特:《萨特文学论文集》,安徽文艺出版社1998年版,第180页。

社会的解放为目标""对人的信心"这三点。① 这种解读无疑是把"文学是人学"的深层含义逐一揭示出来,在创作与批评中只有真正将"共同的人性""人的解放""对人的信心"等落实到文本中才能真正领悟这一命题的真谛。由此看来,"文学是人学"的批评观有着深厚的历史积淀,并依旧是当代文艺理论的热点。而"女性民俗文学批评"的提出正契合了这一理论大背景,是当代女性文学批评的有益补充。它以文学作品中的"女性"为主要关注对象,并从依附于文学作品女性主体身上的"民俗"入手,在"民俗"与"人俗"的同源同构中去刻画和塑造一个生动、鲜活、独特的文学典型,同时注重以人道主义的精神去发掘女性的内在人性,激发她们的潜能与欲望,从而构建起了真正的现代女性文学的"人学"导向。

第二,"女性民俗文学批评"更能突出女性文学批评的地域化、本土化色彩。中国幅员辽阔,其历代文学版图也相应地呈现出区域化的特点。以中国现代文学为例,20 世纪 30 年代形成的"京派小说"与"海派小说"就是分别以北京、上海两地为中心的,两派小说在题材内容、风格气质方面均有着各自鲜明的地域色彩。抗战爆发后所形成的"解放区""国统区""沦陷区"文学也有着各自的文学场域及题材风格特点,因而也可以理解为是特殊时期的地域化文学。当代文学中所出现的"浙军""陕军""川军"等的称呼其实也散发着浓厚的地方文学气息,而对地域文化、文学研究的重视程度也日益被摆到由民间向官方过渡的显性的位置。随着文学创作区域化、特色化进程的加速,当下的文学批评也势必要跟上步伐,提出具体化、特色化的分支理论,而不是一味地从众从俗,要么过于笼统划一,要么全盘"拿来",没有中国民族特色和本土特色,这样的文学批评之路势必会越走越窄,最后步入"困境"与"绝路"。譬如,本书在进行女性文学批评时所借助的是现代文学江南作家笔下的女性形象,文学作品中的这些女性主要以"江南"为活动场景,也从事着与江南密切相关的一些民俗活动,有着江南特有的心意民俗,其女性文学形象在保持个性的同时有着江南女性的共性特点,因而这一女性群体能在江南这一特定的文学语境中有着近似的文学展演。然而,江南女性民俗群像与东北作家笔下的女性、中原作家笔下的女性又有着本质的区别,"一方水土养一方人",地域民俗、文化、习惯的不同也深深地影响着"人"的

---

① 陈永志:《我对"人道主义精神"的认识——重读〈论"文学是人学"〉所想到的》,《文艺理论研究》2010 年第 3 期。

活动与性格，当文学对现实中的人进行刻画与描写时，自然也会产生地域上的巨大差异。正是因为如此，"女性民俗文学批评"就有必要针对不同地域的女性文学进行批评，从而凸显地域性的特色。

"女性民俗文学批评"以"民俗"为特色、以"人学"为导向，将民俗学与人类学的精神着陆于中国本土，它作为当代女性文学批评的新的理论，对于匡正当代女性文学的"物化写作"应该有着重要的意义与现实的价值。

小结：本章主要探讨江南女性民俗文学展演的当代价值。结合田野调查、问卷分析、个案访谈等方法透视女性民俗与当代江南女性的重要关联；同时，从文学史的角度考察女性民俗的现当代文学发展流变，从而真正发掘"女性民俗文学批评"对当代女性文学批评的重要意义及深远影响。经过考察与调研，我们发现，当代江南女性与个体生命民俗、生产生活民俗、信仰禁忌民俗等有着相当重要的联系，两者相互融合，相互影响。因此，如何更好地发掘女性民俗中的真、善、美，如何更好地发挥女性民俗的社会价值、审美价值，对于热爱女性生命、注重女性情感、提升女性情操、激发女性创造力有着极为重要的现实意义。女性民俗的现实意义也促进了女性民俗在文学层面的价值提升，我们着重论述了女性民俗在中国现当代文学史中的书写状况，"民俗与启蒙的互动""民俗与政治的博弈""民俗与风情的相融"是女性民俗在中国现当代文学发展各个阶段的特点，这使我们能进一步探讨女性民俗对于现当代文学特别是女性文学建设的重要意义与价值。由此可见，"女性民俗"作为研究现当代女性文学创作的一个独特视角，它具备着多元、多维的质素，也倡导着一种新的多学科交叉的研究趋势。而"女性民俗文学批评"则建构起了真正的女性文学"人学"导向系统，也在一定程度上突出了女性文学批评的本土化、地域化色彩，因而是对既有女性文学批评体系的有益补充与积极探索。

余论　从文学到生活——女性民俗的未来之路

　　这是一次文学与文化的融合，也是一次文学与生活的对话。笔者经过前六章"剥笋式"的层层论述，力图把"江南女性民俗的文学展演"过程、特质及内核全方位、多角度地展示给读者。然而行文至此，却总有一种隐隐的担忧：从"女性民俗"关键词的提出到"女性民俗文学批评"理论的建构，其过程的论证与内在的缕析是否充分到位？"女性民俗文学批评"理论对于当代女性文学批评到底产生多大程度的影响？女性民俗如何才能实现从文学到生活的跨越，从而达到文学世界与生活世界的整体性融合？

　　从本书绪论部分问题的提出到结尾之处问题的基本解决，其间有着一个漫长而痛苦的过程。在这个"文学展演"的舞台上，笔者似经历了一次"时空隧道"的穿越，从当代女性文学的现状进入到现代文学江南作家笔下的女性书写，经过多维论证最后又回归到当代女性文学批评上来。这样的"穿越"意图也就十分明显了，即以"女性民俗"为切入口对现代文学江南作家笔下的女性形象进行一次文学民俗学的全面观照，并希冀从现代文学女性形象的成功塑造及文学的经典流传中汲取经验，给一脉相承的当代女性文学创作以借鉴与启示；在此基础上所提出的"女性民俗文学批评"更是对当代女性文学批评理论的一次本土化、人学化的补充与完善。

　　在本书的写作过程中，笔者也时常会有一种意想不到的"进入状态"后的兴奋与新奇感。这种感觉既来源于前期的积累与研究，又来源于对选题的不断解读与创新。在一次次的"瓶颈"与"突围"中，笔者对"女性民俗"的文学展演有了一些独到的认识，那一个个蕴含民俗特色的女性人物陆续"登台"，拉开了别具一格的"文学展演"序幕。此外，文艺民俗学学科的有力支撑也使笔者获得了一种别样的灵感，由于本书涉及了文学、文艺学、民俗学、人类学、女性学、心理学、文化学、生态学等广泛的学科领域，因此笔者在思考文学、文艺问题时总会不自觉地借助于这些学科知识，以发散性的思维去提纲挈领。当然，本书如果说有一些独到见解的话，那么民俗学的田野调查方法应该在从中起了较大的作用。本书写作过程中，笔者先后赴浙江省的绍兴、金华、温州、嘉兴、杭州、湖州以及宁波下属的宁海、象山、余姚、鄞州、北仑、慈城等县市区进行田野调查，也去了上海、南京、苏州等城市去寻找具有江南特色的女性民俗事象、考察江南作家创作的文化背景。此外，笔者还对上海、宁波两地近90位江南女性进行了问卷调查，并选择部分女性作口头访谈，了解当代江南女性对女性民俗的认知程度。这些都作为鲜活的资料有益地补充了本书，为本书做到点面结合、理论与实践的结合打下了较为扎实的基础。

我们所生活的世界有着永远解决不完的问题。著作虽然暂时解决了当下文学中一些理论和实践的问题，但倘若将之置于人类生活的历史长河中，它只不过是我们生活世界的很小一部分。新的问题总会伴随着思考的深入而产生，这也将促使我们用更加辩证、发展、变化的眼光去看待一个民俗或文学问题。民俗是生活世界的基本构成，民俗生活是生活文化的基本表现。"民俗就好像是戏剧的文本，只有加入了人的因素，才成其为表演，才成其为生活。"[①] 因此，跳出本书所关注的对象去看，我们不仅要研究文学和文化中的女性民俗，而且还要研究由女性民俗所构成的生活过程，也就是女性的民俗生活。这是一种"民俗整体研究方法"[②]，它十分关注作为生活事实的民俗、民俗主体的作用以及民俗的当代性等问题，这种方法将十分有利于本著作的延伸与拓展。

生活中的女性民俗抑或女性的民俗生活，就像一口取之不尽、用之不竭的"深井"，它以源源不断的活水滋养着研究者的深入挖掘。女性的民俗生活涵盖了女性人生的基本内容，包括婚丧、生育、起居、休养、生产、信仰等这些女性个体生命民俗、生产生活民俗、信仰禁忌民俗，作为民俗主体的女性把自己的生命投入到特定的民俗模式之中，从而构成了具有女性特色的活动过程。对当代女性民俗生活的研究也是当代女性返璞归真、心灵净化的过程。处于现代与后现代语境中的当代女性，身心不可避免地会遭到物质与技术层面的"侵袭"，无论是商业社会消费主义的诱惑还是网络世界自由主义的召唤，都使女性群体在日常生活中遭遇尴尬的境地。女性民俗若能从文化上参与当代女性个体成长乃至群体建设的过程，

[①] 高丙中：《中国人的生活世界：民俗学的路径》，北京大学出版社2010年版，第108页。
[②] 高丙中曾提出过"民俗整体研究方法"，参见《文化事象和生活整体：民俗研究的两种学术取向》，《中国人的生活世界：民俗学的路径》，北京大学出版社2010年版，第78—88页。

则会进一步引领女性摒弃虚伪、不健康的后现代生活方式，从本能和欲望的旋涡中走出来，摆脱被工具化和客体化的怪圈，从而去追求健康质朴、自然本真的女性民俗生活。总之，女性民俗回归本真、回归女性的道路还很长，希望本著作能给相关研究者提供借鉴与启发。文学批评源于生活，女性民俗与女性生活息息相关，从这种意义上说女性民俗与文学批评的结缘也绝非偶然。唯愿读者能对女性民俗文学批评产生共鸣，让我们期待"女性民俗文学批评"之路能越走越远、越走越宽！

附录一　现代文学女性民俗相关作品

现代文学作家笔下跟女性有关且女性特征鲜明的民俗，或发生在女性个体身上的外在的和内在的、物质形态的和精神形态的、行为层面和心意层面的民俗，这些我们统称为"女性民俗"。按照这一界定，现代文学中涉及女性民俗的作品可以归纳为以下几类：

1. 婚姻民俗
(1) 典妻婚
柔石《为奴隶的母亲》、许杰《赌徒吉顺》
罗淑《生人妻》、台静农《蚯蚓们》《负伤者》
含沙《租妻》、施瑛《棉裤》
(2) 再醮婚
鲁迅《祝福》、叶圣陶《一生》
许钦文《老泪》《鼻涕阿二》、许杰《改嫁》
(3) 入赘婚
许钦文《步上老》《老泪》
(4) 叔嫂婚
台静农《拜堂》、许钦文《难兄难弟》、王实味《陈老奶的故事》
(5) 牌位婚
吴组缃《菉竹山房》、施蛰存《春阳》
杨振声《贞女》、台静农《烛焰》
(6) 冥婚
王鲁彦《菊英的出嫁》、车素英《冥婚》
(7) 童子婚
沈从文《萧萧》、彭家煌《活鬼》
丁玲《东村事件》、曹石清《兰顺之死》
(8) 童养媳
叶圣陶《阿凤》、冰心《最后的安息》、潘漠华《冷泉岩》

(9) 守寡

许杰《台下的喜剧》《改嫁》、郁达夫《迟桂花》

张爱玲《倾城之恋》、冯沅君《贞女》、孙俍工《家风坏了》

魏金枝《报复》、徐讦《禁果》

许地山《枯杨生花》《玉官》

(10) 其他婚俗

苏青《结婚十年》、许地山《春桃》、杨振声《抢亲》

台静农《冲喜》、许杰《出嫁的前夜》

黎锦明《出阁》《龙珠》《媚金·豹子和那羊》《株守》

沈从文《小砦》《贵生》、王鲁彦《许是不至于吧》、张志民《婚事》

2. 生育民俗

(1) 生育禁忌

巴金《家》、萧红《生死场》

(2) 助产习俗

吴组缃《某日》、老舍《骆驼祥子》

(3) 溺女恶俗

台静农《弃婴》、柔石《为奴隶的母亲》

3. 女性信仰民俗

鲁迅《祝福》、台静农《红灯》、赛珍珠《母亲》

郑振铎《三年》、王西彦《悲凉的乡土》、徐盈《旱》

许钦文《以往的姊妹们》、王鲁彦《菊英的出嫁》、

赵树理《小二黑结婚》、张爱玲《金锁记》

4. 女性生产民俗

茅盾《春蚕》、施蛰存《上元灯》、凌叔华《绣枕》

本书所选取的与女性民俗相关的现代文学江南作家作品：

1. 鲁迅《祝福》；2. 柔石《为奴隶的母亲》；3. 茅盾《春蚕》；4. 郁达夫《迟桂花》；5. 王鲁彦《菊英的出嫁》；6. 苏青《结婚十年》；7. 郑振铎《三年》；8. 施蛰存《春阳》《上元灯》；9. 张爱玲《倾城之恋》《金锁记》；10. 吴组缃《菉竹山房》；11. 台静农《拜堂》；12. 叶圣陶《阿凤》；13. 赛珍珠《母亲》

附录二　当代女性民俗问卷调查分析

　　为更好地了解女性民俗与当代女性的关联，发挥女性民俗应有的现世功能，打通文学与生活的通道，笔者就此进行了当代女性民俗问卷调查。本次问卷调查主要集中在江南区域范围内的上海、宁波两个城市，参与本次调查的女性共88人，其中上海47人，宁波41人。调查群体按年龄主要分为两大类，分别是：40周岁以下的青年女性和40周岁以上的中老年女性。在青年女性群体中，涉及的职业有学生、教师、文化工作者、社区工作者、企业人员等；在中老年女性群体中，主要涉及教师、社区工作者、企业员工、退休教师、退休工人、农村妇女等女性。

　　问卷分一卷和二卷，一卷重在考察女性个体生命民俗及对婚姻家庭的价值观。二卷重在关注女性民俗的当代应用及对现当代文学的影响。调查的目的主要关注女性民俗与当代江南女性之间的重要关联。即女性民俗在江南女性成长过程中究竟占据了什么样的重要地位？女性民俗对现当代女性文学的影响如何？

　　一卷是关于女性个体的生命民俗，如女性对生肖运程、婚配属相、无春年、本命年的看法，女性对诸如吃新娘茶、闹房、坐月子、满月酒等婚姻、生育习俗的认识，女性对当今社会诸如人体彩绘、代孕、二奶、小三等现象及对婚姻家庭的态度。一般而言，这些民俗都是女性个体在成长过程中所要经历的，因而女性个体对这些民俗的感受与认识也是最为直接、最为真切的。

　　关于生肖运程的调查，青年女性中有30人选择"有点相信"，占青年女性总数的46%；26人选择"不太相信"，占青年女性总数的40%。与此相仿，老年女性中有9人选择"有点相信"，占老年女性总数的39%；8人选择"不太相信"，占老年女性总数的35%。而选择"非常相信"和"完全不相信"的仅占少数。

　　在"婚姻男女双方属相是否要相配"这个问题上，45%的青年女性认为"有一定道理，但更相信感情"，而46%的青年女性则持相反意见，认为"婚姻美满与属相相配没有必然联系"。在老年女性群体中，43%的人认为"有一定道理，但更相信感情"，而30%的人认为"婚姻美满与属相相配没有必然联系"。由此可见，江南三代女性中有部分女性十分讲究婚姻双方属相要相配，但绝大多数的青年、中老年女性对于婚姻中的属相相配并不非常讲究，尤其是青年女性更注重婚姻中的情感；相较而言，中老年女性中有27%的人认为"属相相冲对婚姻不太有利"，说明中老年女性在婚配过程中受属相因素的影响略为明显些。

"无春年"是一个敏感的话题，青年女性会选择在该年结婚吗？40%的青年女性选择"听说过，能避开则避开"，60%的青年女性分别选择"听说过，但并不介意，按现实和个人需要办事"以及"根本不介意，照样结自己的婚"，可见大部分的青年女性在选择结婚年份时最主要还是根据个人需要和现实情况办事。而中老年女性对此则有不同的意见，26%的中老年女性非常忌讳"无春年"，认为结婚一定要避开"无春年"，近40%的中老年女性认为"能避开则避开"，其余34%的中老年女性对"无春年"不介意，按需办事。

而在"结婚时有否经历过吃新娘茶、闹房的场面"这个问题中，青年女性选择至少经历过吃新娘茶或闹房中的其中一项的有66%的人，其他34%的人没有经历过。在中老年女性中，至少经历过吃新娘茶或闹房中的其中一项的有60%的人，其他40%的人没有经历过。从这组数据中可见，吃新娘茶、闹房这些婚姻礼俗在当今社会越来越受到重视。

"坐月子"是我国女性特有的习俗，88%的青年女性和83%的中老年女性都经历过"坐月子"并认为这种习俗的保留对女性很有必要；仅有8%的青年女性及13%的中老年女性认为"不坐月子也没有关系"。这说明大部分当代女性对"坐月子"这种传统的女性民俗还是持肯定、认同的态度。

关于"满月酒"或"周岁"生日宴，45%的青年女性在出生时其父母为其至少办过"满月酒"或"周岁"生日宴中的其中一项，32%的青年女性在出生时没有经历过"满月酒"或"周岁"生日宴。而91%的中老年女性在其出生时父母根本没替她们办过"满月酒"或"周岁"生日宴。

是否会为下一代办"满月酒"或"周岁"生日宴？青年女性中有45%的人选择"一定办，这是宝宝人生的起点"，也有37%的人意见相左，选择"这个不太讲究，办或不办都没关系"，而在中老年女性中有57%的人选择此项。

而在"本命年是否会穿红色内衣裤"问题上,42%的青年女性选择"可能会穿,但不相信避邪之说",25%的青年女性选择"并不讲究,也不相信本命年与穿红色内衣裤关系",只有少部分青年女性选择一定会穿红色内衣裤并相信避邪之说。与之相反的是,中老年女性35%的人在本命年一定会穿红色内衣裤并相信避邪之说。可见,中老年女性对本命年穿红色内衣裤的认同度更大。

对于"人体彩绘"这种新潮的艺术,51%的青年女性和48%的中老年女性认为"从现代艺术的角度看勉强能接受",28%的青年女性选择"可以接受,最早是古人作为护身标志的图腾",11%的青年女性选择"完全可以接受,时髦又新潮"。而仅有4%的中老年女性选择"完全可以接受,时髦又新潮",39%的中老年女性选择"完全不能接受,有伤风化,为人所唾弃"。

"代孕"也是近年来的新名词,这种社会现象能被青年女性所认同吗?青年女性中51%的人选择"不太能接受,毕竟有悖传统生子观念",中老年女性中61%的人选择此项。28%的青年女性和35%的中老年女性选择"完全不能接受,无论从伦理还是感情上都无法认同"。28%的青年女性选择可以接受,因为古有"典妻",今有"代孕"。无论是青年女性还是中老年女性,没有人对"代孕"这种现象持认可态度并认为代孕是一种新的观念、新的趋势。由此可见,当代女性对于传宗接代的血缘关系十分看重。

"寡妇"这类女性群体在社会上又是被如何看待的呢?当代女性总体上对寡妇持同情态度,希望社会给她们创造更多的再婚机会,其中青年女性占40%,中老年女性占57%。青年女性在对待寡妇这个问题上,思想更趋开放,43%的人认为"古代妇女守寡痛苦而漫长,现代寡妇应突破这种陈旧观念",而仅有8%的中老年女性认同此项。相反,在寡妇的自尊自爱方面,26%的中老年女性认为"寡妇应该比一般女性更加自尊、自爱",17%的青年女性同意此项。

而对于某些女性充当"二奶"或"小三",42%的青年女性和70%的中老年女性认为"二奶和小三都不是可取的做法,毕竟这两种状态都不受法律保护"。而对于当前传媒过度夸张的宣传,28%的青年女性和22%的中老年女性认为这样做反而给正常婚姻家庭带来危机。20%的青年女性认为"女性充当二奶或小三,会影响自己的人生前途",11%的青年女性"可以接受并认可这种现象的存在,女性也有情感或其他方面的追求"。

关于个人对婚姻、家庭的态度，92%的青年女性和78%的中老年女性认为"在婚姻中，夫妻要平等相处、感情融洽"，只有17%的中老年女性认为"在婚姻中，夫妻双方要相敬如宾"。极少部分的女性认为"婚姻就像围城，围城里的人渴望出去"，几乎没有人认为"婚姻是爱情的终点，无乐趣可言"。从中也可以看到，当代女性对婚姻与家庭的态度还是持积极乐观态度的，并在婚姻生活中崇尚男女平等、感情至上的理念。

对目前整个社会婚姻状况的看法，51%的青年女性和52%的中老年女性认为"现在的年轻人对婚姻过于草率，闪婚现象即是证明"，25%的青年女性和26%的中老年女性认为"离婚也从另一个侧面折射出女性对理想生活的追求"。由此反映出当代女性的婚姻价值观，她们既反对草率的婚姻，同时也反对毫无质量的婚姻，她们认为离婚是摆脱婚姻束缚、寻求理想生活的途径。

现代女性的自我提升与民俗的传承与发展是否有重要的联系？在这个问题上，54%的青年女性和61%的中老年女性认为现代女性的自我提升与民俗的传承与发展"有点联系"，35%的青年女性认为"有重要联系"，17%的中老年女性也认为"有重要联系"。可见，绝大部分女性认为女性的自我提升与民俗的传承与发展有着密切的联系。

从问卷调查结果分析中我们可以看到，不管是城市女性还是农村女性，她们对"生肖运程""婚配属相""无春年""本命年"等传统民俗都有着独特的、真切的认识。然而，这些生命中的个体民俗对当代江南社会老、中、青三代女性的影响却是不尽相同的。对于"生肖运程"，参与调查的江南地区的老、中、青女性几乎有一半以上的人相信生肖与命运、运气等的关系，只有极少部分的人完全不相信。对于"婚配属相"，有部分女性十分讲究婚姻双方属相要相配，但绝大多数女性对于婚姻中的属相相配并不在意，相较而言，中老年女性在婚配过程中受属相因素的影响略为明显些，而青年女性则更注重婚姻中的情感。婚配生肖"八字"是汉族古已有之的一种俗信，认为属相与人的才能、品性与命运息息相关，生肖之间的相生相克就成了婚配中的讲究和标准。除了经济、社会、情感等因素外，"合八字""避六冲"也成为择偶成功与否的重要因素，这种根深蒂固的观念不可避免地对当代江南女性特别是中老年女性的民俗观产生了重要影响。在"无春年"与"本命年"的问题上，江南地区的青年女性显然表现出了比中老年女性更为现代、开放的理念。大部分的中老年女性对无春年比较忌讳，认为结婚最好能避开无春年；而绝大多数的江南青年女性则并不介意无春年，而是根据个人的情况及现实的需要去办事。此外，中老年女性对本命年穿红色内衣裤的认同度更大，并相信避邪之说；而有较大一部分青年女性对此并不讲究。从这些具体的个体生命民俗中，我们可以初步得出这样一个结论：不同年龄阶段的江南女性对民俗的认同、接纳程度并不一致，中老年女性对于生命民俗的本质认识更为深刻、彻底，而青年女性在对待传统生命民俗的态度上则更多地融入了现代的意识。

在本次的女性民俗调查中，我们还发现，当代江南女性对诸如"吃新娘茶""闹洞房""坐月子""满月酒"等传统的婚姻、生育习俗至今还记忆犹新，这些习俗不同程度地在城市或乡村的日常生活中保存和延续着。对于已婚的青年或中老年女性来说，她们中的绝大多数经历过"吃新娘茶"或"闹洞房"的习俗，这表明"吃新娘茶"或"闹洞房"这些婚姻礼俗在当今社会越来越受到重视。在对待"坐月子"的态度上，江南地区无论是城市还是农村的青年、中老年女性都不约而同地对这种传统的女性民俗持肯定、认同的态度，认为这种"坐月子"习俗的保留对女性的身心健康及发展很有必要。而对于"满月酒"或"周岁"生日宴，尽管这两个年龄阶段的女性群体境况迥异，但城乡却表现出了惊人的一致，差不多有一半的青年女性在其出生时父母替她们办过"满月酒"或"周岁"生日宴，而20世纪70年代以前的中老年女性就没有那么幸运了。"满月酒"这种习俗是家族、社会对孩子诞生的重视程度的外在表征，这表明随着时代的进步、生男育女观念的变化，女性婴孩在江南城乡各地受重视的程度也日益提高。

二卷重在调查当代女性个体的生产民俗、娱乐民俗、交往民俗、信仰民俗，当代女性对女性民俗的类别、传承等的基本认识，以及女性民俗与现当代作家、作品的关系等。

在当代江南女性所从事的生产活动中，69%的青年女性常常从事"做家务"，62%的青年女性把"单位上班"作为她们主要的生产活动。其他生产活动还有学习、刺绣等。对于中老年女性而言，91%的人常常"做家务"，70%的人"单位上班"，其他还有打毛衣、做衣服、绘画、练琴等。由此可见，当代青年女性从事的生产活动基本以"单位上班"和"做家务"为主，而中老年女性除此以外，还有较为丰富的个体生产活动，如打毛衣、做衣服、绘画、练琴等，这些也是传统女性生产民俗在现当代社会的传承。在笔者看来，江南地区像"打毛衣、刺绣、做衣服"等现代女性从事的日常性活动与源远流长的江南妇女纺织习俗是分不开的。

在当代江南女性经常参加的娱乐活动调查中，青年女性最常参加的娱乐活动依次是上网（占92%）、逛街、看电影、看电视、聊天、看书（占68%），部分或少数青年女性也喜爱喝咖啡、串门走人家、跳健身舞、听戏、喝茶、旅行、KTV等娱乐活动。当代中老年女性最常参加的娱乐活动依次是看电视（占74%）、看书、聊天、听戏、上网、逛街（占26%）等，其他如看电影、跳健身舞、旅行、喝茶等也有部分人喜欢。由此可以得出一个初步结论，随着信息、网络时代的到来，当代女性的娱乐生活也进入网络时代，上网不仅是青年女性的最爱，也是中老年女性必不可少的一项业余休闲活动。从民俗的角度看，女性的娱乐民俗形式从传统社会到现代社会已有了一个质的变化。

在女性"交往习俗"的调查中，当代青年女性最常运用的交际方式依次是MSN或QQ聊天工具（占94%）、打电话、发手机短信、发电子邮件、参加班级或学校集体活动（占37%）。当代中老年女性最常运用的交际方式依次是打电话（占74%）、发手机短信、参加社区活动、发电子邮件（占30%）。传统的上门拜访、串门的方式也是部分女性的选择。由此可见，女性交际方式也呈现网络化、信息化趋势。

"生活中遇到困难，你会求菩萨吗？如选择会求菩萨，你一般会去求哪尊菩萨？"在这个问题上，46%的青年女性和57%的中老年女性选择"不会去求菩萨，一切靠自己"，37%的青年女性和39%的中老年女性选择"会求观音"。仅有7%和9%的青年女性分别会选择"求财神""求灶神"，还有个别青年女性遇到困难会想到去求老天爷、菩萨、基督及各路神仙等。可见，大部分的当代女性都比较自立、自强，她们遇到困难一般都是靠自己解决，即使求菩萨一般也会选择常见的"观音菩萨"。

在女性最信奉的女性神灵的选择中，85%的青年女性和61%的中老年女性选择最信奉"观音"。另有31%的青年女性选择"灶神"，个别女性信奉"圣母玛丽亚、子孙娘娘、厕神、蚕神"等。无论是城市还是乡村女性，"观音信仰"都是十分普遍的，在农村成长的青年女性也比较信奉灶神。上述现象表明女性信仰一方面与女性神灵的普世性、灵验性有关，一方面也与女性所生活、所接触的环境息息相关。

女性的亲人中哪些人会信奉以上女性神灵？调查结果显示，青年女性中有73%、66%和32%的人分别选择"祖母或外祖母"、"母亲"、"姑姨辈"。中老年女性中，有48%、22%和22%的人分别选择"母亲"、"祖母或外祖母"和"我自己"。当然也有男性亲人会信奉女性神灵。但总体上看，信奉女性神灵的家族成员中占较大比率的要数女性。

对于信奉神灵的祭拜时间，48%的青年女性和中老年女性选择"不定期，想到就去"，17%的青年女性和13%中老年女性选择"从来不去庙里祭拜"。12%和10%的青年女性分别选择"每年一次"、"每月一次"。

青年女性眼中，与女性有关的民俗依次为：坐花轿、坐月子、行献茶见面礼、童养媳、捧早茶、入厨房、抱上轿、寡妇、典妻、抢婚、催生、闹房、冥婚、叔嫂婚、牌位婚、满月礼、弥月、溺婴。而中老年女性认为与女性有关的民俗依次为：坐月子、坐花轿、抱上轿、闹房、行献茶见面礼、捧早茶、入厨房等。

青年女性比较熟知的女性民俗有：坐月子、坐花轿、行献茶见面礼、闹房、满月礼、寡妇、抱上轿等。中老年女性比较熟知的女性民俗有：坐月子、坐花轿、抱上轿、闹房、抢婚、行献茶见面礼、捧早茶等。可见，当代女性比较熟悉的女性民俗基本上都是日常生活中传承或保留下来的。

在女性民俗的留存问题上，调查显示，绝大部分女性认为乡村中留存的女性民俗有：坐月子、行献茶见面礼、闹房、满月礼、抱上轿等。都市中留存的女性民俗有：坐月子、满月礼、闹房、行献茶见面礼等。其他还留存的女性民俗有：乞巧、拜月、回门、月果酒、喝糖茶、开脸、女书、喂饭、摔香炉等。可见，像"抱上轿、闹房、行献茶见面礼、坐月子、满月礼"等与女性息息相关的婚育习俗至今还在江南乡村或城市沿袭，这些经过改革或演变而成的现代婚育良俗既在一定程度上满足了中国人传统趋吉心理的需求，又对促进女性个体身心发展、创建现代和谐家庭有着重要的意义。

大部分当代女性对现代文学江南作家有一定知晓，熟悉程度依次为：鲁迅、茅盾、张爱玲、叶圣陶、艾青、郁达夫、郑振铎、柔石、苏青、赛珍珠、施蛰存、台静农、王鲁彦、苏雪林、吴组缃。相对熟悉的作品有：鲁迅《祝福》、张爱玲《倾城之恋》《金锁记》、艾青《大堰河——我的保姆》、茅盾《春蚕》、柔石《为奴隶的母亲》。而对上述作家作品中涉及的女性民俗及当代茅盾文学奖女作家作品中涉及的女性民俗则很少有人知道。此外，57%的青年女性和48%的中老年女性对当代女性文学总体感觉一般，26%的青年女性和30%的中老年女性不太了解当代女性文学。可见，当代女性文学在当代女性群体中的普及程度并不高，也显示女性文学对提升女性修养的重要性与必要性。

本次问卷调查选择的对象符合要求，收回有效问卷88份，在问卷同时也进行随机访谈，并积累了相关图片音频资料，统计分析数据客观准确，调查结果真实有效，为江南女性民俗文学展演的当代研究提供了切实可靠的资料。

参考文献

中文专著

1. 柏棣主编：《西方女性主义文学理论》，广西师范大学出版社2007年版。
2. 陈东原：《中国妇女生活史》，上海文艺出版社1990年版。
3. 陈国恩：《中国现代文学的历史与文化透视》，武汉大学出版社2005年版。
4. 陈华文等：《浙江民俗史》，杭州出版社2008年版。
5. 陈惠芬、马元曦主编：《当代中国女性文学文化批评文选》，广西师范大学出版社2007年版。
6. 陈勤建：《文艺民俗学》，上海文化出版社2009年版。
7. 陈勤建：《中国民俗学》，华东师范大学出版社2007年版。
8. 陈勤建、王恬：《吴越民俗文化与民间文学》，吉林摄影出版社2002年版。
9. 常峻：《周作人文学思想及创作的民俗文化视野》，上海书店出版社2009年版。
10. 程金城：《原型批判与重释》，东方出版社1998年版。
11. 蔡丰明：《上海都市民俗》，学林出版社2001年版。
12. 戴光中：《赵树理》，中国华侨出版社1997年版。
13. 董晓萍：《现代民俗学讲演录》，广西师范大学出版社2007年版。
14. 杜芳琴、王政主编：《中国历史中的妇女与性别》，天津人民出版社2004年版。
15. 方克强：《跋涉与超越》，上海文艺出版社2007年版。
16. 费振钟：《江南士风与江苏文学》，湖南教育出版社1995年版。
17. 凤媛：《江南文化与中国现代文学》，文化艺术出版社2008年版。

18. 傅道彬：《晚唐钟声——中国文学的原型批评》，北京大学出版社2007年版。

19. 傅光明：《书信世界里的赵清阁与老舍》，复旦大学出版社2012年版。

20. 高丙中：《中国人的生活世界：民俗学的路径》，北京大学出版社2010年版。

21. 高洪兴编：《黄石民俗学论集》，上海文艺出版社1999年版。

22. 顾久幸：《长江流域的婚俗》，湖北教育出版社2005年版。

23. 洪淑苓：《民间文学的女性研究》，台北里仁书局2004年版。

24. 景秀明：《江南城市：文化记忆与审美想象——中国现代散文中的江南都市意象》，中国社会科学出版社2009年版。

25. 孔庆东：《超越雅俗——抗战时期的通俗小说》，北京大学出版社1998年版。

26. 李少群：《追寻与创建——现代女性文学研究》，山东教育出版社1997年版。

27. 李小江等：《文学、艺术与性别》，江苏人民出版社2002年版。

28. 李小玲：《胡适与中国现代民俗学》，学苑出版社2007年版。

29. 李学勤等主编：《长江文化史》，江西教育出版社1995年版。

30. 李泽厚：《华夏美学·美学四讲》，生活·读书·新知三联书店2008年版。

31. 凌宇：《中国现代文学史》，湖南师范大学出版社2001年版。

32. 刘慧英：《走出男权传统的樊篱》，生活·读书·新知三联书店1996年版。

33. 刘士林等：《江南文化读本》，辽宁人民出版社2008年版。

34. 鲁枢元：《生态批评的空间》，华东师范大学出版社2006年版。

35. 鲁迅：《鲁迅杂文全集》，河南人民出版社1994年版。

36. 罗时进：《中国妇女生活风俗》，陕西人民出版社2004年版。

37. 罗婷：《女性主义文学批评在西方与中国》，中国社会科学出版社2004年版。

38. 茅盾：《神话研究》，百花文艺出版社1981年版。

39. 毛海莹：《苏青评传》，中国社会科学出版社2010年版。

40. 孟繁华、程光炜：《中国当代文学发展史》（第二版），中国人民大学出版社2008年版。

41. 孟悦、戴锦华：《浮出历史地表》，河南人民出版社1989年版。

42. 牛学智：《当代批评的本土话语审视》，北岳文艺出版社 2014 年版。

43. 钱谷融：《钱谷融论文学》，华东师范大学出版社 2008 年版。

44. 钱理群、温儒敏、吴福辉：《中国现代文学三十年》（修订版），北京大学出版社 1998 年版。

45. 乔以钢：《中国当代女性文学的文化探析》，北京大学出版社 2006 年版。

46. 邱运华主编：《文学批评方法与案例》，北京大学出版社 2006 年版。

47. 曲彦斌：《民俗语言学》，辽宁教育出版社 1989 年版。

48. 孙逊主编：《都市文化研究》（第一辑），上海三联书店 2005 年版。

49. 覃光广等主编：《文化学辞典》，中央民族学院出版社 1988 年版。

50. 谭琳、姜秀花主编：《性别平等与文化构建》（上、下），社会科学文献出版社 2012 年版。

51. 陶思炎：《中国都市民俗学》，东南大学出版社 2004 年版。

52. 童庆炳：《文学理论教程》，高等教育出版社 1998 年版。

53. 王遂今：《吴越文化史话》，浙江大学出版社 2005 年版。

54. 王文宝：《中国民俗学发展史》，巴蜀书社 1995 年版。

55. 王晓明主编：《二十世纪中国文学史论》（上、下卷），东方出版中心 2003 年版。

56. 王运熙、顾易生主编：《中国文学批评史新编》（上、下卷），复旦大学出版社 2007 年版。

57. 王艳峰：《从依附到自觉：当代女性主义文学批评研究》，上海交通大学出版社 2009 年版。

58. 王澄霞：《女性主义与中国当代文化》，社会科学文献出版社 2012 年版。

59. 温儒敏、赵祖谟主编：《中国现当代文学专题研究》，北京大学出版社 2002 年版。

60. 乌丙安：《中国民俗学》，辽宁大学出版社 1985 年版。

61. 吴福辉：《都市漩流中的海派小说》，复旦大学出版社 2009 年版。

62. 吴福辉编：《二十世纪中国小说理论资料》（第三卷），北京大学出版社 1997 年版。

63. 吴平、邱明一编：《周作人民俗学论集》，上海文艺出版社 1999

年版。

64. 吴秀明主编：《文学浙军与吴越文化》，浙江文艺出版社1999年版。

65. 吴中杰：《文艺学导论》，复旦大学出版社2002年版。

66. 吴滔：《清代江南市镇与农村关系的空间透视：以苏州地区为中心》，上海古籍出版社2010年版。

67. 夏建中：《文化人类学理论学派：文化研究的历史》，中国人民大学出版社1997年版。

68. 忻平主编：《城市化与近代上海社会生活》，广西师范大学出版社2011年版。

69. 邢莉主编：《中国女性民俗文化》，中国档案出版社1995年版。

70. 徐国保：《吴文化的根基与文脉》，东南大学出版社2008年版。

71. 徐迺翔、黄万华：《中国抗战时期沦陷区文学史》，福建教育出版社1995年版。

72. 严昭柱、董学文主编：《哲学和美学的根基》，北京大学出版社2010年版。

73. 阎纯德主编：《中国现代女作家》，黑龙江人民出版社1983年版。

74. 杨扬、陈树萍、王鹏飞：《海派文学》，文汇出版社2008年版。

75. 叶丽娅：《典妻史》，广西民族出版社2000年版。

76. 叶舒宪选编：《神话——原型批评》，陕西师范大学出版社1987年版。

77. 叶舒宪：《文学与人类学》，社会科学文献出版社2003年版。

78. 殷国明：《艺术形式不仅仅是形式》，华东师范大学出版社2014年版。

79. 於可训：《中国当代文学概论》（修订版），武汉大学出版社2003年版。

80. 苑利主编：《二十世纪中国民俗学经典·民俗理论卷》，社会科学文献出版社2002年版。

81. 张京媛主编：《当代女性主义文学批评》，北京大学出版社1992年版。

82. 张永：《民俗学与中国现代乡土小说》，上海三联书店2010年版。

83. 张紫晨编：《民俗学讲演集》，书目文献出版社1986年版。

84. 赵顺宏：《社会转型期乡土小说论》，学林出版社2007年版。

85. 赵黎波：《新时期文学批评的启蒙话语研究》，中国社会科学出版社 2008 年版。

86. 浙江民俗学会编：《浙江风俗简志》，浙江人民出版社 1986 年版。

87. 郑土有：《吴语叙事山歌演唱传统研究》，上海辞书出版社 2005 年版。

88. 郑元者：《图腾美学与现代人类》，学林出版社 1992 年版。

89. 郑择魁主编：《吴越文化与中国现代文学》，杭州大学出版社 1998 年版。

90. 郑振铎：《中国俗文学史》，商务印书馆 2005 年版。

91. 钟敬文主编：《民俗学概论》，上海文艺出版社 1998 年版。

92. 钟叔河编：《周作人文类编·上下身》，湖南文艺出版社 1998 年版。

93. 仲富兰：《民俗传播学》，上海文化出版社 2007 年版。

94. 周星主编：《民俗学的历史、理论与方法》（上、下册），商务印书馆 2006 年版。

95. 周静书、施孝峰：《梁祝文化论》，人民出版社 2010 年版。

96. 朱光潜：《文艺心理学》，复旦大学出版社 2009 年版。

97. 朱光潜：《西方美学史》，人民文学出版社 1979 年版。

98. 朱立元主编：《当代西方文艺理论》，华东师范大学出版社 1997 年版。

99. 朱希祥、李晓华：《中国文艺民俗审美》，上海文化出版社 2009 年版。

100. （清）柴望：《小溪志》，宁波出版社 2009 年版。

101. ［奥地利］弗洛伊德：《梦的解析》，罗生译，百花洲文艺出版社 2009 年版。

102. ［德］H.R. 姚斯：《接受美学与接受理论》，周宁、金元浦译，辽宁人民出版社 1987 年版。

103. ［德］斐迪南·滕尼斯：《共同体与社会》，商务印书馆 1999 年版。

104. ［德］黑格尔：《美学》（第二卷），朱光潜译，商务印书馆 1979 年版。

105. ［德］卡西尔：《人论》，甘阳译，上海译文出版社 2004 年版。

106. ［俄］车尔尼雪夫斯基：《生活与美学》，人民出版社 1959 年版。

107. ［俄］高尔基：《论文学》，人民文学出版社 1978 年版。

108. ［法］丹纳：《艺术哲学》，傅雷译，天津社会科学院出版社2007年版。

109. ［法］列维·布留尔：《原始思维》，丁由译，商务印书馆1981年版。

110. ［法］西蒙娜·德·波伏娃：《第二性》，陶铁柱译，中国书籍出版社1998年版。

111. ［加］弗莱：《批评的解剖》，陈慧等译，百花文艺出版社2006年版。

112. ［美］阿兰·邓迪斯：《民俗解析》，户晓辉编译，广西师范大学出版社2005年版。

113. ［美］高彦颐：《闺塾师：明末清初江南的才女文化》，李志生译，江苏人民出版社2005年版。

114. ［美］凯特·米利特：《性政治》，宋文伟译，江苏人民出版社2000年版。

115. ［美］李欧梵：《上海摩登——一种新都市文化在中国1930—1945》，毛尖译，北京大学出版社2001年版。

116. ［美］露丝·本尼迪克特：《文化模式》，王炜等译，社会科学文献出版社2009年版。

117. ［美］斯蒂·汤普森：《世界民间故事分类学》，郑海等译，上海文艺出版社1991年版。

118. ［美］韦勒克、沃伦：《文学理论》，刘象愚等译，江苏教育出版社2005年版。

119. ［日］关敬吾编：《民俗学》，中国民间文艺出版社1986年版。

120. ［日］后藤兴善：《民俗学入门》，王汝澜译，中国民间文艺出版社1984年版。

121. ［日］田仲一成：《中国祭祀戏剧研究》，布和译，北京大学出版社2008年版。

122. ［瑞士］荣格：《心理学与文学》，冯川、苏克译，生活·读书·新知三联书店1987年版。

123. ［意大利］克罗齐：《美学原理》，朱光潜等译，人民文学出版社1983年版。

124. ［英］弗吉尼亚·伍尔夫：《一间自己的房间》，田翔译，辽宁教育出版社2010年版。

125. ［英］R.R.马雷特：《心理学与民俗学》，张颖凡、汪宁红译，山东人民出版社 1988 年版。

126. ［英］查·索·博尔尼：《民俗学手册》，程德祺等译，上海文艺出版社 1995 年版。

127. ［英］弗雷泽：《金枝》，徐育新、张泽石、汪培基译，新世界出版社 2006 年版。

128. ［英］马林诺夫斯基：《自由与文明》，张帆译，世界图书出版公司北京公司 2009 年版。

129. ［英］马林诺夫斯基：《文化论》，费孝通译，华夏出版社 2002 年版。

130. ［英］泰勒：《原始文化》，连树声译，广西师范大学出版社 2005 年版。

期刊报纸

1. 阿城：《文化制约着人类》，《文艺报》1985 年 7 月 6 日。

2. 白晓霞：《二十世纪二三十年代小说写作中的女性民俗视角》，《青海社会科学》2003 年第 5 期。

3. 鲍焕然：《略论现代民俗小说作家的创作心态及表现方法》，《探索与争鸣》2004 年第 5 期。

4. 曹红：《女性民俗：性别的民俗文化透视——与邱国珍、李文、吴翔之等讨论》，《民俗研究》2009 年第 1 期。

5. 曹林红：《民俗学研究视野与现代文学国民性主题的发生》，《求索》2008 年第 11 期。

6. 陈千里：《论十七年女性文学的"准女性"特色》，《天津师范大学学报》2000 年第 3 期。

7. 陈漱渝：《青春飞扬的岁月——纪念五四新文化运动 90 周年》，《人民日报》2009 年 5 月 4 日。

8. 陈永志：《我对"人道主义精神"的认识——重读〈论"文学是人学"〉所想到的》，《文艺理论研究》2010 年第 3 期。

9. 代云红：《文艺学的人类学转向——来自西方文艺学视域中的理论思考及反省》，《文艺理论研究》2011 年第 6 期。

10. 戴岚：《试论结构主义与民俗学》，《上海交通大学学报》（哲学社会科学版）2005 年第 1 期。

11. 董金平：《话语与女性气质的建构——二十世纪以来中国女性气质变迁分析》，《江淮论坛》2007 年第 2 期。

12. 段炼：《论原型批评》，《文艺理论研究》1988年第4期。
13. 方克强：《我国古典小说中原型意象》，《文艺争鸣》1990年第4期。
14. 高天星等：《民族审美心理意识与文化精神》，《民俗研究》1995年第4期。
15. 贺桂梅：《当代女性文学批评的三种资源》，《文艺研究》2003年第6期。
16. 黄健：《江南文化与中国新文学的唯美主义审美理想》，《杭州师范学院学报》（社会科学版）2008年第1期。
17. 黄永林：《论新时期小说创作中的民俗化倾向》，《江汉论坛》2004年第2期。
18. 李兆虹等：《超越与持守——论郁达夫小说的独特价值与不足》，《西安联合大学学报》2001年第3期。
19. 林丹娅：《解读所指：从"身体"到"宝贝"——一次讨论会记录》，《南京师范大学文学院学报》2004年第4期。
20. 林树明：《关于"身体书写"》，《文艺争鸣》2004年第5期。
21. 刘锋杰：《"生态文艺学"的理论之路》，《安徽师范大学学报》（人文社会科学版）2003年第6期。
22. 刘鹤：《〈迟桂花〉与〈伊豆的舞女〉审美比照》，《浙江社会科学》2008年第6期。
23. 刘慧英：《自我经历与女性文学》，《语文导报》1987年第2期。
24. 刘俐俐：《女人成为流通物与文学意味的产生——柔石〈为奴隶的母亲〉艺术价值构成探寻》，《甘肃社会科学》2006年第5期。
25. 刘士林：《江南文化诗学研究笔谈》，《江苏大学学报》（社会科学版）2005年第1期。
26. 刘士林：《现代作家对江南城市的人文观照与诗性阐释》，《浙江学刊》2009年第4期。
27. 刘颖：《女性与自然的本源同构：生态女性主义的思想"原型"》，《安徽师范大学学报》（人文社会科学版）2010年第1期。
28. 刘再复：《"五四"理念变动的重新评说》，《书屋》2008年第8期。
29. 鲁枢元：《评所谓"新的美学原则"的崛起——"审美日常生活化"的价值取向析疑》，《文艺争鸣》2004年第3期。
30. 鲁枢元：《二十世纪中国生态文艺学研究概况》，《文艺理论研究》2008 年第 6 期。

31. 罗时进、陈燕妮：《清代江南文化家族的特征及其对文学的影响》，《江苏社会科学》2009 年第 2 期。

32. 梅新林：《文化视野中的文学演变研究》，《河北学刊》2009 年第 2 期。

33. 潘清：《元代江南社会、文化及民族习俗的流变》，《学术月刊》2007 年第 2 期。

34. 乔以钢：《〈为奴隶的母亲〉小说叙事的性别分析——兼及与〈生人妻〉的比较》，《湘潭大学学报》（哲学社会科学版）2009 年第 4 期。

35. 秦剑：《从"人的文学"到"生命的文学"——论生态文学的伦理价值诉求》，《渤海大学学报》（哲学社会科学版）2007 年第 5 期。

36. 邱国珍、李文、吴翔之：《女性民俗与社会和谐——以温州市为例》，《民俗研究》2008 年第 1 期。

37. 屈雅君：《女性文学批评的本土化》，《新华文摘》2003 年第 6 期。

38. 沈海梅：《青铜文明与女性民俗——对云南青铜文化的再认识》，《学术探索》2004 年第 2 期。

39. 苏美妮、颜琳：《论"五四"新文学作家的身份确认》，《文学评论》2008 年第 3 期。

40. 汤哲声：《历史与记忆：中国吴语小说论》，《文艺研究》2008 年第 1 期。

41. 陶东风：《日常生活的审美化与文艺社会学的重建》，《文艺研究》2004 年第 1 期。

42. 陶东风：《"下半身"崇拜与消费主义时代的文化症候》，《理论与创作》2005 年第 1 期。

43. 汪政、晓华：《多少楼台烟雨中——江苏小说诗性论纲》，《小说评论》2007 年第 3 期。

44. 王嘉良：《"浙江潮"与"五四"新文学运动》，《浙江学刊》2000 年第 6 期。

45. 王健：《明清江南地方家族与民间信仰略论——以苏州、松江为例》，《上海师范大学学报》（哲学社会科学版）2009 年第 5 期。

46. 王爱勤：《评赵树勤〈找寻夏娃——中国当代女性文学透视〉》，《湖南师范大学社会科学学报》2002 年第 2 期。

47. 翁敏华：《论〈桃花女〉杂剧及其蕴含的"桃木辟邪"意象》，《上海师范大学学报》（哲学社会科学版）1999年第6期。

48. 吴亮：《〈小鲍庄〉的形式与涵义》，《文艺研究》1985年第6期。

49. 吴翔之：《民俗视野中的女性话语建构——以女性禁忌民俗为例》，《江西社会科学》2011年第4期。

50. 晓丹、赵仲：《文学批评：在新的挑战面前——记厦门全国文学评论方法论讨论会》，《文学评论》1985年第4期。

51. 邢莉：《从游牧文化、女性民俗到民间信仰研究》，《广西师范学院学报》（哲学社会科学版）2004年第4期。

52. 熊家良：《现代文学中的江南情怀》，《江海学刊》2006年第1期。

53. 徐华龙：《郁达夫创作与江南民俗》，《文化学刊》2007年第1期。

54. 阎真：《身体写作的历史语境评析》，《文艺争鸣》2004年第5期。

55. 杨柳：《现代文学中关于女性民俗及其文化反思》，《青海民族学院学报》（社会科学版）2009年第2期。

56. 杨梅：《民俗文化的文学建构》，《求索》2004年第3期。

57. 殷国明：《钱谷融与"文学是人学"》，《华东师范大学学报》（哲学社会科学版）1998年第5期。

58. 臧克家：《社戏》，《申报》1934年4月17日。

59. 张永：《"妈祖"原型与许地山小说的关系》，《江苏社会科学》2003年第1期。

60. 赵德利：《生命永恒：文艺与民俗同构的人生契点》，《宁夏社会科学》1997年第6期。

61. 赵树勤：《误区与出路——当代女性文学创作及批评的反思》，《中国文学研究》2007年第2期。

62. 赵勇：《谁的"日常生活审美化"？怎样做"文化研究"？——与陶东风教授商榷》，《河北学刊》2004年第5期。

63. 郑张尚芳：《吴语在文学上的影响及方言文学》，《温州师范学院学报》（哲学社会科学版）1996年第5期。

64. 钟敬文：《文学研究中的艺术欣赏和民俗学方法》，《文学评论》1998年第1期。

65. 周衡：《江南文化的浮沉与吴中四士论》，《江苏大学学报》（社会科学版）2007 年第 1 期。

66. 周永明：《原型论》，《文艺研究》1987 年第 5 期。

67. 邹巅：《性爱：当代女性文学的基点及其缺失》，《理论与创作》2003 年第 2 期。

68. 朱国华：《关于身体写作的诘问》，《文艺争鸣》2004 年第 5 期。

69. 朱立元：《选择、激活、对接——以人学问题为例》，《学术月刊》2008 年第 1 期。

70. 朱德发：《深化传统文化与现代文学关系研究的沉思》，《东岳论丛》2010 年第 1 期。

博士论文

1. 卢升淑：《中国现当代女性文学与母性》，中国社会科学院研究生院，2000 年。

2. 陆兴忍：《走向女性主义日常生活诗学——论日常生活对女性主义批评的意义》，华中师范大学，2007 年。

3. 韩玉洁：《作家生态位与 20 世纪中国乡土小说的生态意识》，苏州大学，2009 年。

4. 裴宏江：《明清之际江南城镇的特殊文化功能》，上海师范大学，2012 年。

外文专著

1. DeCaro, F. A. 1983, *Women and Folklore: A Bibliographic Survey*. Westport, CT: Greenwood Press.

2. Farrer, Claire R., ed. 1975. *Women and Folklore*. Austin: University of Texas Press (originally special issue of *Journal of American Folklore* 88: 347. Jan – Mar 1975).

3. Jacqueline Fulmer 2007, *Folk women and indirection in Morrison, Ní Dhuibhne, Hurston, and Lavin*. Ashgate Publishing Limited.

4. Scott M. Christensen & Dale R. Turner. 1993, *Folk phychology and the philosophy of mind*. Hillsdale, New Jersey: Lawrence Erlbaum.

后　记

　　拙作付梓，我忙碌的心终于有个安顿了。回想这过去的一千多个日日夜夜，有快乐亦有困扰，时喜时忧。现在有了些许安慰，然而夜以继日的辛苦似乎已经麻木了这一刻短暂的喜悦。

　　这部书稿是在我博士论文的基础上修改完成的。"女性民俗"是这些年陪伴我最多的一个词语。"女性民俗"是女性在自己的历史发展过程中逐渐形成、反复出现、代代相习的生活文化事象。文学作品中的"女性民俗"对表现女性生命内核、塑造女性人物形象、深化作品主题思想具有十分重要的作用。现代文学江南作家敏锐地攫取独具江南地域特色的"女性民俗"，并以此为突破口塑造了许多经典的江南女性文学形象，从文艺民俗批评的视角去剖析阐释这一文学现象，可以另辟蹊径，找到文艺与民俗的契合点。

　　本书得益于文艺民俗学学科的熏陶，亦可说是文学人类学观照下的宁馨儿。民俗是人俗，它是构成不同文化的底色，女性内在的、独特的个体生命正是通过其身上的民俗文化的差异来体现的。本书试图从融会于文学作品女性人物身上的"女性民俗"入手，去触摸女性民俗浸润下那些鲜活生动、富有个性、充满原始生命力的女性文学形象，去体会和把握这一血脉相通的女性文化生命。

　　重读书稿，心中涌起的更多是感恩与感激之情。首先我要感谢导师陈勤建教授的悉心指导。从书稿的选题到框架设计、理论建构，陈老师都提出了许多富有启发性的意见，并给予了耐心、细致的指导，这使得我能在兼顾教学工作的同时较快地进入角色进行写作。读博三年受益良多，尤其在学术视野和理论涵养方面上了一个台阶，借此机会叩谢恩师多年的辛勤栽培！

　　从当初的博士论文开题、答辩到书稿完善、付梓，历经五载，其间得到诸多师长的指导与帮助，我从内心感谢殷国明教授、郑土有教授、戴光中教授、郑元者教授、齐森华教授、方克强教授、朱希祥教授、徐子亮教授、吴勇毅教授，他们为本书的写作和修改提供了许多十分宝贵的建议，在此致以诚挚的谢意。此外，吴福辉先生、傅光明先生、孙少华先生、刁统菊博士、宁波市民协周静书主席也给予书稿许多指点与建议，使书稿增色不少。

同样要感谢的还有我的同门师兄弟师姐妹们，他们在许多方面给了我莫大的支持与帮助。特别是在上海、宁波两地进行的问卷调查中诸多师妹都倾力相助，为我寻找合适的调查对象，提出合理的调查建议。此外，也向田野调查过程中接受本人问卷、访谈的所有老师、同学及社会人士表示由衷的感谢。

书稿的完成也离不开一直在背后默默支持我的家人。有了他们的理解与支持，书稿写作中的挫折、倦怠可以化为鞭策的力量。多年来爱人与儿子给我精神上源源不断的鼓励与支持，亲情常使写作中困顿至极的我犹沐一缕春风。尤其感激我的父母和公婆对我生活上一直以来的精心照顾，兄弟姐妹、同学旧友的一个电话、一句问候亦是我写作的动力。

本书有幸获得国家社科基金后期资助项目，浙江省哲学社会科学规划常规年度课题。同时被列为2014年度宁波市文化精品工程、宁波市文联重点创作项目和宁波大学胡岚优秀博士基金。感谢国家、省市哲社规划办的领导，感谢宁波市委宣传部、市文联、市民协和江北区委宣传部、区文联领导的关怀，同时也要感谢宁波大学领导、同事及所有在写作过程中给予我热忱帮助的师友！中国社会科学出版社宫京蕾老师也为本书的编辑倾注了大量心血，感激之情溢于言表。书稿仍有不少缺憾，这促使我进一步去探索、去挖掘，并拓宽和加固自己的学术之路。

在民俗中挖掘女性自然的人性，在民俗中表现女性深刻的人性，这也符合新时期"文学是人学"的人本价值取向，对当代女性文学一度颓废的"身体写作"倾向的矫正或许也有一定的作用吧。"女性民俗文学批评"理论的创建虽然耗费了我许多精力，然而"路漫漫其修远兮，吾将上下而求索"，我愿与同仁们继续在文艺民俗批评之路上不懈追求。

在由"女性、民俗、文学"构建的三维立体空间里，我将怀揣着对文学的热爱重新踏上民俗之旅，去探索那永不干涸的女性心灵之源。

毛海莹
2015年初秋于宁波清泉花园